ライトマイファイア

伊東　潤

幻冬舎文庫

目次

ライトマイファイア

第1章 ラストマン・スタンディング

1

平成二十七年（二〇一五）五月十七日の早朝、緊急連絡を受けた寺島大輔は、自宅マンションのある川崎大師駅から始発電車に乗って八丁畷《はっちょうなわて》駅に向かった。

火災事案とは聞いたが、電話をしてきた夜勤の担当は詳しいことを教えてくれなかった。彼らは署員に片っ端から連絡せねばならず、寺島のような末端には、詳しい状況など説明してくれない。

深夜の火災の場合、翌朝から現場検証が始まるので、いつもより早く署に駆けつけねばならない。むろん要職にある者は、夜中のうちに自家用車やタクシーで署に向かっているはずで、寺島のような一般署員が集まる前に捜査計画を立てている。

――上に行けば行くだけ、仕事がきつくなるのが警察というところだ。

私大出のノンキャリアなので出世をあきらめている寺島だが、万が一、出世コースに乗ったら乗ったで楽ではないとも思っていた。

寺島の乗った電車が京急川崎駅を出てしばらくすると、乗客たちが一斉に左側の窓に寄った。右側の座席に座っていた寺島は反射的に席を立ち、乗客の肩越しに窓の外を見た。

次の瞬間、一筋の黒煙が目に飛び込んできた。それはマンションや低層の集合住宅の間から上がっていた。

車内から見下ろせる場所にある川崎署の周囲には、署員が慌ただしく行き交い、マスコミの中継車が続々と集まってきている。

それだけ見れば、この火災が生半可なものでないと察しがつく。

八丁畷駅で降車するや、寺島は速足で署に向かった。署に近づくにつれて、明らかにピリピリした雰囲気が伝わってきた。駐車場の整理をする平巡査さえも、苛立《いらだ》ちを隠さず、大声でマスコミ関係者を追い払っている。

玄関前の駐車場にいた同僚に状況を尋ねると、深夜二時頃、警察署裏手の簡易宿泊所から出火し、朝になって鎮火したという。

署内には異様な空気が漂っていた。擦れ違う者たちの顔は明らかに強張《こわば》っており、机に向かって別の仕事をしている者たちも、集中しているようには見えない。

「お早うございます」

ドアを開けて一礼すると、そこにいる顔が一斉にこちらを向いた。課長席の周りには、捜査一課長を取り囲むようにして、非常招集された幹部たちが十五人ほど集まっている。

――複数の死者が出た上、放火の可能性が高いということか。しかも放火犯は、まだ捕まっていない。

しばらくして話がまとまったのか、寺島の上司にあたる刑事課長の島田秀雄を除く面々が退室していった。

寺島が島田の方に向かうと、島田は寺島に机の前の椅子を勧めた。

一礼して椅子に座った寺島は、島田の顔から、ただならぬ気配を感じ取った。

「まだ、はっきりしたことは分からんが、焼死者はかなりの数になる」

「かなりと言うと」

「なんせ焼けたのは増田屋と末吉《すえよし》だからな。おそらく十人前後だろう」

「十人も――」

寺島は絶句した。近年、大きな火災事案は少なく、しかも警察署に近い場所で、これほどの死者を出す火災が起こるとは思わなかった。

「おそらくな。宿直の者たちも現場に駆けつけたようだが、火勢が強くてどうにもならなかったらしい。大家は逃げ出して助かったんだが、名簿が焼けてしまったので、犠牲者の実数さえ把握できていない」

焼けた簡易宿泊所に自らも住んでいた二棟の大家は、かなり高齢だと聞いたことがある。

「パソコンは使っていなかったんですか」

「まあ、使っていたとしても、あの火勢ではディスクが溶けている」

島田がため息をつく。

「放火の可能性はあるんですか」

「ある」と言い切ると、島田の丸顔が引き締まった。

「間もなく県警の火災犯が来て、掘り起こしを始める。おそらく特捜を立ち上げることになる。そうなれば指揮は捜査一課が執るが、所轄からも本部に人を出す。君は野沢君らと地取りをやってもらうことになるだろう」

火災犯とは捜査一課の火災犯捜査係のことだ。火災の規模にもよるが、二、三名の専従員が現場に派遣され、最初の掘り起こしの指揮を執る。そこから出てきた焼損残渣物《しょうそんざんさぶつ》、いわゆる残渣を調べ、何らかの手掛かりを摑《つか》もうとする。

焼死者が出て事件性があるとすれば、神奈川県警の捜査一課から一個班程度の捜査官が入り特別捜査本部、いわゆる特捜が設置される。鑑取り（関係者聞き込み）や地取り（現場周辺の聞き込み）は特捜の指揮下で行われる。

――所轄の現場責任者は野沢さんか。

野沢晃は島田の片腕格の警部補だ。野沢は捜査一課の火災犯にいたが、今は川崎署の強行犯係に所属している。プライドが高くて下の者に厳しいので、気軽に話もできない。

「奴も君ら若いもんのために厳しくしているんだ。放火捜査の方法を詳しく教えてもらえ」

寺島の気持ちを読んだかのように、島田が言う。

「分かりました」

「作業着に着替えたら、すぐに現場に行ってくれ」

所轄の末端の者は野次馬の整理や警察車両の駐車スペースの確保などを行い、掘り起こしが始まれば、大量の瓦礫《がれき》を取り除く作業に従事する。

警察のジャンパーを羽織ると、寺島は駆け足で現場に向かった。

現場には分厚い人だかりができていた。規制線を張りめぐらせているので野次馬やマスコミは入れないが、規制線にたどり着くまでがたいへんだ。寺島は「すいません。警察です。道を開けて下さい」と言いながら人をかき分けて最前列に出た。

――こいつはひどいな。

寺島はヘルメットをかぶると軍手をはめた。

焼け跡特有の強烈な臭いが鼻をつく。たびたび焚かれるフラッシュの光が、隣のマンションの白壁に反射して眩《まぶ》しい。

寺島は持ってきたマスクを着けると、その上から首に巻いたタオルで鼻と口を押さえた。

耐えられないほどの臭いにもかかわらず、現場の周囲は黒山の人だかりとなっている。

――こいつらは平気なのか。

焼失した簡宿から脱出してきたのか、泥だらけのまま身振り手振りを交えて何かを話している者もいる。その話に野次馬たちは黙って耳を傾けている。

彼らは犠牲者と同様の貧しい者たちばかりなのだろう。薄汚れた作業着や着古したトレーニングウエアといったものが、彼らの生活レベルを如実に物語っている。彼らは身近で起こった非日常的事態に驚くでも戸惑うでもなく、ただぼんやりと焼け跡を眺めていた。

――これが今の日本の実像か。

高度成長期、川崎は京浜工業地帯を抱えた一大工業都市だった。あり余るほどの雇用が生まれ、地方から多くの人々が集まってきた。彼らの大半は出稼ぎ者で、安価な宿舎に入って半年ほど働き、春になると農事のために故郷に帰っていった。彼らの需要に応えるべく造られたのが簡易宿泊所、いわゆる簡宿だ。

簡易宿泊所とは宿泊施設の一形態で、ホテルや旅館よりも設備が簡素な上、風呂とトイレは共同で食事も出ない。そのため宿泊代は一泊三千円もしない。

ところが今、簡宿は生活保護を受けている低所得者や、働けなくなった高齢者が住む場所へと変貌を遂げていた。彼らには頼るべき身寄りもなく、行くべき場所もなく、それぞれが追い立てられるようにして簡宿に逃げ込んできたのだ。

——それにしても、よく焼けているな。

昨日までそこに建っていた増田屋は焼け落ち、骨組みだけが残っていた。一方の末吉は一、二階部分は残っているものの、三階は焼け落ち、内部に陥没していた。

焼け跡には、瓦礫の間に焼けたマットレスや焦げた薬缶《やかん》などが散乱し、周囲一帯は水浸しになっている。

かつて川崎市富士見二丁目の独身寮から徒歩で署まで通っていた寺島は、ここに二棟並んで建つ簡宿の前を通っていた。当時は外観など気に留めなかったが、増田屋の石造りをイメージした外壁材や、玄関の横に竹製のフェンスが立っていたことは覚えている。対照的に末吉は、一九七〇年代の木造建築そのままに、不愛想な木骨系モルタル造りの外壁で、何ら味わいを感じさせるものはなかった。

増田屋の隣のコインパーキングに佇《たたず》み、警察官たちが瓦礫の撤去を行うのを見ていると突然、背を小突かれた。

「あっ、野沢さん」

「眺めていても、何も始まらんぞ」

自慢の銀縁眼鏡に手をやりながら、野沢が鋭い視線を向けてくる。

「すいません」

「まだ、こうした場合の手順は分かってないな」

「ええ、知りません」

その時、ちょうど瓦礫の中から遺体が見つかったらしく、誰かを呼ぶ声が聞こえた。マスコミから遮蔽《しゃへい》すべく、瞬く間にブルーシートの幕が張られていく。その中でフラッシュが明滅するのは、現場鑑識が写真を撮っているからだ。

しばらくすると遺体が運び出されてきた。死者に対する敬意と証拠品としての重要性から、遺体は極めて慎重に扱われる。とくに火災の場合、炭化していることが多く、原形をとどめることに細心の注意が払われる。遺体は署の地下にある霊安室に運び込まれ、検視官によって検死が行われる。

火災での死因は気道熱傷と一酸化炭素中毒に大別されるが、単一の原因ということは逆に珍しい。すなわち窒息して気を失い、動けなくなったところを火傷死か焼死するといったことが多い。火傷死と焼死は、やけどを負った後に死亡した場合と、火災現場から焼死体として発見された場合の違いだ。

焼死の場合、死者の特定が難しくなる。「ある程度」の焼死体なら、歯型や身に着けている時計や金属製のアクセサリーなどで特定もできるが、そうでない場合、科学捜査研究所、いわゆる科捜研で綿密な調査が行われ、血液やDNAが採取保存される。

野沢が険しい顔で言う。

「増田屋の宿泊者は六十人ほどだったという。末吉の方も名簿は焼けたが、オーナーの親父が十四人という宿泊者数を覚えていた。言うまでもなく、すべて男性だ」

消火活動が終わったらしく、オレンジ色の服を着た一団が、ぞろぞろと出てきた。

「よろしいですか」

野沢が消防隊の大隊長らしき人物に話し掛ける。

少し離れて立つ寺島の耳にも、二人の会話が聞こえてきた。

「火の回りが早すぎる。こうした建物の火災事案はみんな早いが、今回の場合は、それでも早すぎる」

簡宿の多くは、扉はベニヤ板で壁にはウレタンなどの素材を使い、防火や耐火など全く考慮していない。そのためすぐに火の手が回り、しかもそうした素材が、木造家屋にはない異臭の原因となっていた。

「出火場所はどこですか」という野沢の問いに、大隊長が答える。

「増田屋の玄関が最も激しく燃えている。玄関には火の気がないはずなんだがな」

「ということは——」

「科捜研の検知結果からガソリンが検出された」

「こんなところにガソリンを――」

「そうだ。ここは燃えやすい素材ばかりの上、二階と三階は吹き抜けだ。簡易宿泊所にありがちな違法建築なので、燃え広がるのも早かったんだろう」

かつて宿泊者需要が高まった時、こうした簡宿では部屋数を増やすべく、違法を承知で屋根裏部分を改造して三階建てにした。とくに川崎市の場合、オーナーの高齢化に伴い、違法建築物件の建て替えが進まず、警察や消防がどれだけ注意しても、大半はそのまま営業を続けている。

建築基準法や市の建築基準条例では、三階建て以上の宿泊施設を新築する場合、鉄筋コンクリートなどの耐火建築物でないと許可が下りない。だが古い時期に改築されたものは、たとえそれが違法建築でも、立ち入り検査をして警告する程度で、それ以上の強制は警察も消防もできないからだ。

コストを極限まで切り詰めた資材といい、もうけを第一に考えた構造といい、火災に何ら抵抗力のない建物が、この時代にまかり通っているのだ。

――金のない者は、命の危険まで背負い込まされるのか。

世界第三位の経済大国でありながら、この国は社会的立場の弱い者にとって極めて生きにくいものとなっていた。生活保護を受けながら三畳ほどの広さしかない簡宿の一室に押し込まれ、何の希望もなく、孤独死を待つだけの生活を強いられるのだ。そうした中には、簡宿の料金さえ支払えず、路上生活者になる者もいる。

——そこにあるのは絶望だけだ。

寺島は、虚《うつ》ろな表情で現場を眺める野次馬たちに目を向けた。

やがて消防士と入れ違うようにして、火災犯が黄色いテープをくぐって中に入っていった。その中の一人が野沢に合図を送る。

「ちょっと行ってくる」

これから掘り起こしが始まるが、その前に所轄が瓦礫の撤去を行うのだ。

野沢は火災犯の捜査員と話し合っている。その後ろ姿を見ながら、寺島はふと、この事件が長引くような気がした。

——俺は指示されて動くだけの将棋の駒だ。今から気に病んでいてどうする。

寺島は嫌な予感を振り払い、目の前の仕事に集中することにした。

2

案に相違せず、火災は放火によるものと断定され、翌日には特別捜査本部が設置された。実質的な捜査指揮は一課のベテランが執るが、所轄の捜査員に細かい指示を出すのは野沢の仕事となる。

久しぶりの大きな事件に気合が入っている野沢は、「今、分かっているのはこれだけだ」と言い、徹夜でまとめたらしい資料を寺島らに回してきた。

——やはり、死者は十人か。

大家の記憶や住人たちの証言から、早くも死者数が特定された。その中で身元が判明したのは三体だった。この三体は、「ある程度」の焼死体だからだ。

残る七体は損傷が激しく、目視や証拠品だけでの特定は難しかった。それでも生前の痕跡も多少はあり、特定できないまでも目星はつけられた。

問題は、友人や知人による立ち会い確認ができないことにあった。家族であれば、どんなに痛ましい姿でも遺体を確認してもらうことはできる。しかし簡宿に住む者たちの大半は、遠方に住む親戚はいても家族などいない。

友人や知人と称する者に遺体確認を頼んでも、決まって「そんなに親しくはなかったから」と言って断られる。その気持ちは分からないでもない。一瞥《いちべつ》するだけなら、承知もしてくれるだろう。しかし焼死体だけは綿密に見てもらい、根拠を確定させねばならない。それを伝えると、いったん承諾した者も尻込みしてしまう。

科学的な裏付けを取る場合、科捜研に依頼し、焼け残った骨や筋肉などから血液やDNAを採取し、近親者と照合するのだが、どこに近親者がいるのかさえ分からないのだ。とりあえず血液の採取やDNAの記録は取るものの、近親者と名乗る人物が現れない限り、何の意味もない。

そうなると、できることは鑑取りと地取りだけだ。

一方、すぐに身元が特定された三人の足跡が明らかになってきた。

六十歳のA氏は元板前で、長らく築地近辺の料理屋や居酒屋で働いていた。蓄えもそれなりにあり、老後の見通しを立てたつもりでいたが、一人息子の自立をきっかけに、専業主婦の妻に離婚を申し立てられた。妻との関係は冷え切っていたのでそれに応じたが、裁判所の命令で年金は二分割され、生活は徐々に苦しくなっていった。

月三十万の年金が半額になったA氏に、家賃が重くのしかかってきた。それでも東京で生まれ育ったA氏は、家賃の高い東京に住み続けた。

家賃を抑えるため地方に転居する高齢者は皆無に近い。そんなことをすれば地縁のない土地で孤立するからだ。しかも高齢者の場合、時間ができると、そのつぶし方によって、たちまち貧困に陥る。A氏もお定まりのようにパチンコと酒に溺れ、数年で貯金を使い果たしてしまった。

六十七歳のB氏は長らく銀行員として働いていたので、厚生年金にも加入していた。その上、生涯独身だったので貯蓄も十分にあった。ところが定年退職後、長年の偏食がたたったのか糖尿病に罹患した。重度の合併症を引き起こし、その治療に貯金の多くを使い果たし、さらに薬の副作用で軽い認知症を患い、おかしな友人らと飲み歩いて金をせびられていたという。その結果、金融資産は瞬く間に底をつき、市役所の紹介で増田屋に流れ着いたという。

B氏の場合、病気という誤算が人生を狂わせ、独身ということで頼れる者がおらず、想定外の貧困に陥ったのだ。

五十八歳のC氏はもっと悲惨だった。トラック運転手のC氏には家庭もあり、二人の子供にも恵まれていた。ところが、正社員として勤めていた運送会社が倒産し、契約社員として働かざるを得なくなり、収入は目に見えて下がっていった。それでも夫婦関係は良好で、妻もパートに出て家計を支えていたが、運の悪いことに妻が癌《がん》になり、収入の大半はその治療費に消えた。C氏は妻のために懸命に働いたが、それが裏目に出て、居眠り運転で事故を起こし、その時の怪我によって運転手の仕事を続けられなくなった。

結局、妻は死に、職も失ったC氏は酒浸りとなって生活が破綻した。子供らは自立したが、C氏は路上生活者となった。そこにNPO法人から救いの手が差し伸べられ、増田屋に入居したという。

寺島がC氏の子供の連絡先を突き止めて電話をすると、「そちらで処理して下さい」と言って骨さえ取りに来ない。それでも、「犠牲者に賠償金や見舞金が出る場合は、連絡を下さい」と付け加えてきたという。

貧困状態に陥った三人に共通しているのは、自分や配偶者の健康な老後を前提として、離婚や病気のようなアクシデントを想定していない点にある。しかし、そうした不慮の事態を想定できる者がいるだろうか。彼らの生きてきた軌跡を知れば知るほど、寺島は行き場のない憤りを感じた。

四人目の犠牲者は、友人たちの証言によって突き止めることができた。〝源さん〟と呼ばれていた元沖仲仕で、十年余にわたって増田屋に住んでいたという。明るく話し好きだったので、皆から好かれていたという。彼の場合、特定の仕事にも就かず将来の計画もないまま、その日暮らしを続けた末に行き着いたのが簡宿だった。

五人目は田舎の親類からの問い合わせがきっかけだった。彼の場合、地方に住む弟の息子への年賀状を欠かさなかったという。その差出人住所が増田屋なので明らかになったのだ。

難航はしたものの、一週間で五人まで突き止めることができた。

五月末、仕事場の記録から、さらに一人の身元が判明した。続けて病院の通院記録から、もう一人も特定された。二人は現住所を増田屋と記録していたから分かったものの、残る三人の手掛かりは杳《よう》として掴めない。

それでも東京のNPO法人からの連絡で八人目が判明した。遺留品を展示した際、訪れたNPO法人のソーシャルワーカーが特徴的なライターに見覚えがあったのだ。

六月に入り、残るは二人となった。

一方、特捜本部の主力部隊が追う放火犯は、何ら物的証拠もなく、聞き込みでも有力な手掛かりが掴めず、苦戦を強いられていた。

宿直の者たちが撮影した野次馬の写真も徹底的に洗われたが、その中に、放火などの犯歴のある者はいなかった。また近隣に設置されている防犯カメラも入念にチェックされたが、とくに挙動不審の人物が映っていることもなかった。通常、愉快犯は現場に再び現れることが多いが、今回の場合、犯行後に現場に姿を現すことはなかったようだ。

六月中旬、科捜研の尽力によって九人目が特定された。

彼は前科者だった。警察庁の膨大なデータベースから人物を特定し、九九・九％以上の確率で同一のDNAと判明した。かくして一カ月以内に、十人中九人までが特定された。

最後の一人を特定すべく、寺島が膨大な数の遺留品の写真を一つひとつ当たっていると、溶けかかったコインロッカーの鍵の写真が目に留まった。焼土の中から見つかったというが、ロッカー番号も鍵部分も溶融《ようゆう》していた。

早速、証拠品係へ赴き、詳細を聞くことにした。

「これは、どこで発見されたんですか」

「増田屋の中央付近の土砂の中と聞きました」

阿野という名札を付けた若い係員が、そっけなく言う。

「中央付近のどっちですか」

「末吉寄りです」

現場見取図を見ると、身元不明遺体が見つかった場所にも近い。

「プラスチック部分は溶け、金属部分も溶けかかっています」

「そのようですね。これはどこにでもある鍵なんですか」

「そうですね。コインロッカー製造会社は数社ありますが、ロック部分は専門の製造業者が、ほぼ独占しているようです」

寺島は礼を言うとその場を後にした。

まず寺島は、生存者たちにコインロッカー使用の有無を尋ねたが、首を縦に振る者はいなかった。これにより鍵は、死者の誰かの持ち物である可能性が高くなった。いずれにせよ超過料金は支払われず、荷物はどこかに預けられたままになっていると考えられる。その中に、身分証明書や通帳といった身元の特定につながるものがあるかもしれない。だが現場は七十四人もの人々が生活していた場であり、証拠品は膨大な数に上る。寺島には、ほかにも当りをつけねばならない証拠品もある。

——見込みがなさそうなら、すぐに引くか。

事件からちょうど一カ月が経った六月十七日、寺島は京浜急行のコインロッカー管理会社に問い合わせ、長期使用中のロッカーがないか尋ねた。ところが、こちらの質問に対して要領を得ないので、実際に足を運んでみることにした。

話を聞いてみると、答えがあいまいな理由が分かった。コインロッカーは三日間預けっぱなしで追加料金が支払われないと、管理会社が中のものを預かることになっている。だがそれは建て前で、実際は五日から七日は放っておくというのだ。というのも、管理会社預かり、すなわち収容品になると課金できないが、ロッカーに入れたままにしておくと、金を払って出していく人がいるからだという。

昭和の頃は、コインロッカーに生まれたばかりの乳児を入れるなどという不心得者もいたが、最近はそうしたこともないので、少し管理を緩めているらしい。

収容品の引き取りがない場合、強制開錠の日から七日経つと所有権を放棄したものと見なされ、収容品は管理会社のものになる。コインロッカー料金は保管料ではなく、保管スペースの賃貸料なので、遺失物法には引っ掛からないからだ。

寺島は管理会社を取り締まることが目的ではないと説明し、協力を要請した。

そこで分かったのは、増田屋の最寄り駅である八丁畷にコインロッカーは設置されておらず、次に近い京急川崎駅周辺には二カ所あるという。増田屋のあった日進町から川崎駅までは、一・三〜一・五キロメートルほどなので徒歩圏内だ。

初老の係員に溶けかけた鍵の写真を数枚見せると、その会社で使われているコインロッカーの鍵に間違いないという。

続いて寺島は、五月十日頃から入金がされていない収容品について尋ねてみた。

さすがに一カ月以上が経過しているので、すべて管理会社が保管しているという。

早速、倉庫まで行き、火災のあった日以降に収容した延滞物件を見せてもらった。

棚に並んだ収容品には様々なものがあった。衣類や雑誌類から食品に至るまで、どうしてこんなものを入れるのかと思うものまである。

「コインロッカーは防犯カメラで撮影されているはずですが、その記録を見せてもらえませんか」

「画像は撮っていますが、何の問題もなければ、三日後には消去してしまうのです」

法律に反しているわけではないので文句は言えない。防犯カメラの設置は、あくまで管理会社の自主的防犯対策だからだ。

寺島は再び収容品のチェックを始めたが、さしたるものは見当たらない。

寺島があきらめかけた時だった。新聞紙に包まれ、ゴムで留められたものが目に入った。

「これを見せてもらいます」

「どうぞ」

——去年の十一月の新聞か。

新聞紙を傷つけないよう丁寧に解いていくと、大学ノートが一冊出てきた。

係員によると、ノートが入っていたロッカーには、ほかに何も入っていなかったという。

——つまり、かなりのスペースを無駄にしても、保管しておきたかったものなのだ。

だが、いつからこのノートが収められていたのかは分からない。

コインロッカーというのは、コンピューター・システムで管理されているわけではないので、いつ新規に借りたのか、いつ延滞料が支払われたのかも記録に残っていない。

ノートを開くと、走り書きの文字で数字の羅列が記されていた。それは三ページほどにわたり、残る部分は空白だった。

「これは何ですかね」

これまで興味も関心もなさそうにしていた係員が、寺島の肩越しにのぞき込む。

「メモのようです」

最初のページの左上に、「1970」と「H・J」と書かれた文字もある。

だがそれに続く数字の羅列が、何を意味するのかは分からない。

「暗号の類《たぐい》ですかね」

それには答えず寺島が言った。

「これらを証拠品として任意提出いただけますか」

「はい。もちろんです」

気圧《けお》されたように係員がうなずく。

――「1970」とは西暦だろうか。

寺島の心に引っ掛かるものがあった。

指紋の検出が困難と思われるものを除き、寺島は収容品を署に持ち帰ることにした。

3

収容品からは、いくつかの指紋が検出されたが、それらが最後の一人の身元特定には結び付かなかった。

大学ノートからは、指紋が検出できないと分かった。紙質によっては、分泌物が吸収されやすいからだ。ノートをペラペラとめくってみたが、やはり最初の三ページ以外には何も書かれていない。消しゴムなどで消した跡もない。

——これは、イニシャルか。

「1970」の下に書かれた「H・J」というアルファベットに、寺島は注目した。

そして、そこから三ページ目の途中まで、「3 6 2 4 3 3 5 8 6 5 2 9 3 1 7——」と大量の数字が続き、それから先は全くの白紙なのだ。

——一九七〇年にH・Jという人物が書き残したものか。

寺島は、自分が生まれていない一九七〇年前後の時代について調べたことがある。それゆえこのノートが気になるのかもしれない。

——俺も過去に囚われて警察官になったが、H・Jという人物も過去に囚われ、抜け出せなくなっているのだろうか。

その過去とは何だったのか、寺島は興味をかき立てられた。

——だが、溶けた鍵とこのノートをつなぐ糸は、あまりにか細い。個人的な関心から、証拠にもならない特定のものに傾倒するのは間違っている。

「寺島君、何をやっている」

はっとして振り返ると、野沢が背後に立っていた。

「それは何だ」

「預かってきたコインロッカーの収容品です」

立ち上がろうとする寺島を片手で制した野沢は、空いていた隣の椅子に腰掛けた。

「あの溶けた鍵の件か」

「はい。収容品の中に、何かヒントがあればと思いまして」

「その鍵が京急川崎駅のコインロッカーのものとは限らないだろう」

「はい。ただ長期で預けている場合、追加料金を払うなら、近い場所にあるコインロッカーの方が便利なのではないでしょうか」

「簡宿なんかに泊まっている奴が、金を払ってコインロッカーなど使うものか」

野沢の物言いに、寺島は少し鼻白んだ。

「何か大切なものなら、払うのではないでしょうか」

「一日三百円か。まあ、あり得ない話ではないな」

野沢が席から立ち上がった。

「野沢さん、こうした収容品から、放火犯をたぐり寄せることができるかもしれません」

「そんなものがあてになるか。そいつが、あの簡宿の住人のものとは限らないじゃないか」

確かに野沢の言う通りだった。鍵が溶けていることで、どのコインロッカーか特定できないため、収容品を証拠品として扱うことは難しい。

「犯人は俺が挙げる」

野沢が憤然として立ち上がった。

――危ない人だな。

寺島は野沢という男に危うさを感じていた。野沢は事件にのめり込むと、何も視野に入らなくなる性質《たち》らしい。そのため離婚歴もあり、風の噂では離婚してから子供の顔も見ていないという。

――もしかすると野沢さんは、警察官に向いていないのでは。

仕事と私生活を割り切って考えられない警察官も多い。その典型が野沢なのだろう。だが寺島は、別の意味で自分が警察官に向いていないと思っていた。

警察学校を卒業する時、寺島は公安を希望した。だが私立大出身で、目立つほど成績がよかったわけではない寺島は、エリート集団の公安に配属されることはなかった。

――辞めるなら、そろそろ決意しなければならない。

そんなことを思いながら、寺島は日々を過ごしていた。

六月も下旬になった。梅雨が明けると、日本列島は猛暑に襲われ、熱中症で倒れる人が続出した。そんな中、安全保障関連法案の可否をめぐって国会が紛糾し、それが国民にまで飛び火し、大きな運動が巻き起ころうとしていた。それを先導するのが、藤堂亜沙子という女性だった。すでに六十を過ぎている藤堂だが、その清楚な佇まいとは裏腹な熱弁を振るう姿は、連日メディアを賑《にぎ》わせていた。

そうした世間の喧騒をよそに、寺島は近隣の簡宿に住む人々の聞き込みを続けた。だが依然として最後の一人は判明しない。

――ラストマン・スタンディングか。

寺島の前に、「最後の一人」が立ちはだかっていた。

おそらく彼は、増田屋の二階か三階でひっそりと暮らしていたに違いない。だが、同じような境遇の人々とつながりを持たなかったのだろう。

簡宿では、長く住む者ほど下の階に移り、利便性を高められるようになっている。つまり最初は上階に住んでいても、大家に頼んでおけば下の階に移れるのだ。

それゆえ一階に住む者たちは互いに顔や名前を見知っていたが、二階と三階に住む人々のことを、ほとんど知らなかった。同じ簡宿に住む者でも、人間関係に濃淡があるのだ。

寺島は大家にも幾度となく会った。しかし大家は高齢で話の要領を得ない。それでも家賃の収受だけはきちんとしており、日払いの場合、滞れば必ず督促に行ったという。

寺島は大家の記憶を頼りに、生存者や身元の分かった犠牲者の生前の写真を見せ、消去法で手掛かりを摑もうとしたが、大家は首をかしげるばかりだ。

大家によると現金の扱いが多いこともあり、管理人室の窓口はアクリル板で仕切られ、現金収受口が設けられていた。それでも大家が座っている位置から見上げれば、店子《たなこ》の顔が見えるものだが、ちょうどそこに「共同生活のルール」という張り紙があり、死角になっていたという。

仕方なく寺島は、一階や二階の生き残った住人に何度も会い、何か思い出したことがないか聞いて回った。しかし彼らの流動性は高く、次々と連絡が途絶えていく。住む場所を移す時は「連絡先を知らせてくれ」と告げておいても、彼らはそうしない。

――警察が、彼らの味方でないのを知っているのだ。

こうした場所に住む人々の中には、脛《すね》に傷を持つ者もいる。これまで警察に縁のなかった者でも、警察が出入りする場所に住んでいるというだけで、人から胡散《うさん》臭い目で見られるようになる。それゆえ都会の雑踏に身を隠すかのように消えていくのだ。

日本の警察力を駆使しても彼らを見つけるのは容易でなく、「何か思い出したことはないか」と尋ねるためだけに、労力を費やすわけにはいかない。

それでも聞き込みを重ねた結果、おぼろげながら最後の一人の姿が浮かんできた。

・年齢は六十五から七十五歳くらい。
・身長は一七五センチメートルほどで痩せ型。
・髪の毛は整っており、身ぎれいにしている。
・白い開襟シャツをよく着ていた。
・挨拶はきちんとする。
・増田屋に住んで半年から一年ほど経っていた。

こうした情報が集まったが、身元の手掛かりとなるものは何もない。

時間が経てば人々の記憶は薄れていく。簡宿に住む者は、他人への関心が薄いのでなおさらだ。似顔絵を作成するために署に来るよう頼むと、誰もが決まって「それほど覚えていない」という。

七月に入ると、暑さも本格的になってきた。

ある日、机の中を整理していると例のノートが出てきた。証拠品とは認められなかったので、ほかの収容品と一緒に寺島が個人的に保管していたのだ。

――持ち主が、まだ現れないってことか。

収容品の持ち主が現れれば、コインロッカーの管理会社から連絡が入るようになっている。

――持ち主が生きているとしたら、このノートはもう要らないということか。

だがノートは傷《いた》んでおらず、これまで大切に保管されてきたとしか思えない。

――この持ち主は何らかの理由で、ノートを取りに行けないのではないか。

だが、それを焼死者に結び付けるのは早計だろう。焼け跡から見つかったロッカーの鍵を手掛かりとして管理会社に当たったところ、そこに預けられていた多くの延滞物件の一つに、ノートがあっただけなのだ。

――か細いどころか、線にさえなっていない。

寺島は自嘲したが、どうしてもそのノートが気になる。寺島の勘が何かを教えてくるのだ。

寺島はノートをめくり、数字の列を見るでもなく見ていた。

――持ち主が誰であるにせよ、これだけ古いものを、一日三百円もかけて保管してきたということは、当人にとっては極めて大切なものなのだ。

寺島は、その数字の羅列の背後にあるものが何かを探りたくなっていた。

4

昭和四十四年（一九六九）四月、入学式を終えた中野健作こと三橋琢磨は、雄志院大学のキャンパスを奥へと進んでいった。

細身のズボンに三つボタンのジャケットを着てモッズファッションを気取ってみたが、どことなく垢抜けていないのは自分でも分かる。

キャンパスのそこかしこでは、体育会系から何かの政治団体まで、様々な部やサークルが勧誘を行っていた。がなり声の合間にフォークギターをかき鳴らす音などが交じり、いかにも大学らしい喧騒だ。

すぐ横では、道着を着た坊主頭の大男に新入生が捕まっていた。柔道だか空手だか分からないが、太い腕を新入生の首に巻き付け、強引に部のテントに連れていこうとしている。

新入生たちの間をすり抜け、琢磨はオリエンテーション会場に向かった。

「文学部オリエンテーション会場」と書かれた張り紙を見つけ、その棟内に入ると、古い建物特有のカビ臭さが鼻をついた。

――これが大学の匂いか。

そんなことを思いつつ多くの学生でごった返す館内を歩き、ようやく通路脇の席に着いた。するとと痩せた長髪の男が近づいてくるや、「お願いします」と言って、机の上にガリ版刷りのビラを置いていった。そこには赤字で「ベトナム戦争反対」と書かれている。

――統学連ではないな。

ビラの最下部には、別の団体の名が記されている。

それを何気なく眺めていると、「ご関心がおありですか」と、斜め後ろの通路から声が掛かった。

驚いて振り向くと、女性が立っていた。鼠《ねずみ》色のセーターはほつれている箇所があり、髪も後ろでまとめているだけだ。その容姿は、胸をときめかせるものとはほど遠い。

「ベトナム戦争について、どう思われますか」

「いや、僕は政治に関心がありません」

「でも今、ビラを読んでいたでしょう」

その詰問口調には、ノンポリ学生たちへの不満が溢れている。

ノンポリとは「Nonpolitical」の略語で、政治に関心のない学生たちのことを言う。

「座っていたら配られたので、ただ字面《じづら》を追っていただけです」

だが彼女は、こちらの話など聞いていない。

「われわれの集会に来て、一緒に闘いましょう」

「闘うって、誰と」

「アメリカ合衆国の走狗《そうく》と化している現政権です」

「いや、勘弁して下さい」

「集会に来ていただくだけで構いません」

「すいません。田舎から出てきたばかりなんです」

それを聞いた女性は、憐れむような視線を琢磨に向けると言った。

「分かりました。もし学生生活でお困りのことがあれば、このビラの電話番号に連絡して下さい。われわれが力になります」

「ありがとうございます」

琢磨が丁寧に頭を下げると、女性は失望をあらわにして去っていった。

徐々にホール内は静かになり、いつの間にか学生運動家たちも姿を消していた。今は、いかにも真面目そうな学生たちが、「履修科目説明書」なるパンフレットを配布している。こちらは、学部から履修説明会の手伝いに駆り出された二回生だろう。

机の上に置かれたパンフレットをペラペラとめくっていると、学部長らしき老人が登壇し、何やら訓辞を垂れ始めた。

「君たちはもう大人だ。勉強するもしないも自由だが、成績の悪い者には単位をやらない。言うまでもなく、単位が足らなければ留年となる」といった内容である。

警察学校で二十四時間束縛される生活を送ってきた琢磨にとって、逆に、そんな自由は新鮮だった。

――自由か。ここでは、それが許されているのだ。

琢磨の脳裏に、羨望と蔑みの入り交じった複雑な感情が渦巻いた。

午後三時、オリエンテーションが終わると、琢磨は人の波に押されるようにして、ホールのある十三号館を後にした。

入ってきた時とは違い、何人かのグループとなっている者たちもいる。隣り合った者どうしが何となく声を掛け合い、友人になったのだろう。

文学部なので女性は多いものの、美人は意外に少ないので、そこそこの美人の周囲には人が集まり、「喫茶店に行こう」などという声も聞こえてくる。

――確かに、履修科目についての情報交換は必要だ。

そうは思うものの、成績を問われていない琢磨の場合、そんな連中と喫茶店に行っても、無駄な時間を過ごすだけになる。

外は晴天で、キャンパスの緑は濃い。誰もがこれからの四年間に思いを馳せ、弾むように散っていく。それを見つめつつ、琢磨は皮肉な笑みを浮かべた。

——さて、仕事だ。

気持ちを切り替えた琢磨は、演台の上で何かを叫んでいる者たちの方に向かった。

昭和四十二年（一九六七）三月、三橋琢磨は、北海道の高校を優秀な成績で卒業すると、迷わず警察官採用試験を受けた。祖父と父が警察官だったこともあり、自分が警察官になるのは、子供の頃から当然と考えていたからだ。

早くから準備を始めていたこともあり、首尾よくⅢ類に合格した琢磨は、警察学校に入校し、厳しい訓練を受けた後、現場に配属されることになった。そして最初の十カ月の訓練期間の後、各警察署に卒業配属され、様々な部署の仕事を経験した後、再び警察学校に戻される。そこで三カ月ほどの再教育を受けてから卒業となり、配属先に戻される。

その後、それぞれの希望を取り入れつつ専門の部署へと進むことになるが、琢磨は公安を希望したので、所轄の警備課公安係で仕事をすることになった。

地元での初仕事に胸躍らせていた琢磨だったが、配属されてからすぐに「警視庁に派遣する」という辞令をもらい、東京に向かった。

先輩の話によると、道警から警視庁に派遣されることなど皆無に近いらしい。先輩は琢磨の履歴、すなわち親子三代警察官という点に、公安のお偉いさんが魅力を感じたのではないかという。

琢磨は道警の採用試験を首席で突破し、警察学校卒業時に道警本部長賞をもらった。その後、昇進試験にも一発で合格し、巡査部長になっていた。成績からすれば、警視庁の公安に派遣されてもおかしくはなかった。

琢磨が出向を命じられた警視庁公安部公安第一課第二公安捜査係は、学生運動の取り締まりを主たる仕事としている。ここのところ学生運動は一段と過激さを増してきており、公安部が増員されていると、警察学校で聞いたことがある。

公安部のフロアでは、多くの職員が立ち働いていた。皆、白いワイシャツ姿で、その多くが電話口に向かって何事か話している。この様を見るだけで、いかに公安部が花形の部署かが分かる。

——俺もこうなるのか。

数カ月後には、この人たちのようになれると思うと胸が高鳴る。

指定された午前九時ちょうどに公安第一課長の部屋をノックすると、中から「入れ」という声が聞こえた。

「失礼します」

琢磨は緊張していた。警視庁本部の課長といえば警視正で、しかも公安部ならエリート中のエリートだからだ。

「北海道警から派遣された三橋琢磨巡査部長です」

制服姿の琢磨は、直立不動の姿勢で敬礼した。

「笠原省吾だ」

警視正は立ち上がり、敬礼を返した。

「君は、今日から警視庁公安部公安第一課第二公安捜査係の所属になる」

笠原警視正は四十を少し過ぎたくらいで、薄くなった頭髪には、べったりと丹頂ポマードが塗り付けられている。身長は一六〇センチメートルほどだが、その体軀《たいく》は引き締まっており、剣道か柔道を日常的にやっていると分かる。

「そこに掛けろ」

「はっ、失礼します」と言って笠原の対面の席に座ると、笠原は電話を取り、内線で「横山君、すぐに来てくれないか」と言った。

「お茶でも飲むか」

笠原警視正の問いに、琢磨は「結構です」と答えた。

「そうか。それならいい」

笠原が再び机の上の書類に目を落とす。

気まずい沈黙が三分ほど続き、ノックの音が聞こえた。

「横山です」

「入れ」

横山と名乗った人物が入室してきたので、琢磨は正対して敬礼した。

横山は、角刈り頭で身長は一八〇センチメートルほどあり、こちらも武道で鍛えたとおぼしき立派な体格をしている。

「それでは横山係長、三橋巡査部長に仕事内容を説明したまえ」

「分かりました」と言って琢磨の横に腰掛けた横山は、脇に抱えてきた分厚い書類綴《と》じを机の上に置いた。

「新聞に書かれているので知っているだろうが、ベトナム戦争の激化に伴い、学生たちが騒がしい。学生たちは羽田闘争以来、その勢いを増し、遂にはヘルメットにゲバ棒を持って武力闘争の段階に入った。その結果が、今年一月の東大安田講堂事件だ。最近は、全共闘の動きも以前より過激になってきている。とくにノンセクト・ラジカルという特定の党派に属さない組織が、どの大学にもできてからは予断を許さない状況になりつつある」

そこで言葉を切ると、横山が問うてきた。

「私の話が分かるか」

「はい。分かります」

「われわれは、こうした動きが変質し、過激化していくのを防がねばならない。言うなれば未然に芽を摘み取った方が、芽吹いてから摘み取るよりも、はるかに楽なのだ」

横山が笠原に目で合図した。ここからは笠原に話してもらいたいのだ。

「そこでだ」

笠原が眼鏡を外す。その小さな目には鋭い光が宿っている。

「君に、その役割を託したいのだ」

「はい」とは答えたものの、琢磨には、その役割が何か見当もつかない。

「君には重荷かもしれないが、いくら背伸びしても、われわれには無理だからな」

笠原が少し笑ったので、横山もそれに追従するような笑みを浮かべた。

琢磨がおずおずと尋ねる。

「それは、どういう意味ですか」

「君には若さがある」

琢磨が二人より優れている点としては、確かに若さしかない。

「この仕事だけは、若くなければ務まらんのだ。つまり君には──」

笠原の瞳の奥が光る。

「学生に化け、ある大学の組織に入り込み、彼らの動きをわれわれに伝えるという任務に就いてもらう。それによって、われわれは彼らの動きを未然に封じることができる」

「分かりました。しかしなぜ私に──」

「君は北海道出身なので、こちらに知己は少ないはずだ」

「はい。ほとんど誰もいません」

「しかも三代続く警察官一家だ。われわれにしてみれば信頼が置ける」

琢磨の祖父は交番の巡査で終わったが、父は北海道警の課長まで出世した。上層部から見れば、琢磨は忠犬の血筋を引いていることになる。

──血統書付きってわけか。

かつてはそうした血筋に反発もあったが、祖父や父が尊敬できる人物だったので、警察官という仕事が誇れるものなのは間違いない。

笠原に代わって横山が問う。

「子供の頃から武道をやっていたと聞くが」

「はい。小学生の頃から柔道をやらされていました」

「やらされていた、か」

笠原と横山が笑う。彼らも多かれ少なかれ同じような境遇だったのだろう。

琢磨にとって柔道は決して楽しいものではなかった。だが柔道を通じて、肉体的にも精神的にも、同世代の若者に比べてタフになったのも事実だ。

「とくに気に入っているのは、君の見た目が警察官らしくなく、十代半ばにしか見えないことだ。横山君と二人で、各県の公安課から送られてくる新人の写真に目を通したのだが、二人とも君が適任だという点で一致した」

笠原が笑みを浮かべると、横山が問うてきた。

「君は趣味の欄に読書と書いてあるが、本が好きなのか」

「はい」

「それなら、奴らの訳の分からない言葉や理屈にもついていけるな」

「何とかなると思います」

学生運動の闘士たちは、あえて難しい言葉を好む。それを理解するには、哲学書から古典文学まで相当量の読書の蓄積が必要になる。琢磨は世の中の動きを知るために、新聞はもちろん『朝日ジャーナル』を読んでいたので、彼らが何を言わんとしているのかは分かる。

「まさに適任だな」

「仰せの通りです」

　笠原と横山がうなずき合う。

「これは極めて危険な仕事だ。正体がばれたらリンチにされる」

「リンチですか」

　その意味は分かっていたが、つい聞き返してしまった。

「リンチとは、袋叩きにされるということだ。さすがに殺されはしないだろうが、ヤクザと違って加減を知らない連中だ。どうなるかは分からない」

　笠原の言葉を横山が補足する。

「奴らは、バットでスイカを叩き割る訓練もしているそうだ」

「横山君、あまり脅かすな」

　笠原は笑った後、真顔に戻った。

「もちろんわれわれは、この仕事を君に強要できない。だがもし受けてくれるなら、君の評価は格段に上がるはずだ」

　――裏返せば、断ったら評価されないということか。

　警察学校にいた時、兄が警察官だという仲間から、これに類似した話を聞いたことがある。つまり潜入捜査などの危険な仕事は断ることもできるが、断ってしまえば評価は下がり、その後も重要な任務に就かせてもらえなくなるという。

——つまり上に行きたければ、断るという選択肢はないのだ。

「やらせていただきます」

こうした時は前向きに引き受けた方が、はるかに印象がよくなる。

「もちろん潜入の意味は分かっているな」

横山が険しい声音で問う。

「はい。その人間になりきることです」

「その通り。明日から君は別人になり、三橋琢磨は警察の人事記録から抹消される。それでもいいな」

「結構です」

「君が大学生になる支度は、すでに整っている。後は、君自身がどれだけ学生になりきれるかだ」

「はい。大丈夫です」

「頼もしいな」

笠原は笑みを浮かべたが、横山は真顔のまま続けた。

「こちらの拠点ができるまで、連絡手段は、喫茶店で他大学の学生を装った者と会って本の貸し借りをするように見せかけ、その中に水溶紙の手紙を挟むという方法を取る」

「水溶紙ですか」

「そうだ。連絡メモが学生運動家に渡らないように、いざという時には、それをのみ込んでもらう」

「住む場所や新たな氏名などは、こちらに書いてある」

横山が、先ほど持ってきた分厚い書類綴じを渡してきた。

「このファイルは門外不出だ。明日までに、すべて頭に叩き込んでおけ」

「明日までにですか」

「当たり前だ」

横山が間髪容《い》れずに言う。

その分厚さに琢磨は驚いたが、警視庁のエリートなら「明日までに、これを読んでおけ」と言われ、ドイツ語の原書を渡されることもある。それを思えば、日本語で書かれているだけでも感謝せねばならない。

「何か質問はあるか」

「潜入する大学はどこですか」

「ああ、大事なことを忘れていたな」

横山がにやりとして言った。

「横浜市中区の雄志院大学だ」

「あの大学にも運動家がいるんですか」

琢磨にとって雄志院大学とは、明るいキャンパスと女子大生が多いおしゃれな大学というイメージだ。

「そうだ。あの大学でさえ、今年はバリケード封鎖のまま越年した」

横山の言葉を笠原が補足する。

「そんな大学は全国に三十余もあり、決して珍しくはないが、まさか雄志院が封鎖などするとは思わなかった。それでだ――」

笠原が見慣れない煙草を取り出した。ラベルには英語で「Seven Stars」と書かれている。

「この大学が次なる闘争の台風の目になると、われわれは見ている」

雄志院大学は明治半ば創立の名門私学で、その入学難易度は、早慶上智に次ぐと言われている。学生運動はそれほど盛んではなかったが、一千以上の学生運動家を抱えるマルクス共産主義学生連合、通称マル共系のセクト（党派）の一つで、極左と目される統一学生連合という団体が、拠点を築き始めたという。

「ということは、その封鎖を行った統学連に入れと――」

「そういうことになる」

横山に代わって笠原が険しい顔で告げた。

「雄志院大学における統学連の運動の芽を事前に摘み取る。それが君に課された使命だ」

「分かりました」

「とくに、トップには気に入られてほしいんだ」

「トップとは誰ですか」

「白崎壮一郎という男だ」

白崎壮一郎とは、このところ左がかったマスコミからもてはやされている学生運動の新しいスターだ。

「分かりました。やってみます」

「三橋君――」

笠原の声音が突然、険しくなる。

「やってみますとは何だ。やるとなったら命を懸けてやる。それが警察官というものだ」

「はっ、はい」

この仕事が中途半端な気持ちでは取り組めないものだと、琢磨は覚《さと》った。

――何としても入り込んでやる。

琢磨の胸底から熱いものが込み上げてきた。それこそは、三代続いた警察官としての血なのかもしれない。

5

「ベトナム戦争反対！」「米軍は出ていけ」「日米安保条約自動延長阻止」などと大書されたベニヤ製のタテカン（立て看板）を四方にめぐらせた中央広場の演台で、長髪の男がハンドメガホン片手に声を張り上げていた。

「われわれは大学と交渉を続けてきた。しかし大学側は、帝国主義に彩られた伝統を引き継ぎ、国家と結託し、その権力を笠に着て、われわれに対して一方的に命令する。大学の自治はもはや幻想にすぎず、われわれにあるのは、アウシュヴィッツのユダヤ人と何ら変わらぬ拘束である。大学は権力の末端を担う岡っ引にすぎず――」

そこで笑いが巻き起こった。岡っ引とは江戸時代、奉行所の末端を担った非正規雇用の警察官のことで、笑いを取ろうとしたのだろう。それまで真面目に話していた分、その効果は絶大で、大きな笑いが巻き起こる。

「われわれは、こうした権力の代行機関と正面から対峙《たいじ》し、人民の権利を主張していかねばならない。さらにそれを国民運動へと波及させ、最終的には米軍の横暴を阻止し、ベトナムの人々を救うのだ。われわれの運動は君たち一人ひとりの参画に懸かっている。君たちの思いや行動が、このおぞましい世の中を変えていくのだ。ぜひわれわれの運動に参加し、共に新しい日本を創っていこうではないか！」

ハンドメガホンの音は割れていたが、男の話す内容は、さすがに新入生向けだけあって簡便かつ明快で、誰にでも理解できるものだった。

演説を終えた男が一礼し、椅子と机で作られた壇上から下りると、大きな拍手が巻き起こった。

仲間たちの中でも男は別格であるらしく、周囲の者たちから拍手で迎えられている。

その長髪の闘士が白崎壮一郎だということを、琢磨は写真で知っていた。

——あの男に気に入られ、内部に入り込まねばならないのか。

白崎がタテカンの後ろに消えると、別の者が出てきて、集会の日時や場所を告げている。

気づくと、いつしか周囲は黒山の人だかりとなっていた。

——生まれついての闘士とは、あの男のことを言うのだな。

だが琢磨は、その少し投げやりな演説口調から、マスコミがもてはやすような純粋な運動家とは違う印象を抱いていた。

——この感覚は何なのか。

琢磨が違和感の正体を考えようとした時、背後から女性の声が掛かった。

「お願いします」

「またか」と思いつつ振り向くと、ガリ版刷りのビラが差し出されていた。

「これをお読み下さい」

琢磨の視線はそのビラに書かれた文面よりも、その細く長い指先に吸い寄せられた。

透き通るように白い指はもちろん、切りそろえられた爪は、日光を反射して真珠のように輝いていた。

琢磨の視線は、その薄青色のワンピースの袖をたどっていった。

——こいつはまいった。

そこには琢磨の想像していた学生運動の女性闘士とはかけ離れた、目鼻立ちがくっきりした気品に溢れる顔があった。

「よろしかったら、どうぞ」

笑みを浮かべた口元にのぞく歯も、透き通るほど白い。

身長は一六五センチメートルほどで、ロングヘアを風になびかせている。

「もらっていただけますか」

その女性は小首を傾けて微笑《ほほえ》むと、ビラをさらに前へと差し出した。

「あっ、はい」

ビラを受け取った琢磨は目を落とし、ビラに書かれた空疎な言葉を見るでもなく見た。

琢磨のぎこちなさが可笑《おか》しかったのか、女性は控えめな笑い声を上げた。

「学生運動に関心がおありのようですね」

「いいえ、それほどは――」

どっちつかずの気持ちを表すには、上出来の答えだと思う。

「全くないということではありませんよね」

「ええ、まあ」

「それなら話を聞きに来ませんか」

「僕は田舎から出てきたばかりで、何も知らないんです」

「あら、どちらからいらしたんですか」

「北海道です」

「えっ、北海道ですか。素晴らしい故郷をお持ちですね」

花が咲いたように顔全体に笑みが広がり、うっすらと漂う石鹸の匂いが鼻腔をくすぐる。

「は、はい。よいところです」

だが女性は、北海道の話を聞きたいわけではないらしく、すぐに言葉をかぶせてきた。

「私も、初めは何も知りませんでした。でも話を聞いているうちに、『自分もやらなきゃ』と思ったんです」

女性は「やらなきゃ」というところで、両拳を固めて走る仕草をした。それがやけに可愛らしい。

「そ、そういうものですか」

「もちろんです。われわれのやっていることは世間で過激派などと言われ、反逆者の集まりのように思われていますが、実際は違います。われわれは世の中をよくしたいだけなんです」

そこで「私たち」と言わず「われわれ」と言ってしまうところに、運動家らしさが垣間見られる。

「こんな世の中がよくなりますかね」

「よくなります。集会に来ていただければ、きっと分かります。ぜひ、いらして下さい」

女性が一瞬、媚びるように琢磨を見た。その切れ長の目に浮かんだ蠱惑《こわく》的な眼差しは、琢磨を魅了するに十分なものがあった。

「集会ですか」

「はい。そこで、またお会いしましょう」

思わせぶりな笑みを残し、女性は去っていった。

――それが殺し文句か。

冷静さを取り戻した琢磨は、統学連の巧みな勧誘手法に舌を巻いた。まず演説に熟達した者が新入生の参画意識を高め、背後から魅力的な女性が「あなただけよ」とウインクをする。うぶな若者なら容易に引っ掛かってしまうだろう。

――しかし、その手法は彼女あってのものだ。

琢磨に話し掛けた女性以外にビラを配っているのは男ばかりで、とてもノンポリの新入生を集会に誘えるようには思えない。

気づくと琢磨は、無意識に先ほどの女性を目で追っていた。

女性は、いつの間にか三人ほどの新入生に語り掛けていた。新入生の方も複数のためか、旧知の仲間のように一緒に笑い合っている。

琢磨は嫉妬心を抑えつけた。

――俺は警察官だ。ここには仕事で来ている。

警察官としての自覚を呼び覚ますことで、琢磨は私情を抑えつけた。

先ほどの女性は、三人の新入生に片手を上げて「じゃあね」と言うと、ひらりと身を翻して次の獲物に向かっていった。

——俺もカモの一人か。

琢磨は自嘲すると、これから始まる仕事に気を引き締めた。

石川町駅南口前の喫茶店「ボナール」で本を広げていると、突然、目の前に女性が座った。一瞬、驚いた琢磨だったが、その目配せで、すぐに連絡係だと気づいた。

——婦警が先か。

婦警とは婦人警官のことだ。ファイルには「連絡係は男女二人」と書かれていたが、いつしか琢磨は、最初に男性が来るものとばかり思い込んでいた。

横山としては精いっぱい、若い婦警の中から学生っぽい美人を選んできたらしい。

——横山さんの好みなのだろうな。

その婦警は、学生の間で流行り始めたロングヘアのサイドを直角にカットし、短い髪が頰の辺りに掛かるような〝お嬢様カット〟をしていた。しかし、統学連のあの女性のような洗練されたヘアスタイルにはほど遠く、どことなく泥臭い感じがする。

「久しぶり」

「ああ、久しぶりだな」

喫茶店の中には、半年ほど前からヒットしているピンキーとキラーズの『恋の季節』が流れていた。ピンキーのパンチの利いた歌と、女性ボーカルにもかかわらず男性的なバンドの印象は、これまでの歌謡曲とは違う雰囲気がある。

「どうしていた」

「うん、短大は楽しいよ」

彼女も動揺しているのか、質問の意味をよく理解しないで答えている。

——確か、狩野《かのう》静香という名前だったな。

横山が考えたのか、その古臭い偽名が可笑しかったが、それで通すしかない。

その時である。喫茶店の扉が開くと、あの薄青色のワンピースの女性が入ってきた。考えてみれば不思議でも何でもない。石川町駅前に喫茶店は少ないのだ。

今日の連絡係を男性にしなかった横山を、琢磨は恨んだ。

「静香ちゃん、東京の生活はどうだい」

コーヒーカップを持つ手が震える。

「ええ、楽しいわ。健ちゃんは」

「えっ、ああ楽しいよ」

偽名で呼ばれた琢磨は動揺した。

上目遣いに前を見ると、静香と名乗った連絡係は、ストローでレモンスライスの添えられたコーラを飲んでいた。その動作には田舎臭さが溢れているが、それが地なのか演技なのかは分からない。健作と静香は、それぞれの経歴書に書かれたこと以外、互いのことを一切知らされていないからだ。

それから天気や芸能界のことなど、とりとめのない話をした後、琢磨は古びた本を静香に渡した。その中には水溶紙が挟まっており、「Everything well」とだけ書かれている。

拠点以外で連絡を取り合う場合、これに類似した方法が取られる。公衆電話での会話はそれぞれの役割を演じることになっており、会う日時を決めるだけだ。というのも学生運動家には警察以上に通信機器に強い者がおり、公衆電話ほど盗聴されやすいものはないからだ。

「これはキェルケゴールだ。最近、読んで面白かったんで貸してあげる」

琢磨が本を差し出す。不愛想でぶっきらぼうというのが中野健作の性格なので、連絡係が相手でも、これで通さねばならない。

「キルケ――、ああ、キルケンコールね。とても面白そう」

琢磨は次にこうした機会がある時は、もっと分かりやすいものに変えようと思った。

「私にも好きな詩人がいるの。これを持ってきたんだけど読んでみない」

狩野が差し出した本には『リルケの詩集』と書かれていた。それは真新しく、買ったばかりだというのが分かる。

「君は、こういうのが好きなんだ」

「うん。リルケはとってもナイーブなのよ」

狩野がナイーブという聞きなれない言葉を使ったのが、琢磨には新鮮だった。

「この手の本は、町の本屋さんでは売っていないだろう」

「神保町の本屋さんで注文したの」

栞代《しおり》わりに挟まれていたレシートには、神保町にある大手書店の名が明記されている。

――おいおい、しっかりしてくれよ。

狩野は、ついレシートを本の間に挟んでしまったのだろう。

「なかなかの趣味だね」

「いえ、そんなことはないわ。でもこの詩集が好きなの」

とりとめのない会話をしながらも、琢磨は統学連の女性が気になって仕方がない。

鉢植えの間から女性の方をちらりと見たが、どうやら新入生への勧誘に熱中しているらしく、琢磨には気づいていないようだ。

「じゃ、またな」

唐突に席を立った琢磨は、レジで会計を済ませると先に外に出た。

元町方面に向かう人々の装いは、すでに初夏を意識した涼しげなものになっていた。外の日差しは眩しく、めまいがするほどだ。

——そういえば、ここは横浜だったな。そして俺は雄志院大学文学部の学生、中野健作だ。

琢磨は一瞬、自分が誰で、どこにいるのか分からなくなった。

6

入学式から一カ月が経ち、琢磨の大学生生活も軌道に乗り始めていた。

雄志院大学のある山手に近い打越《うちこし》という小さな町に下宿を借りた琢磨は、元町の新聞配達店の張り紙を見て、そこで配達のバイトを始めた。

新聞配達は、体を鍛えると同時に周辺の地理に精通することにつながる。バイト代は微々たるものだが、すべて懐に収めることができるので助かる。

琢磨のような潜入捜査官は、生活費のほかに、同期の警察官の五倍ほどの給料をもらえる。だが口座からは一銭も引き出せないため、この仕事が終わるまで貯まるに任せるしかない。それでも一部を実家への仕送りという形で、現金書留にして送ってもらっている。こうすれば琢磨の仕事について、故郷の両親から疑念を持たれることはない。

給与明細も見ることはできないが、国のやっていることなので信じるしかない。横山からは、一年に一度くらいなら何らかの形で郵送することもできると言われているが、それで正体がばれる可能性もあるので、一切を信じて任せることにした。

むろん琢磨は、大学の授業料を支払うこともない。大学上層部に琢磨の素性を知っている人間がおり、万事うまくやってくれているらしい。しかしそれが誰で、どのような立場の人間かは知る由もない。

琢磨は毎朝四時には販売店に入り、町内へ新聞を配達すると、大学に行って授業を受ける日々を送っていた。警察学校での厳しい訓練の結果、何日か眠らなくても耐えられるようになったが、さすがに最近は船を漕いでしまう。

大学から帰ると夕刊を配達し、銭湯に行き、ようやく自炊となる。そのため夕飯は午後八時から九時という遅さだ。

琢磨の楽しみは読書とラジオくらいだった。横山から渡されたラジオは、ナショナル製のDX－410型という中波専用モデルで、値段は五千円ほどする。今の生活には分不相応な気もしたが、情報を即時に入手するために必要らしく、横山からは「大学入学のお祝いで、金持ちの叔父さんからもらったことにしておけ」と言われていた。確かにラジオの情報は緊急時に頼りになる。

だが琢磨が夜になってから聴くのは、宍戸錠《ししどじょう》の人生相談や「パンチ三人娘」の他愛ないおしゃべり番組から、「オールナイトニッポン」や「セイ！　ヤング」といった若者向け放送だった。学生の話題に合わせるために深夜放送を聴いておこうと思ったが、今では唯一の楽しみになっていた。

そうした日々を送りながらも、琢磨は薄青色のワンピースを着た女性が気になって仕方がなかった。

――何を読み、何を考え、なぜ統学連に入ったのか。

そこに、さしたる理由はないのかもしれない。またその逆に、考えに考えた末、学生運動に身を投じたのかもしれない。

いずれにせよ琢磨は、統学連とは距離を取ったままだった。横山によると、入学早々にほいほいと加入する者は逆に疑われる恐れがあるので、六月か七月に入ればよいとアドバイスされていた。その時の入り方も工夫せねばならないが、それは「適宜、自己判断で行え」とのことだ。

それを聞いた時、琢磨は「冗談ではない」と思った。警察学校の教養課程と三カ月の公安担当向け教育、いわゆる「公安専科教養講習」に加え、横山から直接教わったものだけが、公安としての琢磨が持つ知識のすべてだった。それだけでも心許《こころもと》ないのに、「適宜、自己判断で行え」などと突き放されると、さすがに心細くなる。

――それでもやらねばならない。

琢磨は、最初の難関をいかにクリアするかに集中しようと思った。


五月中旬、一緒に講義に出ていた学生たちから誘いを受け、昼食を共にすることになった。距離を取りすぎていると、逆に疑いを持たれることにもなりかねないので、琢磨は喜んでこの誘いを受けた。

「昨今のノンセクト・ラジカルの増加は、学生運動を敷衍《ふえん》させるどころか素人化させている。このまま行けば運動は過激化の一途をたどり、警察も実力行使に出てくる」

そのグループの中心にいる玉井勝也という男は、もったいぶった調子で、さも分かったような話をする。

玉井は福岡の地方財閥の息子で、言葉の端々から自信や余裕が感じられる。

――坊ちゃん育ちめ。

琢磨とて、さほど貧しい家庭で育ったわけではないが、大金持ちの子弟は皆、自分中心に地球が回っているような口調になるので、すぐに見分けがつく。

「では、どうする」

学生の一人が問う。

「もっと慎重に事を運ばないと、政府も対話のテーブルには着かないはずだ」

「元々、政府は学生など相手にしていないだろう」

「そんなことはない。去年の十月の国際反戦デーや、今年の正月の東大安田講堂事件で火炎瓶なんかを投げるから、政府も硬化するのだ。それだけではない。日大でバリケード封鎖解除に乗り出した機動隊員に投石して一人が死んだろう。先月も、岡山大学で機動隊員一人を殺している。政府が怒るのも当たり前だ」

「玉井、また、やっているのか」

その時、トレーに載せたライスカレーの匂いを漂わせつつ、初めて見る男がやってきた。

「おう、石山か。久しぶりだな」

空いている席に座った男を、玉井が皆に紹介する。

「政治経済学部の石山直人だ。俺と同じ高校の出だが、こいつは俺と違って学業優秀なので現役でここに入った」

「そんなことはない。早慶を滑って仕方なくここに来たんだ。うちは、おたくほど経済的に余裕はないからな。親父は浪人などさせてくれなかった」

その丸眼鏡の男は悠然とカレーを食べ始めた。

「文学部の仲間を紹介しよう」

玉井が端から、昼食を共にしている連中を紹介していく。

「こいつが中野健作だ。確か君は北海道出身だったな」

「ああ、そうだ」

不思議そうな顔で石山が問う。

「君は現役で入ったのかい」

「いや、一浪してやっと入れたんだ」

現役入学とすると不審に思われることもあるので、横山は琢磨を一浪ということにした。一浪していれば、「東京で浪人生活を送っていた」などと言って、過去をあいまいにすることもできるからだ。

「たったの一浪か。ということは十九歳だな」

「そうだよ」

「それにしては少し老けているな」

皆がわいたので、琢磨も一緒に笑った。だが琢磨は背筋にうすら寒いものを感じた。琢磨のことを「十代半ばにしか見えない」と言っていた笠原や横山の感覚が、微妙にずれていたからだ。

話題は別の者に移り、誰かが茶化すと、その度に皆がわく。琢磨もそれに合わせて笑っていたが、それも一通り終わると、石山が琢磨に視線を据えて言った。

「君は統学連のビラに見入っていたな」

「えっ、そうだったかい」

「学生運動に関心があるのかい」

「そんなことはない。あの人たちが一生懸命になって説明してくるから、つい――」

「さては桜井紹子目当てだな。君の目つきが、そう言っていたぜ」

琢磨はぎくりとした。

「さくらい、って、あの薄青色のワンピースを着ていた女性のことかい」

あえて気の弱そうな視線をさまよわせながら、琢磨が問う。

「公安専科教養講習」によると、「警察のスパイかどうかは、その目つきで見破られる」確率が最も高いのだという。それゆえ琢磨は、毎日のように鏡の前で目つきの練習をしていた。

「何だ、知らないのか。彼女は文学部の二回生だぜ」

「そうなんだ」

「彼女には近づかない方がいい」

「どうしてだい」

石山がやれやれという顔をする。

「白崎壮一郎の女に手を出せば、君はよくて廃人、悪くて中村川に浮かぶことになる」

中村川とは、丘の上にある大学のはるか下を流れる二級河川のことだ。

ほろ苦い感情が胸底から突き上げてきた。

——首領の女ということか。

その清楚な佇まいに惹かれていたが、しょせんは一人の女にすぎないのだ。

「学生運動には、かかわらない方がいい」

石山の言葉を、ほかの者と話していた玉井が聞きとがめた。

「聞き捨てならんな。なぜ大学生が政治に関心を持ってはいけない」

「いいか」と言って石山がカレーのスプーンを置く。もちろん、きれいに食べ終わっている。

「お前が、そうやって得意になって政治談議をしているのは、必ず誰かに聞かれている。それで思想的な分類をされ、場合によってはマークされるんだぞ」

石山は変わった形のライターを取り出すと、灰皿を引き寄せてハイライトを吸い始めた。

「ただの話題じゃないか」

「そう思いたければ思え。同じ高校のよしみで忠告したが、もう二度としないからな」

「分かったよ。気をつけるさ」

不安そうな顔になった玉井は、しきりに背後を見回している。

「二回生からの忠告だ。将来を駄目にしたくなかったら政治運動にはかかわるな」

そこにいた連中が黙ってうなずく。

「じゃあな」

灰皿で煙草をもみ消し、水をがぶりと飲んだ石山は、トレーを持つと悠然と去っていった。

その姿が学食の出口から消えたのを見計らい、玉井が言った。

「奴はノンポリの典型だ。親父が役人ということもあって、同じ役人か銀行員を目指している。まあ退屈な仕事だが、それも一つの人生だ」

玉井が立ち上がると、皆もそれに続いた。

――さくらいしょうこ、という名か。

薄青色のワンピースを着た女のベールが一枚、剝ぎ取られた。

――だが入り込むには、彼女のルートしかない。俺の遺体が中村川に浮かぶか、桜井を手なずけられるかのどちらかだな。

むろん「中村川に浮かぶ」というのは、石山が大げさに言っているだけのことだろう。真に受ける必要はない。だが運動家でも、自分の女に接近する男がいれば、制裁を加えてくるはずだ。

玉井たちに続いて琢磨が学食を出ようとすると、テニスにでも行くのか、ラケットを持った男女混合の一団と擦れ違った。彼らは冗談を言い合っては笑い転げ、青春真っ盛りという雰囲気を漂わせていた。すでに季節は夏で、女の子たちは皆ミニスカートをはいている。

——今、君たちと擦れ違った男が、この大学で命懸けの仕事をしようとしているのを知っているかい。

自分の置かれた立場とのあまりのギャップに、琢磨は苦笑するしかなかった。

7

六月半ばのある日のことだった。雨が降る中、新聞配達を終えた琢磨が朝飯を作ろうと台所に立っていると、けたたましいサイレンの音が聞こえてきた。

——火事だろうか。

下宿の外に出た琢磨が、樹木越しに眼下を通る横浜駅根岸道路を見下ろしていると、伊勢佐木町方面から来たパトカーや機動隊のバスが打越橋をくぐっていく。消防車が含まれていないことから、火事ではないようだ。

胸騒ぎがしたのでラジオをＮＨＫ第一に合わせると、「今朝方、雄志院大学がバリケード封鎖されました」というアナウンサーの声が聞こえてきた。

——統学連の仕業だな。

ちょうど炊けた飯に薄い味噌汁をぶっかけ、急いで胃袋にかき込んだ琢磨は、レインコートを羽織ると下宿を飛び出した。

雄志院大学は丘の上から中腹にかけて何段にもわたって削平《さくへい》された土地に、複数の校舎が建つという構造をしている。石川町駅から坂を上っていくと裏門があり、山手本通り沿いに正門がある。

横殴りの雨の中を琢磨が駆けつけた時、すでに正門前は黒山の人だかりだった。道路は封鎖され、警察や機動隊の車両でごった返している。

正門前には土嚢《どのう》はもとより椅子や机が組み上げられ、その前に「本部封鎖無期限スト突入」と書かれた大きなタテカンが据えられていた。

——これがバリ封か。

いずれかのセクトが大学の各門を封鎖し、授業妨害に出たのだ。むろん、それだけの力を持つのは、この大学では白崎壮一郎率いる統学連しかない。

ハンドマイクを持ちヘルメットをかぶった運動家らしき男が、バリケードの上で何事かをアジっている。断片的に聞こえる内容は、ベトナム戦争の糾弾と大学の授業のあり方への批判のようだ。そんなことは日々、耳にしていることだが、こうした実力行使によって、あらためて学生たちの意識を喚起しようというのだ。

多くの学生や野次馬に交じって琢磨も演説を聞いた。

南ベトナム解放民族戦線が、米国の傀儡《かいらい》の南ベトナム共和国臨時革命政府を樹立したとか、同十二日に日本初の原子力船「むつ」が進水したといったことを、演説者は強くなじっていたが、周囲の喧騒でよく聞き取れない。

やがてヘルメット姿の男が姿を消すと、長髪の男が登壇してきた。

――白崎か。

黒々とした髪を風になびかせ、白崎壮一郎が両手を上げる。

次の瞬間、正門前にいる学生の間から拍手が起こった。ノンポリ学生たちも、統学連の主張に共鳴している者が多いことの証《あかし》だ。

琢磨は、学生運動家と一般学生との距離が意外に近いことを知った。彼らは学生運動予備軍で、状況によっては、雪崩《なだれ》を打つように運動へ参加することも考えられる。セクトに入って運動するのを好まない層も、全共闘色が強まっている昨今、運動へのハードルが低くなっているのだ。

「皆、聞いてくれ」

白崎が片手を天に向けて突き上げた。

「今、われわれと同じ世代のアメリカの若者たちがベトナムで戦っている。その相手は、自主独立を望んでいるだけのベトナム人民だ。双方共に、われわれとは全く接点を持たない。だが一つだけ共通点がある。それは何だと思う」

聴衆の答えを待つかのように白崎が沈黙する。わざとらしいこうした演出も、白崎がやると、さまになっているから不思議だ。

「皆、母親の腹から生まれたことだ。そこにいる国家権力の走狗たちも同じだ」

白崎は、ジュラルミンの盾を連ねて居並ぶ機動隊員を指差した。

「その同じ人間たちが、なぜ相争うのだ。なぜ命のやりとりをするのだ。しかも主権国家であるベトナムに、なぜ米国は介入するのか」

音の割れたハンドスピーカーでも、白崎の声はよく通る。

「それは、世界に覇権を確立するためにほかならない」

白崎の髪は濡れ、顔の半面に張り付いているが、それを気にすることもなく演説は続く。

その時、バリケードの隙間から、桜井紹子の姿がちらりと見えた。

桜井は、ほかの学生と同じような鼠色の長袖シャツにヘルメットをかぶり、鼻から下にはタオルを巻いていた。だがその華奢な体軀を見れば、桜井だとすぐに分かる。

──目立ってしまうのは美人の性《さが》だな。

白崎の演説は続いていたが、バリケードの外、つまり琢磨たちの側の動きが慌ただしくなってきた。

──機動隊が強制撤去に出るな。

続々と到着する車両の中からも、隊員が次々と吐き出される。警備に当たっている警察官は、学生や野次馬を追い立てるように外へ外へと誘導し始めた。

やがて機動隊の広報担当とおぼしき一人がハンドマイクを握ると、バリケードの内側に向かって呼び掛けた。

「警察から君たちに忠告する。君たちのしていることは違法行為です。即刻、バリケードを撤去しなさい。すぐに作業を始めなければ、こちらで強制的に撤去します」

トランジスタメガホン、いわゆるトラメガから聞こえる声は、割れていて聞き取りにくい。

だがそれを機に、白崎は演説をやめて引っ込んだ。それと同時に、バリケード内の動きも慌ただしくなる。すでに桜井が、どこにいるのかも分からない。

バリケード内から何の返答もないため、再び広報担当がハンドマイクを握った時だった。

突然、バリケード内から何かが飛んできた。それは回転しながら落下し、機動隊員たちが持つジュラルミンの盾の前に落ちた。

「火炎瓶だ！」

誰かの叫び声が聞こえると突然、炎が広がり、野次馬の間から悲鳴が上がった。

「危険ですから下がって下さい！」

ハンドマイク越しに広報担当が絶叫する。

次々と火炎瓶が投じられ、周囲は瞬く間に炎の海となった。

「道を空けて！」

警察官が野次馬たちを左右に分ける。その間を通ってきた放水車が、路上に高圧の水を掛ける。だが火炎瓶は次々と投げられ、正門前の混乱は最高潮に達した。

ハンドマイクの絶叫と野次馬の悲鳴が耳を圧する。

「下がって下さい！」

警察官は必死に野次馬を遠ざけようとするが、後ろも詰まっていて下がりようがない。

複数の火炎瓶が宙を舞い、火の海がさらに広がる。やがて投石も始まり、それが放水車や機動隊員の盾に当たって鈍い音を発する。周囲は黒煙と燃料の強い臭いに包まれた。

「第一分隊、排除！」

隊長が指揮棒を振るうと、広報担当がハンドマイクを通して怒鳴る。

次の瞬間、ジュラルミンの盾を構えて待機していた機動隊の一部が、バリケードに向かって突進した。

その中の一人に石が当たって転倒した。すぐさま後方の救護隊が助けに行く。別の者には火炎瓶が命中したらしい。機動隊員は防炎服を着ているが、さすがに直撃されると火だるまになる。それでも対処法を訓練しているためか、人がいない場所まで下がると、自ら濡れた路上を転がり、火を消し止めている。それにも後方部隊が駆けつけて消火液を浴びせる。

相変わらずバリケード内からは、火炎瓶と投石の攻撃がやまない。そのため放水だけで対抗していた機動隊が、遂にガス弾を上空に向けて発射し始めた。瞬く間に周囲に白煙が充満する。

琢磨のいる位置にも薄いスモークが流れてきたので、たちまち野次馬の輪が散った。

統学連の学生たちも奥へと引っ込んだのか、火炎瓶と投石の攻撃が散発的になってきた。

それを見た機動隊は、次々とバリケードに取り付いて撤去し始めた。

高圧放水車が前進し、前線を守ろうとする学生たちに水を噴射する。学生たちは角材や鉄パイプを振るって侵入を阻止しようとするが、体力に勝る機動隊員との近接戦闘を恐れ、半ば逃げ腰になっている。

そこが、訓練を積んだ集団と志だけで闘おうとする集団の差なのだろう。

あまりの迫力に琢磨の血もたぎっていた。それはまさに、小説でしか読んだことのない戦国時代の合戦さながらの光景だった。

攻防は続いていたが、遂に機動隊がバリケードを崩して土嚢を取り除くことに成功した。

ダークブルーの集団が大学構内へと殺到していく。

無謀にもそれを阻止しようとした学生が、盾に弾き飛ばされている。機動隊員は盾の縁を学生に向けてはいけないことになっているが、混乱の最中でもあり、多少のことは大目に見られる。そのため盾の縁で学生を痛めつける者もいる。そうしないと相手にダメージが与えられず、戦いが長引くからだ。

――桜井さんは大丈夫か。

脳裏に薄青色のワンピースがちらつく。もちろん今の桜井は、そんなものを着ていないが、琢磨の脳裏では、それが機動隊員の手で引き裂かれる光景が浮かんだ。

やがて両腕を摑まれた学生が次から次へと引き出されてきた。マスコミのフラッシュが焚かれるが、そんなことに頓着せず、機動隊員は犯罪者を扱うように荒々しく引っ立てていく。

――桜井さんも、あんな扱いを受けるのか。

そんな目に遭わせたくないという理性と、それを見てみたいという欲望が同時に頭をもたげる。

気づくと琢磨は、群衆の前に出ていた。

「君、危ないぞ！」

制服姿の警察官が寄ってきた。腕を掴まれそうになった瞬間、琢磨は本能的に身をかわし、一本背負いを食らわせた。

次の瞬間、群衆から「おおっ」という声と同時に拍手が起こり、「一本！」などとはやす声も聞こえてきた。

——しまった。

われに返った琢磨は、とんでもないことをしでかしたと覚った。

「統学連が外にもいるぞ！」

警察官たちが左右から駆けつけてくる。人垣が一気に広がる。琢磨は倒れた警察官と共に、その中央に取り残された。

——ここで捕まったら、横山さんにこっぴどく叱られる。

本能の命じるままに、琢磨はバリケードに向かって走った。

「おい君、どこへ行く！」

正門付近で機動隊員に腕を掴まれそうになったが、それを振り解《ほど》いて琢磨は構内へと走り込んだ。構内で擦れ違うのは、機動隊員に左右から腕を取られた統学連の学生たちだ。彼らはずぶ濡れになりながらも、何事かを喚《わめ》いている。

──この情熱は何だ。

そこかしこで若さが雄叫びを上げていた。皆、懸命に何かを訴えていた。

──俺だけがこんなことでいいのか！

琢磨の一部がそう叫ぶ。

そうした思いを振り払うように、琢磨はやみくもに走った。

雨が顔に当たり、琢磨の内から湧き上がる得体の知れない熱気を冷まそうとする。

そこかしこで機動隊員と白兵戦を演じている若者たちが、琢磨の目には眩しく映った。

どこかの校舎の角を曲がった時だった。

「放して！」

女性の悲鳴が空気を切り裂いた。

琢磨の足は、脳が命じるより前にそちらに向かって走り出していた。

8

石段を飛ぶように下り、十号館の校舎の角を曲がると、一人の機動隊員が学生を取り押さえようとしていた。その華奢な体は明らかに女性だ。

それが桜井紹子だと気づくのに、数秒もかからなかった。

腕を背後に回された桜井は、手錠をはめられようとしていた。

「やめろ！」

気づくと琢磨は機動隊員の背に組み付いていた。

「君には関係ない。よしなさい！」

琢磨が一般学生の格好をしているからか、機動隊員は払いのけようとした。

機動隊員が琢磨の方に体をねじった時だった。その一瞬の隙をつき、桜井がその腰に吊るされた木製の警棒を摑み、隊員の頭に叩き付けた。

「うわっ！」

機動隊員が思わずその場に片膝をつく。ヘルメットをかぶっているので負傷することはないが、衝撃で頭がぐらつくのだろう。

「今よ、逃げましょう！」

桜井は琢磨の手を取って走り出した。

もう、どこをどう走っているのか分からない。雨の中、桜井の後ろ姿を見ながら琢磨は懸命に駆けた。

「こっちよ」

校舎の角から前方をうかがい、そちらに機動隊員がいると、桜井は別方向に走り出す。

やがて理工学部のある東の端の敷地に出た。こちらは人もまばらで喧騒も遠い。

校舎に入ろうと次から次へとドアを開けようとするが、どこも施錠されていて入れない。

それでも管理人事務所のあるドアだけが開いているのに気づいた。夜勤の管理人が騒動に驚き、逃げてしまったに違いない。

そこから校舎に入った二人は、階段を駆け上り、最上階の研究室に飛び込んだ。そこは化学実験室らしく、大小様々なビーカーや試験管が並べられている。

水道を見つけると、二人は蛇口を回して貪《むさぼ》るように水を飲んだ。

琢磨は流れる水をそのまま口飲みしたので、顔を傾けた時、ちらりと桜井の姿が見えた。

桜井は両手で水を受けて喉に流し込んでいる。その首筋を伝う水の描くラインが美しい。

水を飲み終わった琢磨が、シンクに突っ伏すようにして息を整えていると、桜井がロッカーを開けようとしているのに気づいた。だが、どれも施錠されていて開く様子はない。

琢磨は無言でロッカーに近づき、力任せに蹴った。

「まあ、凄いのね」

桜井の顔に笑みが広がる。

ロッカーを開けると、幸いにも白衣が一着入っていた。

「よかった。私が着るわ」

桜井は琢磨の視線を気にもせず、ロッカーにヘルメットを放り込むと、鼠色のシャツを脱ぎ出した。突然、現れた黒髪と白い肌が目を射る。

雨に濡れたレインコートを脱ぎ、ロッカーに押し込んだ琢磨は、桜井から視線を外して窓の方に歩み寄ると、カーテンの隙間から外の様子をうかがった。

「割とうぶなのね」

桜井が首に巻いていたタオルで琢磨の髪を拭く。その香りが胸をときめかせる。

何も答えないでいると、桜井が背後から体を押し付けてきた。

琢磨は、どう対応していいか分からない。

決して大きくはないが、引き締まった乳房が背中に当たる。

予想もしなかった桜井の行動に、琢磨は動転した。

「中野君といったわね」

「どうして僕の名を――」

「われわれは仲間になれそうな子をリストアップしているの。とくにあなたは白崎さんのご指名よ」

――リストアップだと！

思っていた以上に危険が迫っていた。

「こっちを向いて」

その言葉を無視していると、桜井は無理やり琢磨の体を回転させた。

眼前に白衣姿の桜井がいた。

「キスして」

「えっ、どうして」

自分でも情けないほどつまらない言葉が、口をついて出た。

「私は今、高ぶっているの。それを冷ましてほしいの」

「だからって――」

「あなた、もしかして女を知らないの」

その言葉に軽侮の色が混じっているのを感じた琢磨は、言葉よりも行為だと思った。

桜井の髪を撫でた琢磨は、思い切ってその唇を吸った。大量の水を飲んだばかりだからか一切の口臭はない。

「お上手ね」

「まあね」

「私が誰だか知っているわね」

――そうだったな。

琢磨は、渡ってはいけない橋を渡ってしまったことを覚った。

――これで中村川に浮かぶってわけか。

「私は今、あなたに刻印を捺《お》したわ。あなたは私のもの。統学連に入ってくれるわね」

敵は自ら罠に入ってきた。これほど都合のいいことはない。だが琢磨の直感が、ここから先が危険極まりない道だと警告してきた。

――だが、後に引くわけにはいかない。

「いいよ」

「本当ね」

桜井が媚びるような笑みを浮かべる。

「男に二言はない」

桜井は、自分の魅力を餌に同志を勧誘しているに違いない。だがそんなことは、もはやどうでもよくなっていた。

「私が、誰とでもキスする女だと思っているのね。統学連に加入させるために」

「君は、そういう女じゃないのか」

その言葉に桜井の顔色が変わる。

「見損なわないで。全員その前に落としているわ」

「僕だけは特別待遇ということか」

「そういうこと。私の好みだから」

桜井が再び唇を重ねてきた。

その体を荒々しくかき抱いた琢磨は、思い切り舌を吸った。

――どうとでもなれ！

その時、階下が騒がしくなると、複数の人間が階段を駆け上ってくる音がした。

「どうする」

「私に任せて」

桜井は片づけてあった実験器具を乱雑に配置し始めた。その意図を理解した琢磨も、それに倣って書類やノートを広げる。

機動隊員らしき者たちは、階下の部屋から調べているらしく、なかなか現れない。時折、「B－3異常なし」といった教室番号と部屋の状況を伝える声が聞こえる。彼らも突然、襲われるリスクがあるので、慎重に一部屋ずつ探っているのだ。

やがて最上階に機動隊員がやってきた。

「誰かいますか」

「はい。ここにいます！」

桜井が声を上げる。

「今、行きますから、その場から動かないように」

機動隊員のヘルメットが廊下側の窓越しに見えた。小隊長らしき年かさの男の指示で、彼らは慎重に廊下の左右に散開していく。

「一般の学生さんですか」

教室の外から若々しい声が聞こえた。

「はい、そうです」

「中に何人いますか」

「二人です」

「何をやっていますか」

桜井がこちらを見てにこりとする。

――いちゃついていました、なんて言うなよ。

「徹夜で実験をしていました」

「両手をはっきり見せて出てきなさい」

二人が両手を上げて実験室の外に出ると、廊下の左右に三名ずつ分かれている機動隊員が見えた。

「ほかに人はいませんか」

「私たちだけです」

「二人で何を実験していたんだ」

小隊長がとがめるように聞いてきた。

「研究室を見ていただければ分かります」

琢磨がそう答えると、隊員たちが慎重に入っていく。

「異常なし」

若い隊員が報告する。

「お嬢さん」と、小隊長が居丈高に言う。

「もう騒ぎは収まっているので、隊員が正門まで送ります。中で普段着に着替えて下さい」

——しまった。

桜井を見ると、顔から血の気が引いている。即座に妙案が浮かばないのだ。

「着替えは別の棟にあるので、このままいったん学外に出ます」

桜井の口調が突然、変調を来す。

「ここまで白衣で来たのですか」

「は、はい。私たちは着替えを別のところでしてから、実験室に来ます」

桜井は見事に態勢を立て直した。

「君の方は、なぜ白衣を着ていない」

小隊長の視線が琢磨に注がれる。

「僕は文学部の学生で、白衣を持っていないからです」

「ということは――、まさか乳繰り合っていたのか」

小隊長の声音に厳しさが増す。

「実験の合間に少しだけ――、ですが」

琢磨はバツが悪そうに俯《うつむ》いてみせた。

「何て奴らだ」

小隊長が呆れたように首を左右に振る。

「いいか、その考えは間違っていようとも、外で暴れている連中は、日本をよくしようと懸命になっている。それを君らは学業の場で――」

「次の部屋を見ましょう」

分隊長らしき男が促す。きっと説教好きの小隊長にうんざりしているのだ。

それに小隊長も気づいたのか、若い隊員を呼ぶ。

「おい、この二人を正門までお送りしろ」

隊員は「はっ」と答えて二人を促した。

二人は隊員に先導されて、正門まで送り届けられた。

すでに正門では片づけが始まっており、その間を縫うようにして、一般学生や学校関係者が行き来している。

送ってくれた隊員に礼を言うと、隊員は幾度も振り返りつつ去っていった。

――こいつにまで色目を使ったのか。

桜井が、その若い隊員と視線を合わせようとしていたのを琢磨は知っていた。

――こういう女と付き合うようになったら、たいへんだな。

だが、そうなる前に中村川に遺体が浮かぶ。

「助けに来てくれてありがとう」

桜井が今になって礼を言ってきた。

「君を助けに行ったんじゃない。たまたまだ」

「そう。でも騒ぎが始まる前に、私の方をじっと見てたじゃない」

外から見えるものは内からも見えるという当たり前のことを、琢磨は忘れていた。

「もしかしたら、助けに来てくれるんじゃないかと思っていたわ」

「その期待に見事応えたってわけか」

「そういうことね」

小首をかしげると、桜井が問うてきた。

「私の名前はもう知っているわね」

「ああ、桜井紹子だろう」

それを聞いた桜井は、大きくうなずくと言った。

「それでは、また会いましょう。さっきの約束は忘れないで」

「約束って――」

「統学連に入るってこと」

それに答えないでいると、普通の女子大生と何ら変わらぬ笑みを浮かべた桜井は、「じゃあね」と言って手を振った。

白衣に手ぶらで、桜井は去っていった。統学連のアジトは学校外にあるというので、そこで着替えて帰宅するか、次の行動の打ち合わせをするのだろう。

跡をつければアジトを見つけられるかもしれないが、事は慎重を要する。

――この場は引いた方がいい。慎重の上にも慎重を期さねばならないからな。

琢磨は自分にそう言い聞かせると、雑踏の中を去っていく桜井の後ろ姿を見送った。

9

バリケード封鎖によって、統学連から多くの逮捕者が出た。だが代表者の白崎は、現場から姿をくらましていたため、勾留されて取り調べを受けたものの、証拠不十分で釈放された。

その後、統学連はしばらく運動を自粛したのか、集会も開いていないようだった。

白崎同様、逮捕を免れた桜井紹子は一般学生のように大学に通い、友人と笑いながらキャンパスを闊歩《かっぽ》していた。たまに琢磨と目が合っても、意味深な視線を返すだけで近づいてこない。それが琢磨にとってはもどかしい。

――しっかりしろ。お前は警察官なんだぞ！

己を叱咤《しった》しても、実験室での出来事を思い出すと居ても立ってもいられなくなる。

それを忘れるために、講義が終わるやバイト先に行って夕刊の配達を済ませ、再び大学に戻って図書館に入り、閉館時間の九時まで本を読むことにした。

その日も夜の九時過ぎ、琢磨は大学を出て下宿に向かっていた。

打越橋辺りまで来ると、目に見えて人気《ひとけ》がなくなる。街灯もあることはあるが、写真で見たことのあるパリの瓦斯灯《ガス》のように暗い。

ちょうど琢磨が橋の中ほどまで来たところで、背後からエンジン音が聞こえてきた。やり過ごそうと立ち止まると、前方からもヘッドライトが迫ってきた。

――まずいな。

打越橋には、車どうしが擦れ違える幅はあるが、通行人がいると難しくなる。つまり通行人は橋を渡り切るしかない。だが今は橋の真ん中にいるので、琢磨は体の正面を車道に向け、背中を欄干に張り付けるようにしてやり過ごそうとした。

ところが二台の車は、琢磨を挟むようにして斜めに停車した。

一瞬、それが何を意味するのか分からなかったが、琢磨はすぐに覚った。

――しまった！

咄嗟《とっさ》に逃れようとしたが、前後をふさがれてしまっている。それでも一方の車のボンネットに上ろうとした時、背後から首筋を摑まれて引きずり下ろされた。

すぐに立ち上がろうとしたが、羽交い絞めにされて身動きが取れない。相手の腕は琢磨の首に巻き付き、強く締め上げてきた。

――落とすつもりか。

いかに柔道三段の琢磨でも、この体勢からは逃れられない。

首に回された腕の力は強く、琢磨が爪を立ててもびくともしない。

――柔道をやっているのか。

薄れてゆく意識の中で、統学連にも柔道の有段者がいるのだと琢磨は思った。

――雪か。

横殴りの風の中、視界がほとんどなくなるほど、雪が吹きつけてきていた。

白一色の世界に、マタギとおぼしき男たちが集まっているのが見えた。

何事かと思って近づいていくと、檻の中に熊がいた。まだ若い羆《ひぐま》だ。男たちは「畑を荒らして悪い奴だ」などと言いながら熊を棒で突いている。

熊は唸《うな》り声を上げながら牙を剥いて威嚇するが、檻の中に囚われてしまっては強がりにもならない。熊の顔は怒りとも不安ともつかないものになっていた。

「殺してしまいなさい」

突然、女の声がすると、傍らに桜井紹子が立っていた。

桜井は微笑みながら檻に近づくと、短刀を取り出した。

「裏切り者には死を！」

短刀は容赦なく熊の首に突き立てられた。あまりの恐ろしさに琢磨は目をつぶった。だが次の瞬間、耳をつんざくはずの熊の絶叫は聞こえてこない。

恐る恐る目を開けると、琢磨は檻の中にいた。首には短刀が突き刺さり、鮮血が雪を赤く染めている。だが痛みは、いっこうにやってこない。

顔を上げると、檻の向こうで笑う桜井がいた。

――美しい。

そう思った瞬間、頭から水を浴びせられた。


――ここはどこだ！

琢磨は身構えようとしたが、体が重くて半身を起こすのがやっとだった。

暗い室内に男が二人立っていた。そこは点灯されておらず、二人の男は外光に照らされ、長い影を伸ばしていた。

――二人なら何とかなる。

そこまで考えた時、聞き覚えのある声がした。

「この間抜けめ。俺たちの仕事を台無しにするつもりか！」

尻に蹴りを入れられた。

「横山さん――」

「この馬鹿が。お前が痛い思いをするのは構わない。だがな、お前のことがばれたら、もう奴らの中に人を送り込めなくなる。そのことを忘れるな！」

これまで事務的だった横山が感情をあらわにするのを見て、琢磨は警察官の怖さを知った。

「すみません」

「公衆の面前で一本背負いをしてどうする！」

別の一人が笑い声を上げた。その声からすると琢磨と同世代だろう。

「これでお前の経歴を書き換えねばならなくなった」

架空の前歴を作るのは容易な作業ではない。矛盾がないように細心の注意を払い、また連絡係などの関係者に周知徹底していることにも、変更を加えねばならない。

「柔道は、警察官を連想させるから駄目なんだよ」

横山が口惜《くや》しげに言う。

「だが、もう遅い。お前は柔道三段だ。高校でやっていたとなるとばれるから、どこか田舎道場でやっていたことにする。道場の名は後で教える」

当然、警察と強いつながりのある道場になるのだろうが、そこにも手を回し、中野健作という人間がいたことにせねばならない。

横山に胸倉を摑まれた琢磨は、無理に身を起こされた。

「ここでやめるか」

「いえ、続けます」

「やめてもいいんだぞ。やめたらお前は道警に戻され、どこかの山奥の駐在として生涯を送ることになる。熊でも追いながらな。それもまた楽しいぞ」

先ほど見た夢が脳裏によみがえる。

――桜井によって檻、すなわち北海道の山奥に囚われの身となる若い羆か。やはりあれは、俺のことだったんだ。

「嫌です。やらせて下さい」

琢磨が、かすれた声を絞り出す。

「もう二度と、あんな馬鹿なまねはしないな」

「はい。しません」

横山が琢磨の襟から手を放したので、琢磨は思わずその場に膝をついた。

「殴ってやりたいが、顔に腫れを作れば疑われる。これが最後だ！」

横山の回し蹴りが琢磨の尻に炸裂《さくれつ》する。痛くはないが、悔恨と屈辱が脳裏を占める。

「それからもう一つ。白崎の女には近づきすぎるな。あの女の色仕掛けはすべて仕事だ。間違っても惚れられたとは思うな」

横山がそれを知っているということは、誰かが琢磨の行動を監視しているに違いない。

「分かりました」

そうは答えたものの、実験室でのことまでは横山も知らないはずだ。

「お前はお前ではないんだ。それだけは忘れるな」

琢磨は、自分が警察にとっていかに貴重な手札かを思い知った。

「ここが、どこだか分かるか」

「分かりません」

「中区常盤町六丁目の横浜通商ビルの五階だ」

ようやく冷静になった琢磨が周囲を見回す。そこが雑居ビルの一室らしいのは分かったが、机も椅子もなく、電話が一つフロアに置かれているだけだ。広さは三十から三十五坪ほどで、水回りやトイレはないので共有ということらしい。

外は静かだが、時折、根岸線が高架の上を通過する音が聞こえてくる。

「ここが、俺たちの拠点になる。古いビルなので窓も少なくて都合がいい。窓には常時ブラインドを下ろしておく」

「もう喫茶店は使わないのですね」

「ああ、以後はここで情報の受け渡しを行う。表向きは公証役場の分室だ。お前は新聞配達をやめて、来週からここで資料整理のアルバイトをしてもらう。友人に聞かれたら、週に一回二時間ほどのバイトだと言っておけ」

「分かりました」

「夏休みはいつからだ」

「七月十五日から八月末までです」

「ちょっと長いな」

横山が舌打ちする。

「こちらから接近するのは避けたかったが、時間を無駄にするわけにはいかない。こうなったら仕方がない。桜井に近づいて統学連に入れてもらえ。どうだ、できそうか」

「はい。できると思います。いや、やってみせます」

「それでいい。白崎たちが何か大きな計画を練っているらしいので、まずはそれを探れ」

「計画ですか」

「ああ、それがどんなものか分からないんだ。おそらく――」

横山が何もないフロアを歩き回るので、革靴の「キュッ、キュッ」という音が神経を逆撫でする。もう一人の男は、先ほどから暗がりの中に黙って立っている。

「統学連が裏で糸を引いて全共闘に呼び掛け、東大安田講堂事件のように、どこかを占拠して気勢を上げるつもりではないかと、われわれは見ている」

「それが、どこでいつ行われるのかを探るのですね」

「そうだ。生半可なものじゃないぞ。どうやって信用を得て、統学連の中心に入り込むか。そこにお前の将来が懸かっている」

「はい。最善を――、いや必ず入り込みます」

「その意気だ。ところで――」

横山が背後にいた男を促す。

「この男は近藤信也という。すでに狩野静香には会っていると思うが、もう一人の連絡係を、こいつにやってもらう」

「よろしく」

近藤が軽く頭を下げたので、琢磨も会釈を返した。

「それでは来週から、毎週木曜日の十七時、ここに来い」

「分かりました」

「敵に深く入り込め。運動が下火になる夏休みの間が勝負だ」

横山はそう言うと顎《あご》で琢磨を促した。それが「先にここから出ていけ」という合図だと分かるのに数秒かかった。

「すいませんでした」

「もういい」

横山に背を押された琢磨は、その無味乾燥な一室を後にした。

10

——あの日と同じ薄青色のワンピースか。

校内で桜井紹子を見つけた琢磨は、今日こそ勝負を懸けようと思った。ちょうど友人らしき女子学生が「じゃあね」と言って去っていき、キャンパスのベンチにいるのは桜井だけになった。

琢磨に気づいた桜井は、思わせぶりな笑みを浮かべている。

——虜《とりこ》にした者を蔑む目だ。

「久しぶり」と言って琢磨がぎこちなく右手を上げると、桜井も笑いを堪《こら》えるように口元を押さえ、「久しぶりね」と応じた。

「今日もブルーのワンピースなんだね」

さりげなくベンチに腰掛けると、桜井は体をひねって上半身だけ琢磨の方に向けた。その腰のカーブが妙になまめかしい。

「そういえば、中野君と初めて会った時も、これを着ていたわね」

琢磨がぶっきらぼうに話題を転じる。

「音楽は好きかい」

「何よ、突然」

「フォークソングとか聴かないのかい」

「もちろん聴くわよ。でもレコードを買うほどじゃない。プレーヤーも持っていないし」

「じゃ、新宿フォークゲリラって知ってるかい」

桜井の目が輝く。

「知らないはずないでしょ」

「それはよかった。じゃ、行ってみないか」

「それってデートの誘いってわけ」

桜井の顔に勝者の笑みが浮かぶ。

「まあ、そういうことだ」

「よかった」

予想もしなかった言葉に、琢磨の心臓が高鳴る。

「私のこと、嫌いになったんじゃないかと思っていたの」

「どうして」

「あの後、話し掛けてこなかったじゃない」

「そっちこそ」

ここのところ桜井は、琢磨と少し距離を取っているように感じられた。

「喫茶店にいた子は、あなたの彼女じゃないの」

琢磨は一瞬、誰のことを言われたのか分からなくなった。

「ああ、あいつか。あれは、ただの高校時代の友達さ」

「やっぱりね。他人のようにしか見えなかったもの」

桜井がおどけたように言う。

見ていないようでいて、桜井は琢磨のことを注意深く観察していた。

「彼女、少し田舎臭いわね。あっ、これは失礼しました」

桜井が頭をかきながら舌を出す。

「で、新宿に行く件はどうする」

「いいわよ。行きましょう」

桜井が目を輝かせる。

「新宿は遠いし、遅くなるけどいいのかい」

「構わないわよ。私は一人暮らしだし」

——そうだったのか。

てっきり両親と同居していると思い込んでいた琢磨は、少し心が浮き立った。

「じゃあな」と言って、その場から立ち去ろうとすると、背後から声が掛かった。

「それで、いつなの」

「あっ、そうか」と答えつつ琢磨がポケットから、くしゃくしゃになったチラシを取り出す。

「六月二十八日だな」

「その日なら午前中は学校にいるわ」

「じゃ、石川町駅南口に午後三時に待ち合わせってとこでどうだろう」

「分かったわ。楽しみにしているわ」

桜井が意味ありげにウインクした。


新宿駅に降り立った琢磨と桜井は西口に向かった。しばらく行くと、長髪の学生から会社帰りのサラリーマンといった雑多な人々が、地下広場に向かう流れを作っていた。二人も自然にその流れに乗った。

和服姿の老婦人がおびえたように立ち止まり、西口に向かう人の流れを眺めている。

――この行列が何なのか分からないのだろうな。

同じ日本に住んでいながら、世代間で共有しているものは、もはやなきに等しい。

――老人は死を待つだけだ。時代を変えていくのは若者だ。

だが、琢磨は変えていく方ではなく、変わることを防ぐ側にいるのだ。

時代の熱気から距離を取り、変化の芽をつぶしていくという己の役割に、琢磨は疑問を感じ始めていた。

フォークゲリラが出没するという地下広場に近づくにつれ、人々の密度は濃くなり、進みも悪くなる。琢磨はぶっきらぼうに桜井の手を握った。

「あらら」

桜井が人を小馬鹿にしたような声で応じる。

傍らを歩いていた黒縁眼鏡の学生が、羨ましそうな視線を向けてきた。

――これは仕事だよ。

視線でそう答えたが、学生は憤然として横を向いた。

――分かっているよ。「今もベトナムで、子供たちがナパーム弾に焼かれているんだ。それを女といちゃついて、不謹慎な奴め」とでも言いたいんだろう。

「凄い人ね」

「えっ、俺が」

「違うわ。人の数が凄いって言ったのよ」

桜井が噴き出す。

「それだけ、この運動が大きくなっている証拠さ」

照れながら琢磨が答える。

まだフォークゲリラたちが出てきていないにもかかわらず、歩いている人々の間で「広場を解放しよう」というシュプレヒコールが起こり、カメラのフラッシュが激しく焚かれる。

ちらと横を見ると、打ちっ放しコンクリートの柱に「解放区！ 私服を殺せ 皆んなで六・二八勝利」と書かれている。大学生であるにもかかわらず、「皆んな」と書くのはご愛嬌としても、「私服を殺せ」の一節にはぞっとした。

――それだけ公安が、様々なセクトや組織に入り込んでいるということか。

「私服を殺せ、ね」

「えっ、何が」

「あなた今、あの文字をじっと見つめていたじゃない」

「ああ、あれのことか」

琢磨の背筋に冷や汗が流れる。

「あそこに書かれている六・二八勝利って、何のことだか知っている」

琢磨が首を左右に振ると、桜井が物知り顔で説明する。

「六・二八勝利」というのは、フォークゲリラに人が集まるのに便乗し、「郵便番号の自動読み取り機導入反対」のデモを、西口広場から新宿郵便局まで行おうという全共闘八派の運動のことだという。

「合理化に反対し、職員の雇用を守るというのがデモのテーマなの」

「なんだか、テーマが矮小化《わいしょう》されているな」

確かに「雇用を守る」というのは大切なことだが、郵便局は職員をクビにするとは言っていない。合理化の可能性はあるものの、せいぜい職場の配転くらいで、文句を言うほどのことでもないと思う。

「ベトナム戦争反対と比べれば、小さなことかもしれないけど、労働者の権利を守っていくことも大切だわ」

「じゃ、郵便局員も参加しているのかい」

「彼らは公務員だから、参加してないんじゃない」

「それじゃ、おせっかいじゃないか」

「その通りだわ。あなたお利口ね」

デモのテーマについて、桜井も深くは考えていないようだ。

ようやく西口に着いた。

新宿駅西口立体広場は戦後復興計画の一環として計画され、一九六六年十一月に竣工《しゅんこう》した。立体広場は、直径六〇メートルもある開口部に左右対称のループ型スロープを配した地下二層式の吹き抜け建築物で、極めて斬新な構造をしている。

すでにスロープ上には、デモ参加者が集まっているらしく、ざわめきやホイッスルの音が聞こえてくる。警察車両が何台も出てきているのか、スロープ下の広場には排気ガスが充満している。それに聴衆の吸う煙草の臭いが混じり、顔をしかめたくなるほどだ。

――北海道の空気が、いかにうまかったか。

こうして東京のど真ん中に来てみると、故郷のありがたさが身に染みる。

フォークゲリラはまだ姿を現していないが、騒音と悪臭によって、異様な熱気が立ち込め始めた。

気づくと前方に関係者らしき学生数人が現れ、皆を前の方から座らせていく。

「あら、嫌だ。座るの」

「これを尻に敷けよ」

琢磨がすかさずハンカチを敷くと、「お言葉に甘えて」と言いながら、その上に桜井が腰掛けた。

「後で洗って返すわ」

「洗わなくてもいいよ」

「あなた、まさか変態」

桜井がクスクス笑う。

「じゃ、洗ってくれよ」

「本当に洗っちゃっていいのね」

そんな会話をしていると、前方が騒がしくなり、いよいよフォークゲリラが現れた。

三人の男性がギターを提げ、一人の女性が歌詞の書かれた紙を持っている。さらに一人の男がハンドマイクを手にし、それにつないだトラメガを別の若者が肩に掛けていた。

「さあ、皆さん、一緒に歌いましょう」

女性の掛け声で演奏が始まった。演奏といってもギターをかき鳴らして歌うだけだ。

「この曲、知っているわ」

「岡林信康の『友よ』だ」

ラジオをよく聴くようになってから、琢磨も音楽に詳しくなった。とくに深夜ラジオでは、流行歌よりもこうした反戦歌がよく流れる。

友よ　夜明け前の闇の中で
友よ　戦いの炎をもやせ
夜明けは近い　夜明けは近い
友よ　この闇の向こうには
友よ　輝くあしたがある

西口広場は次第に熱気を帯び、前方では皆で肩を組んで一緒に歌い、後方でも手拍子を取るようになっていた。

「それでは、次は『We Shall Overcome』を歌いましょう」

『友よ』に続いて、米国の反戦歌『勝利を我等に』が始まった。

広場は徐々に過熱していく。

皆で声を合わせて歌っていると、胸の内から熱いものが込み上げてきた。

――これは、いったい何だ。

人の多さだけでも圧倒されるが、その得体の知れない熱気は人から人へと伝わり、次第に酩酊《めいてい》したかのような陶酔感に包まれてくる。

——俺たちは闘っているんだ！

琢磨は声を張り上げて歌った。隣の桜井も泣きながら歌っている。

興奮が頂点に達しようとした時、地下広場の頭上からトラメガのハウリングと共に無粋な声が聞こえてきた。

「君たちの行為は道路交通法に違反しています。すぐに解散しなさい」

新宿郵便局に向けてジグザグデモを行うべく隊列を整えているデモ隊を、機動隊が制止しているようだ。

「解散しなさい！」

「邪魔をするな！」

機動隊員の制止する声と、彼らに罵声を浴びせるデモ隊の声が、メガホン越しに聞こえてくる。女性の悲鳴が聞こえると、何かがぶつかり合う音がした。地上の事態は一気に加速したらしい。

フォークゲリラたちは歌うのをやめ、不安そうに顔を見交わしている。

——これはまずい。

そう思った時だった。「キャー」という女性の絶叫が聞こえるや、後方で何かが起こった。

新宿西口交番の方だ。皆は一斉に立ち上がり、そちらを見ている。

若者数人が交番の警察官たちともみ合いになっているのが、ちらりと見えた。

次の瞬間、上方から何かが打ち込まれた。見上げると、スロープの途中から機動隊員が筒状のものを上空に向けている。

「催涙弾だ。逃げろ！」

正面のトラメガから大声が聞こえた。フォークゲリラの誰かが皆に注意を促したのだ。

しかし逃げる間もなく催涙弾が発射され、周囲は白煙に閉ざされた。

人々は何事か喚きながら右往左往している。西口広場は一瞬のうちに混乱の坩堝《るつぼ》と化した。

催涙弾は煙を吸い込んでも苦しくはないが、鼻がツンとして涙が溢れてくる。

「中野君、どうする」

「逃げるしかないだろ！」

琢磨は桜井の手を取ると、やみくもに駆け出した。すでに周囲には機動隊員の姿も見え、そこかしこで取り押さえられている者たちもいる。

――はめられたのか。

デモ隊との軋轢《あつれき》にかこつけて、警察がフォークゲリラと聴衆の鎮圧に乗り出したのだ。

その時、白煙の間からギターを手にしたフォークゲリラたちの後ろ姿が見えた。

——奴らはこの辺の道をよく知っているはずだ。

直感的にそう思った琢磨は、フォークゲリラたちの後を追った。

予想通り、彼らは事前に逃げ道を考えており、スロープを上らず逃げていく。スロープ上からは、デモ隊と機動隊が衝突する喧騒や催涙弾の発射音が聞こえてくる。

どこをどう走ったのか分からないが、次第に周囲は閑散としてきた。いつしかフォークゲリラたちともはぐれていた。

気づくと、二人は人もまばらな場所に出ていた。

「ここはどこ」

「分からない。だが、もう大丈夫だろう」

二人は膝に手を置いて体を折り、荒れる息を整えた。

「あなたと走るのは、これで二度目ね」

「なぜか君とは、いつもこうなる」

しばし笑った後、桜井が言った。

「ここは淀橋浄水場の跡地かしら」

周囲は何もない空地が広がっており、遠くに新宿駅の灯りが見えている。

「どうやら、そのようだ」

風に乗ってくる喧騒からすると、西口方面の騒ぎはまだ続いているようだ。

ぼんやりと新宿駅方面を見つめる桜井の横顔を見ていると、琢磨は衝動を抑えきれなくなった。

「おい」と言って桜井の細い腕を取ろうとすると、するりと外された。

「やめて。今日はそんな気分になれないの」

「どうしてだ」

「分からない」

琢磨が無理やり桜井を抱き寄せる。

桜井の弱々しい抵抗をいとも簡単に排除すると、まだ何か言おうとしている桜井の口を、自分の口でふさいだ。

甘い香りが満ちてくる。

初めは嫌がっていた桜井も、次第に積極的になってきた。

二人は獣のように舌を絡め合い、吸い合った。

――だが、ここまでだ。

琢磨が唇を離して抱く力を弱めると、桜井もそれに応じた。

やがて体を離した二人は、苦い沈黙に包まれた。

──いつかは彼女を裏切らねばならないことになる。

琢磨の良心が己を責め立てる。

「すまなかった」

「何を謝るの」

「無理にキスした」

「もういいの」

昼間のように明るい光を放つ新宿駅に、列車が滑り込んでいく。そのぶしつけで、あつかましいほどの音が、琢磨の心中を表しているように思えた。

「覚悟を決めたよ」

「何の」

「君たちと行動を共にする」

「私が目当てならやめて。あの実験室で、あなたが『統学連に入る』と言ってくれたのに、その後、強く誘わなかったのは、それが理由よ」

「俺は本気で学生運動に参加するつもりだ。もちろん入れてくれないなら、話は別だが」

「入りたい者は入り、出ていきたい者は出ていく。それが統学連よ。だけど──」

桜井が一拍置く。

「警察の犬だけは、白崎さんも入れないわ」

背筋に白刃を突き立てられたような衝撃が走る。

「どうしたの」

琢磨の顔をのぞき込もうとする桜井の視線を避けるように、琢磨が俯く。

「今まで、そんな奴がいたのか」

「ええ、去年の話よ。白崎さんが三回生で、私が一回生の時。白崎さんはすぐに見破ったわ」

琢磨には前任者がいたのだ。なぜ横山はその話をしなかったのか。すれば琢磨の気が萎えるとでも思ったのか。

「それでどうした」

「あら、興味があるのね」

桜井が意外そうな顔をする。

「別にどうでもいいことだ」

「じゃ、教えてあげる。皆でやったわ」

「リンチしたってことか」

「決まってるでしょ」

桜井の口調が、怒りとも蔑みともつかないものに変わる。

「それで殺したのか」

「いくら何でも殺しはしない。でも、左腕の骨は折ったわ」

「それなら傷害事件だ。警察が来て逮捕者が出たはずだ」

「冗談はやめてよ。警察官を大学に潜入させてたなんてことが世間に知られたら、叩かれるのは警察よ。それで世論に押された政府によって潜入を止められたら、警察は目隠しをされて、暗い道を行くことになるわ」

「暗い道を行く、か」

潜入捜査官は、いわば警察の足元を照らす光のようなものなのだ。

「骨の一つも折って、われわれの目が節穴ではないと警察に伝えることも必要だわ」

桜井が弁解じみた言い方をする。良心の呵責《かしやく》を感じているに違いない。

――今は、これ以上は踏み込まない方がよい。

琢磨の本能がそれを教える。

「抱いて」

いつの間にか背後に回った桜井が、琢磨の胸に腕を回してきた。

「気が変わったのか」

しかし琢磨は向き直らず、その姿勢のまま新宿駅を見つめていた。

「それが女というものよ」

「白崎さんに会わせてくれるかい」

「いいわよ。でも会ってどうするの」

「俺が身を託すのに値する人物かどうかを見極める」

「随分と偉そうね」

桜井が笑いながら言う。

「ああ、貴重な四年間だからな。無駄にはしたくない」

「そうね。学生時代は、終わってしまえば二度と取り戻せないからね」

——そうだ。たとえそれが偽りであっても、俺は今を生きている。

先ほど聴いていたフォークゲリラたちの歌声が、耳底から響いてくる。

桜井も同じことを思ったのか、ハスキーな声で囁くように歌い始めた。

「友よ夜明け前の闇の中で、友よ戦いの炎をもやせ」

琢磨も唱和した。

「夜明けは近い。夜明けは近い。友よこの闇の向こうには、友よ輝くあしたがある」

琢磨は見失いそうになる自分にしがみつくように、背後から回された桜井の手首を強く握った。

桜井が琢磨の背に横顔を押し付ける。

はるか彼方に見える新宿駅に再び電車が入ってくる。そのまばゆい光を桜井と見ているこの瞬間が永遠に続けばよいと、琢磨は思った。

11

「よおっ」

帰宅途中に突然、肩を叩かれた琢磨は飛び上がらんばかりに驚いた。

「随分と驚くね。誰だと思ったんだ」

「ああ、石山さんでしたか」

「そうだよ。食堂で会ったよな」

「は、はい。玉井君と同じ高校でしたね」

「ああ、奴は浪人、俺は現役だけどな」

石山が、そこにアイデンティティを持っているのが可笑《おか》しい。

誰しも高校時代、学業の成績で互いの序列を知る。今の日本のような固定的な社会では、それが就職先から、その後の出世にまで引き継がれていく。

「フォークゲリラを見に行ったんだってな」

——桜井だな。

噂の出所は桜井しかない。

「女というのは口が軽いものさ。とくにいい男を独占したい時は、ほかの女を寄せ付けないために、あることないことを吹聴《ふいちょう》する」

石山の言葉には嫉妬が籠もっていた。

——何てことだ。これで統学連に入れても、白崎から敵対視され、中枢には潜り込めない。

琢磨は暗澹《あんたん》たる気分になった。

「これから玉井たちと飲むんだが、君も来るかい」

「福岡県出身のご友人ばかりでしょ。遠慮しときますよ」

「今日はそういう集まりじゃない。たまたま親しい連中と飲もうとなっただけだ」

もう新聞配達のバイトはやめているので、夕刊の配達はない。

帰ったところでやることもないので、琢磨はうなずいた。

正門を出た二人は牛坂を下った。裏門の方が石川町駅前へは早いのだが、正門の近くにいたので、何となくそうなった。

やがて〝下界〟に下りた石山は、舗装されていない路地に入り込むと、「月桂冠」や「菊正宗」と書かれた四斗樽を店先に積み上げた居酒屋の前で足を止めた。

その薄汚れた縄暖簾《なわのれん》をくぐると、中は煙草と魚を焼く煙が充満していた。

「らっしゃい！」

殿山泰治《とのやまたいじ》を思わせる丸刈り頭の親父が、こちらも見ずに声を掛ける。

「もう来ているかな」

「二階にいるよ」

魚を焼く親父の背後には、黄ばんだ「お品書き」がびっしりと張り付けられているが、達筆の墨書きなのが親父のプライドを感じさせる。

ほかの壁面には、誰とも判別できないサイン入りの色紙が貼り付けられており、その隙間には、地域の集会やコンサートの張り紙がある。

「行こうぜ」と促され、石山の後に続いて階段を上ったため、石山の擦り切れた靴下がよく見えた。

──苦学生なんだな。

これまでは気に留めなかったが、そんなところからも石山の経済事情がうかがえる。

「お待たせ」と言いながら二階の部屋に入ると、三人の男たちが先に一杯やっていた。

「おっ、中野じゃないか」

「ああ、注目の人がうろうろしていたんで連れてきたよ」

石山が獲物でも提げてきたように言う。

琢磨は仕方なく、「久しぶり」と言って座に着いた。

「プリンスのご登場ってとこだな」

玉井の冗談に皆が笑う。

二階には四つほど座卓が並べられ、それぞれ学生らしき一団が囲んでいる。どの席からも紫煙が上がり、室内の空気は極めて悪い。

「今日は何の集まりだい」

琢磨が明るく問うと、玉井の隣に座る丸顔の男がすぐに答えた。

「ただの飲み会のつもりだったが、取り調べに変わったな」

再び四人がわく。琢磨はぎくりとしたが、すぐに笑いの中に滑り込んだ。

「新宿のことかい」

「ああ、決まってるだろ」

玉井がコップになみなみと注《つ》いだ日本酒を差し出す。

「僕はビールにするよ」

「はいはい、王子様」

先ほどの丸顔がビールを注ぐ。

「どうだった」

もう一人の男が問う。こちらは長髪で青白い顔をしている。

「どうだったって、何が」

「フォークゲリラだよ」

「別のことだと思ったのかい」

玉井が茶々を入れると、四人がわいた。

「俺たちは別の方も聞きたいんだがね」

玉井が意地悪そうな目つきで言う。

「仕方ないな」

桜井紹子と新宿まで行ったことを認めた琢磨だったが、混乱の最中ではぐれてしまったと語った。

四人は「たいへんな混乱だったらしいな」と言って、自分たちの知り得た情報を語り合っているが、それ以上の追及をしてこない。

――桜井は、淀橋浄水場のことまでは話していないってわけか。

琢磨は少し気が楽になった。

「俺が聞いたところによると——」

丸顔が得意げに言う。

「お前らが、石川町駅で待ち合わせてどこかに行こうとしているのを、桜井さんの友達が見ていたらしいぞ。それで桜井さんも正直に話したらしい」

「それだけのことさ。僕はあの女と付き合っているわけじゃない」

その言葉には誰も口を挟まなかった。皆、白崎のことを考えているのだ。

「統学連は、また動き出すのかな」

話題を変えようと、何気なく振ってみた。

「それはないよ。夏は帰省する奴が多いから集会もやらない。もう一週間もすれば夏休みだ」

玉井が当たり前のように答える。

「内々の集会もないのかい」

「ああ、この時期はやらないらしいよ」

玉井が思わせぶりに言う。

「噂によると、奴らは大きなことを考えているらしいぜ」

「大きなことって」

「玉井、やめとけ。殺されるぞ」

扇風機の前でシャツの中に風を入れながら、石山がたしなめる。

「いいよ。聞きたくない」

――話したい奴には、そう言った方がよい。

琢磨は経験から、それを学んでいた。

「実は、俺もよく分からないんだ。ただセクトを超えた大きな動きがある」

「なんで玉井君が、それを知ってるんだ」

「おいおい、本当に警察の取り調べみたいだな」

丸顔と長髪が声を上げて笑う。琢磨は冷や汗のかき通しだ。

「うちの爺ちゃんがよく言っていたんだが――」

玉井の祖父は炭鉱事業で財を成し、その長男が代議士となり、次男が事業を引き継いだ。玉井の父親にあたる三男は、そのうちのセメント事業を分けてもらったという。

「何事も人間関係だ。それにさえ配慮していれば、すべてがうまくいく」

「玉井家の人間関係とは、政治家と癒着することである」

石山が茶々を入れる。

「うるさい！」

「つまり、どういうことだ」

玉井が石山にヘッドロックを掛けようとしたが、琢磨は真剣に問うた。

「人間関係に気を遣っていれば、自然と情報が集まってくる。とくに女からの情報は有益だ。どんな偉い政治家も文士も、みんな女でつまずく。中野君みたいな美男子は、とくに気をつけるんだな」

「玉井は、その心配がなくていいな」

すかさず石山が突っ込む。

その言葉に、丸顔が「一本！」と言ったので、皆が沸いた。

盃《さかずき》を傾けているうちに酔いが回ってきた。五人は、自然に二つのグループに分かれて話をするようになった。玉井は丸顔と長髪を相手に芸能人の話で盛り上がっている。一方、琢磨は石山の話を聞く形になった。

それぞれの前に置かれた灰皿は吸殻の山になり、そこから吹き落ちた灰が、するめの上に掛かっても誰一人として気に留めない。

窓は開け放たれているが、煙草の煙は逃げ出さず、天井に突き当たって行き場を失っている。狭い部屋に客がすし詰めになっているためか、やたらと暑い。扇風機のスイッチは「強」になっているが、ほとんど役に立っていない。

額に汗を滴らせながら、石山が力説する。

「そもそも、すべての根本には、日本の高度成長がある」

石山が、テレビに出てくる政治評論家のような口調で言う。

「その何が悪い」

一年上の石山に対して、琢磨はいつの間にかため口になっていた。

「高度成長は、都市への人口の流入と農村の過疎化、進学率の上昇、革新政党の体制内化などを生んだ。同時に太平洋の覇権を獲得した米国が、社会主義の台頭を抑えるためにベトナムの内戦に介入した。こうした現実の大変化が、俺たちの世代に与えた影響は大きい」

「だろうな」としか、琢磨は相槌《あいづち》が打てない。下手なことを言って勘繰られるのもまずいからだ。

「日本は今、発展途上国から先進国の仲間入りを果たそうとしている。そうした中、われわれのテーマは、戦前戦中の若者たちが抱いていた戦争や貧困への不安から、現実社会の閉塞感、アイデンティティの喪失、未来への不安へと移っている。だが、こうした漠然としたテーマでは闘えない。だから『学費の値上げ』『学生のカリキュラムへの参画』という現実的な旗印を掲げることになる。だが、それは問題の矮小化につながり、運動がいま一つ盛り上がらない原因になっている。それが今の学生運動の本質だ。つまり戦争と飢餓しか持ち得なかった世代は、今の若者を絶対に理解できないということだ」

「そうか。何となく分かってきたような気がする」

「だがな――」

石山が声をひそめる。

「しょせん学生運動なんてものは、流感と同じで一過性のものだ。いつかは冷める。その時になって就職先を探そうとしても遅い。学生運動にかかわったが最後、就職先は限られてくるし、警察からも目を付けられる」

「そうらしいな」

デモ参加者がタオルを口元に巻いて顔を隠すのも、そこに理由がある。

「まあ、二流三流の出版社に安月給で雇われて言論誌を作ることになっても構わないなら、話は別だがな」

「学生運動をやっていると、そういうことになるのか」

「当たり前だろう。どこの企業が危険思想の持ち主を採用する」

「それもそうだな」

「中野君も深入りしない方がいいぜ」

石山が訳知り顔で言う。

「ご忠告、ありがとう」

「ということは、統学連に入るのか」

「ああ、そのつもりだ」

その一言で、座が凍り付いた。

冗談を言ってふざけていた三人も、一斉にこちらを向く。

――四人とも、俺が自分たちの側の人間だと思っていたのだ。

「そうか。人それぞれ考え方は自由さ。俺は何も言わん。だがな、あの女は撒《ま》き餌だ。それだけは忘れるな」

「そうかもしれない。だけどこの国のために闘うことは、大切なことじゃないのかな」

「さあ、そろそろ行こうや」

玉井が明るい声で言った。

それで飲み会はお開きとなった。割り勘で金を払ったが、千円もしなかった。しかも琢磨はビールを少し飲んだだけだったので、玉井は皆よりも安くしてくれた。

中村川沿いの道に出ると、元町の灯りがやけに遠く感じられた。

——俺には、もう縁のない世界だ。

いつの日か琢磨も家庭を持ち、元町で買い物をするような日が来るかもしれない。だがその時、心の底からは楽しめはしないだろう。

「じゃあな」

石川町駅の南口まで来たところで、四人は別れを告げた。皆、電車に乗って帰るらしい。

「おう、またな」

琢磨は片手を上げると、皆と別れて元町とは反対方向に向かった。

「また」がないのは、彼らの顔を見れば分かる。

琢磨は強い孤独を感じたが、それを振り払うようにして暗い道を進んでいった。

第2章

虚構の青春

1

川崎簡宿放火事件から二カ月が経とうとしていた。いまだ犯人の手掛かりは摑めず、捜査本部には焦燥感が漂い始めていた。

野沢晃警部補も苛立ちをあらわにし、厳しい顔で署内を足早に歩いている。

そうした重苦しい空気を感じ取った寺島は、野沢と距離を置き、必要最小限の会話しか交わさないようにしていた。

「おい、寺島君」

自分の席で捜査報告書を書いていると、名前を呼ばれた。顔を上げると、刑事課長の島田秀雄が手招きしている。島田と机を挟んで向き合っているのは野沢だ。

島田が空いている椅子を示したので、寺島は遠慮なく座った。

「防犯カメラの記録をもう一度洗ったんだが、何も出てこない」

「怪しい車両もなかったんですね」

野沢が話を代わる。

「近くの防犯カメラに映っていた車両のナンバーはすべて調べた。もちろん国道十五号線の防犯カメラは、車の数が多すぎて調べきれていないけどな」

「ホシは防犯カメラを避けながら歩いてきたというわけですか」

「駅から歩いたとしたら、そういうことになる」

「でも、防犯カメラの位置を知っているのは、われわれぐらいでしょう」

「そうだ。だがネットには設置場所が分かるサイトもあるというし、慣れている者なら、見当くらいつくんじゃないか」

野沢が腕組みし続ける。

「確かにあの辺りは、川崎駅前に比べれば防犯カメラの設置密度は高くない。だが、『映っていなかった』という事実が、偶然とは思えないんだ」

野沢が地図を広げる。

「仮にだ。犯人が八丁畷駅から徒歩でやってきたとしたら、まず駅の防犯カメラに映っているはずだ。だが怪しい奴は映っていない。つまり徒歩なら川崎駅からやってきたことになる。川崎駅構内や駅周辺の防犯カメラには映っているかもしれないが、週末の終電間際でさえあの人ごみだ。とてもじゃないが、一人ひとりを特定することはできない」

川崎駅前の賑わいは深夜まで続く。確かにあの雑踏では、容疑者の特定は難しいだろう。

「でも、ガソリンを持ち運んだはずですよね」

「火をつけるには一リッターもあれば十分だ。つまり鞄の中に入る。そこでだ――」

地図には、防犯カメラの位置が朱字で記されていた。

「川崎駅からだと、このようなルートで歩けば、防犯カメラに映らずに現場に到達できる」

「なるほど。でも、目撃者もいないんですか」

「ああ、いない」

「お手上げ」と言いたいのか、野沢は頭の後ろで手を組んで天井を見上げた。

「そこでだ――」

島田が話を代わる。

「犯人は来なかった、ということも考えられる」

「来なかったということは、犯人は簡宿の宿泊者だというんですか」

「そうだ」

――自殺を思い立った人間が、他人を道連れに火をつけることも十分に考えられる。だが
そうした場合、確実に死ぬために自室に火をつけるのではないか。

野沢が眼鏡を拭きながら言う。

「しかし玄関に火をつけて、自室で火が回るのを待つ奴などいない」

「もちろんです」

「やはり、外からやってきた奴が玄関に火をつけ、そのまま逃げたとしか考えられん」

島田が話を引き取る。

「国道十五号線までは走って一分。国道から簡宿の間に防犯カメラはない。ただし国道沿いには防犯カメラが多いので、国道に出たらすぐにタクシーを拾うしかない。しかし、あの辺りを走らせているタクシー会社や個人タクシーをしらみつぶしに当たったが、乗った形跡はない。だとすると――」

野沢は眼鏡を掛けると、その細い指で地図の一点を指した。

「国道沿いのここに、防犯カメラには引っ掛からずに車を停められる場所がある。つまり犯人は、ここに置いた車からやってきて、犯行後、同じ経路をたどって車に戻った可能性がある」

「仮にそうだとしても、防犯カメラの位置を正確に知らないとできない犯行ですね」

島田がうなずく。

「そうだ。放火犯は周到かつ大胆な奴だ」

野沢が寺島に問う。

「最後の一人の特定も、まだ済んでいなかったな」

「はい。おぼろげながら姿は見えてきたんですが、氏名などの特定までは至っていません。

万が一ということもあるので、自殺の兆候があった者がいなかったか探ります」

「それがいい。お前も気が回るようになったな」と言うと、野沢が立ち上がった。

「島田さん、私の方は防犯カメラやNシステムの範囲をさらに広げ、映っている車を徹底的に洗います」

Nシステムとは、自動車ナンバー自動読取装置のことだ。

「そうしてくれ。だが防犯カメラを意識できるほどの者が、なぜ、あんな簡宿に火をつけねばならんのだ」

それには野沢も寺島も答えられず、打ち合わせは終わった。

応援部隊はすでに引き揚げ、捜査の主導権は地元警察に移っていた。しかし捜査は暗礁に乗り上げつつあった。

——最後の一人となった被害者を特定することで、突破口が開けるかもしれない。

寺島は、その一人にたどり着くことができれば、放火した者も手繰《たぐ》り寄せられる気がした。

2

もう一度、寺島は事件当日に簡宿に泊まっていた者たちを洗おうとしたが、そのうちの何人かは、すでに消息を絶っていた。

――皆、脛に傷持つ身だからな。

気持ちは分からないでもないが、同じような境遇の者たちが命を失い、自分たちも紙一重で助かったというのに冷淡すぎる。

――自分が生きるのに精いっぱいで、他人を気遣う余裕などないのだ。

簡宿で生活する人々の感覚は一般人のそれとは違う。一般人には会社付き合いや近所付き合いはもちろん、学生時代の友人や子供の親どうしのつながりでも、継続性のある人間関係が構築されている。つまり皆、どこかで何らかの利害が生じるかもしれない関係にあるのだ。

ところが簡宿に住む人々の人間関係には継続性などない。多少は持ちつ持たれつの関係はあるかもしれないが、それが利害関係にまで発展することはない。一緒に酒を飲むことがあっても、その時だけ楽しければよく、決して親しい関係になろうとはしない。

再び聞き込みに応じてくれた者たちは、放火と聞いても、さしたる驚きもなく淡々としていた。増田屋や末吉で過ごした日々など、彼らにとって遠い過去のことで、彼らの関心は今日や明日の糧をどうするかなのだ。

そんなことを考えていると、机の上の電話が鳴った。

「はい。寺島です」

「鑑識の阿野です」

「ああ、証拠品係の阿野さんか」

寺島が親しみを込めて言ったが、相手はそっけなく尋ねてきた。

「簡宿の火災の件で来られましたよね」

「ああ、そうだ。何か出てきたのかい」

「実はライターのことなんです」

「ライターって」

寺島が記憶を引き出す前に阿野が言った。

「ソーシャルワーカーの方が、被害者の所持品のライターを確認したじゃないですか」

「そうだったね」

「それがですね。そのソーシャルワーカーの方が現品は要らないと言うので、こちらでお預かりしていたんです。ところが先日、その方とご遺族が一緒に引き取りに来たんですよ」

「それで」

何かが起こりそうな予感がしてきた。

「半焼けになった象牙のライターを見たご遺族が、『これは故人のものじゃない』とおっしゃったんです」

「ちょっと待ってくれ。以前、ソーシャルワーカーの方は被害者のものだと――」

「似たようなものは持っていたそうなんですが、勘違いだそうです」

――何てこった。

警察が藁《わら》にもすがる思いで捜査しているにもかかわらず、第三者は平気で勘違いをする。

「もちろん遺体の身元は、ご遺族が確認して間違いないんですけどね」

「そのご遺族は、被害者の何にあたるの」

「実弟です。被害者のことは気に掛けていたらしく、ほかの方と比べて――」

阿野が言葉を濁す。

「つまり象牙のライターが、誰のものか分からなくなったということか」

「そういうことになります。珍しいものですし、とても簡宿の――」

阿野が再び言葉に詰まる。

「簡宿で暮らすような人が持っているようなライターではないと言いたいんだな」

「まあ、そういうことです」

「象牙のライターというのは珍しいのかい」

「もちろんです。今では象牙自体、中国や東南アジアでも手に入りません。アフリカでは、今でも象牙を取るために象を殺しているので、象は絶滅の危機に瀕しています」

少なくとも阿野は、寺島よりは象の置かれた状況や象牙に詳しいようだが、そんな話をしている暇はない。

「つまり、そのライターを持っていれば、どこでも話題になるというわけか」

「そうなんです。聞き込みもしやすいかと」

「分かった。そちらに行ってもいいかい」

「お待ちしています」

寺島は受話器を置くと、そのままの姿勢でしばし考えた。

——象牙のライターか。

新たな展望が開けてくるような予感に、寺島の胸は高鳴った。

3

阿野から預かった象牙のライターを持って、寺島は聞き込みを続けたが、いっこうに手掛かりは摑めなかった。簡宿火災で生き残った者たちも、そろって「見たことがない」と言うのだ。

——この線も駄目か。

あきらめかけていると、たまたま話を聞いた署内の愛煙家から、「こうしたヴィンテージ・ライターやオールドジッポーを使い続けるには、専門店でのメンテナンスが必要だよ」と教えられた。とくにノーブランド品は香港や上海辺りで作られたに違いなく、定期的に石や部品を交換しないと、すぐに使えなくなるという。

そこで修理のできるライター専門店の聞き込みを始めたところ、二軒目で「見覚えがある」という店主に突き当たった。

店主は「ああ、これね」と言って預かり伝票を出してくれた。ところが、そこに書かれた住所は増田屋でも末吉でもない上、その名はこれまでの記録にないものだった。

――石山直人か。

寺島は、そこに記された住所に行ってみることにした。

商店街の路地を入ったところにあるアパートは、二階建ての古臭いものだった。

――簡宿よりはましだが、似たような境涯にあったということだな。

くすんだ外壁には、長年の風雪に耐えてきた建物だけが持つ独特の風格が漂っている。

「随分と古そうですね」

「これでも昭和五十三年築ですよ」

初老の大家が答える。本人は身だしなみのつもりだろうが、安ポマードの臭いが鼻につく。

——昭和五十三年、つまり一九七八年か。ということは築三十七年だな。

いずれにしても、その劣化の早さには驚かされる。

「鶴見辺りでは、こんなの珍しくないんですよ」

大家が弁解がましく言う。

横浜市鶴見区生麦を少しでも知っている人間には、その言葉は説得力がある。

上大岡の実家から新子安の中高一貫校に通っていた寺島は、隣接する生麦のことも多少は知っていた。そこに住む同年代の少年や少女たちは、寺島たちから見れば時代遅れとしか思えない茶髪やブリーチで金髪に見せかけた髪形で、いつも何かに反抗するような目をしていた。彼らが反抗していたのは、身近にいる親や学校だったに違いない。それがいかに陳腐で矮小なものかも知らず、彼らは同じような者たちと群れて反抗していた。

中学や高校を卒業すれば、彼らの尖った姿勢も次第に影をひそめ、やがて体制の末端に組み込まれていく。

——だが彼らは、何かに抗いたかったのだ。

食うに困らない中流家庭で育ち、当然のように大学に行き、警察に入った寺島には、何かに反抗した時期などなかった。両親や学校にもさして不満はなく、反抗期らしきものもなかった寺島にとって、警察に入ってから出会った若者たちは新鮮ですらあった。

補導された彼らは「面白くねぇ」を繰り返し、自分が何に対して反抗しているのかさえ明確に答えられなかった。

――つまり反抗のための反抗をしていたのだ。

初めは彼らを見下していた寺島も、彼らと接する機会が多くなり、その気持ちも理解できるようにはなった。

彼らは、自分の存在証明のために懸命に抗っていたのだ。

――誰もが何に抗っていいか分からず戸惑っているのが、二十一世紀の日本なんだ。

「刑事さん、中に入りますよね」

大家に声を掛けられ、寺島はわれに返った。

「もちろんです。このアパートは全部で六部屋ですか」

「はい。一階に三、二階に三の六部屋です。今入っている店子は三人ですけどね」

階段の手すりに、「空室有」という選挙ポスター大の木製の看板が、針金で取り付けられている。相当古びているので、随分と昔に付けられたものだと分かる。

大家と一緒に鉄製の階段を上ると、けたたましい金属音がした。

――これでは、夜中に誰かが来たら起こされるな。

二階の最も奥まった部屋の前で立ち止まると、大家はじゃらじゃらという音を立てて鍵束を取り出した。

「ここが石山さんの部屋です。もう二カ月も家賃を滞納しているんですよ。どこに行ったんだろうね。だいたい滞納して逃げ出すのは低所得者ばかりでね。こういう安アパートをやってる私らは、おまんまの食い上げですよ」

何度か差しては抜いてを繰り返した末、ようやく鍵が見つかり、大家がドアを開ける。

生活臭が鼻をつく。それは衣類から発せられるカビ臭いもので、調理油など台所周りの臭いではない。

――自炊はしていなかったんだな。

外食中心だったのか、腐った食物の饐《す》えた臭いも漂ってはこない。

コンクリート剥き出しの三和土《たたき》に靴を脱いで上がると、衣類や新聞雑誌類が足の踏み場もないほど散乱していた。まず大きめのオーディオセットとスピーカーの横に立て掛けられたアナログ盤が目についた。

「随分と散らかってるな。これは夜逃げじゃないな」

大家が顔をしかめる。

小さな机には読みかけの本や雑誌が乱雑に置かれ、吸殻が山盛りの灰皿には、吸いさしが二本残っている。

「石山さんを最後に見かけたのはいつですか」

「かれこれ半年は経ってるね」

「それで石山さんは、象牙のライターを使っていたんですね」

「そうですよ。私も愛煙家でね。ライターを褒めたら、うれしそうに『親父の形見』だと言ってたね。何やら故郷とは音信不通らしいけど」

「そうでしたか。それはこれですか」

寺島がビニール袋に入れたままライターを見せる。

「どうだったかね」

大家は焼け痕の生々しいライターを眺め回した。

「うん、これだ。見覚えがある。でも、なんでこんなに焼けてるんだい」

寺島が簡単に事情を説明する。

「ということは、石山さんはあの火災に巻き込まれたのかい」

「それは分かりません」

象牙のライターから石山直人という一人の男が浮かび上がってきたが、石山は増田屋と末吉の宿泊客ではなく、生麦のアパートで一人暮らしをしていた。

「二階に住んでいたのは石山さんだけですか」

「そうです。皆さん便利な下に住みたがりますからね。火事になった時も逃げやすいし」

大家が銀歯を見せて笑う。

「ほかの二人の店子さんは――」

大家が説明してくれたが、石山との交流はなさそうだった。

寺島は用心深く室内を見回した。

――問題は、火災後に石山がこの部屋に戻ってきたかどうかだ。

そう思いつつ、散乱している雑誌や新聞の日付を見たが、すべて火災以前のものだった。新聞は取っていなかったらしいが、残されているのが日経新聞というのが、こんなところに住む人間にはそぐわない気がする。

古びた日経新聞を広げる寺島に、大家が噂話をするように言う。

「石山さんは大卒だったらしいよ」

「そのようですね」

すでに寺島は、石山のことを調べてきていた。

――雄志院大学卒業後、大手銀行に就職。さらに証券会社に転職し、投資信託のファンド・マネージャーとなる。だが客の資金を流用して懲役五年か。

そこに、いかなる事情があったのかは分からないが、石山という男が日本の高度成長の狭間で何かにつまずき、零落していったのは事実だ。

──酒か女か。もしくは自分の腕を過大評価して、一発勝負を仕掛けたか。

運がよければ、石山は六本木の高層マンションに住んでいたかもしれない。だが賭けは裏目に出た。

大家が、いかにも同情しているように言う。

「石山さんは、会社がつぶれたと言っていたよ」

「それはたいへんでしたね」

寺島は調子を合わせた。

「だけどね、たいへんなのはみんな同じだよ」

「その通りですね」

「あんたは若いから、これから前途洋々だね」

「そうでもないですよ」

──ノンキャリアの警察官の末路など知れたものだ。

だがそのことは、世間ではあまり知られていない。

寺島はある思いから警察官になった。だが学友や同年代の者たちが、上場企業やベンチャ一企業で華々しく活躍する姿を見て、羨ましいと思ったことが再三ある。

――俺は間違った選択をしたのか。

少年時代からのこだわりによって警察官を志した寺島だったが、三十が近づくにつれ、後悔の念が深くなってきた。

――過去のことなど忘れてしまった方がよかったのかもしれない。

このまま人生を無駄にしてしまうのではないかと、寺島は思い悩むようになっていた。

「私の知り合いで日経新聞なんて読む人は、ここ二十年、見たことがないね」

大家はぶつぶつ言いながら、襖《ふすま》や柱に傷がないか調べている。こうした賃貸アパートの大家は、いかに敷金を全額手にするかばかりを考えている。だから入居者とのトラブルが絶えないのだ。

古びたブラウン管テレビの上を触ってみると、薄く埃《ほこり》が堆積《たいせき》していた。

「この埃の積もり方からすると、石山さんは一カ月以上、戻ってきていませんね」

大家も寺島に倣って埃を指ですくった。

「ああ、そうだね」

「もう戻ってこないかもしれませんよ」

「まさか、死んだのかい」

寺島はあえて事務的な口調で言った。

「石山さんの安否はまだ分からないので、こちらにあるものを警察が取り扱うわけにはいきません。できましたらこの状態のまま保管いただき、石山さんと連絡が取れ次第、私にご一報いただけないでしょうか」

「仕方ないね。その間の家賃は泣き寝入りかい」

大家が家賃を警察に払ってもらいたそうな言い方をしたが、寺島は無視した。

──今日はここまでだな。

石山直人という男を探り当てられたが、なぜ彼があの日、簡宿にいたのかは分からない。

──これだけでは、とても捜査令状は取れないな。

外に出ると暗くなり始めていた。

アパートの前で大家と別れた寺島は、昭和の匂いを濃厚に漂わせている商店街を抜け、生麦駅へと向かった。

4

「Welcome to 統学連！」

琢磨が名簿に署名し、白崎に渡した瞬間、白崎は大げさに手を叩いた。取り巻きもそれに倣う。狭いアジトには十五人前後が詰め掛け、空気が薄く感じられるほどだ。

アジトは山元町にある古い一軒家で、どうやら統学連が借りているものらしい。

横山からはアパートの一室と聞いていたが、メンバーが増えたせいで移転したのか、その情報は古くなっていた。アパートと違い一軒家は、内部の様子が分かりにくい上、出入口や窓が多く、踏み込まれても脱出しやすい。そうしたことから白崎は一軒家に移ったに違いない。

「これで君は同志だ」

白崎が握手を求めてきた。舌鋒《ぜっぽう》の鋭さとは裏腹な女性のように白い手だ。琢磨はその手を強く握り返した。だが白崎は力を入れずに手を放すと、床に腰を下ろしている取り巻きに語り掛けた。

「われわれは東大闘争で敗北した。なぜなんだろう」

誰も答える者はいない。下手に答えれば、白崎に否定されるからだろう。

「どうやら、答えられる者はいないようだな」

白崎の顔が次第に厳しいものになる。

「われわれが武力を持たないからだ」

——武力だと。物騒な展開になったな。

それでも琢磨は逐一聞き漏らすまいと、耳をそばだてた。

「われら統学連はマル共連の穏健な路線から脱し、武闘路線を選択する」

——統学連がマル共連から離脱するのか。

元々、日本共産党と連携するマルクス共産主義学生連合、通称マル共連は、大学構内での運動を中心とした穏健な学生政治組織だった。その中の過激派を率いて白崎が統学連を立ち上げたのだが、マル共連と喧嘩別れをしたわけではないので、これまで持ちつ持たれつの関係を続けてきた。ところが、これからは違うというのだ。

——「たそがれのマル共連」、か。

ここのところ学内では、『たそがれの銀座』という流行歌になぞらえて一般学生までもがそう揶揄《やゆ》するほど、マル共連の勢力は衰えていた。

白崎は、その原因を武闘路線の放棄だと考えているのだ。

「これまでのマル共連の穏健な方針では、七〇年代の闘争を勝ち抜けない。もはや受動的な階級闘争論では展望が開けず、能動的で攻撃的な階級闘争こそが必要とされる」

白崎は一拍置くと人差し指を立てた。

「最も大切なことは、機動隊と戦える武装集団を創り上げることだ。つまり速やかに人民の軍隊を組織し、銃や爆弾で武装して蜂起の時に備えるのだ」

拍手が巻き起こる。

「やりましょう!」

「手伝わせて下さい!」

次々と声が上がった。

――お前ら、白崎の言っていることが分かっているのか!

琢磨は怒鳴り出したい心境だった。

武闘路線と言えば聞こえはいいが、下手をすれば犯罪者として逮捕され、懲役刑に処される可能性すらある。

「では、次に具体的な行動計画に入る。ただし、その内容については皆に語れない。秘密が漏れるのを防ぐためだ。それゆえこれから順次、役割を申し渡す。川上だけ残ってくれ」

白崎は腹心格の川上を残し、ほかの者たちを外に出した。

皆、外に出ると三々五々散っていく。近くの喫茶店で自分が呼ばれるのを待つのだ。

「中野君、私たちは、ここで待っていた方がいいわ」

皆と一緒に喫茶店に向かおうとした琢磨を、桜井が呼び止める。

「どうして家の前なんかで待つんだい」

「ここにいれば、すぐに仕事が割り振られるわ」

琢磨には、白崎への対抗心が芽生えていた。

――白崎は日々、桜井を抱いているのだ。

それを思うと、嫉妬心が膨れ上がってくる。

「俺は下っ端だ。すぐには呼ばれないだろう」

「いいえ。ここにいて」

立ち去ろうとする琢磨の背に、冷たい声が刺さった。

その命令口調に、琢磨が一瞬たじろぐ。

「分かったよ」

二十分もすると、川上が出てきた。

「西田、君の番だ」

狭い庭で黙って煙草を吸っていた男が、それを捨てると中に向かった。

――白崎の前後に、よくアジっている奴だな。

琢磨はその顔に見覚えがあった。

川上が琢磨に話し掛ける。

「四回生の川上だ。よろしくな」

「はい。よろしくお願いします」

琢磨は一回生らしくぺこりと頭を下げた。

――こうした演技も板に付いてきたな。

桜井も交えて三人で雑談をしていると、十五分ほどで西田が出てきた。

「君が中野君だったね」

西田が黒縁眼鏡を取って琢磨を見つめる。

「ああ、はい」

「白崎さんがお呼びだ」

「僕をですか」

「そうだ。同志に序列はない」

桜井の方を見たが、いつの間にか少し離れた場所で川上と立ち話をしている。その顔は真剣そのもので、何かを言い聞かされているようにも見える。

正体を知られたか、桜井が琢磨との関係をばらしていたら、間違いなくリンチにされる。

琢磨は公衆電話の位置さえ確かめずに、アジトに来てしまったことを後悔した。

それでも勇を鼓して部屋に入ると、白崎は険しい顔で煙草を吸っていた。

「中野健作君、だったね。まあ、座りなよ」

白崎が古びたソファを指す。

琢磨が座ると、白崎は背後に置いてあるステレオまで行き、ターンテーブルに載せられたレコードに針を置いた。レコード溝の摩擦音の後に聞こえてきたのは、サックスらしき管楽器を激しくブロウする音だった。

「コルトレーンだ。僕はジャズが好きでね」

琢磨にとって、ジャズはロックよりも遠い存在だ。しかし、その苦しみもがくような音に耳を傾けていると、音楽の本源に近づいていくような気がする。

「このパッセージが眠っている野性を呼び覚ますのさ。ほかのサックス奏者とはモノが違う。彼だけが生きることの苦しみを音楽に託せたんだ」

「そうなんですか」

「君、音楽は――」

「ビートルズくらいなら――」

といっても、ラジオから流れてくる音楽の中で、最も耳に心地よい音楽がビートルズという程度なのだが。

白崎の顔に失望の色が広がる。おそらく白崎にとっては、政治運動と音楽を聴くセンスは不可分なのだろう。

確かに学生運動家は、難解な芸術を好む傾向がある。

――だがお前らは芸術家ではない。何の才能もない秩序の破壊者だ。

芸術的才能がないのは琢磨も同じだが、そうしたものを楽しめるからといって、他人に対して優越感を抱くのは間違っている。

「それはいいとして――」

白崎が話題を変えた。

「君は桜井君に落とされたのかい」

「えっ、落とされたって言いますと」

この瞬間、琢磨はリンチを覚悟した。

「桜井君に囚われた子羊か。それもまたいいんじゃない」

白崎が笑い声を上げた。妙に甲高いその声が琢磨を追い詰める。

「桜井さんは白崎さんの彼女じゃないんですか」

「ははは」と白崎が笑う。

「秘書的なことはやってもらっているが、付き合ってはいない。もちろん抱いてもいない。そんな気持ちでは革命戦士たちの上に立てないからな」

「そうだったんですね」

「安心したかい」

琢磨は何と答えてよいか分からなかった。だが反射的に言葉が飛び出した。

「安心しました」

「君は正直でいい。実にいい」

白崎は立ち上がると、琢磨の隣に座った。

いよいよ使命が告げられると思い、琢磨は身を固くした。

「君のことは桜井君から聞いている。観察記録もつけてもらった。その結果、君は信用できると判断した」

桜井が、さほど積極的にコンタクトしてこなかったのは、白崎の命令があったからなのだ。

「統学連は三十人ほどの小さな組織だ。人材も払底《ふってい》している。だから君に重大な使命を託したい」

「僕に、ですか」

「そうだ。実は革命を行う資金が枯渇している。そこでだ――」

「待って下さい。金ならありませんよ」

白崎が膝を叩いて笑う。

「君の金がほしいなんて誰が言った。しかも、そんなはした金が何の役に立つ」

「まあ、そうですね」

「君は面白い人だね。桜井君の言う通りだ」

そう言ってひとしきり笑った後、白崎は真顔になった。

「交番を襲って銃を奪う。それを使って銀行を襲おうというわけだ。まあ、銀行は無理でも、銃があれば金持ちの家にも押し入れる」

琢磨は驚き、言葉が出てこない。

「どこの交番を襲うのか聞かないのかい」

白崎が顔を近づけてきた。

「聞きたくありません」

喉から手が出るほど、その情報がほしい。だが、あえてそれを拒否することで、さらなる信用を得られるのではないかと思った。

「第一段階は合格だな」

「えっ」

「犬なら必ず『どこの交番を、いつ襲うのですか』と聞いてくる」

「僕は警察の犬でもありませんし、強盗に加わるつもりもありません」

「これが革命闘争の一環でもか」

「はい。そんなことは革命闘争でも何でもありません」

「ご立派なことだ」

琢磨は立ち上がると部屋から出ようとした。

——呼び止めてくれ。

琢磨が心中、念じる。

「交番には桜井君も一緒に行くんだがね」

「えっ」と言って、琢磨の足が止まる。

「いいのかい」

白崎が会心の笑みを浮かべる。

——罠に掛かった獲物を見る目だ。

それは、初めから勝利を確信している者の目だった。

——だが、罠に掛かったのはお前の方だ。

「さぞや、時間と場所を聞きたいだろうね」

琢磨は何も答えなかった。だが白崎は押し付けるように言ってきた。

「教えてやろう。打越橋を下ったところにある石川町五丁目交番を七月二十四日の午前六時に襲う」

──七月二十四日午前六時、石川町五丁目交番か。

琢磨は頭の中で反芻《はんすう》した。

「先日あの前を通ったのだが、間抜け面をしたポリ公が一人いて、その腰には拳銃が提げられていた」

白崎がセブンスターの箱を叩いて煙草を取り出すと、卓上ライターで火をつけた。

「あそこは人通りが少ないこともあり、一人で勤務させているようだ」

白崎が得意げに続ける。

「桜井君が道を聞くふりをしてポリ公を油断させる。その間に交番の陰に隠れた同志が襲い掛かるという手はずだ」

尋ねもしないのに白崎は計画を語り続けた。

「襲撃は桜井君を除いた四人の男にやらせる。四対一なら、非力なわれわれでもねじ伏せられる」

白崎が青白い二の腕を叩く。

「そういう次第だ。で、どうするね」

――何と答えればいいんだ。

琢磨は何も言えず、ただその場に突っ立っていた。

「君に実行犯をやってくれとは言っていない。ただ見張りをやってほしいんだ」

「見張りですか」

「そうだ。見張りなら失敗した時、その場から逃げればいい。そうすれば警察には捕まらない」

琢磨は唇を噛んで沈黙した。

――ここで「やります」と答えるべきか。

「どうするね。桜井君はやると言っているよ」

「それは本当ですか」

「ああ、本当だ。疑うなら外に行って聞いてこいよ」

琢磨は生唾をのみ込むと言った。

「分かりました。やります」

「それでいい」

白崎が勝ち誇ったような笑みを浮かべた。

5

七月十七日、常盤町に作られた警察の拠点に行ってみると、見事なまでに公証役場の分室に変わっていた。琢磨は公証役場の分室など見たことはないが、その古びた本棚や乱雑な資料の並べ方から、一世代前の事務所の雰囲気がよく出ている。

「お気に召しましたか」

そこで待っていた狩野静香が笑顔で言う。

「まあね」

「ちょっと入っただけだと、誰でも本物の資料庫だと思うだろうね」

「はい。公証役場に用のある人が飛び込みで来ても、本物の事務所を案内するだけですから」

警察というところは、こうした人をあざむく技術が過度に発達している。

「で、中野さん、今週は何か変わったことがありましたか」

「変わったことね」

琢磨は逡巡した。今の今まで、「統学連の白崎らが、七月二十四日の午前六時、石川町五丁目交番を襲う」と告げるつもりだったが、なぜか、それを告げる気にならないのだ。

――俺がやっていることは犬以外の何物でもない。

子供の頃から、告げ口はよくないことだと叩き込まれてきた。友人のやった悪戯《いたずら》を告げ口せず、自分が罪をかぶったことさえある。その話を父にしたところ、「当たり前だ」と言われ、褒められもしなかった。それほど告げ口は悪いことだという認識が、琢磨には染み込んでいた。

「どうしましたか」

狩野が不審そうな視線を向ける。琢磨の顔つきから何かを感じたに違いない。

――俺は警察官じゃないのか！

自分を叱咤しても、気分は変わらない。

世の中を少しでもよくしようと学生運動をやっている連中に対して、自分は警察の犬でしかないという後ろめたさが、津波のように押し寄せてくる。

――それでも警察官としての使命を全うしなければ。

もしも琢磨が交番襲撃計画を報告しなければ、交番にいる巡査が負傷するかもしれない。

――いや、それだけで済めばましな方だ。巡査か学生が撃たれて死ぬかもしれない。

琢磨はすべてを告げようと思った。だが口をついて出たのは、別の言葉だった。

「たいしたことではないんだが、統学連はアジトを一軒家に変えたらしい」

「そのことでしたら、すでに掴んでいます」

「どういうことだ」

「数日前に把握していました」

——何だと。

琢磨の胸内から、沸々とした怒りが込み上げてくる。

「それを、なぜ俺に教えなかった」

琢磨の口調が鋭かったからか、狩野がびくんとして身を引いた。

「すいません。今日、伝えようと思っていました」

「それじゃ、遅いんだよ。この前、俺は何も知らずに新しいアジトに連れていかれた。アパートなら近所の目もあるが、一軒家ならリンチに遭っても外には聞こえない。下手をすると殺されていたかもしれないんだ。なぜそのことを、俺に一刻も早く伝えようとしない！」

「ごめんなさい」と言いつつ、狩野が身を縮める。

だが、琢磨の怒りの原因がそんなところにないのは、琢磨自身がよく知っていた。

警察を裏切っているという後ろめたさが、琢磨の中で怒りに変わったのだ。

——俺は俺に怒っているんだ。

自責で考えるべきことを他責に転嫁させた自分に、さらに腹が立つ。

──俺は何て卑怯な男なんだ。

狩野は、今にも泣き出さんばかりに肩を震わせている。

「すまなかった。潜入している方々は、特別な心理状態にあると教えられていますから」

「いいんです。神経が高ぶっていたんだ」

「たとえそうだとしても、感情をコントロールできないのはプロとして恥ずかしいことだ。すまなかった」

──俺は本当に告げ口したくないという気持ちから、交番襲撃計画を伝えられないのか。別の何かが、そうさせているのではないか。

交番襲撃計画を伝えられない理由が、自分でも分からなくなってきた。

「大丈夫ですか」

狩野は席を立って反対側に回ると、頭を抱える琢磨の肩に手を置いた。

それを振り払おうと思ったが、決して嫌な気分ではないことに気づいた。

──俺はどうかしているのか。

「たいへんなんですね」

狩野は涙声になっている。

肩に置かれた狩野の手をそっと握ると、心が落ち着いてきた。

「中野さんは一人じゃありません。私たちがついています」

——俺は、仲間がほしいわけじゃないんだ。

狩野の勘違いが琢磨を現実に引き戻した。

「すまなかった。もう大丈夫だ」

「いいんです。私でよかったら何でも言って下さい」

「分かった。では、重要な情報はいち早く教えてくれ」

琢磨が手を離すと、狩野は恥ずかしそうに一歩引いた。背後なので顔は見えないが、赤くなっているのだろう。

「ここに来られるのが、一週間に一回では少ないでしょうか」

「いや、いいんだ。今のところ何とかなっている」

そう言うと琢磨は立ち上がった。

「もう行かれるんですか」

「ああ、そうなんだ」

琢磨はバイトをしに来ているという建て前なので、事務所に二時間はいなければならない。

狩野はそれを案じているのだ。

「まだ、つけられてはいないから大丈夫だ。このまま裏から出て、どこかで時間をつぶしてから帰る」

出ていこうとした琢磨の背に声が掛かる。

「中野さん、問題を一人で抱え込まないで下さい。横山さんに伝えられないことなら、そう言っていただければ、私の胸にとどめます」

「ありがとう。もういいんだ」

そう言うと琢磨は、何かを振り払うように事務所の外に出た。

外の空気を吸うことで、琢磨は少し落ち着きを取り戻した。すぐに下宿に帰る気もしないので、足の向くまま港の方に向かった。

——俺は警察を裏切ったのか。いや、後で横山さんに会いたいと伝えて直接、告げればいいことじゃないか。

だが、それは言い訳でしかない。人が死ぬ可能性のある重要な情報は迅速に伝えないと、それを防ぐ手立てを講じる時間がなくなる。

——今からでも間に合う。

電話ボックスが目に入ったので、琢磨は歩みを止めた。

だが狩野は、すでに事務所を閉めて帰宅したに違いない。

――横山さんに電話するか。

だが横山とて、この時間では帰宅している可能性が高い。

――でも電話すべきだ。

ポケットを探ると、十円玉が出てきた。

琢磨は電話ボックスに入り、硬貨を入れた。

ツーという発信音が琢磨を非難しているように聞こえる。

覚悟を決めてダイヤルを回そうとしたが、なぜか手が止まった。

――この電話を掛ければ、俺は正真正銘の犬になる。

動悸が激しくなってきた。

人としての誇りが、音を立てて崩れていくような感覚に襲われる。

頭の中で、様々な人の顔が浮かんでは消えていく。

――犬になんてなれるか！

琢磨が受話器を置くと、十円玉が大きな音を立てて落ちてきた。それはまさに、奈落の底に落ちた琢磨の人生のようだった。

琢磨は北海道で伸び伸びとした少年時代を過ごした。そして何の疑問も抱かず、祖父や父と同じ警察官になった。だが警察学校を出て公安に出向させられてから、すべては一変した。

――これまでの俺の生き方や考え方は間違っていたのか。

今、桜井や統学連といった周囲のすべてが、鮮烈な輝きを放って琢磨を取り巻いている。琢磨の中で、学生運動の熱と桜井に対する想いが混淆《こんこう》され、自分でも制御できないほどの奔流となってきていた。

――それが俺を押しとどめているのか。

琢磨が交番襲撃計画を警察に通報すれば、待ち伏せされた桜井は現行犯として逮捕される。桜井に対しても警察は容赦しないだろう。そうなれば桜井は大学を退学させられ、犯罪者として女子刑務所で二年から三年を過ごすことになる。

――そんなことはさせられない。

だが警察官として、その考えは間違っている。

――桜井にすべてを明かし、思いとどまらせるか。

それは警察をあからさまに裏切ることになり、また桜井がそれを白崎に告げれば、すべては台無しになる。

だが、ここで横山を呼び出して「実は――」と切り出せば、横山は当然、「なぜ狩野に告げなかったのか」と問い詰めてくるはずだ。そして、おそらく琢磨に疑念を抱くだろう。

――「こいつは転ぶのではないだろうか」と。

めったにないことだが、ヤクザの中に潜入した警察官が自分を見失い、ヤクザの犬になったという話を聞いたことがある。まさにそれが、自分の身に起ころうとしているのだ。

電話ボックスを出ると、生ぬるい海風が吹いてきた。気づくと琢磨は山下公園の前に来ていた。

港には大小の船が停泊し、それぞれの位置を知らせる灯りを点滅させている。氷川丸の放つ灯りがやけに眩しい。通りの向こうに目を転じると、ホテルニューグランドが見えた。部屋のいくつかには灯りがつき、人影も見える。

――人々の日常は何事もなく続いている。追い込まれているのは俺だけだ。

琢磨は、この時ほど強い孤独を感じたことはなかった。

6

外がうっすらと明るくなってきた。

琢磨はまんじりともできず、七月二十四日の朝を迎えた。

配置に就く予定の午前五時五十分まで一時間を切った。襲撃予定の交番は琢磨の住む下宿から徒歩七、八分の距離にあるので、遅れることはないはずだが、どうしても体が動かない。眠れなかったこともあり、一晩中、琢磨は様々なケースを想像した。

警官が殺されるか怪我を負うケース、襲撃犯の誰かが殺されるか怪我を負うケース、そして桜井が殺されるか怪我を負うケース。

血まみれになった桜井の姿が脳裏にちらつく。

白崎によると、狭い交番なので、四人が飛び込むやいなや、桜井は入れ違うようにして交番を出て、そ知らぬ風を装って長者町方面に歩き去ることになっている。

――だが、うまく入れ違うことができなかったらどうする。

琢磨は石川町五丁目交番を知っている。出入口は狭く、下手をすると外に出られないことも考えられる。

琢磨は自分にできることを考えようとした。

白崎に指示された琢磨の配置は、石川町五丁目交差点の西にある中華料理店・龍興號《りゅうこうごう》の前だ。襲撃予定時間は朝の六時なので、むろん店は閉まっている。近くにバス停があるので、始発のバスを待つふりをして辺りをうろつき、誰かが交番の方に歩いていくのを見かけたら、声を掛けて道を尋ねるふりをしろというのが白崎の指示だった。

――それで、交番に四人が入るのが見えたら立ち去る。

琢磨は桜井の前を行く形で、長者町から寿町方面に歩き去ることになっている。

時計を見ると、もう三十分前だ。

——どうとでもなれだ！

勢いをつけて寝床から起き上がった琢磨は、着替えを済ませると下宿を出た。

外の空気を吸うと、少し落ち着いてきた。

交番の巡査ら制服警官が携帯しているのはニューナンブM60という銃で、装弾数五発の回転式拳銃だ。拳銃は容易に奪われないように、白いナイロン製の「吊りひも」で肩に結着されている。

白崎によると、一人が背後から警察官を羽交い絞めにし、二人が両足を押さえ、残る一人がペンチで「吊りひも」を切断して拳銃を奪うという。

いかに屈強な警察官でも、四人掛かりなら動きは制御できるだろう。だが狭い交番の中で、想定した通りの動きができるかどうか分からない。

そう思いながら歩いていると、龍興號が見えてきた。

——こうなったら運を天に任せるしかない。

覚悟を決めた琢磨は午前五時四十八分、龍興號の前に立った。周囲を見回したが、全く人通りはない。

ところが五分前になっても、桜井の姿が見えない。時間は刻一刻と過ぎていく。

やがて六時二分に石川町五丁目バス停に来る始発バスに乗り込もうとする人が、一人また一人とやってきた。市電の始発も間もなく石川町五丁目の停留所を通るので、さらに人は増えるはずだ。

琢磨は苛立ちを覚えながら交番の方を見た。

交番の前面上部には赤いライトが灯り、中に光が見える。この時間でも夜勤の巡査がいるはずだが、奥の部屋にいるのか姿は見えない。

遂に時計の針は六時を指したが、何も起こらない。

――遅れているのか。

六時二分のバスが来た。横浜市営バスはワンマンなので、琢磨に乗る素振りがないと見極めるや、運転手はドアを閉めて走り去った。

六時十分になった。けたたましくブレーキを掛けながら市電の始発も停留所に入り、人を乗せている。国鉄の石川町駅に徒歩で向かう人々も多くなり始めた。

――これ以上ここにいても不審に思われるだけだ。

そう思った琢磨は龍興號の前を離れ、来た時と同じルートで下宿に戻った。

安堵感と不信感が交互に押し寄せる。

いずれにしても、何らかの事情で計画が中止になったのだ。

琢磨は電話で桜井に確認してみようと思った。だが桜井の住むアパートは呼び出しで、緊急時以外、午前八時前の電話は禁じられている。

——アジトに掛けてみるか。

再び部屋を出て電話ボックスのある場所まで行った琢磨が、アジトにダイヤルすると、たった二つの呼び出し音で白崎が出た。電話の前で待っていたとしか思えない。

「やはり君か。遅かったな」

白崎の声はいつになく明るい。

「計画はどうしたんです」

「まあ、こちらに来いよ。そしたら話してやる」

そう言うと白崎は一方的に電話を切った。

琢磨がアジトに入ると、白崎はレコードを聴きながらコーヒーを飲んでいた。

「このコルトレーン・チェンジが君に分かるかい」

琢磨が首を左右に振る。

「長三度で転調するコード・チェンジのことさ。キーがB、G、E♭と長三度で下がっているだろう。これが長三度で上がることもあるんだ」

　琢磨が黙っていると、白崎はコーヒーカップを掲げた。

「君も飲むかい」

「いただきます」

　白崎はテーブルの上にサイフォンを置き、コーヒーの粉を入れている。

「コーヒーは好きかい」

「ええ、まあ」

「もう、うまいコーヒーが飲めなくなるかもしれない。今のうちに飲んでおくことだ」

「どういうことですか」

　琢磨は、「豚箱に入る可能性がある」ことを示唆されたのだと思った。

「そのことは、おいおい話す。それよりも今日のことが聞きたいんだろう」

「そうです。なぜ計画を中止したんですか」

　白崎はサイフォンをじっと見つめている。

「僕はコーヒーが好きでね。インスタントじゃ飽き足らない。だからこうしてサイフォンを使うんだ。まず下側のフラスコに水を入れ、アルコールランプで加熱する。続いてフィルターにコーヒーの粉を入れて――」

「それは僕も知っています。それよりも、なぜ計画が中止になったのか知りたいんです」

「ああ、そうだったね」

白崎が笑みを浮かべて言う。

「そんなものは、初めからなかったんだよ」

——試されたのか。

してやられたという思いが脳裏を占める。

「あれは架空の計画さ。まあ、飲めよ。気分が落ち着く」

白崎に勧められるまま、琢磨はコーヒーに口を付けた。芳醇《ほうじゅん》な香りが鼻腔に満ちる。

気分が落ち着き、頭も冴えてきた。

——つまり、横山さんたちに真実を告げなくてよかったというわけか。

結論から言えば、そういうことになる。

「僕を試したんですね」

「ああ、そうだよ。こちらも真剣勝負だ。当たり前じゃないか」

「で、疑いは晴れたと」

「ああ、交番の周囲に警察らしき人間はいなかった」

——白崎は来ていたのか。

どこから見ていたのか分からないが、琢磨は白崎の姿を見つけられなかった。

「あれだけ危険な計画だ。君が警察官か警察の犬なら、絶対に仲間に通報する。それをしなかったってことは――」

白崎が手を伸ばしてきた。

「今度こそWelcome to 統学連だな。これで君は真の同志だ」

釈然としない思いを抱きつつも、琢磨は白崎の差し出す手を握り返した。

「一つだけ不思議なのは、君が計画のことを桜井君に確かめなかったことだ」

「それは――、連絡が取れなかったからです」

「無理しても取ってほしかったな。せっかく桜井君と口裏を合わせていたのに無駄になってしまった」

白崎はコーヒーカップを持ったまま高笑いしたので、コーヒーが少しこぼれた。

「おっと、もったいない」

「白崎さん、まさか全員に、こんなことを試しているんじゃないですよね」

「試しているよ。様々な方法でね。うちも犬を飼うほどの余裕はないからね」

白崎の言葉が胸に刺さる。

「実は最近、犬を見つけた。残念なことに、それが新入りじゃなくて古くからの同志だったんだ」

琢磨は、自分の顔色が変わるのを自覚した。

「心配しなくて大丈夫。桜井君じゃない」

白崎は常に相手の考えを先回りする。

「明日、幹部だけを集めることにした。来てくれるか」

「もちろんです」

琢磨は肚《はら》をくくった。

7

「この中に犬がいる」

白崎の一言で、アジトの空気が凍り付いた。

川上が鋭い目つきで周囲を見回す。

——少なくとも、こいつではないな。

その憤怒に溢れた顔つきから、川上でないのは分かる。

「本人は分かっているはずだ。名乗り出てくれないかな」

白崎の吐き出した紫煙が、ゆっくりと漂っていく。同じように沈黙も重く垂れ込め、名乗り出る者はいない。

「そいつは警察官じゃない。紛れもない当大学の学生だ。だがな、金に目がくらんだらしいんだ」

――どういうことだ。まさか橫山さんは、俺のほかに密告者を飼っていたのか。

そうだとすれば、琢磨の仕事に警察は満足していないことになる。

次の瞬間、ドア近くにいた男が逃げ出した。一瞬のことで、それが誰かは分からない。

「おい、待て！」

何人かが追い掛けていく。

騒然とする中、白崎だけは立ち上がろうともせず、煙草を吸い続けている。

すぐに玄関の方でもみ合う声が聞こえてきた。

「まさか、西田か」

川上がうめく。桜井も絶句している。

しばらくすると、両腕を背中に回された男が連れてこられた。その後ろから、大柄な男たちが入ってきた。白崎に命じられて玄関で待ち伏せしていたらしい。

「馬鹿な男だ」

そう呟くと、白崎は飛び出しナイフをテーブルに突き立てた。

——まさか。

琢磨のみならず、そこにいる全員に緊張が走る。

西田は白崎の前に膝をつかされ、観念したように俯いている。

「西田君、僕の目を節穴だと思うな。信用金庫の周りは犬でいっぱいだったぞ」

琢磨には何のことだか分からない。

「許して下さい。警察に騙《だま》されたんです！」

「どういうことだ」

「実は、故郷《くに》の親がやっていた電器屋がつぶれ、仕送りが止まったんです。学費が払えなくなり、このままだと退学せざるを得ません。それで警察の甘い言葉に乗せられて——」

「つまり君は、金のために同志を売ろうとしたのだな」

「——」

「はっきり返事しろ！」

「はい。そうです」

西田が泣き出した。

「君にとってはプロレタリア革命なんてものは、単なるお遊びだったんだな」

西田は何も答えない。

「君を統学連から除名する」

「西田、貴様、裏切ったんだな！」

川上が胸倉を掴んで拳を見舞う。続いて何事か喚きながら、男たちが殴る蹴るの暴行を西田に加えていく。西田の「許してくれ」という哀願が耳にこびり付く。

琢磨は唖然として、その光景を見守るしかない。

だが視線を外した時、白崎が琢磨の様子を注視していることに気づいた。

――仕方がない。

「貴様！」

皆を押しのけるようにして前に出た琢磨は、西田の尻に蹴りを入れた。

「もういい」

白崎の一言で皆は身を引いた。

西田は肩で息をしながら、そこに横たわっていた。誰かに踏み付けられたのか、眼鏡のフレームが折れてしまったが、西田はそれに気づくことなく、腹を押さえて嗚咽《おえつ》を漏らしている。

「おいバット」

その声に琢磨は凍り付く。

「許して下さい」

「ああ、利き腕は許してやるよ。かつての同志だからな」

白崎が甲高い声で笑う。

「お願いです。腕を折られたらバイトができなくなり、大学をやめねばならなくなります」

「ほほう。何とも悲しい境遇だな。だが、われわれが捕まったら、学費が払えないどころか退学になるかもしれなかったんだぞ。君は、それでもよいと思ったんだろう」

泣き崩れる西田を見つめつつ、白崎が顎で合図すると、玄関で待ち伏せていた二人が西田を立たせた。一人が胴を抱え、一人が左腕を引っ張る。

「ああ、許して下さい」

西田が懸命に抵抗する。

「折るといっても、ひびが入る程度だ。三カ月もあれば完治する。まあ、中野君にやってもらうので、どうなるかは分からんが」

——俺がやるのか！

琢磨は周囲を見回したが、白崎を制止する者はいない。逆に川上を筆頭にして、憤怒の形相で西田を見つめている。

──そんなことができるか！

琢磨の心臓が早鐘を打ち出した。

「中野君、これが最後のテストだ」

白崎がバットを差し出す。

その時、桜井と視線が合った。桜井の目は「やれ」とも「やるな」とも言っていない。

「できないのかい」

「できません」

「どうしてだい。ああ、そうか。君は桜井君に野蛮な男だと思われたくないんだな。それとも──」

白崎が悪戯《いたずら》っぽく笑う。

「君も警察の犬だからか」

冷や汗が背を伝う。

「僕は暴力が嫌いですから」

「さっきは、こいつに蹴りを入れたじゃないか」

それを言われてしまえば、返す言葉はない。

「ほら、持てよ」

白崎は近づくや、琢磨の腕を取ってバットを握らせた。

「お願いだ。許してくれ！」

暴れる西田を男たちが押さえる。西田は、左腕を横に突き出すような格好で座らされた。

「西田君はリトルリーグの選手だったな。でも、もう野球はやれないね」

白崎が視線で琢磨を促す。

——上腕二頭筋の中央に当てれば、打撲で済む。

柔道の経験から、琢磨は骨や筋肉については人並み以上に詳しい。

琢磨は西田の背後に回ると、バットを振り上げた。

「頼む。許してくれ！」

西田が泣き声を上げる。

「やれ！」

——すまない！

次の瞬間、アジトの中に絶叫が響いた。

8

八月二十八日、城ヶ島の国民宿舎で赤軍派が結成された。

この集会には、共産主義者同盟《ブント》内の強硬派が集結したが、統学連からは白崎がただ一人参加した。そして、「これまでと同じ運動をしていては、七〇年代の闘争を闘い抜けない。受動的な階級闘争論では展望が開けない。攻撃型な階級闘争こそが必要とされる。人民の軍隊を組織して、銃や爆弾で武装蜂起せねばならない」という結論に達し、幹部たちの意思が統一された。

夏休みが明けるや、白崎はアジトで主要メンバーに対し、「これから統学連は赤軍派に加盟し、武力闘争を行う」と宣言し、十一月初めから大規模な軍事訓練を行うことを発表した。

軍事闘争が具体化してきたことで、参加をためらう者も出てきた。そのため軍事訓練には川上や桜井ら六人ほどの希望者のみで参加することになった。むろん琢磨も行く。

一方、赤軍派議長の塩路和也を筆頭にした最高幹部は、在京のまま議論を重ね、計画を具体化させることになった。

今回の軍事訓練についても、琢磨は横山たちに知らせなかった。直前になって行き先を知らされたので連絡の取りようがなかったこともあるが、あくまで訓練なので軍事行動ではない。それよりも、実際の行動計画を摑んでから知らせた方がよいと思ったのだ。

だが、そうした考え自体が、自分に対する言い訳なのは間違いない。

十一月三日の午前、中央線で塩山《えんざん》駅に着いた川上、桜井、琢磨ら六名は、大菩薩峠登山口行きのバスに乗り込んだ。

山道をバスに揺られて三十分ほどで、大菩薩峠登山口に近い終点の裂石《さけいし》に着いた。一行は正面に大菩薩の稜線を望みつつ、緩やかな登山道を登っていった。

「山はいいわね」

桜井が大きく伸びをすると、川上がたしなめた。

「桜井君、われわれは遊びに来たんじゃないぞ」

川上は何事にも真面目で、一緒にいる者に窮屈な思いをさせる。それでも白崎の信頼を得ているため、逆らう者はいない。

二時間ほど登っていくと、登山口にある最初の民宿が見えてきた。そこからさらに二十分ほど登ると、ようやく根城となる「健ちゃん荘」に着いた。

玄関で到着を告げると、宿の人たちと一緒に赤軍派の仲間が迎えに出てきた。

彼らは統学連の合流を心から歓迎し、初対面の琢磨たちと肩を叩き合って喜んだ。

彼らは、この集まりを「ワンゲル共闘会議連合」と呼んでいた。しかしいかにも学生運動然とした名称の上にワンゲルと付けただけなので、琢磨は可笑しかった。

参加者には女性も何人かいたが、高校生がいるのには驚いた。彼らは修学旅行に来たかのようにはしゃいでいたため、宿の人たちも疑う様子はなく、ワンダーフォーゲルを楽しむ集まりだと思っているらしい。

桜井も女性たちから話し掛けられ、すぐに解け込んでいった。

「健ちゃん荘」はほかに客はいないようで、貸し切り状態になっていた。

翌四日、さらに合流する者も増え、一行は五十人以上になった。

この日の夜、襖を外したぶち抜きの大広間で、幹部たちは今回の訓練の目的を皆に伝えた。

「今月末に首相官邸を襲い、総理大臣を人質に取り、獄中にある同志を解放させる」

一同が騒然となるのを尻目に、軍事訓練責任者が険しい声音で続ける。

「計画を成功させるには、厳しい軍事訓練が必要になる。そのため一人ひとりが革命戦士としての自覚を持ち、どのような訓練にも耐えていかねばならない。いいか、ゲバラはたった十二名で革命をやり遂げた。われわれにできないことはない！」

官邸を襲って時の総理大臣を拉致すること自体、現実的ではないように思われるが、熱くなっている者どうしが議論をすれば、こうした計画も現実味を帯びてくる。

「明日から本格的な訓練に入る。覚悟をしておけ！」

それで集会はお開きとなった。

「いよいよ、始まるのね」

散会となった後、覚えたての煙草を吸っていると、桜井が話し掛けてきた。

「女だからといって容赦はしてもらえないぞ」

「そんなこと、分かっているわ」

「ここからは後戻りできない。われわれは学生運動から一歩踏み出し、犯罪者となるんだ」

「あなた、警察みたいなことを言うのね」

琢磨はどきりとしたが、動揺を顔に出さず切り返した。

「だって、そういうことだろう」

「確かにね。でも、それをやらないことにはプロレタリア革命を成し遂げられないなら、やるしかないわね」

桜井は琢磨が吸い掛けていた煙草を奪い、紫煙を吐き出した。

「ここではよせ」

「煙草を吸うこと――」

「いや、親密な関係を皆に見せることだ」

「冗談を言わないで。私はあなたの女じゃないわ」

桜井が鼻で笑う。

「それは分かっている。だが、ここには男女の空気を持ち込むな」

「分かっているわ。ここにあるのは、あなたの好きな友情だけ」

「どういう意味だ」

「西田君のことよ」

桜井によると、琢磨がバットを振り下ろした位置が的確だったためか、西田は打撲で済み、バイトも続けられているという。だが二度と統学連には近づかず、授業に出ても統学連の関係者とは目を合わせないようにしているらしい。

琢磨が何も答えないでいると、桜井はその白く細い指で煙草をくゆらせながら、『友よ』を歌い始めた。

友よ　夜明け前の闇の中で
友よ　戦いの炎をもやせ

その舌足らずな声音と唇の擦過音が、やけになまめかしい。

やがて桜井の歌に合わせる者が出てきた。次第に人が集まり、歌声が大きくなる。

桜井が立ち上がり、手拍子を打ちながら歌い始めると、皆も肩を組んで合唱し始めた。

琢磨も立ち上がり、桜井と肩を組んだ。その華奢な肩がこの上なく愛おしい。

やがて歌声は大合唱になり、泣いている者も何人かいた。

得体の知れない高揚感が、胸底から突き上げてくる。

——俺たちは一つなんだ。

なぜか涙が出てきた。

隣を見ると、桜井も泣いている。だがそれは高揚感からではなく、胸の奥に秘めた別の何かが噴出してきたように見えた。

——彼女にも、俺の知らない悲しみがあるんだ。

桜井の過去は彼女だけのものであり、それを詮索することはできない。

やがて歌声が一段落してきたところで、最後の一団が到着した。

初めは唖然としていた到着組も、輪の中に入って声を上げて歌い始めた。それによって再び皆の心が一つになった。明日から軍事訓練を行う上で最高の前夜祭となった。

やがて幹部の一人が「もう遅いので、終わりにしよう」と声を掛け、皆は襖を元に戻し、布団を敷き始めた。

桜井が火照《ほて》った顔に笑みを浮かべ、女性部屋に向かおうとした時、到着したばかりの一人が桜井に声を掛けた。

「君が雄志院大学の桜井さんだね」

「はい、そうです」

「それで中野君は――」

「僕です」と、琢磨も答える。

「白崎さんからの伝言だ。明日の朝六時、アジトに電話を入れてほしいとのことだ」

「朝の六時ですか」

「ああ、今夜は打ち合わせで遅くなるので、アジトに赴けないそうだ。その代わり、明日は早朝からアジトにいるようにするとのことだ」

「分かりました」

「そうだ。宿の人も起きている時間なので、聞かれるとまずいと言っていたな。それで別の場所から電話を掛けてほしいそうだ」

「別の場所――」

琢磨と桜井が顔を見合わせる。

「この先の公民館に電話があると言っていたよ」

「あっ、そうですか」

「間違いなく伝えたぜ。明朝のトレーニングには遅れて参加すればいい。責任者には伝えておく」

それだけ言うと、その男は行ってしまった。

「じゃ、明日の朝五時五十分に玄関で待ち合わせね」

「仕方がないな」

「じゃあね」

桜井は思わせぶりに手を上げると、小走りに去っていった。

トレパンの裾から見える白い足首が、琢磨の心をかき乱した。

目覚ましなどなくても琢磨は時間となれば起きられる。五時半に起きて身支度を整えた琢磨が階下に下りていくと、すでに桜井は待っていた。

「やけに早いな」

「白崎さんに言われたことは守らないと」

その言葉に、琢磨は軽い嫉妬を覚えた。

――男女の仲ではないと白崎は言っているが、分かったもんじゃない。

そうしたことを思ってしまう自分に、琢磨は嫌悪を感じた。

外に出てみると、清冽《せいれつ》な山の空気が二人を取り巻いた。外はまだ暗く、懐中電灯なしでは歩けない。朝食の支度で起きてきた宿の人から、桜井が懐中電灯を借りてきた。

「公民館の場所も聞いてきたわ。じゃ、行きましょう」

先に立って歩き出すのかと思っていると、桜井が腕を組んできた。

「よせ」

「誰も見ていないわ」

「そんなことはない。誰かが見回りをしているかもしれないぞ。見つかれば、革命戦士として性根が据わっていないなどと言われ、皆の前で吊るし上げられるぞ」

「よしてよ。われわれは統学連よ」

桜井の言葉は、バックに白崎がいるという自信に溢れている。

「われわれは赤軍派に合流したんだ。元の派閥は忘れねばならない」

「いつの間にか一人前の闘士気取りね」

桜井が腕を外す。そうなったらそうなったで、とたんに寂しくなる。

五分ほど歩くと、公民館が見えてきた。

「鍵は借りてきたわ」

中に入ると、ひんやりとした空気が二人を取り巻いた。

「外よりも寒いな」

「気のせいよ」

ようやく電気のスイッチの場所を探り当てた琢磨が、それを押そうとすると、桜井が「駄目」と言って手を押さえた。

「なんで」という疑問を口にする前に、桜井が身を寄せてきた。

――俺は何て馬鹿なんだ。

桜井と口づけを交わす。

「当分、できないでしょ」

「そうだな」と答えつつ胸をまさぐろうとしたが、「今日はここまで」と釘を刺された。

「あったわ」

公衆電話は赤でなくピンクの特殊簡易型だ。

桜井は「十円玉が足りないかも」と言いつつ、財布から四十円を取り出した。琢磨もポケットを探り、出てきた五十円を渡した。

「困ったな」

「いざとなれば、白崎さんからここに電話してもらうわ」

桜井がアジトのダイヤルを回す。ところが呼び出し音は鳴っているのだが、誰も出ない。

「もう一度、掛け直してみろよ」

桜井が再びダイヤルを回す。

だが呼び出し音が空しく鳴り続けるだけだった。

「どうしたんだろう」

「起きられなかったのかもしれないわ」

「そんなこと、今まであったのかい」

「あの人は時間に正確だから、ないはずよ」

桜井は白崎のことを「あの人」と呼んだ。それが琢磨には腹立たしい。

琢磨がそっけなく「行こう」と言うと、桜井も「そうね」と言って後に続いた。

宿に向かっていると、ハンドスピーカーを通したような、くぐもった声が聞こえてきた。続いて、叫び声が静寂を突き破る。その中には「逃げろ！」という声も聞こえた。

「いったい何が起こっているの！」

「待て」

耳を澄ますと、どたどたと複数の人間が走り回る音がする。続いて、どちらのものともつかない喚き声が交錯すると、ハンドスピーカーを通して「君たちは包囲されている」という声が聞こえてきた。

「どうやら『健ちゃん荘』に警察の手入れがあったようだ」

「何ですって」

桜井が腕にしがみつく。

「今から行っても捕まるだけだ」

「じゃ、みんなを見捨てて逃げるっていうの」

「それ以外ないだろう」

だが下手をすると山中で迷い、野垂れ死ぬことも考えられる。それほど山は危険なのだ。

——靴も大丈夫だ。ポケットには磁石も入っている。

琢磨はポケットの奥にある磁石の感触を確かめた。

——山には慣れている。俺なら道なき道も行ける。

こんなところで、北海道出身の利点が生かせるとは思わなかった。

「でも、川上さんたちが捕まっちゃう」

「だからって、俺たち二人に何ができるっていうんだ」

警察は万全の態勢を整えて押し入ったはずで、琢磨と桜井にできることはない。

幸いにして早朝なので、日が出ている間だけ歩けば塩山駅にたどり着けるはずだ。

桜井が心配そうに問う。

「白崎さんへの電話はどうするの」

「一刻を争うんだ。こちらの事情は分かってもらえる」

とにかく今は、警察から逃れることを考えねばならない。

「行こう」

二人は公民館へ取って返すと、その裏手から山に入り、藪《やぶ》を漕ぐようにして山麓《さんろく》へと向かった。

9

「よく逃げてこられたな」

二人の顔を見た白崎が驚きをあらわにする。

「白崎さんの伝言のおかげです」

琢磨がおもねるような口調で言うと、白崎は頭をかきながら答えた。

「そういえば、あの時は寝過ごしちまって悪かったな」

桜井が口を挟む。

「でもあの時、電話で話をしていたら捕まっていたかもしれません」

確かに公民館の電気がついていることに気づかれれば、警察は当然、確かめに来たはずだ。

——白崎が寝過ごしたことに感謝するしかない。だが。待てよ。

なぜ白崎が、あの時間に「電話をしてこい」と言ったのか、琢磨は腑に落ちない。

——まさか白崎は、手入れのことを知っていたのか。それで俺たちだけ逃げられるように仕向けたのか。

しかし赤軍派の仲間が捕まることは、白崎に何のメリットもない。

琢磨は「考えすぎだ」と自分を戒めた。

「結局、五十三人もの仲間が逮捕された。われわれにとっては大打撃だ」

「川上さんも捕まったんですか」

桜井の問いに白崎がうなずく。

「ああ、ほぼ一網打尽だ。逃げてこられたのは君たちぐらいだろう」

「そこまでだったんですね」

「現地に爆発物を持ち込んでいないので、爆発物取締法違反には問われまい。ただ訓練用の木刀などは押収されたはずだから、凶器準備集合罪は免れない。半年やそこらは出てこられないかもな」

白崎がため息と共に煙草の煙を吐き出すと、桜井が心配そうに言った。

「逮捕者の中には高校生や一回生もいます。留置場で不安になっているのでは」

「これくらいのことで不安になるなら、これからの武力闘争を闘い抜けない。そういう奴らには、さっさとやめてもらう」

「あの」と言いつつ、琢磨は気になっていたことを問うた。

「緊急連絡の内容って何だったんですか」

「ああ、そのことか」

白崎が新しい煙草に火をつける。

「前日、公安らしき男につけられていたんだ。俺がそうだとしたら、川上君や桜井君もつけられている可能性が高い。それで、もしやと思い——」

白崎はコーヒーカップを手にすると一口飲んだ。その動作は自然で、嘘を言っているようには思えない。

「まあ、その悪い予感が当たったというわけだ」

「われわれのルートからばれたのですか」

桜井が問う。

「それは分からない。赤軍派にはマークされている連中が多くいるからな。もしくは高校生の誰かが、つい親に言ってしまったのかもしれん」

白崎が他人事《ひとごと》のように言う。

「これから運動は、どうなるんですか」

「それも分からない。こんなことになったので、今は議長の塩路君とも軍事委員長とも連絡がつかないんだ」

軍事委員長とは、大阪市立大学を卒業した田丸秀麿《ひでまろ》のことだ。

白崎が自分を鼓舞するように言う。

「われわれは遅かれ早かれ軍事行動を起こす。君らが大菩薩に行っている間、塩路君や田丸君とも話し合っていたのだが、とにかく行動あるのみだ。君らの力を貸してくれ」

「喜んで」

二人が同時に答える。

「息が合ってきたな。まさか――」

白崎がにやにやする。

「そんなことはありません。中野君とは――」

桜井が言葉に詰まる。

「何だというんだね」

「ただの友達です」

「それでいい」

白崎の顔つきが引き締まる。

「われわれの間だけなら、いちゃつくのも大目に見てやる。だが、これからは共同作戦が多くなるので慎んでくれ。いくら自由恋愛の時代とはいえ、節度というものがある」

「はっ、はい」

　桜井が慌てて返事をしたが、琢磨は反発心から俯いたままでいた。

「中野君、分かっているな」

「はい。分かっています」

「一つだけ断っておく」と言って白崎がコーヒーカップを勢いよく置いた。

「俺と桜井君は男女の関係ではない。運動に嫉妬だとかくだらん感情を持ち込むな。われわれは、革命戦士としてプロレタリア革命を一途に目指すのだ」

「申し訳ありません」

「桜井君もだ。君の方から中野君を誘っていると、川上から聞いたぞ」

「あいつ――」

　桜井が舌打ちする。

「まあ、どうでもよいことだ。二人でいられるうちは、せいぜい青春を満喫することだ」

　――どういう意味だ。

　白崎は、二人に時間がないような言い方をした。確かに軍事行動に移れば、どちらも逮捕される恐れはある。だが今回の手入れによって具体的な計画は頓挫したはずで、二人に逮捕が迫っているわけではない。

——おそらく、われわれには告げられていない別の計画が進んでいるのだ。

それを探らねばならないと、琢磨は思った。

白崎に促され、アジトを出た琢磨と桜井の間には、気まずい空気が漂っていた。

無言で山元町の商店街に出たところで、琢磨はジャンパーを忘れてきたことに気づいた。

それを桜井に告げると、桜井は「困った人ね。私は授業があるから先に行くわ」と言って、さっさと行ってしまった。

——しょうがない。取りに戻るか。

アジトの玄関を入ると、中から声が聞こえてきた。言うまでもなく白崎のものだ。

——誰か来ているのか。

一瞬、そう思ったが、その口調から電話だと気づいた。

靴を脱いで上がろうとした琢磨の耳に、敬語を使って話している白崎の声が聞こえてきた。

——いったい相手は誰だ。

白崎が連絡を取るとしたら、学生仲間しか思い浮かばない。同志に上下関係はない上、白崎は四回生なので、誰に対しても敬語で話すことはない。

考えられることとしては、共産党か社会党の代議士か関連人物だが、統学連はそうした政党とも距離を置いてきた。

琢磨が聞き耳を立てる。

「――ということです」「うまくいきそうです」「はい、お願いします」といった言葉が断片的に聞こえてくる。

白崎は明らかに畏縮している。電話の前で頭《こうべ》を垂れる姿が思い描けるほどだ。

「はい。やらせます。大丈夫です。ああ、お金。そうですね。はい、助かります」

――誰かから資金提供を受けているのか。

やがて電話が終わった。

玄関で息をひそめていると、白崎の足音が聞こえてきた。

慌てて音を立ててドアを開けた琢磨は、それを閉めると声を上げた。

「失礼しまーす」

そこに白崎がやってきた。

「どうした」

白崎は明らかに動揺している。

「ジャンパーを忘れてしまったので、取りに戻りました」

「何だ。そうだったのか」

白崎の顔に安堵の色が広がる。

「すぐに失礼します」

そう言って傍らを通り抜けようとした時、白崎に手首を摑まれた。

琢磨の心臓が早鐘を打つ。

「おい、これからの作戦行動では、『忘れ物をしました』では済まされんぞ」

「あっ、すいません」

「すべてが真剣勝負だ。君が何かを忘れることで、誰かが傷ついたり、逮捕されたりする」

「以後、注意します」

白崎が手を放したので、琢磨は一礼すると、居間のソファに投げ出してあったジャンパーを手に取った。

――白崎の言う通りだ。

琢磨は別の意味で、もっとしっかりせねばならないと思った。

居間から廊下に出た時、廊下の奥に目が行った。琢磨は居間から先に入ったことはない。

――普通、電話は玄関口にある。それが奥にあるというのはおかしい。

白崎は、わざわざ電話線を奥の間、すなわち白崎の執務室に引いてもらったらしい。

「何か気になることでもあるのか」

振り向くと、玄関から白崎がこっちを見ていた。

「いえ、別に」

「だったら、さっさと行け」

「はい」と言って靴を履こうと式台に腰を下ろした琢磨の肩に、白崎の手が置かれた。

「この正月は帰省しないのか」

「はい。金もないし、こっちで正月だけのバイトを見つけるつもりです」

「そうか。それは君の勝手だが、たまには親御さんに顔を見せに行った方がよい」

「そうですね」

——随分と年寄り臭いことを言うな。

だが白崎の瞳は思いやりに溢れていた。

「近々、大菩薩事件の善後策を講じるための幹部ミーティングがある。君に一緒に行ってもらう」

「僕にですか」

「そうだ。もはや西田も川上もいない。君には幹部候補生になってもらう」

――ということは、武力闘争の片棒を担がせる気なのか。

琢磨は、武力闘争に参画することだけは避けたかった。

「嫌か」

「そんなことはありません。ぜひご一緒させて下さい」

靴のひもを結び終えた琢磨が立ち上がると、白崎が笑みを浮かべて言った。

「中野君、頼りにしているぞ」

「ありがとうございます」

「われわれには苦難の道が待っているが、共に歩んでいこう」

「もちろんです」

琢磨は一礼すると、足早にアジトを後にした。

10

横浜に帰ってきてから数日後の夜、白崎が人に会うと言って東京に出掛けたのを見送った琢磨は、夜を待って一人、アジトに向かった。

鍵を持っているのは白崎だけなので、玄関から入ることはできないが、琢磨はこうした一般家屋なら簡単に忍び込む方法を習得している。

裏手に回って勝手口に付けられた鍵を開けると、琢磨は屋内に入った。そこは案に相違せず台所だった。ペンライトをつけ、台所を出ると白崎の執務室を目指した。

——ここだな。

引き戸を静かに開けて中に入ると、まず煙草の臭いが鼻をついた。居間よりも染み付いているように感じるのは、窓を開ける頻度が少ないからだろう。それでも掃除はしているらしく、書類や雑誌類はきちんと整理されている。白崎はここに寝泊まりすることもあるらしく、ソファベッドが置かれ、上に毛布が掛けられている。

その時、傍らのテーブルの上に何か光るものがあるのに気づいた。

「あっ」と小さな声が漏れる。

桜井のしていたイヤリングだった。

落胆が波のように押し寄せる。

——自分をつなぎ止めておくために、白崎は桜井を操っているのだ。

その目的を考える前に、琢磨け身動きが取れないほどの失意に襲われた。

——待て。俺は警察官だ。これは仕事じゃないか。

そう思うことで、琢磨は冷静さを取り戻そうとした。

──しっかりしろ。ここに来た目的を思い出すんだ。

憶測を頭の片隅に追いやった琢磨は、気を取り直して机の上を照らした。だがペンライトの灯りは小さく、一度で全体は見渡せない。もどかしく思いながらも、琢磨は電話の内容を裏づける証拠を探した。

──待てよ。こんなところに大事なものを置いているわけがないじゃないか。

どこかに出掛ける時、白崎は鞄を常に持ち歩いているので、ここで書類をひっくり返してみたところで、たいしたものは出てこない可能性は高い。

──目的を絞らねば。

まずは通帳だ。白崎くらい用心深くなれば常に持ち歩いているはずだが、万に一つ、アジトに置いてある可能性はある。あの時の電話では、話をしながら何かを確認している気配があった。金のことを話していたのは間違いないので、通帳を見ながらの可能性は高い。

──つまり通帳をアジトに置いている可能性もゼロではない。

だが、机の引き出しや積まれた本の間などをいくら探しても、通帳らしきものは見つからない。白崎は自分のアパートの場所を誰にも教えていない。もしもそちらに置いていれば、今日の侵入は無駄になる。

机の下や押し入れの中を見て回った末、壁面まで探ってみたが、埋め込み式の金庫も見当たらなかった。

――やはり通帳は鞄の中か。考えてみれば当然のことだ。

琢磨が引き揚げようと思い始めた時、玄関のドアを開ける音がした。

背筋が凍り付く。今から逃げようとしても、もう間に合わない。勝手口に行くには、いったん廊下に出てから台所に向かわねばならず、玄関からは廊下の先まで見渡せる。だいいち、一切の音を立てずに勝手口に行くのは不可能だ。

――仕方がない！

琢磨は咄嗟にソファベッドの下に隠れた。そこには毛布が掛かっていたので、中で大人しくしていれば、灯りをつけられても下をのぞかれない限り見つからない。

琢磨は毛布の位置を少しずらして、外から見えないようにした。

「私は反対です！」

突然、桜井の声がした。

「反対も何も、もう計画は動き出している」

白崎の冷めた声も聞こえる。

――どうして戻ってきたのか。

今朝方、白崎は「今日は夜遅くまで東京だ」と琢磨に語り、琢磨も駅の方に向かう白崎の姿を認めた。

——だが白崎は東京になど行かなかった。桜井とどこかで会っていたのか。

胸を締め付けるような落胆が押し寄せる。

二人が靴を脱ぎ、廊下を歩いてくる音がする。

——ここに来られたらおしまいだ。

たとえ見つかっても、白崎を倒せば逃走はできる。だが潜入捜査は失敗に終わり、警察官としての琢磨の未来は閉ざされる。だいいち、ここに侵入すること自体、横山には伝えていないのだ。

「そんなことで、ここまで周到に進めてきた計画を台無しにしたのか！」

横山の怒声が聞こえてきそうだ。

二人は何か言い合いながら居間に入ったらしい。電灯をつけたのか、廊下からぼんやりとした光が漏れてきた。

琢磨は安堵のため息を漏らし、再び聞き耳を立てた。

「君が反対しようが、もう決めたことだ」

「そんなにやりたければ、なぜ、あなたがやらないの。他人に任せるなんて卑怯だわ」

「それは俺が決めることじゃない。幹部全員で決めたんだ」

「嘘だわ。あなたの発言力は彼らの中で際立っているはずよ。だいいちこの作戦は、あなたの提案だと聞いたわ」

「うるさい！」という怒声と共に、何かが落ちるような音がした。

続いてすすり泣く声が聞こえてきた。白崎が桜井を殴ったのだ。

――あの野郎！

琢磨は飛び出しかけたが、それ以上、もみ合う気配がなかったので思いとどまった。

「もしかしたら、帰れないかもしれないのよ」

――帰れない、とはどういうことだ。

「心配要らない。田丸が一緒だ。必ず戻ってくる」

――田丸とは、赤軍派の軍事委員長のことだな。

新しい作戦は、赤軍派きっての強硬派として知られる田丸秀磨をリーダーとして進められているらしい。

「あなたは卑怯よ！」

桜井が白崎を罵倒する。その遠慮のない物言いからは、濃密な関係が匂ってくる。

皆の前での他人行儀な話し方とは裏腹に、今の二人は、痴話喧嘩としか思えないやりとりを繰り広げている。

「卑怯ではない。塩路議長と俺は、軍事訓練を終えた田丸たちが戻ってきた時、すぐにでも具体的行動に移れる環境を整えておかねばならないのだ。だから俺は一緒には行けない」

「それじゃ、中野君がかわいそう」

——何だって。

脳天を貫くような衝撃が走る。

——俺のことを話していたのか！

「なぜ中野君なの」

桜井がしゃくり上げながら問う。

「今、統学連から出せるのは、屈強な中野しかいないんだ。へろへろな痩せ眼鏡を出したら、皆の足を引っ張るだけじゃないか」

「でも、中野君には何て言うの」

「そうだな。『この栄誉ある仕事を君に頼みたい』とでも言うかな」

「何て人なの！」

「君は奴に本気で惚れているのか」

次の言葉はない。

永遠に沈黙が続くかと思った時、桜井が呟くように言った。

「好きよ」

「ははは」

白崎の甲高い笑い声が廊下を伝い、琢磨のいる部屋まで響いてくる。

「あんな小僧に惚れるなんて見損なったぞ」

「それは私の自由よ」

「何を言っているんだ。われわれは、あの人の恩に報いねばならないんだぞ」

——やはり背後に誰かいるのか。

白崎は社会党か共産党の誰かに恩があり、その期待に報いようとしているのだ。

「私は何物にも束縛されず、自由に生きたいのよ」

「われわれには自由なんてないんだ。あの人の恩に報いるまではな」

白崎の口調にも、思うようにならないもどかしさが感じられる。

——背後にいるのは誰なんだ。

だが今は、逃げ出すことを第一に考えねばならない。

二人が居間にいる限り、廊下に出ても見つからずに済むはずだ。足音を殺して勝手口から脱兎のごとく逃げ出せば、誰かがいたと分かっても泥棒か何かだと思うはずだ。

そう思ったのも束の間、桜井の声がした。

「分かった。飛行機に乗るかどうかは奴に任せる。それなら文句はないな」

「ええ、ないわ」

――飛行機に乗るとはどういうことだ。そうか、「国際根拠地論」のことか。

「国際根拠地論」とは受動的な階級闘争、すなわち一国内での革命に限界を感じた赤軍派幹部が、「労働者国家」を根拠地とし、そこで軍事訓練を行い、諸国に革命戦士を送り込んで武装蜂起を図り、世界同時革命を実現させようという構想のことだ。その第一段階として、キューバへの要員の送り込みを画策しているという情報を警察は掴んでいた。

――俺はキューバに行かされるのか。

キューバはあまりに遠い上に共産主義国家だ。確かに帰ってこられない可能性はある。

「引き留めるなよ。すべて奴の自主性に任せるんだ」

「でも――」

「陰で引き留めているのを俺が知ったら、ただでは済まさないぞ」

「ただでは済まさないって、どういうこと」

「そのきれいな顔が切り刻まれるってことさ」

「何てひどいことを言うの。それが私に言う言葉なの」

「もう帰るわ」

桜井の泣き声が高まったが、白崎は平然として続けた。

「逆に、奴が飛行機に乗るよう仕向けてくれないか」

「えっ、どうやって――」

「色仕掛けを使え。何なら――」

一拍置いた後、白崎が思い切るように言った。

「最後まで行っても、俺は構わない」

「よしてよ。私はそんな女じゃないわ！」

すすり泣きが高まる。続いてどちらかがソファから立ち、再び座る音がする。おそらく対面していた白崎が桜井の横に座ったのだ。

熱い嫉妬の塊が胸を焼く。

「酒でも飲むか。落ち着くぞ」

白崎の口調が優しげなものに変わる。

「いいえ、もう帰るわ」

桜井が立ち上がったらしい。

「そうだな。今日のところは俺も帰るとするか」

白崎が疲れた声音で言う。

「いろいろ気疲れすることが多くてね」

大菩薩事件以後、警察の締め付けは厳しくなり、幹部の大半は指名手配されていた。白崎はされていないものの、日のあるうちは人目を憚《はばか》っている。

二人が帰り支度を始めたらしい。琢磨は安堵の吐息を漏らした。

「あっ、そうだ。この前、奥にイヤリングを忘れたわ」

突然、心臓を抉《えぐ》られるほどの衝撃が走る。

「そうだったな。今、取ってきてやる」

白崎が廊下に出た気配がすると、足音が近づき、大きな音を立てて引き戸が開けられた。

電灯がつけられ、テーブルに何かを置く音がする。続いてイヤリングを手にしたのだろう。金属音がかすかにすると、白崎は再び居間に向かった。

――助かった。

胸を撫で下ろした琢磨だったが、先ほど白崎が何を置いたのか気になった。

ソファベットの毛布の裾を少し上げ、テーブルの上を見ると、白崎が肌身離さず持っている書類鞄が置かれていた。

白崎と桜井は再び何かを話し始めている。「コーヒーがない。買っといてくれ」「そこの棚にあるわよ」という会話が聞こえ、続いて棚を探る音が聞こえた。

――コーヒーを飲むのか。それなら時間的余裕はありそうだ。

ソファベッドの下から這《は》い出た琢磨が鞄の中を探ると、目当てのものはすぐに見つかった。ビニールケースにぴったりと収まっている通帳を取り出し、そこに書かれている残高を見た琢磨は愕然とした。

――一千三百六十一万円だと。

メモ帳を取り出した琢磨は、通帳番号と「オクダハルオ」という名前を書き写した。

その時、「よし、帰るか」という声が聞こえた。

――コーヒーは飲まないのか。

白崎は棚を探ってコーヒーがあることに安心しただけで、帰るつもりでいるらしい。

琢磨は慌てて通帳をビニールケースに収めようとしたが、うまくいかない。通帳のサイズぴったりのケースは、古びているためか素材が硬くなっているのだ。

二人が廊下に出たらしい足音がした時、何とか通帳がケースに収まった。通帳を鞄に戻した琢磨は、再びソファベッドの下に潜り込んだ。ほぼ同時に、白崎が入ってきた。

白崎は何か気になることでもあるのか、その場に立ち尽くしている。

玄関の方から「どうしたの」という声がする。

「何でもない。すぐに行く」

白崎が部屋の中を一周する。

「早くしてよ。頭痛がするのよ」

「出掛ける前と、この部屋の様子が違うんだ」

その言葉に、琢磨の全身が強張る。

「何を言ってるの」

桜井もやってきたようだ。

「何か変わったことでもあったの」

「いや、出掛ける時は、もっと整理されていたはずなんだが」

「片づけたのは私よ。その後に、あなたが入ってきて書類を鞄に詰め始めたんじゃない」

「そうだったな。その時に毛布の端を引っ掛けたのか、毛布がずり落ちそうになっている」

白崎が近づいてくる気配がする。

琢磨は覚悟を決めて身構えた。

「毛布なんていいじゃない。行きましょう」

「分かったよ」

次の瞬間、電灯が消され、引き戸が閉められた。続いて二つの足音が遠ざかっていく。

玄関の鍵が閉められる音を聞いて、琢磨は安堵のため息を漏らした。

11

公証役場分室の机を挟んで琢磨の報告を聞いていた横山の顔色が、次第に変わってきた。

「君は間違いなく、それを見たのか」

「はい。間違いありません。通帳には一千三百万円余の残高がありました」

横山の傍らでは、近藤信也がメモを取っている。

「危ういことをしたものだな」

「そのおかげで、白崎がきな臭い奴だと分かりました」

「それで、通帳番号と振り込み人の名前は」

琢磨が黙って清書したメモを渡す。

「振り込み人はオクダハルオか。どうせ偽名義だろう」

「でも大学生の小僧が、これだけの金を手にしているんです。おかしいじゃないですか」

「そうだな。確かに社会党や共産党が出せる額じゃない」

「よほどの篤志家か政治家が背後にいるとしか思えません」

「つまり白崎は、純粋な学生運動家ではないというのだな」

「そういうことです」

琢磨は、白崎が誰かから受けた恩に報いようとしていると伝えた。だが横山の反応は鈍く、さしたる関心を示さない。

苛立った琢磨は立ち上がると、ブラインドを開けた。外の光が入ってくる。

「閉めろ」

それを無視してブラインドを上まで引き上げると、横山が鼻を鳴らした。

「たいして役に立っていないのに立派なものだ」

――何だと。

琢磨にも言いたいことはある。だがそれを押し殺し、潜入捜査官としての役目を果たそうとしているのだ。

「横山さん、私が『健ちゃん荘』で捕まっていれば、これまでの努力は無駄になったんですよ」

「それは、お前があそこに行くと、俺に伝えてこなかったからだろう」

「伝えていたら、横山さんの力で一斉手入れを中止にできたのですか」

実はこの十月、赤軍派が結成され、「前段階武装蜂起」を叫び始めたとの情報が各方面から警察に入り、警視庁公安一課が中心となって「赤軍派特捜班」が設置された。結成時には約二百人近い捜査員が動員され、赤軍派学生一人ひとりにマンツーマンで監視の目を光らせるという力の入れようだった。その結果、大菩薩峠で五十三人検挙という、これまでにないほどの成果を挙げたのだ。

「君の言う通り、できなかっただろう。もはや君たち潜入者の価値は低下し、政府は力ずくで学生たちを抑え込むよう、警視庁に圧力を掛けてきたからな」

「では、もう俺たち――、いや赤軍派には、たいした運動はできないというのですね」

これまでに検挙された赤軍派は百人近くに上っている。

「俺たちか」

横山が近藤を見て笑う。近藤も追従笑いを浮かべている。

その態度に琢磨は強い反感を抱いた。

「言葉の綾です。潜入捜査官はなりきることが大切でしょう」

「それはそうだが、常に警察官であるという自覚も持ってもらわねば困る」

「そんなことは分かっています。これから重大な話をするので、横山さんと二人にしてくれませんか」

横山が「やれやれ」という顔をする。

「君の話は後で近藤君にも伝える。同じことじゃないか」

「では、どんな話をしてもよろしいんですね」

琢磨が横山を脅すように見つめる。

「分かった。近藤君、鍵を置いて先に帰ってくれ」

近藤は不服そうな顔をしたが、横山の言葉に素直に従った。

「これでいいだろう。先を話せ」

その言い方にむっとした琢磨だが、横山を頼らないことには、これ以上の調べがつかないのも事実なのだ。

「赤軍派は思い切った行動に出るようです」

「それは何だ」

「私を飛行機に乗せて、海外拠点作りに参加させるようです」

「つまり、奴らの『国際根拠地論』を行動に移すというのだな」

「そうです。私は田丸秀磨たちとキューバに行かされるはずです」

「飛行機に乗せられる」のは国際根拠地の創建に携わることだと、琢磨は思っていた。

「そいつは困ったな」

「キューバに行かされては、国内にいる赤軍派の動向を摑めません。どうしますか」

「どうするというのは、やめたいということか」

琢磨は答えに窮した。「赤軍派特捜班」が結成され、潜入捜査官の存在意義は低下している。自分のキャリアに傷を付けずにこの件から降りるのに、これほどの好機はない。

しかし琢磨には、一つだけ心残りがあった。

――ここで降りてしまえば、桜井との接点がなくなる。

そう思ってしまった時点で、琢磨は潜入捜査官失格だった。しかし、それが分かっていても自分に嘘はつけない。

「ふふふ」と横山が薄ら笑いを浮かべる。

「あの毒婦が、君をつなぎとめているというわけか」

図星を突かれた琢磨は、ため息を漏らした。

「俺も場数は踏んでいる。お前の心ぐらいは読める。しかし皮肉なものだ。毒婦が警察の役に立っているんだからな」

桜井のことを毒婦と呼ぶ横山に対して、琢磨は強い反発を感じた。

「そんな言い方はよして下さい。彼女は学生です」

「学生でも女に変わりはない。もう抱いたのか」

「私は警察官です。そんなことは考えてもいません」

「抱きもしないのに、虜にされたのか」

横山が高笑いする。

「君は若い。いろいろ雑念も入るだろう。だが奴らには奴らの世界がある。君は奴らの世界の一員じゃない。つまり奴らの女は君の女じゃない」

「分かっています！」

琢磨が強く言うと、横山は少したじろいだようだ。

「それならいい。キューバ行きについて、もう少し探ってくれ。何かあったら木曜以外でも会おう。緊急時はここに電話しろ」

電話番号の書かれたメモを渡すと、横山が先に行くよう促した。

琢磨は一礼すると、公証役場の分室を後にした。

外に出ると、横浜のオフィス街は静まり返っていた。冷たい風がビルの間を吹き抜けていく。どこからかクリスマスソングが聞こえてくる。

——もう十二月か。

琢磨は時の流れの速さに戸惑っていた。

——一年後の俺は、どこで何をしているんだ。

未来に待っているものが何かは分からない。それでも琢磨は己を信じて進んでいこうと思った。

12

足早に師走《しわす》が過ぎ、昭和四十五年（一九七〇）の正月を迎えた。

前年の十二月、白崎から統学連のメンバーに対し、アジトには顔を出さないようにすることと、仲間内で会わないようにすることが通達されたので、それぞれ帰省したり、バイトに精を出したりする日々を過ごしていた。

琢磨も郵便局のバイトを見つけ、年賀状の仕分けなどに精を出した。桜井に会いたい気持ちは募っていたが、白崎の指示に従わねばならないので連絡はしなかった。桜井からもコンタクトしてこなかったので、琢磨は寂しい正月を過ごした。

それでも町を歩けば、正月の雰囲気が漂っていた。とくに今年は、三月に万国博覧会が大阪で開催されるので、どことはなしに通行人も浮き立った顔をしている。

――復興を成し遂げた日本の姿を世界に示すことが、それほど誇らしいのか。

繁華街を歩けば、四方から三波春夫が歌う万博テーマ曲が聞こえてくる。そうした日本全体の浮かれたムードとは裏腹に、赤軍派の幹部たちは次の一手をどう打つかに頭を悩ませていた。

一月七日、琢磨は赤軍派幹部と主要メンバーが集まるという拡大中央委員会に参加すべく、赤坂東急ホテルの一室に向かった。

「つけられるかもしれないので、俺は新宿の繁華街を歩き回ってから行く。君は新橋を徘徊《はいかい》してからバスに乗って赤坂見附へ行け」という白崎の指示で、二人は別々に赤坂東急ホテルへと向かった。

琢磨が到着した時、すでに十人ほどの学生が詰め掛け、部屋の中には煙草の煙が充満していた。皆に自己紹介していると、白崎がやってきて会議が始まった。

議長の塩路の第一声は意外なものだった。

「われわれは敗れた」

灰皿で煙草をもみ消すと、塩路は立ち上がり、ゆっくりと室内を歩きながら続けた。

「前段階武装蜂起を目指すべく、われわれは大菩薩峠で訓練を始めようとした。ところが国家権力によって弾圧され、その後の佐藤首相の訪米を阻止できなかった。われわれは圧倒的な国家権力の前に屈したのだ。その原因は、われわれが武力を持たなかったからだ」

塩路が口惜しげに続ける。

「今でも多くの同志が獄につながれている。すぐには出てこられない者もいるだろう。だが武力によって革命を起こせば、彼らを解放できる」

塩路は皆の反応を確かめるように一拍置くと、語気を強めて言った。

「だが国内にとどまっている限り、まともな軍事訓練はできない。それゆえ海外に根拠地を築き、そこで軍事訓練を行うことにする」

大半の者にとってその話は初耳らしく、誰もが啞然として塩路の方を見つめている。

「われわれは労働者国家、すなわちキューバに亡命し、そこで軍事訓練を受け、世界各地で武装蜂起を図ろうと思う」

――こいつは本気で、そんなことを思っているのか。

琢磨は心中、ため息をついた。

「そうした準備を経ずしてプロレタリア革命は成功しない。そのためには、世界の耳目を集める必要がある。そこで幹部で意見を戦わせたが、これ以上ないほどの方法を白崎君が考えてくれた」

議長はソファに戻ると、「白崎君、頼む」と促した。

白崎は自信ありげに周囲を見回すと言った。

「われわれはハイジャックを決行する」

琢磨はもとより、誰一人としてハイジャックという言葉の意味を知らないらしく、皆、きょとんとしている。

「ハイジャックとは飛行機を乗っ取ることだ」

その言葉にざわめきが起こる。

——合法的な手段によってキューバに行くのではないのか。

ここに至るまで琢磨は、飛行機を乗り継いでキューバに渡航し、国際根拠地を築くものだと思い込んでいた。

「だが、ハイジャックでキューバに向かうのは無理だ。キューバは遠すぎてアメリカで給油せねばならないからだ。そこでひとまず北朝鮮に渡り、そこからキューバ行きの便宜を図ってもらう」

ざわめきが大きくなる。北朝鮮の情報はキューバ以上に入ってきていないからだ。

「四月になる前にハイジャックを行って北朝鮮に渡り、キューバに行けるなら行く。行けないなら北朝鮮で軍事訓練を受け、秋口に帰国する」

——そんなに都合よくいくのだろうか。

北朝鮮について何も知らないのは琢磨も同じだ。だが日米を敵対視する国家が、待っていましたとばかりに、日本の学生たちを受け入れてくれるとは思えない。

塩路が話を引き取る。

「この作戦のリーダーは田丸秀麿君。サブリーダーは大西哲広君だ。この二人は決まっている。だが機内の人員配置からして十人は必要だ。残る八人に志願する者はいないか」

突然のことなので、すぐに手は挙がらない。

「私と白崎君、そのほかの幹部は日本に残り、北朝鮮に渡ったメンバーが戻ってきた時のための軍事作戦を練っておくつもりだ。だから君たちの中から、八人ほどを選びたい」

沈黙が訪れた。

「おい、誰かいないのか」

塩路の強圧的な言葉に、白崎、田丸、大西を除く大半の者が手を挙げる。

琢磨が躊躇していると、白崎が鋭い視線を向けてきた。それを見た琢磨は、仕方なく手を挙げた。気づくと幹部以外の全員が手を挙げていた。

「よし、誰を実行メンバーにするかは、運動歴と面接によって、これから決める。それまでは皆で協力して準備を行う」

白崎が再び塩路の言葉を引き取る。

「われわれは、空港のことも飛行機のことも知らない。それゆえ、まず計画立案に必要な調査を行わねばならない」

白崎が手際よく役割分担を行う。琢磨には武器の調達という仕事が課された。

その後も、会議は続いた。

長時間にわたって議論していると、こんな稚拙な計画でも実現可能に思えてくるから不思議だ。いつしか琢磨も真剣に質問し、自分の意見も述べるようになった。

灰皿の吸殻は山のようになり、咳き込む者も出てきた。それでもホテルの換気がいいからか、アジトほど空気が悪くなることはない。

琢磨は最下級生として吸殻を流しのゴミ箱に捨てに行った。その時、誰かが続いてきた。

「煙草の灰は、こちらに捨てましょう」

その男は、煙草の灰だけを分別した空き缶を指し示した。

「君は気が利くね」

男は思ったより若かったので、琢磨は少し気を許した。

「ええ、いつも工場ではこうしていますから。学生の皆さんは知らないと思いますが」

「工場っていうことは、君は学生じゃないのか」

「はい。大阪の造船所で働いています」

「そうか。僕は中野健作。雄志院大学の一回生だ」

琢磨が名乗ると、その愛想のいい若者も名乗った。

「私は岡田金太郎と言います。覚えやすい名でしょう」

「確かにな」

岡田は手際よく煙草の灰を片づけると、灰皿を洗っている。

「うちは貧乏で、高校に行かせてもらえませんでした」

「そうか。ここでは学歴など関係ない。よろしくな」

会議の場に戻らねばならないので、二人の会話はそこまでだった。

だが琢磨は、この若者と気が合いそうな予感がした。

議論は続いていた。

しばらくすると塩路が立ち上がり、窓に近づいた。この時になって、カーテンの隙間から日が漏れているのに気づいたのだ。

「もう朝か。空気を入れ替えよう」

立ち上がった塩路がカーテンを開け放つ。あまりの眩しさに皆、顔をしかめた。

「夜明けだ。これはプロレタリアートの夜明けだ！」

塩路が興奮して言うと、「そうだ、そうだ！」という声が続く。

――この瞬間のために、こいつらは運動しているのだ。

彼らにとって、ベトナム戦争の阻止という大きな目標も、授業料の値上げ反対や郵便局の合理化反対といった小さな目標も、さして変わりはない。とにかく自分たちの力で、大人の決めたことを変えさせたいのだ。

——つまり、こいつらを抑えるには、妥協できるところで妥協してやればよいだけだ。だが政府や警察の中には、一つ譲歩すればきりがなくなると思っている連中もおり、学生たちの要求を聞こうとさえしない。それに対する学生たちの回答が武装蜂起なのだ。

——おそらく学生運動は、このままでも自然に立ち枯れるはずだ。だが警察は、大菩薩で手負いとなった学生たちをさらに追い込んでしまった。

その時、長髪の男がフォークギターを持ち出してきた。

「皆で歌わないか」

男はギターを爪弾きながら、『友よ』を歌い始めた。

「よし、歌おう」と塩路が言うと、それに応じて皆、左右の者と肩を組んで反戦歌や流行りのフォークソングを歌った。

そのうち長髪の男はボブ・ディランの『風に吹かれて』を弾き始めたが、誰も英語の歌詞を覚えていないので、スキャットで合唱した。

中には泣いている者もいる。大菩薩事件で多くの仲間が捕まったことで、誰もが運動の先行きに不安を覚えているのだろう。そうした鬱屈した感情が一気に噴き出したのだ。

皆、早朝ということも忘れ、声を張り上げて歌った。

琢磨も喩《たと》えようもない高揚感の中にいた。

「皆で革命を成功させよう！」

「よし、やろう！」

　年が明けてから初めての会議は、集まった者の心を一つにした。

　その日の帰途、白崎とは別のルートを使ってアジトに戻った琢磨は、白崎から拳銃と日本刀を集めるよう命じられた。むろん琢磨には何のあてもない。

　そこで白崎は、ある雑誌を持ち出してきた。そこには、薮田《やぶた》夏彦という作家の記事が載っていた。薮田はモデルガンと日本刀のコレクターだと公言し、自慢げに日本刀を構える姿の写真が掲載されていた。

13

　その豪壮な邸宅は、薮田夏彦という作家が、凄まじい勢いでベストセラーを連発していることの証しだった。

　一月二十四日の午後、琢磨たちはレンタカーを借り、田園調布にある薮田の邸宅を訪れた。運転は統学連のメンバーが担当し、邸宅の前に車を止め、取材のふりをして邸内に入った琢磨と桜井の二人が戻るのを待つという段取りだ。

借りてきたスーツを着た桜井がインターフォン越しに、「失礼します。デイリー九州の香川と申します」と名乗ると、「お待ち下さい」という女性の声が聞こえ、玄関ドアが開けられた。

割烹着《かっぽうぎ》姿の中年女性が現れ、桜井に驚きの目を向けた。とても記者には見えないのだろう。

「こちらはカメラマンです」と桜井が琢磨を紹介する。

「先生は応接室にいらっしゃいます。どうぞお入りになって下さい」

桜井は「失礼します」と言いながらハイヒールを脱ぐとスリッパを履いた。

琢磨もそれに倣う。琢磨の胸元には、白崎から借りた大ぶりの一眼レフが提げられている。統学連の運動記録を残すため、白崎がプロ用のカメラを持っていたのが幸いした。

「地方紙さんの取材はお断りしているのですが、先生が『若い女性記者さんなので会ってみるか』と仰せだったんですよ」

桜井が如才なく応じる。

「そうだったんですか。奥様、申し訳ありません」

「いいえ。私はただのお手伝いです」

確かに作家先生の妻にしては垢抜けていない。

「先生は独身なんですよ。あなた、そんなことも知らないの」

「あっ、はい」

桜井の面に焦りの色が走る。

「そうね。奥様と離婚してから五年も経っているし、若い方が知らないのも無理ないわね」

玄関を入ってすぐの応接室で、薮田は待っていた。

「あっ、君が電話の――」

薮田は一瞬目を丸くし、続いて相好を崩した。

「初めまして。デイリー九州の香川恵子です」

桜井が初々しい仕草で頭を下げる。

「わしが薮田だ。まあ、そこに座り給え」

和服姿の巨匠は、琢磨には見向きもしないで桜井を自分の傍らに座らせた。

偽の名刺を差し出し、少し世間話をした後、桜井が切り出す。

「では早速、インタビューをさせていただきます」

桜井が、にわか仕込みの刀剣の知識で薮田に質問すると、薮田は得意げに蘊蓄《うんちく》を語っては「少し待ちなさい」と言って、奥からコレクションの名刀を持ってくる。

三十分もすると、応接室のテーブルには十本ばかりの刀剣が並べられていた。

「ところで先生――」

刀剣の話が一段落したところで、桜井が話題を変えた。

「先生は、本物の拳銃もお持ちと聞きました」

雑誌には、薮田が大のモデルガン・マニアだと書かれていたので、白崎は本物も持っているとにらんでいた。

「いや、そんなもんは持っとらんよ」

「そうなんですか」

桜井が落胆をあらわにする。

「何だ、興味があるのか」

「はい。本物を見たことがないので――」

「仕方ないな。まあ、古物だからいいだろう」などと言いながら奥に引っ込んだ薮田は、二挺の拳銃を持ってきた。

薮田が蘊蓄を垂れながら、得意げに拳銃を扱ってみせる。

「わしの作品では拳銃をよく使うんでね。こうして自在に扱えるようでなければ、ろくなものは書けんよ」

――そんなことは、モデルガンでもできるだろう。

琢磨の警察官の部分がそう思ったが、もちろん口には出さない。

桜井が恐る恐る問う。

「触ってもいいですか」

「いいとも。弾は入っていないからね」

「ああ、これが本物なんですね」

桜井がうっとりとした表情で、拳銃に頬ずりする。

「こいつはな、こうやって撃つんだ」

桜井の背後に回った薮田は、桜井の手を取って構えさせ、撃鉄を下ろした。

桜井は小さく「きゃっ」と言って顔を背けたが、「カチ」という音がしただけだった。

「どうだ。凄いだろう」

禿《は》げた頭を光らせながら、薮田が桜井の顔をのぞき込む。

その間、琢磨は様々な角度から写真を撮るふりをしていた。

本物とモデルガンの見分けはつかないだろうと思っているのか、薮田は気にもしない。

「わしが本物を持っていることは、絶対に秘密だぞ」

「分かりました」

その後も薮田は、得意になって語り続けた。桜井はうなずきながら、とろんとした目つきで、それに聞き入っている。

「先生は、もっとお持ちなんでしょう」

「まあ、持っておらんこともないがね」

「よろしければ、見せていただけませんか」

「少しだけだぞ」と言って立ち上がった薮田に、桜井が「それならせっかくなので、奥の収蔵庫を見せていただけませんか」と申し入れる。

雑誌には、奥の間が刀剣やモデルガンの収蔵庫になっていると書かれていた。白崎の段取りでは、桜井が薮田をそこに誘って、時間を稼ぐことになっている。

薮田が桜井を伴って奥の部屋に行かなければ、この計画は失敗する。

「いや、それは困る」

「えっ、どうしてですか」

薮田は迷っているようだ。

琢磨の立場からすれば、計画は失敗した方がいい。だが一方で、どうしても成功させたいという気持ちが芽生えていた。

「カメラマンさんは、先に車に戻っていて下さい。ねえ、先生、それならいいでしょ」

桜井が勝負に出た。

「ああ、そうだね。仕方ないな」

ファインダーの中に収まった刀剣をのぞきながら、琢磨が事務的な口調で「もちろんです」と答える。

「散らかっているけど、いいのか」などと言いつつ、薮田は桜井を先導していく。

琢磨は内心、安堵のため息を漏らした。

二人が部屋を出たのを見計らい、二挺の拳銃を素早くカメラケースに入れた琢磨は、刀剣を鞘《さや》ごと三本ほど摑むと、ゆっくりと外に出た。そのまま庭を素通りして車まで行き、後部座席に刀剣を並べて拳銃の入ったカメラケースを奥に押しやった。

――ここで騒ぎ出されたら大変だな。

さすがに汗が滴る。

段取りでは、桜井は応接室に戻らずに外に出てくることになっており、薮田も玄関先まで出て、桜井を見送ると読んでいた。

ところが桜井は、なかなかやってこない。

――どこまで触らせているんだ。

薮田は無類の艶福家《えんぷくか》で、作家として成功してからは、家庭を顧みず銀座の女たちと浮名《うきな》を流していると、白崎が語っていたのを思い出した。

二十分ほどして、ようやく玄関先から「ありがとうございました」という声が聞こえた。

「それでは、また」などと言いながら、桜井が手を振っている。

琢磨も笑顔で会釈しながら、後部座席のドアを開けて桜井を招き入れた。

「待ちなさい」

ところが藪田は下駄を履き、玄関から飛び出してくるではないか。

「先生、まだ何か」

桜井の声音に不安の色が差す。

「また来てくれるね」

「はい。もちろんです」

桜井が恥ずかしげにうなずく。

「いつ来てくれる」

「明日の夕方ではいかがでしょう」

「本当か」

「はい。今日は取材でカメラマンさんたちも一緒なので、明日は一人で参ります」

「分かった。じゃ、寿司でも食いに行こう」

「本当ですか！　私、お寿司が大好きなんです」

「そうか。そうか。最高のネタを食わしてやる」

　薮田は未練たらたらで車の窓枠に手を掛けていたが、運転手は容赦なく発進させた。

「それじゃね。待っているよ」

「は、はい。では明日――」

　手を振りながらにやけている薮田の姿が、ルームミラー越しに見える。桜井もしばらく笑顔で手を振っていたが、角を曲がると真顔で呟いた。

「あのスケベ親父――。作家というのは、みんなああなの」

「まあ、妄想を飯のタネにしている連中だからな」

　桜井の戸惑う姿を想像し、琢磨は可笑しくて仕方がなかった。

「最低の連中ね」

「そんなに強引だったのか」

「当たり前よ。凄い力で無理やり私を引き寄せると、『俺の拳銃を触らせてやる』だって」

　琢磨と運転手が爆笑する。

「で、触ったのかい」

「やめてよ。それより、そっちはうまくいったの」

「ああ、ばっちりだ。刀剣三本に拳銃二挺だ」

「やったわ」

桜井の顔に笑みが広がる。

「でも、警察に届けないかしら」

「その心配はない。薮田先生は拳銃所持の届けを出していないみたいだからな」

「つまり、泣き寝入りというわけね」

「君が明日、寿司を食いに行かなければそうなる」

「よしてよ」

桜井は鼻で笑うと、助手席から半身になって話している琢磨の目の前で、これみよがしに足を組んだ。

「素晴らしいじゃないか」

刀剣三本に拳銃二挺を前にして、白崎が歓喜の声を上げる。

「間違いない。これは本物だ」

拳銃を手にした白崎が子供のように喜ぶ。

「弾はないのか」

「そこまでは無理でした」

「分かった。何とかしよう。たとえ手配がつかなくても、乗務員を脅かすことはできる」

「拳銃を撃てる者はいるんですか」

桜井の問いに白崎が答える。

「そいつは分からんが、下手に撃たれて、飛行機に穴でも開けられたら大変だ」

どうやら白崎は、拳銃を脅しで使えればいいと思っているらしい。

「こっちも本物だな」

白崎が日本刀で紙を試し斬りする。

「もちろんです。一撃で相手を殺せますよ」

琢磨が得意げな顔で言う。

「売れば五十万はする代物だ。ハイジャックなんかに使うのは惜しいな」

白崎が刀剣を睨《ね》め回す。

「で、どこに隠します」

「ここではどうだ」

「手入れが入ったらどうします」

「それもそうだな」

少し考えた後、白崎が言った。

「君のアパートではどうだ」

「よして下さいよ」

「うちも桜井君のところも駄目だ。われわれはマークされている」

その言葉に、琢磨は二人との距離を感じた。

「でも、うちは――」

琢磨の言葉にかぶせるように白崎が言う。

「決行の当日まで、これを君のアパートに隠しておいてくれ」

「仕方ありませんね」

うまく白崎を誘導でき、琢磨は内心ほっとした。

「拳銃はバッグに入れればいいと思いますが、こんなに長いものを、どうやって飛行機の中に運び込むんですか」

「その方法は考えてある。理工学部の学生を装い、筒型の図面入れに入れるんだ」

「ああ、なるほど」

白崎が上機嫌で続ける。

「近々、報告会がある。ほかの面々が空港のことや飛行機のことを調べてきているはずだ。それには私一人で行く。中野君は当日まで、同志の誰とも会わないようにしろ」

　その言葉から、琢磨が警察にマークされることを避けたいという白崎の意図が察せられた。

「分かりました」

「よし」と言うや、白崎は奥の部屋から円筒型の図面入れを持ってきた。

「これに入れてアパートまで運べ」

「それから桜井君――」

「は、はい」

「これから中野君は大きな仕事をする。いろいろと手伝ってやってくれ」

「手伝いですか」

「そうだ。彼は出征する兵士も同じなのだ」

　――出征か。

　琢磨は北朝鮮などに行くつもりはないので、他人事のように聞いていた。

　桜井が覚悟を決めたようにうなずく。

「ただし、公安の犬には見つからないようにしろよ。本来は、君も中野君に近づかない方がよいのだが、それでは中野君がかわいそうだ」

　白崎の笑い声がアジトの中に響いた。

14

二月になったばかりのことだった。琢磨が石川町駅に向かって歩いていると、背後から石山直人に声を掛けられた。

「久しぶりだな。最近は、大学にも出てきていないようだがどうした」

「いろいろ運動が忙しいんですよ」

「それはご苦労さんだな。それで少しやつれているのか。まともに食べているのかい」

二人は駅の方に歩きながら会話を続けた。

「三度の飯ぐらいは食えていますよ」

「俺はそうでもないけどな」

そう言いながら石山は、自慢のライターを出してハイライトに火をつけた。

石山の服はところどころ擦り切れており、髪は伸び放題で、無精髭に埋もれた頬はこけている。

「そうだ。これから喫茶店で玉井と待ち合わせている。一緒に来ないか」

「玉井って、あの玉井勝也ですか」

「そうだ。かつて一緒に飲んで以来だろう」

「ええ。でも、僕なんかと一緒にいていいんですか」

「構わんさ。聞かせたい話もあるしな」

にやりとすると石山は琢磨を先導するように歩き出し、石川町駅前の喫茶店「ボナール」の扉を開けた。

「よう、玉井、面白い男を連れてきたぜ」

だらしなくソファに座り、煙草をふかしていた玉井が驚いた顔をする。

「まさか、中野か――」

「ああ、久しぶりだな」

「こいつは驚いたな」

「一緒にだべっても、いいだろう」

石山が琢磨に座るよう勧める。

「ああ、中野なら構わないよ」

その言葉の後には、「統学連でも下っ端だからな」と続くに違いない。

「それにしても大菩薩では、してやられたな」

玉井が笑みを浮かべると、石山が自慢のライターを取り出しながら言う。

「お前は、あんなところに行かなくてよかったな」

琢磨が「僕なんて呼ばれませんよ」と言うと、二人は声を上げて笑った。

琢磨が警察の手入れから逃れてきたことを、二人は知らないようだ。大菩薩での大量逮捕をきっかけに、一般学生の間では学生運動は下火になったという認識があり、統学連や赤軍派に対する警戒心も薄くなっている。

「玉井、あのことを教えてやれよ」

しばらく雑談していると、石山が含み笑いを浮かべて玉井を促した。

「ああ、故郷《くに》で聞いた話か」

「そうだ。中野にとっては興味ある話じゃないか」

石山が思わせぶりに言う。

「この正月、俺は帰省していたんだがね」

玉井は音を立ててコーヒーをすると、琢磨の方に視線を向けた。

「故郷で伯父さんから面白い話を聞いたんだ」

「いったい何の話だい」

——どうせ愚にもつかない話だろう。

そうは思いつつも、琢磨は興味津々といった様子で身を乗り出した。

「白崎のことさ」と言って玉井が声をひそめる。

琢磨は、自分の顔色が変わったことに気づいた。

白崎の出身地や過去の経歴は謎に包まれていた。白崎は親しい者にも自らのことを語らず、過去を知る者は周囲にいない。むろんテレビ局や週刊誌が本気になれば、出身校や出自を探り出すことくらいはできるはずだが、そこまでマスコミに注目されているわけではない。

警察の調査で分かったのは、白崎は大学入学資格検定を受けて雄志院大学に入ったということだけで、それ以外は一切不明だった。

「白崎さんのことって、いったい何のことだ」

「白崎に告げ口しないなら教えてやる」

玉井が予防線を張る。

「そんなことはしない。僕だって男だ」

「分かったよ。お前を信じるよ」

石山が煙草の煙に咳き込みながら笑う。

「よし、絶対に口外するなよ」

そう念押しすると、玉井が語り始めた。

「帰省して、久しぶりに伯父さんたちに会ったんだ」

玉井の祖父は炭鉱事業で成功し、その長男が代議士となり、次男が事業を引き継いでいた。玉井の父親にあたる三男は、そのうちのセメント事業を分けてもらったという。

「そこで長兄の伯父さんが、『あれは八尋んとこの坊主じゃないか』って言うんだ」

「や、ひろって何だ」

「まあ、知らないのも無理はない。戦前に北九州で石炭業を興して財を成した八尋一族のことさ。八尋鉱業といえば福岡で五指に入る石炭会社だったんだが、社長が商品相場で穴を開けてさ。その損害を会社の利益で補塡《ほてん》していたんだ。それで石炭不況となった時に一発で沈んだというわけさ」

「つまり白崎さんは、そこの息子か何かだというのか」

「声がでかい」と、石山が口を挟む。

「そうだ。伯父さんによると、子供の頃の面影が残っているらしい」

「だが両親はいるんだろう」

「いいや。八尋鉱業は倒産して労働争議が起こって、その挙げ句に社長と奥さんが、幼い子らを残して心中したというんだ」

琢磨はそんな事件など全く知らない。

「それで、うちの爺さんたち、いわゆる組合の有力企業が、八尋鉱業の炭鉱を労働者ごと引き受けたんだ。伯父さんは、そのせいでうちも経営が苦しくなったと言っていた。それでも伯父さんは、相場なんかに手を出していなかったので会社がつぶれることはなかった。伯父さんも、かつては博多の花街《かがい》で鳴らした口だが、締めるところは締める人で――」

「それで、両親が心中した後はどうなった」

話がずれてきたので、琢磨は慌てて玉井に尋ねた。

「子供たちは、東京の親戚の許に連れていかれたらしいんだ。その親戚は政治家だという噂だったが、名前まではよく分からん」

「今、子供たちと言ったな」

「ああ、男の子と女の子だったと伯父さんは言っていた」

「それで二人はどうなった」

自分の目つきが変わっていると分かってはいても、琢磨は抑えきれない。

「戦後のどさくさの最中だ。二人がどうなったかなんて福岡まで伝わってきやしないさ。なんせ倒産して心中だからな。福岡の石炭業者は皆、八尋鉱業のことを思い出したくないのさ」

「そうだったのか」

「おいおい、今の話は確かなことじゃないぞ。伯父さんはテレビに映った白崎を見て、『そんな気がした』と言っていただけさ。なんせ伯父さんも年だからな。あてにはならん」

玉井の腰が引けてきた。琢磨が身を乗り出すほど熱心に聞いていたからに違いない。

「まあ、白崎さんの過去がどうだろうと、僕には関係ない」

琢磨が笑みを浮かべる。

もっと聞きたいところだが、この辺りで引かないと何かを勘繰られる。だいいち玉井も用心してきており、これ以上は教えてくれそうにない。

石山が茶々を入れる。

「まあ、下っ端には関係ないことだな」

「そういうことだ」

二人が声を上げて笑ったので、琢磨もそれに合わせた。話題は次第に別のものに移っていった。他愛のない話を二人としながら、琢磨は話の辻褄《つじつま》が合ってきたと感じていた。

――その東京の親戚とかいう政治家が黒幕のスポンサーか。白崎が「恩に報いねばならない」と言っていたのは、その政治家のことか。

その政治家の圧力は警察に始まり、テレビ局や出版社にも及んでいるのかもしれない。それなら、白崎の過去が暴かれないというのも腑に落ちる。

点が線となり、徐々に結ばれてきた。

15

公証役場の分室に横山の足音が響く。その革の軋《きし》む音から、ラバーソウルだと分かった。

横山はこの日、近藤も狩野も連れてきていない。

開口一番、琢磨はハイジャックのことを語った。これまでは学生運動に共鳴し、告げ口を控えることもあったが、これほど危険な行為を見過ごすわけにはいかない。

「ということは、奴らは飛行機を乗っ取るというのか」

「そうです」

琢磨は赤軍派の計画を横山に伝えた。赤軍派に対してシンパシーを感じ、裏切ることに後ろめたさはあったが、一般人を危険に晒《さら》すわけにはいかない。

「それで、まずは北朝鮮に渡るというのだな」

「はい。そのつもりのようです」

「やけに他人事のような言い方だな」

横山が喧嘩を売るような目つきで言う。

「はい。私は赤軍派の幹部ではありませんから、命じられるままに動くだけです」

「そのために、薮田御大の家に押し入ったというわけか」

「押し入ったわけではありません」

「困ったもんだな」と呟きつつ、横山がため息をつく。

「それで刀剣と拳銃ですが――」

「もう白崎には見せたのか」

「はい。本物だと確認させました。それより、薮田先生から被害届は出ていないのですか」

「ああ、出ていない。泣き寝入りってやつだな」

「うちにあるものはどうします」

「今夜にでも近藤に模造刀とモデルガンを持たせ、そちらに行かせる。それとすり替えろ」

「分かりました。ということは、ハイジャックをやらせるんですか」

横山がゆっくりと煙草を出すと火をつけた。薄暗い部屋が一瞬、明るくなる。

「それは、俺が決めることじゃない」

「飛行機を乗っ取るんですよ」

「分かっている。そんな危険なことを、もちろんやらせはしないさ。すり替えとくのは、万が一に備えてだ。だいいち、ハイジャック以外に使われるかもしれんからな」

琢磨は安堵した。空港の警備を厳重にすれば、それだけで計画は阻止できる。

しかし横山が、何かを考えるような素振りを見せたことに少し不安を覚えた。

「空港の警備は大丈夫ですね」

「お前が心配することじゃない」

――その通りだ。ここは任せるしかない。

確かに琢磨が口を挟む必要がないほど、当たり前のことだ。

「話は、それだけではないんです」

続いて琢磨は、玉井から聞いた話を横山に報告した。

「なるほど興味深い話だが、確かなのか」

「いや、あてにはなりません。でも八尋鉱業の線を手繰れば、その政治家も誰か分かり、その話が正しいかどうかも確かめられると思うんです」

「そうだな。調べておこう」

だが、その件に関する横山の関心はそれほど感じられない。

「で、私のことですが――」

「お前が、どうかしたのか」

「どこで離脱すればよろしいですか」

少し考え込むようにしてから、横山が言った。

「とりあえず様子を見よう」

「待って下さい。北朝鮮まで行かされるのはごめんですよ」

「ハイジャックなど、警察がやらせるわけないだろう」

「それを聞いて安心しました」

「お前のことは考えておく。それまでは、このまま潜っていてくれ」

その言葉を琢磨は信じるしかない。

琢磨の顔に不安の色が表れたためか、横山が力強い口調で言った。

「お前ほど、うまく入り込めている潜入捜査官はいないんだ。だからお前は貴重な存在だ。もう一息で学生運動は壊滅させられる。その詰め手がお前だ。自信と責任を持って取り組んでくれ」

琢磨の知らない間に、様々な形で学生の間に紛れ込ませていた潜入捜査官たちは、脱落していったのだ。

――なぜ、俺だけが残れたんだ。

その答えを琢磨は知っていた。

――ほかの者たちは、潜入中も警察官であることが忘れられなかったからだ。

学生運動家たちは過敏になっており、様々な角度から探りを入れてくる。そうした関門を突破するためには、身も心も学生運動の闘士にならねばならない。それができたのは琢磨だけなのだ。

――きっと皆は、プロ意識を持ちすぎていたんだ。それと、もう一つ。

琢磨の脳裏には、常に桜井への想いがあった。それが様々な判断に何らかの作用を及ぼし、琢磨の身分を隠蔽《いんぺい》してくれたのかもしれない。

「俺だってお前の気持ちは分かる。だが、学生たちは危険な野獣と化した。もうゲバ棒を振るうだけじゃない。軍事力を持ち、政府を転覆させようとしている。渦中にいるお前は、『そんなことは無理だ』と思っているかもしれない。しかしキューバを見ろ。カストロとゲバラは、ほんの数十人で始めた革命を成功させた。奴らを甘く見るわけにはいかない」

琢磨が首肯すると、横山は「行け」と言わんばかりに追い払うような仕草をした。

それに鼻白みながらも一礼すると、琢磨は公証役場の外に出た。

海から吹く風が冷たい。

指路教会の前を市電が通り過ぎていく。車内には、一日の労働を終えたサラリーマンらしき人々が乗っている。皆、疲れ切った顔をしているが、彼らには何の危険もない日常が続いていく。

――だが、俺は違うんだ。

琢磨は強い孤独を覚えた。

16

三月十六日の深夜、白崎から呼び出しがあり、琢磨が正式にハイジャックのメンバーに選ばれたと告げられた。

ところが白崎は、「一つ困ったことが持ち上がった」と言って顔をしかめると、「昨日、塩路議長が逮捕された」と告げた。そのため翌朝にも実行部隊長の田丸と会い、善後策を協議するという。

「君は実行部隊の一員だ。明日の打ち合わせにも参加してくれ。十時に赤坂東急ホテルだ」

そう告げると、白崎は険しい顔をして物思いに沈んだ。

アジトを出た琢磨は下宿に戻り、翌朝、赤坂東急ホテルに向かった。

ホテルの一室には、十五人ほどの男たちが集まっていた。

田丸から塩路議長の逮捕が正式に告げられたが、皆すでに耳にしているようで、沈痛な顔を見交わすだけだった。

「互いに知らない者もいるので、実行部隊に選ばれた者の紹介だけはしておく」
田丸は自らも含めたメンバー十人を紹介した。

田丸秀麿　大阪市立大学卒業　二十七歳
大西哲広　東京大学　二十五歳
吉本武　京都大学　二十四歳
中田義郎　明治大学　二十二歳
青木志郎　大阪市立大学　二十三歳
佐川公男　関西大学　二十三歳
若山盛男　同志社大学　二十三歳
中野健作　雄志院大学　二十歳
岡田金太郎　日立造船社員　二十歳
柴本泰之　神戸市立須磨高校　十六歳

それぞれが自己紹介の最後に「絶対に成功させたい」とか「世界人民のために素志を貫徹する」といった心構えや決意を付け加えた。

琢磨も、「プロレタリア革命を成功させるための捨て石となる覚悟で行ってきます」と、しらじらしいほど高らかに宣言した。

「メンバーは決まったが、塩路議長抜きで、この計画を進めるかどうかが問題だ」

無精髭の生えた顎を撫でながら、田丸が続ける。

「準備もほぼ整った。議長抜きでもやろうと思えばやれる。だが、警察の締め付けも厳しくなってきている。まさか議長が自白するとは思えないが、家宅捜索でメモの一つも出てくればおしまいだ。白崎君はどう思う」

水を向けられた白崎は、突き放すように言った。

「われわれ居残り組は、率先して意見を言うべきではない。ここまで来たら、実行組だけでどうするか決めるべきだ」

それに田丸も、「その通りだ」と同意する。

「皆の意見を聞かせてもらいたい」

「俺は中止にすべきだと思う」

大西が落ち着いた口調で言う。

何事にも論理的な考え方をする大西は、熱くなりがちな田丸の抑え役として適任だ。

「確かに議長は居残り組だったが、議長なくして目的を完遂できるとは思えない。たとえハイジャックが成功しても、われわれが軍事訓練を積んで帰国した時、革命の具体的計画ができていなければ意味がない」

皆の視線が一斉に白崎に向いた。居残り組で議長の次席にいるのが白崎だからだ。

白崎は、悠然と煙草をふかすと自信ありげに言った。

「その通りだ。議長は顔も広く多くの者たちを動かせる。だがそれについては、私を信じてくれ」

「だから具体的にどうするというのだ」

大西が焦《じ》れたように問う。

「分かった。議長と話し合っていたことを伝える。これは他言無用だ」

白崎は煙草を置いて一つ咳払いすると、流れるような弁舌で語った。

「今年は万国博覧会で、各国のVIPが日本に集まる。その接待で総理大臣も大忙しだ。外国の首脳と新幹線に乗って大阪に向かうこともあるだろう。そいつを乗っ取り、場合によっては爆破する」

「馬鹿なことを言うな。政府がいかに間抜けでも、そんな新幹線に、われわれを乗せるはずがあるまい」

白崎は、さも当然のようにうなずくと続けた。

「だから線路の上に障害物を置いて新幹線を止め、その間にドアを爆破して乗り込む。それで総理と外国の首脳を人質に取る。同時に別の部隊が国会議事堂を占拠し、世界革命を宣言する」

「そんなことができるのか」

大西は半信半疑である。

「そのくらいのことをしなければ、何も成し遂げられない」

沈黙が訪れた。白崎の話によって様々な妄想が現実味を帯び始めた。ここからは学生運動の域を超え、明らかな反政府テロに踏み込むのだ。

琢磨はそこにいる面々を見回したが、誰一人反対する者はいない。おそらく内心では、とんでもないことになってしまったと思っているのだろうが、それを口にすれば、反革命分子として吊るし上げを食らいかねないからだ。

田丸が身を乗り出す。

「よし、白崎君の覚悟のほどは分かった。それなら、われわれもやらねばならない」

白崎の声音が強まる。

「われわれの前には、様々な障害が待ち受けているだろう。それでもやると言ったら、やらねばならないのだ」

「その通りです。やりましょう」

誰かが追随した。

——仕方ない。ここで消極論に傾けば疑われる。

琢磨が発言する。

「議長が逮捕されても計画に支障を来しません。やるべきです」

何人かが賛意を示した。

「よし、これで実行に決定だ。大西君、いいな」

田丸が大西を見つめる。

「何事も多数決だ。皆がそれでいいなら構わない」

「よし、決を採るぞ」

「その必要はない」と、大西が早々に白旗を掲げた。

白崎が、新しい煙草に火をつけながら言う。

「それで、どの便にするか幹部で検討したのだが、三月三十一日、羽田七時十分発、福岡行き、日航351便がいいと思う」

「なぜ、その便がいいんですか」

誰かが問う。

「福岡行きなら、松江あたりから北上させれば、平壌《ピョンヤン》まで行けるだろう」

皆が半信半疑の顔でうなずく。おそらく誰も平壌の正確な位置など知らないのだろう。

――三月三十一日、羽田七時十分発、福岡行き、日航351便だな。

琢磨は、頭の中で何度も反芻した。

「ボーイング727型機とは、こういうものだ」

田丸が図面を広げ、機体の構造について説明を始めた。航空関係の雑誌に掲載されていたものらしい。

「それで――、運転席はここですか」

誰かが指を差したので、笑いが起こった。

「飛行機ではコックピットと言うんだ」

田丸が諭すように教える。付け焼き刃の知識でも、優位に立っているつもりなのだ。

「ああ、そのコック何とかのドアは開いているんですか」

その問いに、皆がポカンとする。

「田丸君、どうだ」

白崎が苛立つように問うと、田丸は「うーん、分からん」と答える。

「ドアが開かなければ、パイロットは羽田に戻ろうとするぞ」

「その時は乗客を人質に取り、絶対に開けさせる」

――そんなことでは駄目だ。

琢磨は田丸の発言に白崎が怒り、計画の延期を宣言するのではないかと思っていた。白崎は計画的な人間で、いい加減なことを嫌う。だが白崎は逆のことを言った。

「よかろう」

――なぜだ。

コックピットの件以外でも、北朝鮮政府に事前に連絡が取れていないなど、これほどずさんな計画はないと思っていたが、白崎はそれでも実行に賛同した。

「よし、コックピットの件は何とかなる」

田丸は無理に結論付けた。

その後は、様々な段取りや飛行機内の持ち場の確認が行われた。琢磨は岡田金太郎と共に、最後尾付近を受け持つことになった。

――どのみちハイジャックなどできやしない。持ち場や役割など、どうでもいい。

琢磨はとくに異を唱えることもなく、皆の議論を聞いていた。

「空港で互いの姿を見かけても絶対に話し掛けるな。個々に搭乗手続きをして乗り込め。次は飛行機の中で会おう」

田丸の言葉を最後に、この日の会議は終わった。

17

三月三十日、琢磨は長者町まで出掛けると、人気のない裏通りにある電話ボックスから、横山の指定した番号にダイヤルした。

三回ほど呼び出し音が鳴ってから出たのは、狩野静香だった。

「狩野さんか。久しぶりだな」

「あっ、中野さんですね。横山さんと代わります」

「ああ、頼む」

狩野が署内を見回している様子が、受話器越しに伝わってきた。それで指定された番号が、横山の直通電話のものだと分かった。

「狩野さん」

「何ですか」

「あの時はすまなかった。その後、俺の担当を外されたのか」

「いえ、そういうわけではありません。横山さんが『この段階になったら、直接やる』と仰せになり、私は後方支援を命じられました」

電話の向こうで、狩野が微笑むのが感じられた。

「そうだったのか。いずれにしても、よかった」

琢磨がため息をつく。

「私のことを、お気遣いいただいたのですね」

「まあね」

「ありがとうございます。少し経てば、常盤町の事務所でお会いできるかもしれませんよ」

――何だって。

その一言で、横山が狩野にハイジャックの件を伝えていないと分かった。

――俺は空港に行かないつもりだ。それを横山さんは狩野に伝えていないということか。

直接の部下に、それほど重要なことを伝えていないのも不可解だが、警察の上層部は、ベテランの警察官だけで空港に張り込むつもりなのかもしれない。

実はこの頃、警察に逆潜入している運動家がいるという噂があった。彼らは運動実績のないノンポリだが、水面下でオルグされており、警察の情報を掴むために卒業後、採用試験を受けて警察に入り、警察官になりすましているというのだ。

――横山さんは、慎重の上にも慎重を期しているのだな。

何か引っ掛かるものを感じたが、琢磨はそれを振り払った。

「あっ、横山さんが戻ってきました」

狩野が横山に電話を取り次ぐ。

「中野君か。どうした」

「なぜ奴らを放置しておくのですか」

「決まっているだろう。明日、空港で一網打尽にするためだ」

横山が声をひそめる。狩野たちには聞かせたくないのだ。

「ちょっと待って下さい。人の多い空港で立ち回りを演じるんですか」

「そうだ。でないと現行犯逮捕できないだろう」

「しかし周囲には、一般人が多くいるんですよ、あまりに危険ではないですか」

横山の苛立ちが電話口から伝わってくる。

「それを決めるのは、われわれだ。君ではない」

「分かりました。では、私は明日にも署に向かいます」

「何を言っているんだ。君は羽田空港に行くんだ」

「なぜですか」

「そんなことも分からないのか。奴らは君に気を許している。いざという時、君を頼りにしたり、何かを託したりするだろう」

確かに人質を取った時など、琢磨に託されることも考えられる。

「分かりました。空港には行きます」

「そうしてくれ」

「それで逮捕の段取りですが――」

そう言い掛けたところで、一方的に電話が切れた。

掛け直そうと思ったが、腹立たしくなって受話器を置いた。

――近くに狩野たちがいるので、話しにくかったのだろう。

いずれにしても段取りを告げてくれなければ、琢磨は戦力にはなれない。

琢磨は胸底から湧き上がる疑念をねじ伏せた。


電話ボックスを出た琢磨はアパートへ向かった。

――雨か。

雨ぐらいで飛行機が飛ばないことはないと分かってはいるが、雨にもすがりたい気分だ。

やがて見慣れたアパートの外壁が見えてきた。

――この生活も今夜で終わりか。

おそらく明日、赤軍派は一網打尽にされ、琢磨は警察に引き揚げることになる。その後、当面は内勤とされるはずだが、住居は警察が手配するので、このアパートに戻ることはできない。

琢磨がポケットから鍵を取り出そうとした時だ。階段の陰に人の気配を感じた。

琢磨が身構えていると、人影が現れた。

「何だ、桜井さんか」

「誰だと思ったの」

「警察かと思った」

「警察は一人で来ないわ」

――その通りだ。

琢磨は内心、自嘲した。

「それで何の用だい」

「用がなければ、来てはいけないの」

どうしたわけか桜井は硬くなっている。

「そんなことはないけど――」

「あなたの面倒を見るよう、白崎さんに言われたじゃない」

桜井は大切そうに包みを抱えていた。

「一緒に食事しようと思って――」

「ああ、そうか。入れよ」

琢磨は鍵を開けると、桜井を招き入れた。

こうした時のことも考え、部屋の中には、警察を匂わせるものは何も置いていない。

「散らかっているよ」

「連絡しないで来たんだから仕方ないわ」

われながら男臭い部屋だとは思うが、今日はいつになく臭いが鼻をつく。

敷かれたままの布団を避けるようにして、部屋の中に入った桜井が、持ってきた包みをテーブルの上に置く。どうやら弁当のようだ。

桜井は、琢磨の腹の減り具合も聞かずに支度を始めた。流しで鍋を洗うと、容器に入った味噌汁を入れてガスをつけた。

その後ろ姿を見つめながら、琢磨は夢想した。

――こうして同棲できたらいいのにな。

だが桜井は白崎の女で、琢磨は潜入捜査官なのだ。二人には、二重の壁が立ちはだかっている。

「味噌汁以外は温められないけどいい」

「もちろんさ。君が作ったのかい」

「そうよ。料理は得意じゃないけどね」

やがてテーブルに食事が並べられた。やや冷えた飯、肉野菜炒め、漬物、味噌汁といった簡素なものだが、今まで食べたどんな食事よりもうまかった。

「お茶はどこにあるの」

「そのくらい俺がやる。座っていなよ」

琢磨は台所に立ち、茶を淹《い》れた。ちらちらと桜井を盗み見たが、正座して手を前に組んで俯いている。その姿は、いつになく緊張しているように思える。

――俺が北朝鮮に行くと、本気で思っているのだ。

琢磨が茶を運んでいくと、桜井は「ありがとう」と言って、それを喫した。

「どうした。借りてきた猫のようだな」

「そうかしら」

なぜか話は弾まない。気まずい雰囲気が垂れ込める。

「ラジオをつけよう」

琢磨がラジオをつけると、ローリング・ストーンズの『悪魔を憐れむ歌』が耳に飛び込んできた。

——全く場にそぐわない曲だな。

琢磨は可笑しかったが、そのままにした。

「このバンドは知っているかい」

ラジオに向き合ったまま、琢磨が問う。

「知らないわ」

「最近気に入っているバンドなんだ」

その時、抉るような英語の歌詞が耳に飛び込んできた。

——ここで歌われているように、自分の本当の姿なんて自分にも分からない。

琢磨が音量を上げようとした時だった。桜井が立ち上がり、琢磨の背中に体を押し付けてきた。

琢磨は瞬時にすべてを察した。

あの時、アジトで聞いた白崎の言葉がよみがえる。

「最後まで行っても、俺は構わない」

——お情けで桜井を与えられたというわけか。

こんな形で結ばれても、うれしくはない。

「俺は出征する兵士なんだろう」

「やめて」

そう言いながら、桜井の抱擁が強まる。それは琢磨をつなぎ止めたいかのように強い力だ。

「お情けは要らない」

「何を言っているの」

「おい」と言って体を半回転させると、琢磨は桜井の両肩を摑んだ。

「人の心を弄《もてあそ》ぶもんじゃない」

「何を誤解しているの。私は――」

「君は白崎さんの女だ」

次の瞬間、平手が飛んできた。

「私は誰の女でもないわ！」

桜井は泣き出しそうな顔で琢磨の腕から離れると、パンプスを引っ掛け、ドアを開けて外に走り出た。

茫然としていた琢磨は、われに返るとその後を追った。

外は小雨が降っている。

「待ってくれ！」

桜井に追い付いた琢磨が腕を摑もうとすると、桜井は泣きながら抵抗してきた。

「放して。もう一人にして！」

「すまなかった。許してくれ」

琢磨は衝動のままに桜井を抱き締めていた。

桜井の嗚咽が耳元で聞こえる。

「もういや」

路地は暗く人影は全く見当たらない。街路灯が一つ淡い光を投げ掛けており、かろうじて周囲の光景が見えるだけだ。

桜井を抱き締めつつ、なぜか琢磨は、そのありふれた日本の町の光景に愛着を感じた。

「許してくれ。許して――」

桜井の耳元で、琢磨はその言葉を幾度も呟いた。

小雨の中に立ち続けた二人は、すでに濡れ鼠になっていた。

桜井の髪の匂いが鼻腔に満ちる。

「もう、分かったわ。許してあげる。だから泣かないで」

知らぬ間に琢磨は泣いていた。

桜井に引っ張られるようにして、琢磨はアパートに戻った。

「二人とも濡れちゃったね」

桜井はかいがいしく琢磨の髪や体を拭いてくれた。ラジオからはデル・シャノンの『悲しき街角』が流れてきている。十年ほど前の曲だが、歌詞に「I'm walkin' in the rain」とあるので、外の天気に気づいたＤＪが気を利かせて流したに違いない。

「桜井さん」

今度は琢磨の方から桜井を抱き締めた。

「私を信じて。あの人には、私を抱けない理由があるの」

その言葉には力が籠もっている。

――どういうことだ。

琢磨は混乱した。

「あなたが私を信じるかどうかよ」

桜井は琢磨の腕を振り解き、一歩、二歩と後ずさった。

「私を信じて」

桜井が着ていたワンピースのボタンを外し始める。

「よせ」

悲しみが波濤《はとう》のように押し寄せてくる。

——これが白崎の餞別《せんべつ》か。

琢磨は思わず桜井から目をそらした。

「電気を消して」

琢磨がスイッチを切ると、一瞬にして周囲は闇に包まれた。だが、すぐに目が慣れてきた。

時折、ヘッドライトが打越橋の下を通り過ぎていく。樹木が生い茂っていない季節なので、わずかに横浜駅根岸道路が見える。そこはオレンジ色の常夜灯に照らされており、昼とは全く違う顔を見せていた。

「ラジオを消して」

琢磨は言われるままにした。

部屋の中央には、桜井の裸身がシルエットとなって立っていた。

「抱いていいのよ」

「よせ。お情けで抱きたくない」

「だって、あなたは明日——」

「それは分かっている。でもすぐに戻ってくる」

「そんなことは分からないわ。あなたが行くのは北朝鮮なのよ」

桜井が近づいてくる。琢磨は反射的に身を引く。だが狭い部屋なので、もう後ずされない。

桜井はゆっくりと身を寄せると、琢磨の胸に顔を押し付けてきた。

「なぜ、そこまでしてくれるんだ」

「あなたのことが好きだからよ」

「俺のどこが好きなんだ」

愚問とは思いつつも、琢磨が問う。

「あなたは――」

桜井が巫女《みこ》のように呟く。

「何かを隠しているわ。とても深いところで、絶対に知られたくない何かを。私はそれが知りたいの。いいえ、知らなくてもいいの。その部分を知らないから好きなんだわ」

怪しくなってきた雲行きから話をそらすべく、琢磨は桜井の背に腕を回した。服の感触とは異なる生身の女が指先から伝わってくる。男の衝動が頭をもたげる。

――待て。こんなことをしていいのか。俺は警察官じゃないか。

琢磨には最後の城壁がある。それは高く堅固なものだった。

その時、横山の言葉が脳裏によみがえった。

「奴らには奴らの世界がある。君は奴らの世界の一員じゃない。つまり奴らの女は君の女じゃない」

琢磨の一部が「冷静になれ」と呟く。

「よしてくれ。白崎さんは君を抱いていないかもしれない。だけど——」

「だけど何——」

琢磨が言葉に詰まる。

「何があなたを躊躇《ちゆうちよ》させているの」

琢磨が口を閉ざす。

——それを言ってしまえば、あらゆることが覆ってしまう。

だが、ありのままの自分を愛してほしいという気持ちもある。

「いいのよ。何も言わなくて。黙って抱いて」

桜井が唇を求めてきた。

ここで一線を越えてしまえば、自分がどこへ行ってしまうのか見当もつかない。少なくとも、横山が言うところの「奴らの世界」に踏み込んでしまうのだろう。

——しかも、偽者の俺を愛させてしまうことになる。

それでも男としての衝動は抑えられない。

——俺は、どこへ行くんだ。

行き着く先はどこだか分からない。だが、もはや何物も琢磨を止められなかった。

琢磨はゆっくりと唇を重ねた。

まばらに通る車のエンジン音が闇を引き裂いていく。打越橋のある場所は深い切り通しになっているので、その下を通る時、エンジン音は倍増される。

雨の音のほかに聞こえるのは、それだけだ。

桜井は布団から出ると、流しに行ってタオルを絞り、体を拭いた。

その時、歌を口ずさむのが聞こえた。

「何を歌っているんだ」

「ああ、これね。『フランシーヌの場合』という曲よ」

「聴いたことがある。ラジオから流れていた」

「私は、この曲が好き」

フランシーヌの場合は　あまりにもおばかさん

フランシーヌの場合は　あまりにもさびしい

三月三十日の日曜日

パリの朝に燃えたいのちひとつ、フランシーヌ桜井の囁くような声が、琢磨の神経を心地よくくすぐる。

「きれいね」

歌を口ずさむのをやめた桜井は、台所の窓から体を伸ばすようにして外を見ていた。

その均整の取れた裸体のラインが、オレンジ色の常夜灯に照らされ、なまめかしく浮かび上がっている。

――俺の女だ。

琢磨は立ち上がり、背後から桜井を抱き締めた。

「さっき、白崎さんには君を抱けない理由があると言ったね。それは何なんだ」

「聞きたいの」

「ああ、聞きたい」

桜井は大きなため息をつくと言った。

「私が妹だからよ」

――何だって。

琢磨は唖然として二の句が継げない。

「驚いたでしょう。事情があって私たちは別姓なの。父も母も同じだけどね」

──かつて玉井が話したことは本当だったんだ。

だが琢磨は、それ以上のことを問うのをためらった。それが玉井から聞いたことであれ、二人のことを少しでも知っていると覚られれば、桜井が疑いを持つかもしれないからだ。

「それ以上、何も聞いてこないということは、私に興味がないのね」

「人のことを詮索するのは好きじゃない」

「ご立派だこと」

いつもの桜井が少しだけ戻ってきた。

「でもあなたは、どことなく兄に似ているわ」

「白崎さんにかい」

「ええ、そうよ。どんなに親しくなっても、絶対に自分のすべてをさらけ出さない。何かを心の奥底に隠しているの」

実妹にまでそう思われている白崎という男の底知れなさを、琢磨は知った。

「人間なんて、みんなそうよね。秘密の一つも持っていないと、こんな世知辛《せちがら》い世の中、生きていけないわ」

「君には、どんな秘密があるんだい」

「あるとしても──、教えない」

桜井が微笑む。

「あなたも初めてだったでしょ」

行為の最中のぎこちなさからすれば、嘘はつけない。

「ああ、そうだ。君が初めての女だ」

二人は黙って、常夜灯によって橙色《とうしょく》に彩られた打越橋を見ていた。

――こうして同じものを見つめる機会が、またあるのだろうか。

「帰ってきてね」

「ああ、必ず帰ってくる」

桜井の柔らかい体を強く抱き締め、琢磨はこの時が永遠に続くことを願った。

第3章 H・J

1

平成二十七年（二〇一五）の七月も半ばを過ぎたが、依然として事件を解明する糸口は摑めていなかった。

聞き込みから署に戻った寺島は、久しぶりにコインロッカーの管理会社から借りていたノートを開いてみた。

何度見ても意味不明な数字の羅列だが、何かを訴えているような気がしてならない。

——だめもとで聞いてみるか。

寺島はノートを抱えて阿野の許を訪れた。

「これなんだが」

ノートを渡すと、阿野は鑑識特有の慎重な手つきでそれをめくった。

「一見したところ、ただのノートですね」

「ああ、そうだ。しかし——」

ノートがコインロッカーに保管されていたことを話すと、阿野は驚いたようだ。

「こんなものに、一日三百円も払っていたというんですか」

「そうだ。だが、なぜそれほど大切にしていたのかは分からない」

「でも、あの焼けた鍵が、このコインロッカーのものとは限らないでしょう」

「ああ。だからこのノートは証拠品にはならない。ただ、この奇妙な数字がどうしても引っ掛かるんだ」

寺島は「1970」と「H・I」に続く数字の羅列を示した。

「これは暗号でしょうね」

「そうかもしれない。どこかで、こんな数字の羅列を見たことはないか」

「私はありませんね。上司や先輩方なら何か気づくかもしれません。ただ――」

「ただ、何だ」

寺島の動悸が激しくなる。

「暗号だとしたら、軍関係ですかね」

「解読できるか」

「それは無理ですよ」

「なぜだ。コンピューターなら何らかの法則を導き出せるんじゃないのか」

阿野が鼻で笑ったように感じられたので、寺島はむっとした。

「こうした暗号の解読には、乱数表が使われます。そうなると警察庁のコンピューターでもお手上げです。だいいち証拠品でもないのにコンピューターを使うわけにはいきません」

阿野の言うことは理に適《かな》っている。

「こうした暗号は、軍関係以外では、どんな連中が使っている」

「そうですね」と言ってひとしきり考えた後、阿野が言った。

「北朝鮮の工作員なら、まだ使っているかもしれませんね」

「北朝鮮だと――。奴らは今でも暗号でやりとりしているのか」

「今は分かりませんが、少なくとも二〇〇〇年頃までは、あの国の連中は、こういうのを使っていましたよ。例えば『さど号』であちらに渡った日本の学生たちも、こうしたものを使って連絡し合っていました」

――「さど号」だと。

寺島の心臓が高鳴る。

――俺は「さど号」を追って警察官になったも同じようなものだ。

だが寺島は、そんなことを誰にも語ったことはない。それは胸の奥深くに仕舞われた大切なものだからだ。

「君は詳しいな」

「ほら、『さど号』の妻たちの一人が、日本に潜入して逮捕されたでしょ。あれで公安は、彼らの手口を学んだんです」

「手口って何だ」

「暗号とは別に乱数表を渡すんです。双方があって初めて数字の羅列が解読できます」

「その乱数表はどこにある」

「あの女の持っていた乱数表なら、検察庁かどこかに保管されているでしょう。でも、あったとしても使えませんよ。女が逮捕されたという情報は、北朝鮮政府にもすぐに伝わったはずですから、瞬く間に無効とされたはずです」

得意げに話していた阿野だが、自分の立場を思い出したのか、顔を引き締めた。

「令状を取って、しかるべきルートで捜査依頼を出していただかなければ動けません」

「そうだったな」

阿野がガードを固め始めたので、寺島は引き揚げることにした。

——少なくとも、数字の羅列が何かの暗号で、このノートの持ち主が、何かを伝えようとしていることだけは分かった。

だが、このノートと簡宿火災が結び付いたわけではない。

——コインロッカーの鍵が溶けていなければ。

今更、それを思っても仕方がないのだが、つい思ってしまう。

寺島は気を取り直して、石山直人の線から手繰ることにした。

寺島がライターの線をもっと洗ってみたいと島田と野沢に告げると、二人は渋々ながら了解した。その様子からも、捜査が行き詰まっているのは明らかだった。

2

寺島は石山のファイルを読み返してみた。

雄志院大学卒業後、大手銀行に就職した石山は、数年で証券会社に転職し、投資信託のファンド・マネージャーとなった。だが顧客の資金を流用して懲役刑となり、刑期を終えてからは昔の伝手《つて》を頼って細々と投資アドバイザーをやっていたらしい。

まず寺島は、石山が最近まで続けていた投資アドバイザー業で、トラブルがなかったか調べてみた。だが投資アドバイザーとは名ばかりで、証券会社時代の知り合いに頼み込んで企業調査の仕事を回してもらったり、三流投資雑誌の下請けライターとして小さな記事を書いたりするぐらいで、トラブルに巻き込まれそうなものは見当たらなかった。

――誰かをカモにしたくても、そういう立場では難しかっただろうな。

さらにさかのぼり、証券会社時代も洗ってみた。そこで分かったのは、石山が優秀なファンド・マネージャーだったことだ。石山はこれと思った企業を絞ると、その経営者から丹念に話を聞くタイプだったらしい。その半面、思い込みが激しく、リスクを顧みず投資していくので、石山のファンドはアップダウンが激しいことでも有名だった。

かつて一緒に仕事をしていたという人物の話は、とくに印象的だった。

「優秀なファンド・マネージャーほど、自分好みの完璧なポートフォリオを作りたがる。でも、そいつらはみんな消えていった。収益力が低くても、財務体質のいい伝統的企業を組み込んでいなければ、嵐が来た時に吹き飛ばされるからな」

リスクヘッジせずに、完璧なポートフォリオを作り上げたものの、リーマンショックによって、石山は一瞬にして吹き飛ばされたという。

——それで何としても、その穴を埋めようとしたってわけか。

石山という男は、プライドの高い完全主義者ゆえの罠にはまってしまったのだ。

石山は、あるファンドで出した巨額の損失を比較的安定していた別のファンドの資金で補塡したため、担当していたファンドのすべてが自転車操業に陥った。最後は銀行員時代に接待で使っていた銀座のクラブに入り浸り、現実を忘れようとしたらしい。その店の当時のチーママで、現在は南与野で小さなスナックを営む女にも話を聞いたが、突然、金使いが荒くなったので、黒服たちと「あれは使い込みだ」と噂していたという。

だがそうした状況下でも、闇社会との接点はもとより、きな臭いものは見出せなかった。ほどなくして石山は、横領罪で逮捕される。

それ以前の銀行員時代となると、石山を知る者を見つけるのも難しかった。ようやく当時の上司という人物を見つけ出し、茨城の老人ホームまで行ってみたが、石山がいかに真剣に仕事に取り組んでいたかという話ばかりで、とくに得るものはなかった。

ただ「彼が何をしでかしたんですか」と問われたので、「失踪したんです」と答えると、元上司は悲しげな顔で「彼は真面目すぎたんだ」と言っていたのが印象的だった。

石山が銀行を辞めた理由を問うと、元上司は「銀行というところは、出身大学によって、どこまで出世できるか決まってくるんですよ。石山君は雄志院大学では優秀な成績を収めたようですが、うちに入ってしまえば、仕事のできるできないじゃないですからね」と答えた。

定年退職した今でも、元いた職場を「うち」と呼ぶことに違和感を覚えたが、国内有数の銀行に勤めていたことが、最後に残った彼の矜持《きょうじ》だと思えば分かる気もする。

結局、最初のボタンの掛け違いが、石山の人生を奈落の底へと突き落としたのだ。

それでも証券会社に転職したまではよかった。当時、脚光を浴び始めたファンド・マネージャーになるための努力はたいへんなものだったろう。だが生来の〝真面目さ〟から、そこそこのパフォーマンスでは満足せず、ずば抜けた成績を収めようとしたところに落とし穴があった。

石山の過去は、まさに高度成長期、バブルの崩壊、リーマンショックという節目ごとに大きな転機を迎えていた。

——時代の狭間に落ちてしまった男か。

この調子で大学時代にさかのぼったところで、有益な情報が得られるとは思えない。しかも放火事件との関係もはっきりしないまま、これ以上の労力は掛けられない。だいいち、石山に捜索願が出ているわけではなく、単に家賃を踏み倒しただけの可能性もあるのだ。

寺島は「これが最後」と心に期し、石山の大学時代の交友関係を当たってみることにした。

まず雄志院大学に問い合わせてみたが、在学時、スポーツや文化的な活動などで表彰された人物でなければ、詳しい記録は残っていないという。

石山は、運動部はもとよりサークル活動もしていなかったらしく、大学時代の痕跡が一切摑めなかった。大学の窓口で卒業アルバムを見せてもらっても、証明写真のようなものが一枚あるだけで、集合写真やスナップ写真では、その姿が確認できない。

それでもそこには、卒業生の出身地が記されていた。

――福岡県出身か。

さしあたり、その線から当たるしかない。

寺島は大学図書館のパソコンで、同じ福岡県出身の卒業生の名前を一人ひとり検索した。ところがウィキペディアなどに載るような有名人はおらず、実業界にも、めぼしい人物は見当たらない。

――雄志院大学出身では、一部上場企業の経営者や役員には、なかなかなれないのだな。

それでも福岡県出身者はさほどの数でもなかったので、前後一年の卒業生も検索してみた。すると、ある名前がヒットした。

――玉井勝也か。

玉井は石山と同じ高校出身の福岡県議会議員で、自らのホームページを持っていた。そこには後援会の電話番号も記されている。

――電話は明日にするか。

雄志院大学を出ようとした時、まだ大学のカフェテリアが開いていることに気づいた。

表参道辺りのレストランを思わせる瀟洒《しようしや》な建物に入ると、明るいロビーがあり、学生たちが歓談していた。そこにあるテレビには、ここ最近メディアによく登場する藤堂亜沙子という女性運動家の姿が映し出されていた。学生たちの笑い声にかき消されて断片的に聞こえてくるだけだが、沖縄にある米軍基地の県外移設を主張しているらしい。

──若い頃は美しかったろうな。

その切れ長の瞳や、時折見せる笑顔には、惹き付けられるものがある。

だが学生たちは、そんなことに全く関心を示さず自分たちの話に興じている。

──かつては自分もそうだったんだから、偉そうなことは言えないな。

寺島は自分の学生時代を思い出していた。

──俺は警察官になることが、自分の使命だと思い込んでいた。

寺島の出身大学は、偏差値では雄志院大学とほぼ同じくらいの私立大学だった。多くの者は上場企業か、小さくても将来性のありそうなベンチャー企業に就職した。公務員試験を目指す者もいたが、その多くは出身地の県庁への就職を希望し、寺島のように警察官になる者はいなかった。

寺島には、どうしても決着をつけたいことがあった。そのために警察官になり、公安への配属を希望した。ところがそれは叶わず、地元の所轄の刑事課に配属された。公安を希望する者は多く、寺島の出身大学や警察学校での成績では叶わぬ夢だったのだ。

──この岩盤のような階層社会では、思ったような人生は歩めない。俺も石山と同じだ。

三十歳という節目が近くなり、寺島はキャリアパスを変えるなら今しかないと思っていた。

3

翌日、玉井勝也の選挙事務所に電話すると、玉井は不在だったが、スタッフが取り次いでくれるという。その後、一時間ほどして玉井から電話があった。

「玉井ですが、何かご用でしょうか」

その声音には、明らかに警戒の色が漂っている。

すでに事務所から伝わっているはずだが、寺島は明るい声で所属と名前を名乗った。

「長距離ですので、こちらから掛け直しましょうか」

「いいですよ。そこまでせこくはないんでね」

電話の向こうで、苦笑したような声が聞こえる。

「昔の話で恐縮なんですが、石山直人さんという方をご存じですか」

「石山──、ああ、あの石山か。懐かしい名前ですね。高校と大学が一緒でした。でも警察からということは、彼に何かあったんですか」

「いえ、連絡が取れなくなっていまして」

「ということは、失踪ですか」

「まあ、そういうことになります」

寺島は、ここまでの経緯《いきさつ》を説明した。

「そうだったんですか。大学を卒業してから数年はコンタクトもあったのですが、そのうち疎遠になり、それっきりですね」

「石山氏が、何かのトラブルに巻き込まれたという話を聞いたことはありませんか」

「銀行から証券会社に移ったことは風の噂で聞きましたが、奴は東京にいて、高校の同窓会にも来ませんでした。だから詳しいことは知りません」

ここまでの玉井の話しぶりからは、何かを隠しているようには思えない。

「では、大学時代の石山氏は、どんな青年でしたか」

「とても真面目でしたよ。そりゃ、あの時代ですからね、煙草や酒はやっていました。でもサークル活動や学生運動には関心を示さず、アルバイトに励みながら講義には必ず出ていました。彼は裕福な家庭の育ちではないので、留年ができない立場だったんでね」

玉井の話は高校時代にさかのぼっていったが、寺島の心に何かが引っ掛かった。

――そうか。学生運動か。

「お話の途中ですいません」

「あっ、はい」

「玉井先生や石山さんは、学生時代に運動家とかかわりがありませんでしたか」

「そりゃ、運動家は学内にいましたよ。でも僕らは、学生運動とは距離を取っていました」

「では玉井先生も石山さんも、ご友人に学生運動家はいなかったんですね」

「そうですね――」と言いつつ、玉井が過去の記憶を探るように沈黙した。

受話器の向こうから、何かを考え込んでいる様子が伝わってくる。

――嘘を言っても、自分に害が及ばないかを考えているに違いない。

やがて、いくつかのドッグワードに続いて玉井が言った。

「まあ、友人と呼べる者はいませんね」

「そうですか。では、運動家と呼べるような人と言葉を交わしたことはありませんか」

「言葉、ね」

玉井の歯切れが、とたんに悪くなる。

「記憶にありませんか」

「ありませんね」

受話器越しのその様子には、ありありとした記憶が浮かんでいるのが分かった。

だが相手は議員なので、寺島はいったん引くべきだと思った。

「分かりました。石山さんのことでも学生時代のことでも、何か思い出したらご連絡下さい。

ご協力ありがとうございました」

「いえ、当然のことですから」

電話はそこで切れた。

切断音を聞きながら、寺島は引っ掛かるものを感じていた。


「そいつは難しいな」

開口一番、島田がそう言うと、野沢も疲れたような声を上げる。

「まあ、気持ちは分からないでもないけどな。石山のライターが焼け跡から見つかっただけで、石山の過去を洗いに福岡に行くのは早計じゃないか」

「分かっています。行ったところで、玉井は何も話してくれないかもしれません。でも行かなければ、これでこの線は終わりです」

「相手は議員だぞ。いろいろ面倒なことになる」

島田が難色を示す。

――事なかれ主義か。

島田の立場を考えれば分からないでもないが、ここで保身に走られては、捜査が進まない。

「そこは、うまくやります」

「その点は信頼しているが、もう少し様子を見たらどうだ」

島田の言葉に野沢も追随する。

「そうだな。ライターの線は、思い込みが強すぎる気がする。だいいち玉井という議員は、その立場から、単に学生運動と距離を取りたいだけかもしれないぞ」

冷静に考えれば、そうだろう。

「しかし、あの簡宿の遺体が石山だという可能性は否定できません」

野沢が反論する。

「それは早計だな。簡宿の大家も生き残った連中も、石山の写真に見覚えがないと言ってるんだろう。石山が何かの賭けに負けて、ライターを取られたとも考えられる」

「父親の形見を賭けの場に出しますかね」

今度は島田が言う。

「例えば――、どこかに置き忘れたのを盗まれたとも考えられるだろう」

「肌身離さず持っていたものですよ」

「でも酒を飲んでいる時など、テーブルの上に置くだろう。煙草を吸う奴が飲んでいる場で、いちいちライターをポケットに入れるなんて見たことないぞ」

寺島が黙っていると、野沢が追い打ちを掛けるように言った。

「あの簡宿の誰かを訪ねて酒を飲み、うっかりライターを忘れていったとも考えられる」

「それなら、すぐに取りに戻るだろう。親の形見の珍しいライターだ」

今度は、島田が寺島を援護する形になった。

「それはそうですが、取りに行こうとしていたら火事になったとか――」

野沢が眼鏡を取って拭き始めた。苛立った時の癖だ。

「ちょっと待って下さい」

寺島の心に何かが引っ掛かった。

「野沢さんの言う通り、石山はあの簡宿に泊まっていたのではなく、誰かを訪ねたとは考えられませんか」

「それなら目撃者の一人ぐらいは出てきてもおかしくないんじゃないか。生き残りの住人から、そんな証言はなかった」

「それは分かりませんよ。見慣れない男が簡宿内をうろついていたって、互いに気にしない社会ですからね」

「だが石山が巻き込まれたとしたら、部屋の住人はどこに行ったんだ」

「訪ねた先の部屋の住人は、難を逃れたということも考えられます」

「なぜ、その男は名乗り出ない」

野沢がもっともなことを言う。

島田も首をかしげる。

「だいいち、友達なら一緒に逃げるだろう」

「石山が酔いつぶれて、どうにもならなかったとも考えられます。石山は大柄だったというアパートの大家の証言があります。それで見捨てて逃げた後ろめたさから、われわれに石山の存在を黙っているのではないでしょうか」

「もう、よそう」

島田が首を左右に振る。

「こんなことを考えたところで、きりがない。仮定の上に仮定を積み重ねているだけだ」

確かにその通りだと寺島も思った。

野沢がため息をつきつつ問う。

「ライターのほかに、何か新しいネタはないのか」

「新しいものはありませんが、ノートなら、まだ手元にあります」

「ああ、あれか。それならもう一度、見せてくれないか」

いったん自分の席に戻り、ノートを引っ張り出した寺島は、それを野沢に渡した。

野沢の開いたページを島田ものぞき込む。

「これが暗号で、乱数表がないと解読できないというんだな」

「その通りです」

島田と野沢が首をかしげる。

「これが誰かのメッセージってわけか」

「そして、『H・J』というイニシャルの人物は誰なのかだな」

「それが分からないから、頭が痛いんです」

「それなら、この線はここまでだな」

島田が扉を閉めるように断じた。

4

昭和四十五年（一九七〇）三月三十一日の羽田空港は、快晴だが寒い朝を迎えていた。

京浜急行を乗り継いで羽田に着くと、ロビーは人でごった返していた。背広姿のビジネスマンが目立つのは、翌日から新たな勤務地に赴任する者が多いからだろう。

どこからか万歳三唱も聞こえてくる。

――企業戦士の出征か。

高度成長期を迎えていた日本の企業は、急速に海外へと進出していた。電気や水道も整っていない赴任地へ送られる若者もおり、その過酷さは学内にまで伝わってきていた。そうした光景を横目で見つつ、琢磨は長コートを翻し、理工学部の学生風に図面用の長筒を小脇に抱え、搭乗手続きカウンターに向かった。その時、実行メンバーの一人を視線の端に捉えた。同じようにコートを着てボストンバッグを抱えているが、緊張のためか強張った顔をしている。

——あんな顔をしていたら、警察にはすぐに分かる。

飛行機を利用するのはビジネスマンが主なので、学生や若者は少ない。プロの捜査官なら、一目見れば学生運動家だと分かるはずだ。

だいいち田丸や大西といった顔の知られた運動家には、すでに捜査官が張り付いているはずなので、心配は要らない。

カウンターで搭乗手続きをしていると、係員から「351便は、定刻の七時十分に出発します」と告げられた。手荷物を預けるかどうか聞かれたが、「結構です」と答えると、「よい旅を」と言って搭乗券を渡された。

搭乗ゲートが開くまで、琢磨はソファに腰掛けて待つことにした。

すでに手続きを済ませたのか、知った顔がいくつか増えている。その中には田丸もいた。

顔を見られないようにするためか、田丸はマスクをして窓際に立ち、外の風景を眺めている。だがその周囲を見回しても、捜査官らしき人影はない。

――どうしたんだ。

だが張り込みを行うようなベテラン警察官は、誰にも気取られないほどの技量を持っていると聞いたことがある。

――心配するな。横山さんなら、きっとうまくやってくれる。

琢磨はそう自分に言い聞かせた。だがその間も、時計の針は進んでいく。

琢磨の想像では、捜査官の一人が立ち上がるのを合図に周囲から人が集まり、足早に田丸に近づいて確保するというものだったが、そんな気配は全くない。

ほかのメンバーも集まってきた。

――一人、二人、三人……。確かに九人いる。

空港係員が配置に就いたからか、搭乗の列ができ始めた。メンバーはばらばらに並んでいる。一網打尽にするには、これほどの好機はない。

――何をやっているんだ。

さりげなく周囲を見回しても、横山の姿はない。

――何かの手違いか。いや、そんなはずはない。

じんわりと汗がにじんできた。

その時、これ見よがしに目の前を田丸が通り過ぎた。視線が一瞬、合う。

その目は「何をやっているんだ」と言っていた。

――どうする。

ここで琢磨がゲートをくぐらなければ、計画は中止になるかもしれない。だが琢磨一人ぐらいいなくても、田丸はハイジャックを実行するかもしれない。田丸が列に並んだということは、その意思を明確にしていることにほかならない。

――きっと横山さんたちには、より確実にメンバー全員を捕らえる手立てがあるのだ。それがどんなものかは想像もつかないが、凶器を持った者たちを飛行機に乗せてしまえば、乗客を人質に取られてしまうので、警察がそんなことを許すわけがない。

列に並んだ田丸が再び視線を向けてきた。

その時、搭乗開始のアナウンスが聞こえてきた。

「七時十分発、日本航空351便福岡行き、搭乗開始でございます」

――今だ！　今しかない。

列が動き始めた。まだメンバーは後方にいる。ところが何の動きもない。

列の途中にいる岡田金太郎が、不思議そうな顔で琢磨を見つめている。

ここで琢磨が乗らなくても、間違いなくハイジャックは実行される。そうすれば乗客を守る者はいなくなる。

琢磨がゆっくりと立ち上がった。それを見て田丸が視線を外す。すでに岡田も前方を見ている。

メンバーの一人が搭乗券を係員に渡しているのを横目で見ながら、琢磨は最後尾に並んだ。

その時、サングラスを掛けてダークブルーのスーツを着た女性が、ゆっくりと近づいてきた。

――桜井だ。

前夜、別れ際にあれほど「来るな」と言ったにもかかわらず、桜井はやってきた。

胸が締め付けられる。

琢磨の背後数メートルまで近づいてきた桜井は、小さな声で「さよなら」と呟いた。

――「さよなら」、か。

このまま自分は、本当に北朝鮮に行ってしまうのではないかという気がしてきた。

田丸も桜井の姿を認めたらしく、「そういうことか」という顔をしている。桜井を待っていたから、琢磨が列に並ばなかったと思い込んでいるのだ。

少しずつ列が動いていく。すでに九人の姿は見えない。

桜井の刺すような視線を背に感じていると、琢磨の順番が来た。

「搭乗券をお願いします」

琢磨が係員の女性に搭乗券を渡す。

――もう後戻りはできない。

最後の瞬間、琢磨が振り向くと、桜井もこちらを見ていた。

――さようなら。

琢磨は心中でそう呟くと、何かを振り払うように、ボーディング・ブリッジを小走りに渡った。


「さど号」は満席だった。

ボーイング727は、客室中央の通路を挟んで、左右に三人掛けのシートが並んでいる。

――優に百三十人は乗っているな。

事前に見せられていた機内の図面から、即座に頭数は計算できる。

――これだけの命が危険に晒されるのだ。横山さんは、いったいどういうつもりなんだ。

だが赤軍派が所持する武器は、モデルガンが二、模造刀が三、短刀やナイフが七といったところだ。短刀やナイフは本物なので、怪我人は出るかもしれないが、飛行機そのものが破壊されることはない。それだけが救いだった。

定刻より十一分遅れて「さど号」が羽田を離陸した。

琢磨が座るシートは右側に三列ある座席の通路側だ。席を立ちやすいよう、通路側の席を早めに取るよう指示されていたので、全員が左右どちらかの通路側に座っている。

左側の少し前を見ると、岡田金太郎が緊張の面持ちで前方を凝視している。

機体は高度を上げながら、房総半島上空で右に旋回し、相模湾に出たらしい。左の窓から差していた朝日が、右から差すようになった。

右の窓から横浜辺りの光景が広がっている。翼が傾く度に、丸い形の石油の備蓄基地が見えたり消えたりしている。

飛行機に初めて乗る琢磨は、胃の辺りが締め付けられるような感覚を味わっていた。それが悪寒《おかん》につながっていくのは間違いない。

——やるなら、さっさとやれ。

自然と投げやりな気分になっていく。座っているだけでも辛《つら》いのに、立ち上がったまま数時間を過ごすなど考えられない。だが始まってしまえば、乗客の安全を図ることだけに無我夢中になり、悪寒など感じる暇がなくなるかもしれない。

やがて乗客たちの会話が、そこかしこから聞こえてきた。初めて飛行機に乗る客も多いのか、離陸当初は緊張感が漂っていた機内も、次第になごやかな雰囲気に変わってきた。春休みの家族旅行なのか、子供の声も聞こえてくる。

やがて機体は相模湾の上空に達し、右手遠方に水田や宅地が見えてきた。

――あれは相模川だな。

相模川の河口が海に向けて大きく口を開けている。

「富士山が見えてきたら、それが合図だ」、と田丸は言っていた。

――だとすると、五分もしないうちにハイジャックが実行に移される。

その時、シートベルト装着の解除音が聞こえ、スチュワーデスが、おしぼりを配り始める。

「わあ、きれい」

突然、右手の窓際席から女性の声が聞こえた。

――富士山だ。

富士山は雪を衣のようにまとい、朝日に輝いていた。

5

前方の席に座っていた田丸が立ち上がる。遂にハイジャックが実行に移されるのだ。

メンバーが田丸に続いて立ち上がる。そのうちの数人がコックピットの方に向かう。衝立《ついたて》のような仕切りがあって見えないが、田丸は前方のギャレー（キッチン・ルーム）に入ったようだ。その横を大西と佐川がすり抜けていく。二人はコックピットを制圧する役割を課されている。

その時、岡田金太郎が立ち上がると、ゆっくりとこちらに向かってきた。

岡田が脇を通り抜けていくのを待ってから、琢磨もそれに続いた。

最後尾のトイレ近くには、スチュワーデスが一人いた。着替えらしきものを持っているので、飲み物を出すために後方のトイレで着替えようとしているらしい。

それを無視した岡田は最後尾まで行くと、丸窓から後方の荷物用タラップを確認している。

それに続こうとした琢磨とスチュワーデスの視線が合う。

スチュワーデスは、如才なさそうな笑みを浮かべて言った。

「お先にどうぞ」

「いえ、結構です」

「何かご用でも」

琢磨が「いや、別に」と答えると、スチュワーデスは軽く会釈してトイレに入った。

その頃になると、前方が騒がしくなってきた。

「中野さん」という声に振り向くと、岡田がいた。

「始まりましたね。うまくいくでしょうか」

その言葉には、わずかだが「うまくいかないでほしい」という願いが込められているような気がした。失敗すれば逮捕はされても、北朝鮮には行かないで済む。

――皆、まだ二十代なのだ。

いかに精神的に自立しているとはいえ、親元を離れて五年も経っていない連中が大半なのだ。誰も守ってくれない未知の国に行く不安は、メンバー全員が共有しているに違いない。

「あの、何かご用ですか」

着替え終わったスチュワーデスが、今度は岡田に問う。琢磨と岡田がトイレの前に突っ立っていることに不審を抱いたのだ。

前方の騒ぎが激しくなり、悲鳴のような声も聞こえてくる。

スチュワーデスはそちらにも気を取られつつ、いぶかしげな顔で琢磨と岡田を見ている。

「どっきりカメラじゃないか」

最後列に座るビジネスマンらしき乗客の声が聞こえた。最近、流行り始めたテレビのバラエティ番組の撮影だと思っているらしい。

それを聞いた友人らしき男が、「Oh！モーレツ」などと言って茶化している。

時代は昭和元禄を迎え、テレビによって、現実と架空の出来事の境目が判別しにくくなってきている。乗客たちには今、自分の身に起ころうとしていることが、テレビ番組のように思えているのかもしれない。

――これが現実だと気づくのは、もうすぐだ。

そうした者たちに鉄槌《てっつい》を振り下ろすことに、琢磨はある種の心地よさを感じていた。

――俺は何を考えているんだ。馬鹿野郎！

メンバーの一人として行動しているためか、どうしてもメンバー側の発想になってしまう。

「中野さん、いいですか。やりますよ」

岡田が、ビニール製の洗濯用ロープをナップザックの中から取り出した。

「すいません」と言いながら、岡田がスチュワーデスの手首を摑む。その動作は手慣れているように見える。

――こうしたところに、労働者だったという経歴が表れるのか。

琢磨は岡田の意外な一面を知った。

「えっ、あの、何をなさるのですか」

エプロン姿のスチュワーデスは、何が始まったのか理解できない。

琢磨が低い声で告げる。

「この飛行機はハイジャックされました。われわれの指示に従って下さい」

「何を言っているんですか」

「いいから」

岡田がスチュワーデスの腕にロープを巻き付ける。スチュワーデスは声を上げるでもなく、大人しく合掌手に縛られた。恐怖で体が動かないのだ。

やがて通路の途中にいた別のスチュワーデスが、こちらに向かってきたが、琢磨らに手を縛られている同僚を見て、啞然として立ち止まった。

「こっちに来て下さい」

一瞬、前方を振り返ったそのスチュワーデスは、逃げ場がないことを覚ったのか、素直に指示に従った。

さらに別のスチュワーデスが二人、前方のギャレーに連れていかれたのも見えたので、これで四人のスチュワーデスは、すべて抑えたことになる。

その場に彼女たちを座らせると、琢磨は優しく言った。

「申し訳ありませんが、ご協力お願いします」

その頃になると後方の乗客たちも異変に気づき、左右に座る人々と顔を見合わせている。

「あなたたちは何をしようとしているの」

年かさのスチュワーデスが、震える声で問うてきた。

その顔からは驚きや恐怖が去り、怒りが表れている。

「黙っていて下さい」

「こんなことをして、うまくいくとでも思っているのですか。今なら間に合います。やめなさい」

「うるさい。黙っていろ！」

琢磨は思わず声を荒らげた。

年かさのスチュワーデスが口を閉ざす。琢磨は長筒から模造刀を取り出した。

「あっ」と、若いスチュワーデスが小さな悲鳴を上げたので、後方の乗客が一斉にこちらを向く。客室内に言葉にならないどよめきが起こった。

「中野さん、落ち着こう」

岡田が笑みを浮かべる。おそらく琢磨は凄い形相をしているのだろう。

その時、前方で小競り合いが起こった。最前列の男性客が、模造刀を持つ学生の一人に襲い掛かったのだ。

たまらず駆け出そうとする琢磨の腕を岡田が摑む。

「行っては駄目です。持ち場を離れるなというのが命令です」

――仕方ない。

琢磨は前方を凝視し続けた。メンバーの怒号と女性客の悲鳴が交錯する。

田丸がギャレーから顔を出し、何事か指示した。

もみ合っている二人の背後から近づいた別のメンバーが、短刀の柄で幾度も男性客の首筋を殴りつけた。メンバーの中で最も荒っぽい中田だ。中田は坊主頭なので、最後方からでもすぐに分かる。

男性はたまらず首筋を押さえると、自分の座席に倒れ込んだ。その上に覆いかぶさるようにして、二人のメンバーが男性を縛り上げている。

「立つな。座っていろ！」

中田の怒声が、最後尾の琢磨たちまで届く。

――あいつにだけは気をつけなければ。

ほかのメンバーの腕力は琢磨よりも劣るはずだ。だが、明治大学の空手部に所属していたという中田だけは侮れない。

中田は背が高く、顔つきもやわではない。それが短刀を手にして通路を行ったり来たりするのだ。近づくだけで悲鳴を上げる女性客もいる。

「手を上に上げていろ！」

中田がそう喚いたらしい。エンジン音ではっきりと聞き取れなかったが、前方の客が一斉に両手を上げたので、それが分かった。

続いてメンバーたちは男性客を窓側に、女性と子供を通路側に移動させる作業を始めた。中田の行動が功を奏したのか、乗客たちは至って従順だった。

男性は後ろ手に、女性と子供は合掌手に縛り上げられていく。

「動かないで下さい！」

腰を浮かせ掛けた後方の客の一人を、岡田がたしなめる。

その時、機内アナウンスが流れてきた。時計を確かめると離陸から十九分、七時四十分になっていた。

「エー、こちらは機長です。今、赤軍派と称する人たちにより、この機は乗っ取られました」

そのうわずった声音から、コックピット内の動揺がよく分かる。

「皆様の安全のために、エー、抵抗しないように、エー、静かにそのままお願いします」

続いて田丸の声が聞こえた。モデルガンを手にした田丸は、ギャレー前の壁掛け電話からアナウンスをしている。

「われわれは赤軍派です。たった今、この飛行機を乗っ取りました。われわれの指示に従っていただければ、危害を加えるつもりはありません」

続いて身体検査が始まった。持ち物をチェックして警察や自衛隊関係者がいたら、全身を縛り上げて隔離しようというのだ。琢磨と岡田は、その見張り役も担わされている。

「皆さん――」

田丸が再び電話機を手にする。

「われわれは武器を所持しているだけでなく、液体爆弾を持っています。この溶液に水を入れると、大きな爆発が起こり――」

――そんな話は聞いていないぞ！

慌てて岡田を見ると、ポケットから何かを取り出した。

「中野さんに渡すのを忘れていました。直前になって、こいつを手に入れたんです」

ウルトラマンが変身する際に使うカプセルを一回り小さくしたようなものを、岡田が示す。

「こいつがあれば、この飛行機を爆破することができるのか」

「そう聞いていますが――」

「どうやって使う」

岡田が使い方を琢磨に教えるのを、スチュワーデスたちが息をのむようにして見ている。

「中野、岡田！」

その時、通路を中田が走ってきた。

「犬はいないようだ」

「分かりました！」

岡田が敬礼せんばかりに答える。

――警察は何をやっているんだ。

だが、それに憤っている場合ではない。琢磨は一人で乗客の安全を守っていかねばならないのだ。

赤軍派メンバーが爆発物を所持していることで、機内の緊張は一気に高まった。誰かが誤って爆弾を爆発させることもあり得る。

コックピット内の状況は分からないが、先ほどの放送を聞けば、制圧したのは間違いない。

その事実に、あらためて琢磨は慄然《りつぜん》とした。

6

その頃、コックピットでは、ぎりぎりのやりとりが続いていた。

田丸も中に入り、副操縦士との間で言い争いが続いていた。こうした場合、機長は操縦に専念するため、議論に加わらない。

赤軍派メンバーは航空機の操縦について無知に等しく、搭載しているレーダーを使えば平壌に着けると考えていたのだ。だが航空機のレーダーは、前方の雲や乱気流を検知するためのもので、地上の管制指示がなければ、正確なルートで飛ぶことはできない。

さど号が北朝鮮に向かうには、そのほかにも様々な問題があった。

まず問題は燃料だ。旅客機は天候不良などで目的地の空港に着陸できないことを想定し、代替空港を決めている。福岡便の代替空港は大阪なので、羽田—福岡—大阪間の燃料を積んでいることになる。

ただし、その他の問題で着陸を待たされることもあるため、巡航速度で四十五分ほど余計に飛べるだけの燃料を積んでいる。しかしそれだけの燃料で、平壌まで行くとなるとぎりぎりだ。つまり、どこかで給油が必要となる。

そんな中でも最大の問題は、北朝鮮が謎に包まれた国ということだ。たとえ平壌上空に到達できても空港の位置や悪天候時の代替空港の有無、航空無線の周波数すら分かっていない。むろん機内に朝鮮半島の航空地図などなく、それもどこかに着陸して手に入れなくてはならない。

機内後方の琢磨たちは知る由もないが、副操縦士から数々の問題を指摘された田丸ら幹部は、ギャレーの前で鳩首《きゅうしゅ》会談を行っている。

しばらくして何らかの結論が出たのか、田丸がアナウンス用の電話機を手にした。

「乗客の皆さん、われわれは共産主義者同盟赤軍派です」

田丸は得意の弁舌を振るい、西側諸国におけるプロレタリア人民に対する抑圧についてひとしきり語り、自分たちの運動を振り返ると、「われわれの闘争目的はぁ、万国プロレタリアート団結主義にありぃ、国境と国籍を捨てて、民族を超えた闘いをしていかねばなりません」と、語尾を引っ張る学生運動家独特の抑揚で説いた。そして「その運動の一環としてぇ、われわれはこの機を乗っ取りぃ、これから平壌に向かいます！」と、高らかに宣言した。

乗客の間からざわめきが起こる。

田丸は背後から現れた佐川に何か耳打ちされると、電話機を再び口に近づけ、「われわれは乗客の皆さんに危害を加えるつもりはありません。また急用の方もおられるでしょう。しかし、ご寛恕《かんじょ》いただければ幸いです。なお当機は燃料を補給すべく、いったん福岡に着陸します。その折も、落ち着いてわれわれの指示に従って下さい」と言って演説を締めくくった。

乗客の間では、様々な憶測が飛び交っていた。その話し声がエンジン音に交じって聞こえてくる。ちらちらと背後を振り返る者もいる。そのうちの何人かは、隙を見て力ずくで武器を奪おうとしているようだ。落ち着きのない目が、それを物語っている。

――ここで下手なことをされては大変だ。何とか乗客を落ち着かせなくては。

「岡田君、ここを頼む」

「どこに行くんですか」

背後から岡田の声が追い掛けてきたが、それを無視して琢磨は進んだ。

「持ち場に戻れ」

中央のギャレー付近にいた中田が、琢磨を制する。ここには広いスペースがあるので、中田のほかに青木、若山、柴本の三人もいる。

「田丸さんに提案がある」

「ここで言え。俺が伝えに行く」

「分かった。後方の乗客は事情がのみ込めておらず、何をしでかすか分からない。後ろ手に縛っているのを合掌手に変えよう」

「そいつは逆だろう」と言って、中田が首をかしげる。

「いや、われわれが友好的な姿勢を見せることで、乗客の気持ちも和らぐ」

しばし思案した後、中田は「持ち場に戻っていろ」と言って、田丸のいる前方に向かった。

それを見届けた琢磨は、「柴本君」と十六歳の柴本に語り掛けた。

柴本は真っ青な顔で唇を紫色にしている。

「君の液体爆弾をよこせ」

「なぜですか」

「君は持たない方がいい」

「おい」と言って青木が割って入る。

「何を言っている」

「柴本を見ろ。こんな奴に爆弾を持たせられるか」

それを見た青木も同じ思いを抱いたのか、「柴本、それを渡せ」と言って、無理やりカプセルを取り上げた。

「中野、後方を頼むぞ」

青木が親しげに言う。これまで青木と言葉を交わしたことはなかったが、同じハイジャッカーとして同志意識を持ち始めたに違いない。

――同じハイジャッカーか。

自嘲したい気持ちを抑え、琢磨が答える。

「分かっている。任せてくれ」

柴本の近くにいたのが、比較的冷静な青木でよかった。中田がいたら、柴本からカプセルを取り上げなかったかもしれない。

琢磨は、これからも知恵を絞って乗客の安全を守っていかねばならないと思った。

琢磨が戻ると、岡田がにやりとして言った。

「中田さんを前に行かせた隙に、柴本君からカプセルを取り上げたんですね」

「ああ、俺たちの命も懸かっているんだ。小僧に爆弾など持たせられるか」

「中野さんは、なかなか機転が利きますね」

岡田が感心したように言う。

しばらくすると中田が戻ってきて、「田丸さんは、縛り方を変えるのは少し待てと言っている」と告げてきた。

——致し方ない。

琢磨はそれに従うしかない。

さど号は午前八時十分に大阪、八時三十五分に岩国の上空を通過し、徐々に福岡板付《いたづけ》空港に近づいていった。

田丸が再びアナウンス用の電話機を取る。

「これから福岡の空港に着陸します。もしも皆さんがわれわれに抵抗すれば、ただちに爆弾を使います。また機動隊や警察が強硬策に出た場合も同じです。われわれは死を覚悟しています。皆さんが少しでも不穏な動きを見せれば、この飛行機は吹っ飛ぶことになります」

その口調には、多少の焦りが感じられた。田丸も緊張しているのだ。

琢磨はメンバーを見回した。

柴本から爆弾を取り上げたのはよかったが、前方の吉本はナイーブそうに見え、中ほどにいる若山は極度のプレッシャーを感じているのか、顔が強張っている。

逆に中田は当初より落ち着いてきており、危険は少ないように感じられる。

——若山は青木がいるので安心だが、問題は吉本か。

だが吉本の近くには田丸がおり、いざという時は、そのリーダーシップに頼るほかない。

やがて、さど号は福岡板付空港へと降下を始めた。

7

着陸の衝撃は思ったよりも大きかった。メンバーは立ったままだったので、転倒しそうになった者もいた。

管制塔の誘導に従い、さど号は一番北側のスポットに駐機した。窓の外には警察車両なども散見され、緊迫した空気が伝わってくる。

「ブラインドを下ろせ」という田丸の声が聞こえてきた。

前方の乗客たちが、手を縛られたままブラインドを閉め始める。これで外の様子は分からなくなった。

コックピットのドアは開け放たれているらしく、メンバーの怒号が聞こえてくる。それに副操縦士が反論している様子で、状況は緊迫の度を深めていた。

午前九時頃、後方で大きな物音がした。最後尾のブラインドを上げると、給油車両が横付けされていた。

――俺たちを北朝鮮に飛ばすつもりか。

琢磨には、警察の意図が全く読めない。

「給油が始まるようですね。これで北朝鮮に行けます」

岡田が笑みを浮かべる。だがその瞳は決して笑っていない。

――こいつは何を考えているんだ。

メンバーの誰もが北朝鮮に行きたいと思う半面、殺される、ないしは帰ってこられなくなるのではないかという不安を抱いている。だが岡田だけは開き直っているのか、度胸が据わっているのか、動揺がほとんどない。

続いて給油作業が始まった。だが時間稼ぎをしているのか、いつまで経っても終わらない。

時折、前方から怒号が聞こえる。田丸たちも遅延工作を疑っているに違いない。

午前十一時頃、具合の悪くなった乗客が出た。スチュワーデスが介抱させてほしいというので、琢磨は独断でそれを許した。それを見た前方でも、同様にスチュワーデスのロープが解かれた。スチュワーデスたちは、それぞれ問題を抱える乗客の許に駆けつけた。

しばらくすると、子供の泣き声がそこかしこから聞こえてきた。飽きてきたのだ。スチュワーデスは、おもちゃの載ったトレーを持って子供に渡していく。

コックピットでは協議が続いているらしい。

午前十一時半頃、田丸が「女性と子供は降ろします。健康状態の悪い人も降ろします」とアナウンスした。

機内に安堵のため息が広がる。だが、そこからがまた長かった。たまに中田がやってきて「もうすぐだ」などと告げるが、中田にも詳しい状況は分からないようだ。

田丸たちと外部の話し合いは続いていたが、その内容までは伝わってこない。

乗客の中からは、「早くしてくれ」という声が上がり始めた。

午後一時を回った頃、突然、さど号が動き出した。

乗客から不安の声が上がる。このまま飛び立ってしまうと思っているのだ。

「これから女性と子供を降ろします。そのため、この機を指定された場所に移動します」

田丸がそうアナウンスすると、乗客は再び落ち着きを取り戻した。

午後一時半過ぎ、タラップが機体前方の搭乗口に付けられた。

スチュワーデスの一人がそちらに向かう。残るスチュワーデスは田丸の指示で、女性と子供を通路に並ばせている。

その時、ドアの前にいた中田が模造刀を抜いた。乗客から悲鳴が上がる。

次の瞬間、ドアが開くと、まず中田が外に出て何事か喚いた。

それに続いて田丸たちに背を押されるようにして、女性と子供が外に出ていく。父親が機内に残っているのか、泣きながら何度も後ろを振り向く子供がいる。

スチュワーデスたちも、その後に続いた。

中田が機内に戻り、再びドアは閉められた。だが女性と子供が解放されたことで、客室内には安堵の空気が漂っていた。

その後、再びコックピットでのやりとりが続き、午後二時前、さど号は再び動き出した。

停止位置を変えるだけかと思ったが、さど号は滑走を始めた。

――どういうことだ。まさか本当に北朝鮮に行かせるのか！

琢磨は警察に対する怒りで沸騰していた。

「いよいよ、飛び立ちますね」

岡田は他人事のように言うと、おしぼりを差し出した。

「すごい汗ですよ」

「そうか。ありがとう」

感情の動きを岡田に気取られないよう注意していたが、汗ばかりはどうにもならない。

「中野さん、結局、警察は何もできませんでしたね」

「ああ、奴らは無能だからな」

「確かに」と言って冷めた目で琢磨を一瞥すると、岡田は言った。

「これで、さらば日本——、となるんですかね」

琢磨の脳裏に突然、桜井の面影が映し出された。

——この世でたった一人の俺の女だ。

しかし、このまま北朝鮮に飛び立てば、いつ帰れるかは分からない。

桜井が、ほかの男のものになるのだ。

焦りが込み上げてくる。忘れていた悪寒が再びよみがえる。

さど号は徐々に加速し、遂に離陸した。結局、福岡板付空港で五時間余も費やしたことになる。

乗客は勝手にブラインドを引き上げたが、田丸たちが、それをとがめることもない。

上空に達したさど号からは、工場の煤煙《ばいえん》でくすんだ北九州の町が一望できた。

――こんなずさんな計画でも成功するのか。

琢磨は笑い出したい心境だった。

やがて、さど号は針路を北に取ったようだ。瞬く間に陸地が見えなくなる。

乗客の間には、「どうとでもなれ」といった空気が漂っており、眼下に向かって手を振り、淀川長治をまねて「さいなら、さいなら、さいなら」などと言う者もいる。

空は快晴で雲一つない。機体は水平飛行に移り、シートベルト装着の解除音が鳴った。

田丸の指示で、ようやく乗客の縛り方が後ろ手から合掌手に変えられていく。

前方の田丸が近くにいるメンバーに何事かを指示すると、小さな箱とお茶が配られ始めた。サンドイッチのようだ。

箱を受け取った乗客は、縛られたままの手で不自由そうにサンドイッチを頬張っている。

それを見ていると、琢磨も空腹を感じてきた。

やがて琢磨と岡田にも同じものが配られ、鳴り始めた腹を落ち着かせることができた。

岡田は「やれやれ」といった顔で、もぐもぐと口を動かしている。その様子は少年のようで、とても二十歳には見えない。

――だが、油断するわけにはいかない。

噂によると、岡田は中学を卒業後、大阪の共産党系政治団体の許に出入りし、下働きをしていたらしい。つまり筋金入りのコミュニストなのだ。

ある意味、ロマンチストの田丸、インテリすぎる大西、粗暴な中田よりも、気をつけねばならない相手かもしれない。

——もしかすると、田丸は俺を監視させるために岡田と組ませたのか。

そんな疑念も抱いたが、琢磨の正体が疑われているなら、白崎に指名されるわけがない。だいいち白崎が、「中野には気をつけろ」などと田丸に耳打ちしていたら、田丸がメンバーに選ぶはずがない。

「どうしましたか」

サンドイッチを頬張ったまま、岡田が首をかしげる。

「いや、君がそれを食べる様子が可笑しくてね」

「子供っぽいですか」

「そうだな。気を悪くしないでくれ」

「分かっていますよ。僕は背も低く童顔なので、中学生に間違われることもあります」

岡田が人懐っこい笑みを浮かべる。

——こいつは擬態する昆虫と同じだ。

おそらくこれまでの人生で、岡田は子供っぽさを隠れ蓑《みの》にすることで他人から信用され、可愛がられてきたのだ。

「ここまで来たら肚を決めるしかないですね」

「そういうことだ」

さど号は朝鮮半島の東海岸沖合上空を北上しているらしい。左手遠方に海岸線が見える。だが緑溢れる日本と違い、砂漠のような無味乾燥な風景が続いている。

——朝鮮半島には森林がないのか。

内陸部の高地には、森林があるのかもしれないが、沿岸部は全くと言っていいほど不毛の地に見える。

やがて、さど号は西に旋回した。海が全く見えなくなり、韓国領空を非武装地帯沿いに西に飛行しているらしい。

その時、目の端で何かが光った。乗客の間から、どよめきが起こる。

——北朝鮮の戦闘機か。

迷彩色が施されているだけで、何のマークもない戦闘機が、さど号の右翼をかすめて飛び去っていった。謎の旅客機が領空内に入ってきたので、スクランブルを掛けたに違いない。

しばらく並行に飛んでいた戦闘機は、合図を送るかのように翼を翻し、視野から消えていった。

続いて、さど号が降下を始める。戦闘機から何らかの指示があったに違いない。

――まさか、本当に平壌に降りるのか。

琢磨は、緊張で胸が締め付けられそうだった。

8

午後三時十八分、さど号は再び着陸した。福岡からは一時間二十分の飛行だった。

前方では、田丸たちが肩を叩き合って喜んでいる。「やったな」「やったぞ」という声も聞こえてくる。中央にいる青木らも、武器を掲げてそれに応える。柴本は緊張が解けたのだろう。その場に座り込んでしまった。

前方と中央の面々が、後方を守る琢磨と岡田に手を振ってきたので、二人もそれに笑顔で応えた。

田丸がアナウンスを始めた。

「皆様のご協力もあり、無事に平壌に着きました。皆さんは、こちらにいったんとどめ置かれることになりますが、すぐに日本に送還されることと思います。ありがとうございました。

これはせめてもの感謝の気持ちですが、ご清聴いただければ幸いです」

そう言うと田丸は、浪曲のようなものを吟じ始めた。

鞭声粛々《べんせいしゆくしゆく》　夜河を過《わた》る
暁に見る千兵　大牙《たいが》を擁するを
遺恨《いこん》なり十年　一剣を磨き
流星光底《こうてい》　長蛇《ちようだ》を逸《いつ》す

田丸は左翼というより右翼的なメンタリティの持ち主で、憂国の情から学生運動に身を投じたと白崎から聞いたことがある。とにかく情熱家で、ある演説では、「俺たちは『あしたのジョー』だ。何度倒されようと起き上がる」と自分たちを流行の漫画になぞらえていた。

吟じ終えた田丸が深々と一礼すると、万雷の拍手が起こった。皆、手首を縛られているので不自由そうだが、それでも、この事件が終幕に近づいてきたという安堵感から、拍手の一つもしたくなったのだろう。

「僕、この詩を知っていますよ」

岡田が唐突に言う。

「これは頼山陽《らいさんよう》の『川中島』という漢詩です。川中島合戦の折の上杉謙信の気持ちを、江戸時代の末に頼山陽が想像して書いたものなんです」

岡田によると、「馬鞭《ばべん》の音も立てないように夜、川を渡った。夜明けとなり、武田軍は大旗はためく上杉軍の姿を見た。ここ十年、遺恨から剣を磨き、信玄の首を取ることを念じてきたが、流星のように打ち下ろされた剣は、わずかのところでかわされ、信玄を逃してしまった」という意味だという。

「田丸さんは新潟県の出身なので、上杉謙信が好きなんでしょうね」

「そういえばそうだな」

歴史に疎い琢磨には、川中島も上杉謙信も教科書で習ったぐらいで、さしたる知識はない。

「でも、おかしいですね。これは、宿願《しゅくがん》を遂げられなかった無念の歌なんですよ」

田丸が、それを意識していたかどうかは分からない。だが「無念の歌」が、自分たちの将来を暗示しているような気がしてならない。

田丸に指示されたメンバーが、乗客を縛っていたロープを解きに掛かる。また別のメンバーは、武器や爆弾を仕舞うなどして降りる支度を始めた。

——最悪の事態は避けられた、というわけか。

これでさど号が爆破され、全員が死亡するという事態だけは回避されそうだ。それだけでも琢磨は、全身の力が抜けるほどほっとした。

すでに岡田は、乗客一人ひとりに頭を下げながらロープを解き始めている。琢磨もそれを手伝おうとしたが、前方で田丸の指示を聞いていた中田が、足早にやってきた。

「おい、念のためわれわれの半数が先に出て、半数は乗客を降ろした後に出る。お前らは後発組なので、乗務員と一緒に降りることになる。だから、まだそこにいろ」

「分かりました」と、琢磨は答えるしかない。

——いよいよ北朝鮮か。

もしもこの地で日本の警察官だとばれたら、ひどい拷問の末、処刑されるに違いない。それを思うと、背筋が凍り付くような緊張が走る。

「中野さん」

琢磨の不安をよそに、岡田がのんきな調子で問うてきた。

「田丸さんの思惑通りに事が運ぶと思いますか」

「そんなことは俺にだって分からない」

田丸たちは秋には帰国するつもりでいるが、北朝鮮政府がこちらの要望に唯々諾々《いいだくだく》と応え、軍事訓練を施してくれた後、あっさりと日本に帰してくれるとは思えない。

——だが、もう着いてしまったからには仕方がない。このまま俺は、中野健作として生きていくしかないんだ。

そう自分に言い聞かせた琢磨は、空席となった最後尾の窓から何気なく外をのぞいた。

そこからは、どこの空港でも見られるような無味乾燥とした灰色の建物や様々な車両が見えた。

その時、空港の端に整然と駐車された一台の給油車に、琢磨の目は吸い寄せられた。

左右の車両に挟まれていて上部しか見えないが、その給油車のタンクの横には、黄色い貝のようなマークが描かれている。

それを凝視していた琢磨は、次の瞬間、愕然とした。

——あれはシェル石油のマークじゃないのか。なぜ、そんな車が平壌にあるんだ。

琢磨の頭は混乱した。

——ソ連経由か何かで、西側で使われていた給油車が入ってきていたとしても、西側のものを忌み嫌う北朝鮮政府なら、そんなマークはすぐに消しているはずだ。

琢磨の胸が早鐘を打つ。

その時、前方のドアが開かれたようだ。同時に、機外から声が聞こえてきた。

「セキクンハのトウシ《赤軍派同志》諸君、ようこそピョンヤン《平壌》へ来られました。われわれは心からカン《歓》ケイ《迎》します」

——どういうことだ！

すでに田丸は搭乗扉から半身を出し、外にいる人間と言葉を交わしている。

琢磨は最後列の窓際から、ほかに見えるものを探した。

すると建物の陰から、わずかに航空機の尾翼が見えた。そこには「ＮＷ」と描かれている。

——ＮＷとは何だ。

琢磨が記憶を探る。

——ノース・ウエストか。

琢磨は、航空雑誌で見覚えのあるエアライン会社のマークを思い出した。

——ノース・ウエスト航空は米国の会社だ。

その時、琢磨にも何が起ころうとしているのか分かってきた。

日本政府か韓国政府か分からないが、韓国のどこかの空港を偽装し、ハイジャック犯たちに平壌と勘違いさせ、降りたところを逮捕しようというのだ。

——これが横山さんや公安の狙いなのか。

だが、それにしては大掛かりすぎる。羽田で一斉検挙した方が、はるかに簡単なはずだ。

疑問が次々とわいてくる。だが今は、それを考えている時間はない。

——このことを黙っていればどうなる。

メンバーは飛行機を降りたとたん、韓国軍に囲まれるに違いない。近くには乗客がいるはずなので、彼らは乗客を盾にしてさど号に戻ろうとするだろう。そうなれば韓国軍は発砲し、乗客の身に危険が及ぶ。

田丸は念には念を入れ、琢磨ら五人を最後尾に回し、乗務員の後ろについて降りるよう指示していた。途中で偽装工作が発覚すれば、機内に残った者が乗務員を巻き込んで爆死することも考えられる。

しかも田丸や大西は先発組だ。冷静な青木も呼ばれた。後発組は中田、吉本、柴本に、琢磨と岡田だ。田丸たちが拘束された場合、指揮を執るのは中田となる。

――あんな奴をリーダーにさせられるか。

時は刻一刻と過ぎていく。田丸がタラップを降り始めれば、もはや引き返せない。

これが日本政府の策なら、信頼して身を委ねることもできる。だが、ここは韓国なのだ。指揮を執るのは韓国政府にほかならない。日本に対して憎悪の念を抱く韓国政府の策だとしたら、乗客や乗務員の安全よりも国家としての体裁を優先させるだろう。

機外からは雑音だらけのスピーカーを通して、民俗音楽のような奇妙な旋律が流れてきた。北朝鮮の民謡か何かなのだろう。それも不自然な演出に思える。

前方に視線を戻すと、田丸の姿が見えなくなっていた。少し開けたドアの隙間から外に出たようだ。田丸に代わってドア際に立った大西が、心配そうに外の様子をうかがっている。

琢磨の脳裏に凄惨な光景が浮かんだ。だが琢磨の思い込みから、無用の混乱を引き起こしてしまうことも避けねばならない。

「どうしましたか」

乗客のロープを外し終わった岡田が、不審そうな顔で問うてきた。

「岡田君は、ラジオを持ってきているな」

「ええ、田丸さんから指示されて持ってきましたよ」と答えつつ、岡田がナップザックからラジオを取り出した。

「つけてみろ」

岡田が周波数を合わせる。

そこから流れてきたのは、ジャズの軽快なリズムだった。

——やはり、そうだったか。

「あれっ、ここは北朝鮮のはずなのに。なんでジャズが聞こえてくるんですか」

岡田が首をかしげる。

「俺たちは騙されたんだ」

ラジオを摑むと、琢磨は前方に向かって走り出した。

9

「田丸さん、行ってはいけない！」

琢磨の声が届いたのか、タラップを降り掛けていた田丸が、身を翻すように機内に戻ってきた。

「どうした」

「これを聞いてくれ」

ラジオから流れてくる音楽に耳を傾けた田丸の形相が変わる。大西も怒りに唇を震わせる。

「これはアメリカの音楽じゃないか」

曲が終わり、ＤＪが軽快な英語でしゃべり始めた。どうやら在韓米軍向けの放送らしい。

「やはりそうか。米軍のジープらしきものが走り去っていくのが見えたんだ」

どうやら田丸も、何らかの違和感を抱いていたらしい。

ドアの隙間から、花束を持ったチマ・チョゴリ姿の女性が五人ほど立っているのが見えた。

「歓迎《カンゲイ》」と書かれた横断幕を持つ男性もいる。

田丸がタラップの下にいる男に問う。

「ここはどこだ」

「朝鮮民主主義人民共和国です」

「平壌空港か」

「はい。そうです」

「では、この国では五カ年計画が進んでいるはずだが、今年で何年目だ」

それに即答できず、地上にいる男たちは何事か話し合っているようだ。

――ここに迎えに出てくるような政府関係者が、五カ年計画を知らないはずがない。

琢磨は内心、ため息をついた。

下から答えがないことで、田丸が声を荒らげた。

「ここが平壌なら、金日成《キムイルソン》主席の写真を持ってこい！」

金日成とは、言わずと知れた北朝鮮の最高指導者のことだ。ここが平壌なら、いたるところに金日成の写真が飾られているはずで、持ってくることは容易なはずだ。逆に韓国では、その写真を保有すること自体が固く禁じられており、すぐに探し出せるものではない。

「どうだ。持ってこれないのか！」

「しばらくお待ち下さい。今、大使が来ます」

「大使だと」

この一言が決定的だった。さすがに田丸たちでも、国交のない国に大使がいないことぐらいは知っている。

「われわれは騙された！」

中田にドアを閉めさせると、田丸と大西がコックピットに向かった。

すぐに田丸の怒号が聞こえてきた。「俺たちが知るか！」と乗務員が怒鳴り返している。

機内はざわつき、先ほどまでのリラックスしたムードとはほど遠い、緊迫した空気が漂い始めた。

その時、「うおー」という声と共に中田が怒りをあらわにし、乗客に向けて模造刀を振り上げた。機内にどよめきが起こる。

それを見た幾人かの乗客が立ち上がった。すでにロープは解かれており、乗客は自由に動ける。

「貴様らは座っていろ！」

中田が凄まじい形相で叫ぶ。その顔には焦りの色が浮かんでいる。

前方から客室の中ほどにあるスペースまで急いで戻った琢磨は、冷静な口調で語り掛けた。

「中田さん、刀を下ろそう」

琢磨が中田の肩を押さえようとすると、「うるさい！」と振り払われた。その拍子に琢磨は乗客の上に倒れ掛かった。

「座っていろ!」

中田が立ち上がった乗客に刀を振り上げる。

後方から駆けつけた岡田も、何事か言いながら中田をなだめようとしている。

「青木さん、中田さんを!」

琢磨の声でわれに返った青木が、中田を羽交い絞めにした。

ところが突然、柴本が三人の間をくぐり抜けると、短刀を掲げて後方に向かった。中田に代わって、立ち上がった乗客を押さえようというのだ。

「岡田!」

「よせ!」と叫び、岡田は柴本が振り上げた右手首を背後から摑む。そのまま二人は、もみ合いになって転倒した。

琢磨の視界から二人の姿が消え、「よせ!」「放せ!」という声だけが聞こえる。

——まずは中田だ。

青木と中田の格闘に、琢磨が参戦する。

すでに半数近くの乗客が立ち上がり、機内は大混乱に陥っていた。

通路後方を見やると、転倒した柴本と岡田を乗客が押さえに掛かっている。

——まずい！

その時、騒ぎを聞きつけた田丸たちがコックピットから飛び出してきた。

「何をやっているんだ！」

田丸はそう喚くや、液体爆弾を掲げた。

「騒げば、これを爆発させる！」

その一言で、そこにいる者すべての動きが止まった。

「席に戻れ！」

田丸の怒号に驚いた乗客たちは、岡田と柴本から手を放して座席に戻った。

「この馬鹿野郎！」

メンバーをかき分けて後方まで行った田丸が、柴本の胸倉を摑む。

「俺の指示があるまで勝手に動くなと言っただろう」

柴本が悄然《しょうぜん》と頭を垂れる。

「お前らもだ！　俺の命令が聞けない者は、たとえ空の上だろうが機から放り出す」

田丸が琢磨たちに怒声を浴びせる。

「持ち場に戻れ！」

その言葉に従い、琢磨と岡田は最後方に走った。

田丸がアナウンス用の電話機を手に取る。

「皆さん――」

「われわれは騙されました。日本政府と韓国政府の罠にはまり掛けたのです。これほど卑劣な行為はありません。こうなれば、この場所に一週間、いや一カ月とどめ置かれようとも、北に行く覚悟です。皆さんは、われわれの指示に従っていただきます。従えない方には、容赦なく制裁を加えます。われわれの断固たる決意を、ここに表明しておきます」

ちらりと窓の外を見ると、韓国兵らしき人影が次々と配置に就く様子が見えた。

――何と愚かなんだ。

いかに時間がなかったとはいえ、あまりにずさんな偽装計画だ。琢磨は日韓両政府のやり方に憤りを覚えていた。

だが事件は、国家レベルの問題になったのだ。主導権を握った韓国政府が、独断で行ったとも考えられる。

――もはや事件は日本政府の手を離れている。乗客を守れるのは俺しかいない。

琢磨は責任の重さに押しつぶされそうになった。

――ということは、このハイジャックを成功させねばならないのか。

たとえ乗客もろとも北朝鮮に行くことになろうが、この空港にいる者たちに強硬策を取らせないことが第一なのだ。

その時、大音量のアナウンスがコックピットの開け放たれた窓から入ってきた。

それは片言の日本語で、この事件の解決が韓国政府に委ねられたことを伝えるものだった。

「ハイジャック犯に告ぐ。お前たちが降りたのは大韓民国の金浦《キンポ》空港だ。平壌と思ったのはお前たちの勝手だ。罪のない人たちを不当に監禁するのをやめて、早く降りてきなさい。お前たちが言うことを聞かないなら、われわれは、どのような手段でも使うつもりだ」

その口調から感じられるのは怒りや苛立ちだけで、ハイジャック犯たちをなだめすかして事件を解決に導こうなどという意図は微塵《みじん》もない。

――韓国政府のメンツもある。強硬策を取ってくるかもしれない。

韓国政府としては、日本政府に何を言われようと、北朝鮮にさど号を飛ばしたくないのだ。

――つまり突入作戦も辞さないということか。

琢磨は戦慄《せんりつ》した。

だが、そのまま事態はいっこうに進展しなかった。漏れ聞こえてきたところによると、韓国政府は乗客さえ解放すれば北朝鮮に飛ぶことを黙認すると言っているらしい。だが乗客を解放してしまえば、乗務員が残っていても強硬策を取られる可能性が高い。

特殊部隊が機内に突入すれば、琢磨たちは間違いなく銃撃される。乗務員を人質に取ったところで、乗務員もろとも射殺されるだろう。

武器を捨てて降伏したところで同じことだ。機内の様子はマスコミに知られないので、後に行われる記者会見で、「抵抗してきたので撃った」とでも言えば済むはずだ。

韓国の立場からすれば、さど号は不法侵入してきた国籍不明機であり、法律的には乗客・乗員共に不法侵入者となる。すなわち、すべての主導権は韓国政府にあり、韓国政府の判断によっていかように処理されても、日本政府は文句の一つも言えないことになる。

エンジンが止まったことでエアコンが利かなくなり、機内は蒸し風呂のようになってきた。パイロットたちも平壌だと思い込み、着陸後にエンジンを切ってしまったからだ。しかもトイレからは、悪臭が漂うようになっていた。汚水貯留槽がいっぱいになったのだ。

電源車とエンジン・スターターを要求する田丸の声が、最後方まで聞こえてくる。

ボーイング727型機のような大型機の場合、スターターがないとエンジンを再始動できない。それをパイロットから教えられたらしく、田丸は焦っているのだ。

結局、我慢比べのようになり、さど号は翌四月一日も、金浦空港を飛び立てなかった。

四月二日になったばかりの深夜二時、中田が後方まで来て、「田丸さんが午前六時までに飛ばさないと、この機を爆破すると言っている」と告げてきた。

「本気か」

「俺の知ったことか」

中田は眉をひそめると戻っていった。

その顔には疲労の色が漂い、捨て鉢になっていることは明らかだった。

——田丸さんも同じだ。

琢磨は岡田に「ここを任せるぞ」と言うと、前方に向かった。

田丸はギャレーで物思いに沈んでいた。

「田丸さん、中田さんから明朝、この機を爆破すると聞いた」

田丸は何も答えない。

「それは本気か」

「うるさい！」

田丸が琢磨の襟首を摑む。田丸の体臭が鼻をつく。

「お前は黙っていろ。すべては俺が決める」

「田丸さん、俺たちはあんたをリーダーに仰いでいるが、本来は同志だ。勝手なことは許さない」

「何だと。言うことを聞かないなら殺すぞ」

思っていた以上に、田丸は精神的に追い詰められていた。

「田丸さん、俺たちが死んだら学生運動もおしまいだ。俺たちは、倒れても倒れても起き上がる『あしたのジョー』じゃなかったのか」

「お前は黙っていろ！」

その時、背後で「おい」という大西の声がした。

「田丸、中野の言うことにも一理あるぞ」

「お前まで何だ！」

「あんたにこいつを殺す権利はない。われわれは同志なんだぞ」

田丸が唇を噛む。そのこめかみには、じんわりと汗がにじんでいる。

「みんなも心配なんだ。爆破するなんて脅しだと言ってやれ」

唇を震わせた後、小さな声で田丸が言った。

「ああ、そうさ。脅しだ」

「聞いたろう。あれは脅しだ。心配するな」

「は、はい」

「よし、これでいいな」

琢磨の肩を荒々しく摑むと、大西は琢磨の体をギャレーから引っ張り出した。

その時、大西が琢磨に耳打ちした。

「こっちのことは心配するな。田丸のことは俺に任せてくれ」

「分かりました」

冷静沈着な大西がいてくれてよかったと、琢磨はつくづく思った。

午前六時になっても、何も変化はなかった。だが、メンバーも乗客も疲労の極に達しており、何が起きてもおかしくない。

やがて、交代で仮眠を取るようにという指示があった。

岡田が「僕は、まだ大丈夫です」と言うので、琢磨が先に仮眠を取ることにした。だが座ったところで眠れるものではない。

それでも目をつぶっていると、夢とうつつの間をさまよっているのか、様々な思いが頭の中を駆けめぐった。

繰り返し、桜井の面影が脳裏に明滅する。暗がりの中、琢磨の腕の中で悶えていたしなやかな肢体《したい》が、幾度もフラッシュバックしてくるのだ。

――もう二度と会えないのか。

琢磨は運命に搦《から》め捕られるようにして、桜井と出会い、そして別れを迎えた。

――あの体が、ほかの男のものになるのか。

それを思うと、居たたまれなくなる。

——どこにも行きたくない。このまま日本に帰りたい。

嫉妬を通り越した恐怖に近い感情が、琢磨の胸中を占める。

思わず琢磨は嗚咽を漏らしそうになった。

その時、「殺せ。殺すならさっさと殺せ！」という叫び声が聞こえた。

反射的に立ち上がると、中ほどにいた乗客の一人が、柴本の胸倉を摑んでいる。

——いかん！

琢磨が駆けつけるより少し早く、前方から中田が走ってくると、「静かにしろ！」と叫び、乗客の頭を短刀の柄で殴りつけた。たちまちどよめきが起こり、機内が混乱に陥る。怒号を発して中田を制止しようとする乗客もいる。

激高した中田が再び短刀を振り上げる。頭を押さえて座席に倒れ込んだ乗客を、再び打とうというのだ。

「よせ！」

琢磨が中田の右手首を摑む。

「放せ！」と言って中田は抵抗するが、琢磨は柔道技を使って中田の動きを封じた。

「この野郎！」

「いいから、そいつを下ろせ」

「お前はどっちの味方だ」

「どっちの味方、だと――」

琢磨が言葉に詰まる。

「お前は、ポリ公にでもなったつもりでいるのか！」

中田が琢磨の方に向き直る。

「いつも俺たちを監視しているような目つきをしやがって。お前らは何様のつもりだ」

中田が憎悪の籠もった眼差しを向けてくる。それは同志ではなく、敵に向けられたものだった。

「何をやっているんだ！」

ようやく田丸が来てその場を収めたが、中田はその間、ずっと琢磨に視線を据えていた。

皆、長時間にわたる緊張状態に置かれているため、神経が鋭敏になっている。中田が琢磨に対して不信感を抱いているのは、琢磨の態度がハイジャックの成功よりも、乗客の安全を第一に考えているように見えたからに違いない。

――きっと俺の目の動きだ。

琢磨は、無意識のうちに警察官特有の目をしていたのかもしれない。中田は直感的に、ほかのメンバーとは違うものを感じたのだ。

——だが、さっき中田は「お前ら」と言ったな。

つまり岡田も、琢磨と同じような目をしていたことになる。

——俺たちが後方にいるから、全体を監視しているように感じたのか。

琢磨は目つきにだけは気をつけようと思った。

この一件から分かったのは、忍耐が限界に近づきつつあるのはメンバーだけではないということだ。乗客も苛立ってきており、不測の事態を招きかねない。

客室全体を見渡しながら、田丸が大声で告げる。

「現在、われわれは日韓両政府と交渉中です。それは間もなく終わります。それまで辛抱して下さい。騒ぎを起こせば、また縛ります。どうかご静粛に！」

琢磨が後方の配置に戻ると、岡田が心配そうな顔で近づいてきた。

「大丈夫ですか」

「ああ、問題ない」

「中田さんと中野さんは、そりが合わないようですね」

「どうやら、そのようだな」

「もしかしたら中田さんは、中野さんの中に自分を見ているのでは」

「どういうことだ」

岡田がにやりとする。

「危険な相手だと分かるのですよ」

琢磨は何も答えなかったが、確かに中田は、琢磨の中に武道家の匂いをかぎ取っているのかもしれない。琢磨が柔道経験者であることは、白崎を通じて田丸や中田にも伝わっているはずだが、それだけではない何かを感じているのかもしれない。

琢磨は、これまで以上に自分の言動に気をつけなければならないと思った。

10

苛立ちの中で四月二日が過ぎていった。食事や飲み物はコックピットの窓から搬入され、電源車によって機内の温度も調整できるようになった。最大の問題だった汚水貯留槽から漏れる悪臭も、機外に取り付けられたポンプから汚水が排出されて解決した。

機内の状況は改善されたが、長時間にわたって拘束されたままの乗客のストレスは極限に達しているはずだ。

田丸は乗客を数人ずつ立たせると、伸びをさせたり、簡単な体操をさせたりした。それだけで随分と気分転換になり、リラックスできるからだ。

それでも持久戦に入ったことで、この状態が長引けば、体調不良を訴える乗客も出てくるに違いない。それが深刻なもので、万が一死亡者が出れば、メンバーたちは殺人罪に問われることになり、逮捕された時の罪は格段に重くなる。

重苦しい時間がじりじりと過ぎていく。琢磨も限界に達したのか、頭がぼんやりしてきた。脳が緊張から解放されたいという叫び声を上げているのだ。

乗客たちを見回すと、寝ている者はずっと寝ており、目を覚ましている者は虚ろな表情でぼんやりしているように見える。彼らもストレスから変調を来しているのだ。

この状態で韓国軍に突入されたら、退避姿勢の一つも取れず、流れ弾に当たる乗客が出てくるかもしれない。

琢磨は高齢者だけでも解放すべきだと思ったが、それを提案すれば、また中田に疑われる。

田丸や大西も苛立ちを隠さず、政府や日航を口汚く罵るようになった。コックピットの中で、乗務員とやり合う回数も増えてきた。

――こんな状況で飛行機を飛ばせるのか。

数日間、睡眠を取っていないパイロットたちの気力や体力も限界に達しているに違いなく、北朝鮮まで飛ぶとなったらなったで、別の危険が出てくる。

琢磨はぼんやりする頭を叱咤しつつ、何か異変があった際にも迅速に対応できるよう、懸命に搭乗扉の方を見ていた。

三日午前、ドアのない副操縦士側の窓横にタラップが付けられ、交渉が活発化してきた。十時半頃には大筋で合意されたらしく、田丸らの顔にも安堵の色が浮かぶようになった。むろん琢磨には詳細が伝えられないので、どう折り合いをつけたのか分からないが、事態が動き出したのは間違いない。

――だが日本の公安が、この機を北朝鮮に飛ばすとは思えない。

日本の公安警察の周到さと厳しさを、琢磨は身をもって知っている。だがここまでは、あらゆることが後手に回っている。

――どうしてなんだ。

疲労した頭で考えても、何も思い浮かばない。

――日本政府が韓国政府を抑えられるのか。

それは到底、無理な話のように思える。戦後、外交交渉において平身低頭することしか知らない日本政府に対し、韓国政府は居丈高に振る舞うようになってきており、いくら金を積もうが言うことを聞くとは思えない。北朝鮮が絡むことは金で解決できないのだ。

その時、「おい、お前ら」と言いつつ、中田がやってきた。

「これからの段取りを伝える」

中田が小声になる。

「乗客を解放することになった」

「それはまた、どうしてですか」

寝ていた岡田が目をこすりながら問う。

「とにかく聞け」と言って、中田が段取りを話し始めた。

まず乗客を前後の席で半分ずつに分け、前半分が降りたところで身代わりの日本人政務次官が入り、その後、後ろ半分を降ろすという。

しばらくして前半分の乗客が立たされると、通路に並ばされた。

――いよいよ解放か。

ドアが開けば何があるか分からない。韓国政府は、日本人ハイジャック犯の命など毛ほどにも思っていないに違いなく、強硬策も辞さないはずだ。

その時、一人の乗客が鞄の中から書類ファイルを取り出し、シャツの中に入れてベルトで締めた。それが銃撃戦に備えていると分かった時、琢磨の背筋に寒気が走った。

かつて琢磨は、このような場合の段取りを警察学校で習ったことがある。突入部隊は行き当たりばったりでターゲットを狙うのではなく、あらかじめ決められたフォーメーションで散開し、どの狙撃手が、どのターゲットを射殺するかを事前に決めておくのだ。すでに韓国軍は、同型式の機を使って訓練を繰り返しているかもしれない。

——そうなれば、われわれは殺される。

乗客に危害を加える気などさらさらない田丸たちは、突入されても何ら抵抗せずに次々と撃たれていくだろう。そうした地獄図の中で、乗客を盾にする者が出ないとも限らない。

——そうなった時、韓国軍兵士は乗客もろとも撃ってくるだろうか。

その答は一つしかない。日本人に憎しみを抱く韓国人は多い。とくに兵士はその傾向が強いと聞いたことがある。

「中野さん、うまくいきますかね」

岡田が他人事のように問うてきた。

「韓国政府が、何かを仕掛けてくる公算が高い。気をつけていろ」

岡田がうなずく。落ち着いているようで、岡田も事態を楽観していないのかもしれない。

いよいよドアが開けられようという時、機長から機内放送があった。

「ええ、機長です。日韓両政府と赤軍派諸君の尽力により、乗客の皆様が全員無事に帰国できることになりました。これも皆様のご協力があってのことで、乗員一同、心から感謝しております。いつの日か、再びお会いできる日を楽しみにしております。それでは皆様、お元気で。ありがとうございました」

ハイジャックされた当初とは比べものにならないほど、機長の声は落ち着いていた。

期せずして乗客から拍手が起こる。

コックピットのドアが開け放たれていたため、乗員たちの努力は乗客にも伝わっている。とくに副操縦士らしき人物は、学生たちに媚びることなく互角以上にやり合っていた。

――パイロットたちも、一緒に北朝鮮に行くんだな。

北朝鮮に行くという事実が、実感をもって迫ってきた。帰れるかどうかも分からない地に、無理やり連れていかれる乗員たちの心中は察して余りある。

午後二時半、ドアが開いて先発組の乗客が降り始めた。

ドア近くにいる田丸と大西は、一人ひとりに声を掛けて頭を下げている。乗客の中には握手を求めたり、肩を叩いたりする者もいる。彼らは一様に、「がんばれ」といった類のことを言っているらしい。

知らぬ間にメンバーと乗客の間には、奇妙な絆が醸成されていたのだ。

それが終わると、乗客の身代わりとなる政務次官が乗り込んできた。政務次官は小柄で温厚そうな人物で、「やあ、どうも、どうも」などと言いながら最前列の席に座った。

琢磨はその度胸に敬服したが、日本政府が何らかの形で北朝鮮政府に接触し、安全が約束されたからこそ、彼を送り込んできたことは十分に考えられる。

――どうやら、撃ち落とされる心配だけはなさそうだな。

琢磨は少し気が楽になった。

いよいよ残りの乗客たちの解放が始まった。

立ち上がった乗客に、岡田は『ありがとうございました」「ご迷惑をお掛けしました」などと言って頭を下げているが、琢磨は黙っていた。乗客に対して妙に馴れ馴れしい態度を取れば、また中田に疑われると思ったのだ。

それでも乗客の何人かは振り向いて、「元気でな」「あっちの水には気をつけろ」「おかげで、いい思い出になった」などと言っては去っていく。

その度に岡田は体を九十度に折り、「申し訳ありませんでした」と言って頭を下げている。

そのへりくだった態度に、琢磨は少し嫌悪を感じた。

琢磨の耳は岡田と乗客のやりとりを聞いているものの、視線は前方に張り付いていた。韓国軍が突入するとしたら、この時を措《お》いてないからだ。

背筋に汗が伝う。

次の瞬間には催涙弾が投げ込まれ、強烈な光が照射されるかもしれない。

――視界が晴れて何が起こったか知る前に、おそらく俺は死んでいる。死の恐怖が喉元まで迫ってきた。琢磨は強い吐き気を覚えたが、懸命にそれをねじ伏せた。それでも何も起こらず、残る乗客たちも次々と機内を後にしていく。ドア付近で外を警戒している面々にも、不安の色は見られない。

――韓国政府も、この機を北に飛ばすことに同意したのか。

日本政府が韓国政府を説き伏せたのか、別の力が働いたのかは分からない。しかし両政府は、さど号を飛び立たせることで合意したようだ。

結局、乗客全員が安全に機を後にし、韓国軍の突入もなかった。

大任を果たしたという安堵感が満ちてくる。その一方、急に空間が広くなったことで、うすら寒いほどの寂しさにも襲われた。

――まだ油断はできない。

再び交渉が続き、日没が迫ってきた。今日も飛び立つことはなさそうだと思っていると、上気した顔の中田が「行くぞ」と告げてきた。

それでも半信半疑でいたが、次第にエンジンの出力が増してきた。

午後六時、三日ぶりにさど号が動き出した。それでも琢磨は、本当に離陸するのか疑問に思っていた。

——滑走路を移動させるだけではないのか。

韓国軍が突入しやすい位置に、さど号を移動するよう指示することは十分に考えられる。

ところがさど号は突然、全速力で滑走を始めた。

——まさか、行かせるのか。

心臓が縮み上がる。

もはや立っている必要もないので、メンバー全員が席に着き、シートベルトを締めた。

さど号は離陸した。

——これは現実なのか。

眼下に広がるソウルの市街地を眺めつつ、琢磨は茫然自失となった。

金浦から平壌までは一時間もかからない。

いつ何時、撃墜されないとも限らないが、琢磨もメンバーも、すでに緊張状態を保てるほどの気力は残っておらず、どうとでもなれという気持ちになっていた。

前方からは、田丸らと談笑する政務次官の高笑いが聞こえてくる。いつの間にか自由の身になった政務次官は、「私自ら人質になると名乗り出たんですよ。これで体を張ったので、次の選挙は楽勝です」などと話している。

午後七時二十分、いかなる誘導があったのかは分からないが、さど号は高度を下げ、どこかの空港に着陸した。滑走路が荒れているのか、ひどい振動に見舞われてひやひやしたが、無事に機は停止した。

ほっとした空気が機内に流れたが、金浦空港に着いた時のような明るさはない。

窓の外には漆黒の闇が広がり、二つか三つばかりの灯りが瞬いているだけだ。

――ここが平壌か。いや、待てよ。

ここが韓国の片田舎なら、韓国軍が強硬突入をしてくる可能性が高い。ここには日本政府の関係者も報道陣もおらず、機内にいる全員を殺してしまえば証人もいなくなる。乗務員や政務次官は、メンバーが殺害した、ないしは不可抗力だったと主張すればよい。

まだエンジンは切られていないが、誰に言われるでもなく皆は立ち上がった。

田丸や大西は、コックピットから出てきたパイロットと何事か話し合っている。

その時、琢磨の視界の端で何かが光った。窓の外を見ると、幾筋ものサーチライトがさど号に向けられている。続いてヘルメットをかぶった男たちが、ライトの前を行き交っている。

その不気味なシルエットは、韓国軍とは明らかに異なる。

――間違いない。ここは北朝鮮だ。

兵士のきびきびした動きや、その不穏な空気から琢磨は確信した。

続いて前方のドアが開き、三人の乗務員が出ていった。田丸が交渉に行かせたのだ。琢磨は岡田を促し、前方に向かった。

前方では左側の窓に張り付くようにして、メンバーたちが外を見ている。視線の先では乗務員が身振り手振りを交えて、滑走路に現れたコート姿の男とやりとりをしていた。その周囲を幾重にも銃を構えた兵が取り囲んでいる。

やがて両手を上げさせられた乗務員たちは、黒塗りのバスに向かった。おそらく寒気が厳しいので、車内で話を聞くことになったのだろう。

北朝鮮政府がハイジャック犯を受け入れるとは、まだ決まったわけではない。下手をすると琢磨たちは、収容所の中で生涯を過ごすことにもなりかねない。

さもなければ、北朝鮮政府は慢性的に外貨が不足気味なため、これ幸いと、さど号の乗員とメンバーを人質に取り、日本政府に多額の身代金を要求するかもしれない。

——だが米国政府は、日本政府に圧力を掛けて交渉はさせないはずだ。

となれば、収容所の生活は長いものになる。おそらく、食うや食わずで働かされるだけの日々になるだろう。

悪い方、悪い方へと考えていると、気持ちが沈んでくる。

田丸たちの様子をうかがうと、金浦空港に着いた時とは異なり、ただ黙って滑走路の様子を見ている。

——誰もが同じように不安なんだ。

心細さが押し寄せてくる。何といっても相手は得体の知れない国家であり、煮て食おうが焼いて食おうが相手次第なのだ。

やがて拡声器を通して、「武装解除して降りてきなさい」という日本語が聞こえてきた。

金浦空港の時とは比べものにならないほど流暢な日本語だ。

それでもためらっていると、乗務員の一人がタラップを上がってきて、蒼白の顔で告げた。

「早く出てこないと攻撃する、と言っている」

「ここは本当に北朝鮮なのか」

田丸が問うと、乗務員は黙って金日成の写真を見せた。

「五カ年計画の二年目だと言っている。間違いないか」

「よし」と言いつつ、田丸が腹に力を入れて言った。

「降りよう！」

その一言で全員に緊張が走った。

もはや逃げ出すことはできない。

——俺は中野健作になりきるのだ。いや中野健作なのだ。

琢磨は自分にそう言い聞かせると、列の最後尾に並んだ。

11

機外に出ると、一瞬にして寒気に包まれた。四月にもかかわらず、氷点下としか思えない寒さだ。

震える足でタラップを下りると、銃を突き付けられて武器と荷物を取り上げられた。続いて簡単な身体検査が行われ、手を上げるように命じられた。

トレンチコートを着た男が現れ、日本語で「バスに乗れ」と厳しい口調で言う。言葉の分かる人間がいたことに安心した田丸が、「われわれは味方だ」と言っても何も答えない。

政務次官は「Don't shoot ね」と言いながら笑顔を振りまいているが、銃の先で背を突かれて足早にバスに向かった。

バスの中には、さど号のパイロットたちがいた。「どこに連れていかれるんだ」と田丸が尋ねたが、機長らしき人物が「知ったことか」とうそぶいた。

バスの座席から外を見ると、サーチライトの中にさど号が浮かび上がっていた。その所在なげな様子は、「俺だけおいて、みんな行っちまうのか」と言っているかのようだ。

さど号と離されることで、唯一の帰国への道を断たれた気がして、琢磨は心細くなった。それは皆も同じらしく、全員がそろって滑走路のさど号を見つめている。

やがてバスが走り出した。

メンバー十人、乗務員三人、そして政務次官の計十四人を乗せたバスは、だだっ広い直線道路を凄まじいスピードで走っていく。

空港の周囲は農地や空地なのか灯り一つ見えない。何かの施設や集合住宅のような高い建物もまれにあるが、窓から漏れる灯りはなく、人気が全く感じられない。

街灯もなく、道の両側から差し渡されたロープに電球がぶら下がり、ぼんやりと道路を照らしている。その殺伐とした光景は、ここが共産主義国だということを如実に物語っていた。

――ここは間違いなく北朝鮮だ。

緊張から解放されたばかりの弛緩《しかん》した頭が、その事実を繰り返し伝えてくる。

道路沿いの街路樹を、ヘッドライトが単調に照らしていく。いつまでも同じ風景なので、それをぼんやり見ていると、強烈な眠気が襲ってきた。メンバーも同じらしく、前方に見える頭のいくつかは傾いている。

――もう限界だ。

琢磨も夢境をさまよい始めた。

　ふと目が覚めると、外の光景は少し変わっていた。左手には従前と同じような街路樹が並んでいるが、右手は暗くて何も見えない。目を凝らすと、それが水面だと分かった。

　雲間から時折姿を現す月が水面を照らす。対岸が同じ距離で続いているので、それが大河だと分かった。

　やがてバスは市街地らしき場所に出た。眼前に大きな建物が見えてくると、バスはその玄関前の駐車場に入った。ヘッドライトに照らされた建物は、ヨーロッパの宮殿のような古風な造りをしている。

　それが、高麗《コリョ》ホテルと呼ばれる最高級のホテルだと知るのは後のことだが、収容所でないのは明らかなので、琢磨は胸を撫で下ろした。

「中野さん、起きられましたか」

　隣に座る岡田が問うてきた。

「ああ、君は起きていたのか」

「はい。気が小さいので怖くて眠れません」

　岡田が独特の嗄《しゃが》れ声で笑う。

「バスに乗っていたのは、ほんの二、三十分ほどでしたけどね」

慌てて時計を見ると、岡田の言う通りだ。

──俺は何をやっているんだ！

空港からホテルまでの距離や時間を頭に入れようとしなかったのは、警察官として失格だ。隣に座る童顔の男は、眠らずに注意を怠らなかったらしい。その時計には磁石が付いているので、おそらく空港からの方角も頭に入れたはずだ。

バスが停車すると、最前列に座っていたトレンチコートの男が「降りなさい」と言った。外には先に兵員輸送車が到着しており、武装した兵士たちが待機していた。兵士たちは十四人を整列させると、建物の中に入るよう促した。

中に入ると、そこは異空間だった。

足元には朱色の絨毯《じゅうたん》が敷かれ、頭上には豪華なシャンデリアが輝き、広大な壁面には巨大なタペストリーが飾られている。

一行はロビーに立たされたまま、名前と職業を名乗らされた。それを係官が書き取っていく。それが終わると宴会場らしき広い場所に通された。そこには三つの丸テーブルが置かれ、贅を尽くした朝鮮料理が並べられている。

「いやはや、こいつはまいった」

政務次官が金歯を見せて豪傑笑いをする。

「俺たちは歓迎されているのかい」

田丸が、おどけた仕草で皆に笑い掛ける。

やがて着席するよう指示されると、トレンチコートの男が正面の壇上に上がると言った。

「ようこそ朝鮮民主主義人民共和国へ。あなたたちを歓迎します」

一瞬の沈黙の後、拍手が起こった。

田丸はテーブルに顔を伏せ、嗚咽を漏らしている。硬い表情をしていたさど号のパイロットたちも安心したのか、笑顔を交わしている。

「首領様の思《おぼ》し召しにより最高の料理を用意しました。今宵は大いに飲み、食べて下さい」

男が合図すると、給仕やメイドが現れ、ビールらしきものを運んできた。

「では、ご歓談下さい」

それだけ言うと、男はどこかに行ってしまった。

「よし飲もう！」

田丸が皆を促し、すぐに宴会が始まった。

政務次官もパイロットたちも、笑みを浮かべて盃を交わしている。

北朝鮮政府は、ハイジャッカーたちを歓迎すると決めたようだ。

中田は涙をぼろぼろ流しながら寮歌のようなものを歌い、田丸は機長の隣で歓喜に咽《むせ》んでいる。機長に背を叩かれているので、何かを諭されているか、激励されているらしい。

「ハイジャックは成功したんですね」

ビールを注ぎながら岡田が言う。

「ああ、どうやら収容所に入れられることも、強制送還されることもなさそうだ」

琢磨の気分も浮き立ってきた。

それから二時間ほど歓談していると、係官が現れて、それぞれの部屋に案内するという。部屋は広い個室で、内装にも贅が尽くされていた。おそらくソ連や東欧のＶＩＰ用の部屋なのだろう。

シャワーを浴びて横になると、すぐに眠気が襲ってきた。

琢磨は、何もかも忘れて深い眠りに落ちていった。


翌日、社会安全省の担当官と名乗る者たちがやってきて、本格的な尋問が始まった。尋問といっても厳しいものではなく、ホテルの一室に一人ずつ呼び出され、日本語で「何のためにやってきたのか」「ここで何を学びたいのか」「すぐに日本に帰りたいか」といった簡単な質問に答えるだけだ。

田丸は十八番《オハコ》の「過渡期世界論」と「国際根拠地論」をぶったというが、相手をした社会安全省の指導員たちは、じっと聞いているだけで何の反応も示さなかったという。

その様子を聞いて、琢磨は不気味なものを感じた。

昼飯は前夜と同じ宴会場で取ったが、三人の乗務員と政務次官の姿が見えない。姿を見せたトレンチコートの男に田丸が尋ねると、「彼らは飛行機に乗って帰ります。そのために空港近くの宿泊所に移りました」と答えた。

北朝鮮政府が、政務次官と乗務員をこんなに早く帰国させるとは思ってもみなかった。

――つまり、これで俺の使命は終わったということか。

男の言葉を信じれば、第三者の安全を図るという琢磨の使命は終わりを告げたことになる。

午後は別の係官の尋問だ。質問内容は家族や親の仕事といったもので、北朝鮮政府がメンバー十人のあらゆる情報を摑もうとしていると分かった。

彼らの言う「出身成分」については、とくに詳細に尋ねられた。メンバーの中には、親が資本家、すなわちブルジョアの者もいれば、官僚、商人、会社員から国鉄職員まで多岐にわたっていた。

岡田は資本家の家系だったので、尋問は長時間に及んだ。彼の場合、祖父が同名の金太郎という名で、岡田金太郎商店という証券会社を設立し、日露戦争後の好景気に乗じて大成功を収めたという。だがその息子、すなわち岡田の父は第二次世界大戦によって没落し、岡田は幼少時、食べるものにも事欠く有様だったという。

岡田の父は家の再興を子に託し、自分の父と同じ名を付けたのだが、岡田は資本家として成功するよりも、革命によって国のあり方を変えていく道を選んだ。

一方、琢磨は、かつて横山が設定した履歴を語った。ただの一つも、その場で思いついた作り話をしなかった。日本に北朝鮮工作員が潜伏していることも考えられ、裏を取られる可能性があるからだ。

四日目の朝、部屋に係官が現れると、「荷物をまとめなさい。これから皆さんの宿泊所に移ります」と告げた。

早速、指示に従ってロビーに行くと、皆も集まってきた。

その時、田丸がトレンチコートの男に政務次官とさど号の乗務員のことを聞くと、「すでに、こちらを発ちました」と答えた。

肩の荷がすっと下りた気がした。

12

ホテルの前には、黒塗りのソ連製ボルガが数台停まっていた。指導員の指示に従って乗り込むと、運転手は無言で車を発進させた。

車の右手に大きな川が見えているので、西に進んでいると分かる。高麗ホテルに来た時の道を引き返しているわけではないようだ。

この川の名が大同江《テドンガン》というのを、琢磨は仲間との会話で知った。

やがて左手に農村地帯が広がってきた。

道路はきれいに舗装されており、道路沿いの建物も日本のものとさして変わらないように見える。だが、それに隠れるようにして建つ農家らしきものは掘立小屋同然で、この国の真の姿を映していた。

車は小高い丘を登り、柵のめぐらされたエリアに入った。そのゲートには門衛が立ち、出入りが自由にできるわけではないようだ。

門内に入ってしばらく進むと、鉄筋コンクリート造りの建物が何棟か見えてきた。その中央には広い庭があり、色とりどりの花々が咲いている。

やがて車が止まり、降りるよう促された。

先着していたトレンチコートの男が、「ここが、皆さんの生活の場となる招待所です」と告げると、待機していた係官によって住処《すみか》となる棟に案内された。

住居は二人で一棟という割り振りのようで、琢磨は指示されるまま、同部屋となった柴本と一緒に奥まった場所の棟に入った。

ドアを開けると、大理石製の広い玄関の先に、赤い絨毯が敷き詰められたホールが見えた。そこには金日成と、息子の金正日《キムジョンイル》の肖像画が飾られている。

ホールの右手に向かい、小さな階段を上るとベッドが二つ並んだ寝室があり、バス、トイレ、洗面所があった。寝室の横には学習室があり、机が二つ並んでいる。そこにも金父子の肖像画がある。ホールの左手には応接室、食堂、厨房があり、テレビまで備え付けられていた。

「至れり尽くせりだな」

係官が去った後、柴本に話し掛けたが、柴本はぼんやりと窓の外を見ている。

「柴本君、君は高校生だったね」

「あっ、はい」

「どうして、われわれの運動に参加した」

柴本は返事をしない。

「親御さんはどうしている」

「それは関係ないことです」

それだけ言うと、柴本は逃げるように外に出ていった。

――ホームシックか。

おそらく柴本は確固たる考えもないまま学生運動に身を投じ、些細な冒険心からハイジャックに参加したに違いない。それが、これほど大変なことになるとは考えもしなかったのだ。

その後、係官から何の指示もなかったので、皆は田丸のいる棟に集まった。田丸と一緒に住むことになったのは、陽気な佐川だ。

二人は「オソオセヨ《ようこそ》、プッカン《北朝鮮へ》」などと言ってふざけながら、次々と入ってくる面々を丸テーブルのある食堂に導いた。

皆と一緒にいる時は気が紛れるのか、柴本も楽しげにしている。

田丸が上機嫌で言う。

「われわれは今日からここで新しい生活を始める」

拍手が起こった。

「われわれは世界同時革命を成し遂げるべく、明日からここで勉強と軍事訓練の日々を送り、キューバへ渡航する準備をする。指導員によると、われわれの自主性は尊重されるとのことだ。求めに応じて専門の指導員も派遣してくれる。それだけ信頼を寄せてくれるのだから、われわれはその期待に応え、規律正しい生活を送らねばならない」

「賛成！」という声が上がる。

「明日からは起床時間を決め、食事の前に体操とランニングをする。炊事だけは招待所付きの家政婦さんにお願いするが、皿は自分で洗うことにする。掃除と洗濯も自分たちで行う」

田丸は皆の意見を取り入れながら、生活ルールを決めていった。

それが終わると田丸は言った。

「最後に、われわれのスローガンを決めたい。まず大切なのは結束だ。この国の人民全員が同志とはいえ、行動を共にしてきた仲間は格別だ。つまり、われわれは団結せねばならない。だから『生きるも死ぬも共に』を第一に掲げたい」

「異議なし！」

皆が声を上げる。

その後、侃々諤々《かんかんがくがく》の議論の末、「鉄の掟」と呼ばれる三つのスローガンが固まった。

・生きるも死ぬも共に

・「過渡期世界論」を防衛し発展させる

・ハイジャックの完全勝利へ、立派に準備して日本へ！

田丸は「今は世界革命戦争の前段階にある」と規定し、このハイジャックが前段階蜂起の一つであると力説した。そして北朝鮮でも、「過渡期世界論」を指導理論とする赤軍派の方針を変えず、北朝鮮人民と共に世界革命党を作ることを唱えた。

その後、皆で朝鮮労働党、すなわち北朝鮮政府に何を求めていくかを検討した。

様々な意見が出た。机上の学問は抗日武装闘争の歴史を学ぶだけにし、軍事訓練だけ受ければよいという者もいれば、哲学から経済学まで体系的に学びたいという者もいる。また世界革命党の母体となる党の綱領を作るために、社会主義について根本から学びたいという者もいた。

議論はいつ果てるともなく続いたが、皆の総意として次のように決まった。

・すぐにでも軍事訓練を実施してほしい
・年内に帰国ないしはキューバへの渡航をできるようにしてほしい
・経済学と哲学、さらに抗日武装闘争の歴史を講義してほしい
・革命を記念するものを見学させてほしい
・日本の新聞と雑誌を読ませてほしい。性能のいいラジオもほしい

琢磨も積極的に議論に参加し、日本の主要新聞と主要言論誌の購読要求を提案した。

「今日のミーティングはここまでとする。岡田君、赤旗を持ってきたか」

「もちろんです」と言いながら、岡田がナップザックから丁寧に畳まれた赤旗を取り出した。

田丸はそれを持つと、皆を先導して庭の中央にあるポールに向かった。このポールは、ソ連や東欧の関係者が来朝した時、それぞれの国旗を掲揚するために作られたものなのだろう。

取り付けられた赤旗は、するするとポールを上がっていく。裏手の大同江から吹く風に煽《あお》られて、赤旗は翩翻《へんぽん》と翻った。

誰かが「万歳！」と叫ぶと、皆もそれに倣った。やがてそれは渦のようになり、喩えようもない高揚感を生み出していった。

感極まったのか、遂に田丸が泣き出した。それにつられるようにして皆も嗚咽を漏らす。

――よくぞ、ここまで来たものだな。

琢磨にも込み上げてくるものがあった。泣いているうちに本気で、「世界同時革命」を成し遂げたいという気持ちになってきた。

皆は肩を組んで『友よ』や『We Shall Overcome』を歌った。泣いていない者はいなかった。

13

招待所での生活が始まった。

メンバーの窓口となるのは社会安全省の指導員たちで、それを束ねるのがトレンチコートの男だ。彼はキム・ユーチョルと名乗ったが、本名か偽名かは分からない。

三十を少し過ぎたばかりのユーチョルは、やや長身で眼鏡を掛け、紳士然としている。だが穏やかなその話しぶりとは裏腹に、神経質そうに瞬きすることから、彼もまた日本人学生の管理という大任に、極度の緊張を強いられているらしい。

皆で考えた要求を田丸が語ると、ユーチョルからは「よく研究してみましょう」という答えが返ってきた。

翌朝、平壌の社会科学院の指導員と名乗る男たちがやってきた。彼らは小さな集会所にメンバーを導くと、数冊のテキストを配り始めた。

それらのテキストは、少し奇妙な字体の日本語で書かれていた。タイトルは「主体思想《チュチェ》」「金日成語録」「朝鮮革命史」「国際労働運動史」などだ。

――主体思想か。

彼らは、北朝鮮の唯一無二の政治思想となる主体思想を学ばせることから始めようというのだ。テキストも講義も日本語だが、さすがに指導員全員が流暢な日本語を話すわけではなく、日本語のテキストも文法的におかしなものが多い。

昼食後、指導員はメンバーを車座にして、それぞれ学んだことを語らせた。その時、解釈が少しでもおかしいと、その都度、指導員の注意が入った。

午前は政治思想の講義、午後は議論、夕方は朝鮮語や歴史の講義というカリキュラムが組まれていた。

琢磨は講義に集中し、優等生であろうとした。

夕食後はメンバーだけの話し合いの時間となる。指導員がいないとはいえ、盗聴器が仕掛けられている可能性があるので、下手なことは言えない。

招待所での生活は快適そのものだった。食事は栄養価の高いものばかりで味も申し分ない。煙草、酒、コーヒーなどの嗜好品も、ほしいだけ補充された。

土曜の夜には集会所に集められ、映画による思想学習が行われた。多くは抗日闘争に題材を取ったものだが、金日成の業績をたたえ、社会主義の優位性を声高に主張するものばかりだった。どれも映画としては冗漫で退屈なものばかりだったが、終了後は必ず感想会が開かれ、ここでも誤った解釈は正されるので、眠いのを堪えながらでも見ておかねばならない。

招待所に移ってから約一カ月後、日帰りのバスツアーが実現した。万景台《マンギョンデ》、金日成広場、革命博物館、集団農場などを見学した後、夕食を取りながら革命史の一断面を描いた劇を見るという一日だった。

そんな日々が三カ月ほど続いたが、カリキュラムに変化はなく、軍事訓練が始まる気配もない。キューバへの渡航要求も、「研究しておきます」の一言で片づけられたままだ。

しかも主体思想は、精緻に組み上げられた思想体系ではなく、金日成が思いつきで語った言葉の断片を、学者たちがまとめたものなので、矛盾している箇所も多々あった。

それでも指導員たちは、「マルクス・レーニン主義をわが国の現実に創造的に適用したもの」として、「これ以上の思想体系はありません」と言って譲らない。

田丸や大西が矛盾点を質問すると、指導員たちは不機嫌そうに正しい解釈を教えてくれた。だが、その解釈自体が間違っているので、さらに突っ込むと、「自分たちで考えなさい」と言って、それ以上の議論をさせない。

メンバーの中には、「こんな安っぽい政治思想を学べるか」と言い出す者もいた。

理論派の吉本などは、鼻で笑って真面目に取り組もうとしない。

田丸や大西は再三にわたって「マルクス・レーニン主義の原典を学びたい」と要求したが、ユーチョルは「主体思想は現代のマルクス・レーニン主義であり、それを創造的に発展させたものです。主体思想を学ぶことは、止揚《しよう》されたマルクス・レーニン主義を学ぶことであり、ほかのものを学ぶ必要はありません。主体思想は、世界の労働者階級が初めて持ち得た唯一無二の思想体系なのです」と紋切型に言うだけで、取り付く島もなかった。

半年が過ぎても事態は変わらなかった。

すでに何度も学んできたテキストを使って、繰り返し同じことを学ばされるのは苦痛でしかない。日本の新聞や週刊誌が配布されることはなく、テレビ番組も国営放送のニュース番組しか視聴を許されない。

日本どころか国際情勢からも全く遮断されたメンバーは、不満と焦りを募らせていた。

昭和四十六年（一九七一）の正月が明けた。

形ばかりに正月を祝ったが、皆の心は沈んだままだった。

そんな中、十七歳になったばかりの柴本が変調を来した。部屋に戻っても琢磨とろくに口を利かず、思い詰めたような顔つきで、殻に閉じこもることが多くなった。

室内での会話が盗聴されていることも、その一因だった。琢磨が柴本の本音を聞いてやりたくても、二人とも奥歯にものの挟まったような会話しかできないのだ。

北朝鮮政府に関する批判やきわどい会話は屋外で行われたが、招待所で働く北朝鮮人も多く、文句を言ったり、声高に議論したりすることはできない。彼らは日本語を解さないようだが、そうしたふりをしているだけかもしれない。唯一、自由に会話ができるのは、朝のランニングの時だけだった。

次第に誰も本音を語らなくなり、よそよそしい雰囲気が漂うようになった。それに伴い、論争や口喧嘩も多くなってきた。遂には田丸さえも、「話が違う」と、皆から吊るし上げにされた。皆で誓った「生きるも死ぬも共に」というスローガンは、早くも崩れ始めていた。

北朝鮮の冬は寒い。オンドルがあるので室内は暖かいが、外は寒くて歩けないほどだ。大同江も凍り付き、歩いて対岸まで渡れそうに見える。しかし招待所内で働く北朝鮮人によると、川の中央付近の氷は薄くて危険だという。

そんなある日、昼食を終えたメンバーたちが、午後の討論までの自由時間を過ごしていると、突然、けたたましい警報が鳴った。

自室で煙草を吸っていた琢磨が慌てて外に出ると、皆も同じように庭に集まってきた。皆、「どうした」「分からない」と言っては顔を見交わすばかりだ。そこに突然、武装した兵士たちが入ってきた。門衛や警官とは明らかに違う。彼らは銃を構えてメンバーを並ばせると、朝鮮語で「動くな」と繰り返した。

やがて数人の兵士が宿泊所の裏手に走っていったので、大同江の方で何かが起きていると分かった。だが、大同江と招待所の庭との間には小高い丘があり、川の様子は分からない。

――米軍が助けに来たのか。

まさかとは思いつつも、琢磨の心は躍った。そう考えてもおかしくないほど、兵士たちが緊迫しているからだ。

「おい、柴本はどうした」

田丸の問い掛けに誰も答えられない。

「部屋にいなかったのか」

琢磨がうなずくと、「逃げたのではないか」という声が上がった。

皆が口々にしゃべり出したが、兵士から「黙れ」と言われて口をつぐまざるを得なかった。

三十分ほど経ち、ユーチョルがボルガに乗ってやってきた。

「何が起こっているのか、もう聞きましたか」

「いいえ、誰も何も教えてくれません」

「あなたたちのメンバーの一人が、脱走を図りました」

――そんなはずはない。

招待所は広大だが、高い鉄条網が周囲に張りめぐらされており、脱走などできない。唯一、鉄条網のない大同江は凍っており、船があったとしても漕ぎ出すのは不可能だ。

「逃げたのは柴本ですか」と、田丸が問うとユーチョルがうなずいた。

ここにいないのは柴本だけなので聞くまでもないことだが、柴本を弟のように可愛がってきた田丸は落胆を隠しきれない。

「柴本は、どうやって逃げようとしているのですか」

「大同江を歩いて渡ろうとしています」

——それは脱走ではない。

皆の間に動揺が走る。

「渡ったところで逃げられるわけがない。奴は自殺しようとしているんです。どうか助けてやって下さい」

田丸が懇願する。

「それは難しいです。大同江の氷は、それほど厚くありません。兵士たちに助けに行くよう命じるわけにはいきません」

「では、私に行かせて下さい。必ず連れ戻します」

田丸の願いを聞いたユーチョルは、軍服姿の将校と話し合っている。だが将校は首を左右に振るばかりだ。遂に癇癪《かんしゃく》を起こしたユーチョルが強い口調で何か言うと、将校は不快そうな顔をして、その場から去っていった。

「話がつきました。大同江の河畔まで行きましょう。ただし、あなた方が命令に従わなければ、その場で撃ち殺します」

田丸がうなずくと、メンバーは一列に並ばされ、大同江河畔まで連れていかれた。

——あれがそうか。

川幅三百から四百メートルはある大同江の中ほどに、一つの影が見える。

「よし、声を合わせよう！」

田丸の「せーの」という掛け声に合わせ、皆で「戻ってこーい！」と叫んだ。

すると影もこちらに気づいたのか、立ち止まると振り向いた。

「おい、こっちだ。戻ってこい！」

「柴本、早まるな！」

「一緒に日本に帰ろう！」

皆、口々に叫ぶ。

「やめろ、すぐに喉が嗄《か》れる。腹に力を入れて声を合わせるんだ」

田丸の掛け声で、再び「戻ってこーい！」と大声を上げたが、影は反発するかのように再び歩き出した。だが迷っているのか、川の流れと並行に歩いている。

――自殺をためらっているに違いない。それなら助けられる。

田丸も同じことを思ったのか、ユーチョルにすがるように問う。

「ユーチョルさん、船はないのですか」

「高速警備艇を呼びましたが、氷を砕きながら来るので間に合うかどうかは分かりません」

「では、私に行かせて下さい。私は雪国で育ったので、氷の厚い薄いが分かります」

田丸がリーダーとしての覚悟を示す。

「駄目です。革命本部は、あなたをリーダーとすることに決めました。あなたに危険なことはさせられません」

「お願いします。奴はまだ十七歳なんです。ここで死なすわけにはいきません」

「駄目です。ほかの方なら構いませんが」

メンバーが互いに顔を見交わす。

その時、琢磨は気づいた。

──田丸を除けば、雪国育ちは俺しかいないじゃないか。

大西が遠慮がちに言う。

「中野は北海道の生まれだったよな」

皆の視線が琢磨に集まる。

──どうする。

琢磨の直感が、どのみち行かされることになると告げてきた。

──だとしたら、返事は早い方がよい。

「行きます」

「いいのか」と田丸が問う。

「あいつを死なせるわけにはいきません」

すでに太陽は中天に達し、厚い雲の隙間から差す日が、大同江の氷を解かし始めている。

このまま気温が下がり始める夕方まで、大同江は極めて危険な状態になる。

「すまない」と言って田丸が頭を下げると、皆が「頼むぞ」と言って琢磨の肩を叩いた。

岡田が一人、「無理ですよ。やめて下さい」と言って引き留めようとしたが、皆から口々に批判されて口をつぐんだ。

ユーチョルが兵士の一人に指示し、カンジキのような靴を持ってこさせた。

それを履いた琢磨は、桟橋を伝って河畔から二十メートルほど入った辺りまで行くと、慎重に凍った川に下り、足を踏み出した。

琢磨には勝算があった。子供の頃、祖父や父に連れられて氷の張る湖で釣りをしたことがあったからだ。

祖父の言葉がよみがえる。

「氷は見た目じゃない。厚いと思っても踏み抜くことがある。大切なのは、氷と水面の間に空気が入ってないのを確かめることだ」

幸いにして北朝鮮は降雪が少なく、氷の表面から水面が透けて見える。

――これならいける。

琢磨は慎重に川の中央へと向かった。

14

琢磨は一歩ずつ慎重に踏み出しながら、柴本のいる場所に向かった。だが川の中ほどに近づくに従い、氷と水面の間に空気が入っているのが認められるようになった。大小の気泡が浮き上がり、流れに沿って移動していく。

——これはまずい。

下半身が震えてきたが、ここで引き返すわけにはいかない。

恐怖を抑え込んで歩いていくと、ようやく柴本の近くまで来た。

——こうした場合は慌てず騒がず、相手を安心させるのだ。

胸ポケットを探ると、幸いにして煙草とライターがあった。

「柴本君、まずは一服しないか」

琢磨が笑みを浮かべて近づいていこうとすると、柴本は一、二歩下がった。

「来ないで下さい」

「そうか。では先にいただくよ」

琢磨は煙草に火をつけようとしたが、手がかじかんでライターが点火しない。

「こいつは困ったな」

煙草を吸うのをあきらめた琢磨は、話を変えた。

「ここは空気がいいな」

「何しに来たんですか」

「君と話をしたくてね」

琢磨は笑ったが、柴本の顔は引きつったままだ。

何かをしゃべろうとしたが、話題を見つけられないでいると、逆に柴本が問うてきた。

「中野さんは、帰りたくないのですか」

「帰りたいさ。だが自分の意思で帰ることができないなら、ここの生活になじむしかないだろう」

「僕には、そんなことできません」

柴本が悲しげな顔をする。

「君はまだ十七だ。メンバーの中で一番若い。適応力は最もあるはずだ」

「僕は、もうこんなところにいるのが嫌なんです。早く日本に帰りたい」

「それは皆も同じだ」

「日本ではお母さんが心配している。学校にも行かないと退学にされてしまう。友達にも会いたい」

「分かっている」と言いつつ、琢磨が一歩、二歩と近づく。

「もうたくさんだ。どうして僕は、こんなところに来ちまったんだろう」

柴本が嗚咽を漏らす。

「落ち着けよ。仲間がいるじゃないか」

「みんな年上ばかりだ。僕の気持ちなど誰も分かってくれない」

「そんなことはない。俺たちは一つだ」

「嘘だ！　みんないつも苛立って文句ばかり言っている。つまり田丸さんの見通しが外れ、僕たちはもう帰れないんだ！」

柴本が感情をあらわにする。

「だからといって、どうすることもできないだろう」

「死ぬことはできます」

「死んでどうする。死ねば日本に帰れないんだぞ」

「魂となって帰ります」

「馬鹿なことを言うな！」

――しまった。

こうした場合に叱責するのは最悪だと、警察学校の教官が言っていたのを思い出した。

――何とか落ち着かせなければ。

琢磨は何か言おうとしたが、言葉が思い浮かばない。

――考えては駄目だ。心の声に耳を傾けるんだ。

死の危険に瀕した時、警察官だった祖父は「心の声を聞け」と言っていた。琢磨はそれを思い出すと、勇を鼓して言った。

「では、どこへでも行っちまえ」

琢磨が踵《きびす》を返す。

振り返った拍子に河畔で待つ面々が見えた。皆は微動だにせず、こちらの様子をうかがっている。

琢磨が数歩戻りかけた時、背後から声が掛かった。

「中野さん、僕は死にたくない。本当は死にたくないんです」

琢磨がゆっくりと振り向く。

「死にたくないんなら、どうしてこんなところに来た」

「いつまでも僕を子供扱いするみんなを困らせたかったんです」

琢磨は、柴本の気持ちを慮《おもんぱか》らなかったことを後悔した。だが琢磨とて余裕はない。この十カ月、警察官だと見抜かれないために神経をすり減らしてきたからだ。

「中野さん、見捨てないで下さい」

その時、「ミシ」という音が近くで聞こえると、亀裂が琢磨と柴本の間を走り抜けた。

「あっ、ああ」

柴本がバランスを取ろうと両手を広げる。足元が揺らいできたのだ。

「慌てるな。そこを動くな！」

琢磨に制されて、柴本はその場に直立不動の姿勢を取った。

「柴本、ゆっくり横になれ」

「はっ、はい」

柴本が言われるままに横たわる。

「こっちへ這いずってこい」

「できません」

「やるんだ。俺がそっちへ行けば、二人の体重で氷が割れる」

「ああ、嫌だ。怖い！」

——仕方ない。

琢磨は氷の上に横になると、柴本の方に近づいていった。その間も、「ミシ」という音が四方から聞こえてくる。日差しによって温度が上がり、氷にひびが入り始めているのだ。

ようやく指先が触れる位置まで来た。

「こちらに手を伸ばせ」

「は、はい」

柴本の手を琢磨が摑む。

その時、琢磨は寝そべっている氷が揺らぐのを感じた。

「ああ、助けて！」

「落ち着け！」

琢磨が柴本を引き寄せる。

「いいか、このまま這いずっても間に合わない。ゆっくりと立ち上がれ」

琢磨が手本を示すように立ち上がると、柴本も震える手をついて、それに倣った。

「少し離れるぞ。その距離を保って一歩ずつ進むんだ。ゆっくりとな」

琢磨は柴本から三メートルほど離れると、背後に気をつけながら、皆のいる方に向かって歩き始めた。少し遅れて柴本が続く。

だが眼下の氷は明らかに解け始めており、薄くなった氷の下で、川の水が激しく波打っている。

次の瞬間、気味の悪い音がすると、亀裂が背後から追い掛けてくるのが見えた。獣のような叫び声を上げて、柴本が走り出す。

「柴本、走ってはいかん。そこを動くな！」

だが数歩走っただけで、柴本は派手な水しぶきを上げて川に転落した。上半身を水面に出した柴本は、滑る手で懸命に氷を摑もうとしている。

「動くな。そこに摑まっていろ！」

琢磨は反射的に横になり、柴本の近くまでにじり寄ると、手を伸ばした。

「助けて。死にたくない！」

「だったら俺の言う通りにしろ！」

ようやく指先が触れたかと思うと、柴本が強い力で引こうとする。

「駄目だ。引くな。力を抜いて俺に任せろ」

引きずり込まれそうになるのを堪えつつ、琢磨が柴本の手を引っ張る。だが柴本の全身は、水に浸かっているためか、重くてとても引き上げられない。

柴本だけでなく、自分にも死の危険が迫っていることを琢磨は覚った。

――死にたくない。

琢磨がそう思った時、エンジン音が聞こえてきた。続いて氷を砕く音も聞こえる。

「船だ！」

柴本が声を上げた。

――高速警備艇か。

船は氷を粉砕しながら接近してくると、三十メートルほど離れた場所に止まった。ゴムボートが下ろされるのが見える。

――助かったか。

琢磨は柴本の腕を強く握ると、ゴムボートが近づいてくるのを待った。

15

柴本の一件から監視体制は一段と厳しくなった。警備員が増員され、高速警備艇も頻繁に巡回してくる。

琢磨も変調を来したのか、夜になると眠れない日々が続いた。昼の学習時間は眠くてたまらないのに、夜になってベッドに入ると様々なことを考えてしまい、眠りは容易にやってこない。

隣のベッドの柴本は、すやすやと寝息を立てている。

あれから柴本は「帰りたい、帰りたい」と繰り返し、田丸や大西を困らせた。

柴本はまだ十七歳で、思想的に堅固なものを持っているわけではない。そんな未成年者をハイジャック・メンバーに加えた赤軍派幹部にも責任はあるが、今更そんなことを言っても始まらない。

そのうち柴本は口数が少なくなり、再び感情を面に出すこともなくなった。皆は「これで安心だ」などと言っているが、琢磨は必ずしも、それがよい兆候には思えなかった。

柴本の横顔を見つつ、琢磨はベッドに腰掛けて煙草を吸い始めた。

煙草は心を落ち着かせてくれる。次から次へと押し寄せる不安を、少しだけ軽くしてくれるのだ。

――奴らは、俺たちをどうしようというんだ。

北朝鮮政府は、何か狙いがあってメンバーを厚遇しているに違いない。単に日本の学生が亡命してきたから歓迎しているのではなく、おそらく何かに使えると思っているのだ。

田丸や大西は再三にわたってユーチョルに軍事訓練の要望を伝えたが、ユーチョルは「研究しておきます」の一点張りだ。そこでさらに強く要請すると、「私一人では決められません。皆さんの要望は首領様にも伝えてあります」と言い返してきた。

それが、どこまで真実かは分からない。しかしユーチョルはメンバーの窓口にすぎず、その上の大きな力が、すべてを決めているのは明らかだった。

そうは言っても、北朝鮮政府から「それなら勝手にしろ」と言われ、中国やロシアに連れていかれて放り出されるのも困る。資金もなければコネもない中、メンバーはその日から路頭に迷うことになる。そうなれば日本大使館を頼るしかないが、それは警察に出頭するも同じで、日本に強制送還された末、裁判に掛けられる。そうなれば、少なく見積もっても十年ほどの懲役刑を食らうだろう。

琢磨はそんな目に遭わないで済むはずだが、ふと気づいたことがある。

――俺が北朝鮮にいるのを知っているのは、笠原警視正、横山係長、近藤信也、狩野静香だけだ。いや、横山さん以外は、俺が潜入捜査官だと知ってはいても北朝鮮にいることさえ知らないかもしれない。もし横山さんが死ぬかとぼけるかすれば、俺は赤軍派メンバーということになる。

そんなことはないと思い込もうとしても、これまでの警察の薄情さを思い返すと、その可能性がないとは言い切れない。しかも羽田を飛び立って以来、一度も日本の警察と接触できておらず、横山でさえ、「奴は赤軍派に感化された」と思い込んでいる可能性はある。

――そうなれば何を言おうが、俺も懲役になるということか。

知己にも故郷にも、潜入している証拠は何一つ送っていない。

琢磨は不安になったが、すぐに「日本の警察は、潜入捜査官を見捨てるようなことはしない」と思い直した。

「中野さん、眠れないんですか」

突然の柴本の声に、琢磨はわれに返った。

「君は寝ていなかったのか」

「寝ていましたよ。でも最近はっとして起きることがあるんです。今もそうでしたが、目を開けると中野さんが起きていたので、声を掛けたんです」

それが、不安定な心理状態から来ているのは明らかだった。だが琢磨は、どうしてやることもできない。

「もう一年が過ぎるんですね」

「ああ、早いものだな」

「われわれのことを、日本にいる人たちはどう思っているんですかね」

情報が遮断されているので、琢磨にも答えようがない。

おそらく柴本の両親は、必死に政府に掛け合っているに違いない。柴本は神戸市の須磨にある良家の子息で、何不自由ない生活を送ってきた。その分、早熟で子供の頃から政治思想書や哲学書を読みあさっていたという。それが高じて学生運動に目覚め、田丸の付き人のようになり、「駄目だ」と言われるのを頼み込んでハイジャック・メンバーに入れてもらったという経緯がある。

——だが、もはや柴本とて後戻りはできないのだ。

柴本は、若者特有の冒険心からハイジャックに参加したに違いない。だが、これほど日常生活が激変するなど思ってもいなかったのだ。

「日本に戻れば皆さんは大卒なり、大学中退ですが、僕は戻れば中卒です」

「戻ってから勉強し直せばよい」

「年を取ってから学校に戻っても皆の笑い者です。だいいち日本に帰れないかもしれない」

柴本が悲しげな声で言う。

「落ち着けよ。必ず何とかなる」

「僕は普通の高校生に戻りたいだけなんです。このままでは友達も卒業してしまう。僕は皆のいる場所に戻って一緒に卒業したいんです」

柴本が泣き出した。

「君は誰もできないような経験をしているんだ。これほど貴重なことはない。きっと君には、日朝の鎹《かすがい》になるような使命があるんだ」

「そんなものになどなりたくない。僕は普通の生活に戻りたいだけなんです」

もはや何を言っても無駄だった。昼の間、感情を面に出すことを堪えていたためか、柴本は堰《せき》を切ったように泣き出した。

「真面目に勉強に打ち込んでいれば、日本に帰してくれるでしょうか」

柴本は大人に褒められることをすれば、望みが叶うと思っているのだ。

「君が勉強したいなら、そうすればいい」

「やはり、そうですよね」

柴本は、何かの目標を見つけたかのように笑みを浮かべた。

その様子を見ていた琢磨は、何としても柴本を日本に帰してやりたいと思った。

――やはり脱出を企てるしかないのか。

煙草を灰皿でもみ消した琢磨は、横になって脱出の手立てを考えてみた。

ふと頭に浮かんだのは、柴本が落水した時に救出してもらった高速警備艇だ。

――あれに乗れば日本海か黄海《こうかい》に出られる。

だが、それは夢のようなことだった。あの時、高速警備艇には五、六人の武装した保安員が乗っていた。高速警備艇を奪うなど、とても一人ではできない。よしんば全員で襲い掛かったとしても、カラシニコフ系のライフル銃を持つ北朝鮮兵によって、半数以上が撃ち殺されるだろう。

——それでも操縦はできそうだ。

高校生の頃、夏休みに漁師の叔父さんを手伝うため、琢磨は四級船舶免許を取っていたので、計器類がハングルで書かれていても、その意味するところは理解できる。

「中野さん、何を考えているのですか」

柴本は勘がいい。これまで一緒に生活してきて分かったのだが、相手の気持ちを察して先回りすることに長《た》けている。

「何も考えていない」

「そうですよね。そうに決まっている」

その投げやりな口調からは、琢磨の真意を察したという意が伝わってきた。だが盗聴されているので、会話をこれ以上進められないのだ。

「僕は、中野さんを頼りにしています」

その言葉には、「逃げる時は連れていってくれ」という意が込められているに違いない。

「分かっている。もう寝よう」

そう言うと、琢磨は布団をかぶった。

目をつぶると桜井が微笑んでいた。琢磨は泣くのを懸命に堪えたが、少しだけ嗚咽が漏れた。それは柴本にも聞こえているはずだった。

16

北朝鮮に来てから一年半ほど経ったある日のことだった。

メンバーは土曜日になると「週総括」というロング・ミーティングを開き、一週間で学んだことをまとめると同時に、自分が自由主義的な行動や発想をしてしまったことを告白し、皆の批判を受けるという時間を設けていた。

これは、自分の主体思想の浸透度をメンバーに試されることであり、理解や反省が不十分だと、皆に指摘されて自己批判せねばならなくなる。しかも北朝鮮の総括のスタイルには独自のものがあり、それを踏襲しないと総括したことにはならない。

そのスタイルとは、自分の過ちや至らなさに対し、主体思想をはじめとした金日成の著作や語録から内容の一部を引用して反省し、どうしたらそれらを正せるかを、金日成への賛辞を交えながら語るという方式だ。つまり主体思想をマスターしていないと、総括できない仕組みになっている。

時に週総括は翌朝にまで及び、どうしてもうまく総括できない者には、メンバーから助け舟が出された。だが、それを報告書にまとめて指導員に提出しても、「やり直し」を命じられることもあり、それがメンバーの不満を高めていた。

たいていの場合、琢磨はそつなくこなしていたが、まれに鋭い指摘を受け、皆から突き上げられた。その逆に誰かに突き上げを食らわす時は、誰よりも舌鋒鋭く、相手を批判した。

だが、金日成の著述自体が思いつきのような言葉の羅列なのだ。矛盾点だらけで、社会科学院の指導員たちの解釈もあいまいで、うまく総括することなどできようはずがない。

そうしたことから、メンバーのストレスは、ますます高まっていた。

一九七一年九月のある土曜の週総括は、吉本が「いつになったら日本に帰れるかと思ってしまいました」と告白し、反省したことに対し、皆が強く批判したことで大荒れとなった。

「全く君は分かっていない」と言って田丸が薄ら笑いを浮かべたことで、吉本は切れた。

「じゃ、聞くが、いつまでこんな茶番をやらされるんだ！　だいたい田丸さんが北朝鮮経由でキューバに渡ると言ったんだぞ。それが実現しないから、こんな無駄なことに時間を費やす羽目になったんじゃないのか」

吉本が机を叩いて続ける。

「なあ、田丸さん、こちらに来てから、もう一年半も経つんだぞ」

吉本は立ち上がると、田丸の胸倉を摑んだ。

「よせ！」と言って中田が吉本を引きはがそうとするが、吉本は放さない。

「今は、ユーチョルさんたちに任せるしかないじゃないか！」

田丸がうめくように言う。

――その通りだ。騒いだところで、何も変わらない。だが、吉本の焦りも十分に分かる。

「俺は一刻も早くキューバに渡り、革命を成し遂げたいんだ！」

「それは皆も同じだ」

田丸が困ったように言う。

「だが、このままでは何も変わらない！」

「それは分かっているが、われわれは――」

田丸が口ごもると、大西が代わりに言った。

「もはや俺たちは、自分たちの手で事態を打開できない。北朝鮮政府の判断に従うしかないじゃないか」

「俺は嫌だ！　自分の人生は自分で切り開く！」

吉本は熊本県出身で高校まで水泳部に、京都大学に入ってからは山岳部に所属し、学生運動には、ほとんどかかわってこなかった。たまたま東大安田講堂の占拠に参加しないかと友人に誘われ、それがきっかけで学生運動に身を投じた。

安田講堂占拠の時も、当初は参加するつもりなどなかったが、友人の「これは歴史の転換点なんだ。天下分け目の関ヶ原なんだ」という一言に動かされ、つい「その場に立ち会ってみたい」という無邪気な動機から参加したという。

それで学生運動に目覚めた吉本は、「ハイジャックなんて凄いじゃないか」と思って参加を希望したものの、運動歴が浅いことからメンバーから外されると思っていた。ところが、どうしたわけか選ばれたという。

——ここにいるのは、学生運動の精鋭というわけではない。

田丸や大西は別として、ほかのメンバーに華々しい運動歴を持つ者はいない。

「こんなところに、いつまでいなければならないんだ！」

激高する吉本をなだめるように田丸が言う。

「その焦りは分かる。だが朝鮮半島の統一なくして世界革命などあり得ないだろう」

ユーチョルはもとより、社会科学院の指導員たちは口をそろえ、「まずは朝鮮半島の統一から」と唱えていた。

「朝鮮半島の統一が、どうして世界革命につながるんだ。それについて何度も質問したが、奴らは『研究しなさい』と言うだけで、まともに答えないじゃないか！」

「よさないか。あの人たちには、あの人たちの立場がある」

田丸は北朝鮮側からもリーダーとして頼りにされていた。そのため妙な責任感を持つようになり、北朝鮮側を弁護したり、彼らの考えを代弁するようになっていた。

「それは違う！」

吉本がテーブルを叩く。

「先に世界革命を起こしてこそ、朝鮮半島は統一できるんじゃないのか。それなくしてアメリカは日本を前線基地として好き放題に使い、南朝鮮を軍事的に支え続ける。そうなれば朝鮮半島の統一など絶対に不可能だ」

北朝鮮では、大韓民国のことを韓国とは呼ばず南朝鮮と呼ぶ。

田丸が不快そうに横を向く。吉本の言うことにも一理あるからだ。

吉本が胸を張って続けようとした時だった。

「吉本さん」

突然、聞きなれない声がしたので、皆の視線がそちらに向いた。

これまでほとんど発言したことのない柴本が、冷めた目で吉本を見ていた。

「お前は黙って――」

田丸の言葉にかぶせるように柴本が言う。

「もう、われわれは囚われの身なのです。ここでジタバタしても仕方ないじゃないですか。それよりも主体思想をいち早くマスターし、首領様の革命戦士として自己鍛錬していくべきではないでしょうか」

琢磨は驚いた。それは皆も同じらしく、啞然として柴本を見ている。

「吉本さんの言うことは間違っています。それを総括しない限り、仲間とは認められません」

「何だと！　貴様は何様のつもりだ。たかが高校生じゃないか」

「ここでは高校生も大学生もありません。主体思想を真に理解した者が正しいのです」

「それは違う！」

吉本が皆を見回す。

「革命とは、国民の主体的な要求によって行うべきだ。北朝鮮の主体思想は北朝鮮のものであり、日本人民の要求ではない！」

柴本が鼻で笑って言い返す。

「主体思想は、共産主義革命を成し遂げるための唯一無二の思想体系です。それ以外の思想で、世界革命などできません」

「聞け」と言って吉本が柴本をにらみつける。

「北朝鮮と日本は、その置かれている歴史と伝統、国際環境、国民の気質、国民の生活水準からして違う。それを同一思想で無理にくくろうとしても、人民はついてきてくれない」

「そんなことはありません。首領様の主体思想をそのまま適用しなければ、世界同時革命は実現できず、いつまでも日本人民は米国の奴隷のままでしょう」

柴本は堂々と吉本と渡り合っていた。

「お前は何様だ！」

「あんたこそ何だ。ここまで一年半、何を勉強してきたんだ！」

二人が摑み合いを始めるのを「よせ！」と言いながら皆が止める。

だが田丸は、黙って横を向いたまま何も言わない。

――田丸自身が吉本の言う通りだと思っているからだ。

琢磨には、その理由が痛いほど分かる。

――だが、こちらでの生活や教育に不満を漏らしていた柴本が、なぜ吉本を責めるのだ。

その時、琢磨は気づいた。

――洗脳されたのか。

背筋がぞっとした。

騒動が一段落したところで、田丸が立ち上がった。

「柴本の言う通りだ。主体思想は唯一絶対であり、無条件に従うべきものだ」

「あんたは間違っている！」

佐川に羽交い絞めにされながら、吉本が喚く。

——ここで何か言った方が得策だな。

琢磨も「よき生徒」として、主体思想を積極的に学ぶ姿勢を示してきた。それをこの場でさらに印象付ければ、皆の信頼を勝ち取れる。

即座にそう計算して、琢磨は大声で言った。

「吉本さんは間違っている！」

「何だと！」

「主体思想こそ唯一無二の人民の政治思想です。僕はここに来て、それを学び、その素晴らしさを知った。われわれは首領様のご厚意によって生まれ変わったのです」

その時、誰かの笑い声がした。

「何を浮ついたことを言ってやがる。それは本心じゃないだろう」

中田である。

一瞬、虚を衝かれた琢磨だったが、すぐに態勢を立て直した。

「いいえ、本心です。僕は本気で主体思想を学び、首領様と一緒に世界を変えたいんです」

「いい加減にしろ！」

中田が机を叩く。

「お前は、そうした口から出まかせを平気で並べるから虫が好かんのだ！」

「どうして出まかせだと思うんですか」

岡田が横槍を入れてくれた。

「いいか、俺がやってきた空手という競技は、相手の繰り出す技を事前に察知しなければ勝てないんだ。俺は勘がいいんで、相手の次の手を察知して敵を倒してきた」

確かに中田は、いくつもの空手大会で優勝したと聞いたことがある。

中田が、理屈よりも自分の勘に従って行動する人間だというのは気づいていたが、そこまで勘に自信を持っているとは思わなかった。

「お前だけは皆とは違う匂いを持っている。お前はいったい何者なんだ」

岡田が琢磨を弁護する。

「そんなことを言うなんて、中野さんに失礼じゃないですか」

「何だと、このチビ！」

立ち上がった中田が岡田の胸倉を摑もうとしたが、一瞬早く、岡田は中田の手首を摑んだ。

「放せ！」

「空手の達人なら、こんなチビに手首を摑まれても、放せるんじゃないですか」

中田は腕を引こうとするが、微動だにしない。

「お前は――、お前は合気道か何かをやっていたのか！」

「そんなものはやっちゃいませんよ。ただ毎日、肉体労働をしていただけです。これが、あんたらの知らない肉体労働者の力というものです」

中田の表情が驚きから恐怖に変わる。

「この野郎、放せ！」

中田が身悶えするが、岡田は手首を摑んで放さない。

――岡田は侮れない。

これまでも幾度となくそう思ってきたが、小柄でいつもにこにこしているこの男が、中田よりも、はるかに不気味なものに思えてきた。

「いい加減にしろ！」

田丸が遂に大声を上げた。

「吉本同志」

羽交い絞めを解かれた吉本は、横を向いて憤然としている。

「君の意見は主体思想を歪曲《わいきょく》するものだ」

「田丸さん、本当の気持ちを言ってくれ。あんたも主体思想が間違っていると思っているんだろう」

田丸に代わって大西が言う。

「吉本同志は、田丸同志の主体思想解釈が間違っているという言い方で、主体思想そのものを批判した。それは偉大なる金日成同志を批判したと同じことだ」

「何を――、何を言っているんだ」

佐川も同調する
「吉本同志の主体思想解釈は、労働者階級の利益に反するものだ」

「貴様もか。この日和見《ひよりみ》主義者め！」

吉本は、仲のよかった佐川が裏切ったことにショックを受けたようだ。

「中田君、彼をどこかの部屋に連れていき、頭を冷やさせろ」

「来るんだ！」

中田が吉本の腕を摑むと、吉本が中田の手を払った。

「もういい。自分の部屋に戻る。それならいいだろう」

そう言うと吉本は、自分の宿舎に戻っていった。

この日はそれで終わったが、その後も吉本は荒れた。ある日の週総括では、主体思想を受け入れられないとまで言った。それに影響されたのか、青木や若山も次第に吉本の考え方に同調するようになっていった。

味方が増えて調子に乗った吉本は、あからさまに主体思想を批判するようになり、メンバー内には、殺伐とした空気が漂い始めていた。

メンバーは田丸、柴本、中田、佐川、琢磨の迎合派と、吉本、青木、若山の反対派に分裂した。大西と岡田は中立の立場で、議論が激しくなった時など仲裁に回るようになった。どうやら大西は、そうした役回りを演じるよう田丸に言い含められているらしい。

次第に吉本は、盗聴を気にすることなく北朝鮮政府を批判するようになっていった。

誰もが招待所での集団生活に嫌気が差し始めていた。気持ちはすさみ、仲の悪い者どうしは口も利かなくなった。遂に双方が中立派の岡田を攻撃するようになり、それを琢磨が庇《かば》うという一幕もあった。それでもユーチョルら指導員は沈黙を守り、反対派の中には「盗聴なんてされていないんじゃないか」と言い出す者もいた。

次第に誰もが北朝鮮政府をなめるようになり、遠慮なく声高に意見を述べるようになった。吉本に至っては「後進国」「正統性のない国家」「共産主義の産んだ継子《ままこ》」などと平気で言うようになり、さすがに大西にたしなめられるようになった。

田丸はリーダーとしての自信を喪失し、ふさぎ込むことが多くなっていた。彼は腕力があるわけではなく、その運動歴からリーダーになっただけで、優れたリーダーシップを発揮できるタイプでもない。

そんなある日の真夜中、事件は起こった。

外の騒がしさで目を覚ますと、柴本はすでに起き上がって窓の外を見ている。

「どうしたんですかね」

車のヘッドライトが柴本の顔を照らす。

「誰か来たのか」

煙草を探しながら琢磨が問うと、喚き声が聞こえた。

「あれは、吉本さんじゃないですか！」

その言葉に驚いた琢磨が窓際に駆け寄ると、ヘッドライトの中で、寝巻姿の吉本が兵士二人に両腕を摑まれていた。それを制止しようとした同室の若山は、その場に倒され、兵士に背を踏み付けられている。

「行こう！」と言って琢磨が飛び出すと、柴本も続いた。

外に出ると、どの宿舎にも灯りがつき、皆が何事かと集まってきていた。

「嫌だ！　放せ！」

吉本の絶叫が夜の闇をつんざく。

――連れていかれるのか！

琢磨は何が起こっているのか即座に理解すると、そちらに向かって走り出した。

庭にある車回しにはユーチョルがいて、兵士に指示を出している。

琢磨が駆けつけると、ほぼ同時に、田丸をはじめとした面々も駆け寄ってきた。

「ユーチョルさん、これはいったいどういうことだ！」

田丸がユーチョルに近づこうとすると、兵士がその行く手を遮った。

「吉本君には再教育が必要です」

「再教育だと。それはここでもできるだろう」

「できません。彼には特別な施設が必要です」

ユーチョルが顎で合図すると、兵士が吉本を車に押し込もうとする。それに吉本は激しく抵抗している。

「待ってくれ。どこに連れていく」

その問いに、ユーチョルは答えない。

「田丸さん、助けてくれ！」

ボルガのドアにしがみつき、吉本が叫ぶ。

「ユーチョル同志、お願いだ。もう一度だけチャンスを与えてくれ。彼のことは、われわれに任せてくれないか」

「駄目です」

「どうしてだ」

「彼には再教育が必要です」

「それは、われわれがやると言っているだろう。無理にでも従わせるから連れていかないでくれ！」

田丸がユーチョルにしがみつかんばかりに懇願するが、二人の兵士が銃をクロスさせて近づけさせない。

吉本の絶叫が悲鳴に変わる。

「何でも言うことを聞く。頼むからここに置いてくれ。お願いだ。助けてくれ！」

遂に吉本はボルガに押し込められた。

「嫌だ。行きたくない！　お母さん！」

ドアが閉められる寸前、吉本の最後の言葉が聞こえた。

ユーチョルが無言でうなずくと、ドアを閉めたボルガは猛スピードで走り去った。

――まさか、吉本は戻ってこないのでは。

琢磨の背筋に恐怖が走る。

気づくと田丸は、その場にくずおれていた。

そこにいる全員が、茫然として車の去った方を見つめていた。

「ユーチョルさん」と琢磨が呼び掛けると、その場から去り掛けていたユーチョルが振り向いた。

「吉本をどこに連れていくのですか」

「再教育の場です」

「いつ戻されるのですか」

「彼が真の革命戦士になった時です」

ヘッドライトに照らされたユーチョルの顔は、明らかに困惑していた。

――つまり察してくれということか。

「どうすれば、彼はここに戻ってこられるのですか」

その問いに答えはない。それがすべてを物語っていた。

「彼は戻ってこられないのですね」

「いいですか。私はあなたたちの監視役で、何か決める立場にないです」

ユーチョルの日本語が乱れる。そこには明らかな動揺が見られる。

「分かりました。ただ約束して下さい。いつか吉本を戻すと」

悲しげに首を左右に振ると、ユーチョルは自分のボルガに乗り込んだ。

琢磨がさらに迫ろうとすると、背後から肩を摑まれた。

「もういい」

田丸だった。

「もうよそう。今夜のことも――」

田丸は一瞬ためらった後、肺腑《はいふ》を抉るような声で言った。

「吉本のことも忘れよう」

その言葉に琢磨は衝撃を受けた。

――あんたは、それでいいのか。俺たちは生きるも死ぬも共にという「鉄の掟」で結ばれていたんじゃないのか！

気づくと兵士たちもいなくなっていた。メンバーは寝巻のまま茫然と立ち尽くしていたが、田丸が「戻ろう」と言うと、その言葉に従った。

琢磨は、その場に倒れていた若山を助け起こすと、その体に付いた土を払ってやった。若山は礼も言わず、幽鬼のような足取りで自分の部屋に戻っていった。

漆黒の闇の中、琢磨は一人、ボルガが走り去った先を見ていた。

北朝鮮政府はメンバーを洗脳し、完全な革命戦士として生まれ変わらせた上で、様々な工作に従事させようとしている。その妨げとなった者は排除されるだけなのだ。

――ここから逃げ出さねば。

琢磨の決意は強固なものとなっていった。

第4章
悪夢からの脱出

1

列島が猛暑に包まれた八月も、ようやく終わりを迎えようとしていた。世間では、ほんの数カ月前に起こった簡易宿泊所放火事件など話題にも上らなくなり、建築基準法に違反している同様の建築物の是正も、遅々として進んでいない。

世間にとって、簡宿の火災は過去のものになりつつあった。

だが格差社会の問題は相変わらず深刻で、少子高齢化問題と相まって日本社会の根幹を揺るがすほどになっていた。

貧困は各世代に確実に浸透し始めていたが、「失われた二十年」で貯蓄の機会を失った六十歳以上の層には、とくに深刻だった。

定年まで普通に働き、それなりに貯蓄があっても、本人や家族の不慮の怪我や予想外の病気によって、容易に貧困に陥ってしまう。それが今の日本社会なのだ。

だが日本人にとって貧困は恥でもあり、貧困にあえぐ者やその予備軍は、声高に政府を非難したり、行政に助けを求めたりすることもなく、町の片隅でひっそりと暮らしている。

その典型例が簡宿に住む人々だった。

寺島は、こうした話を聞くと義憤に駆られることがある。だがテレビは芸能人のどうでもいいニュースばかりを垂れ流し、週刊誌は有名人のスキャンダルを血眼で追っている。その間も徐々に貧困は人々を蝕《むしば》み、次々と簡宿のような場所に追い込んでいく。だが多くの日本人は、同胞の苦しみを直視しようとしない。

――何かが間違っている。

寺島は、無気力であきらめの蔓延《まんえん》した世の中に疑問を感じていた。

寺島はもう一度、石山直人の住んでいた生麦のアパートに行ってみることにした。上司の島田からは止められている上、極めてか細い線だが、石山のライターから手繰る以外に、簡宿火災事件を解決する糸口はないように思えた。

大家に連絡すると、案内することには同意してくれたが、「石山さんの家財道具を処分しないことには、次の店子を入れられないよ」と、しきりに愚痴られた。

大家の文句を聞きながら部屋に入ると、前回よりも独特の臭いが鼻をついた。積まれた衣類や畳の下などでカビが繁殖しているのだろう。

「やっぱり帰ってきてはいないようだね」

大家がため息をつく。

「そうですね」と生返事しつつ、寺島は注意深く室内を観察した。

先月は失踪したのかどうか半信半疑だったため、ざっと見回しただけだったが、今回は事件とつながりがありそうなものがないか、じっくりと見るつもりだ。

新聞はさらに黄ばみ、家具や調度類に降り積もった埃も、確実に厚くなっている。台所やトイレも乾ききっており、最近、使用された形跡はない。クローゼットや簞笥《たんす》の引き出しも入念に調べたが、手掛かりになるようなものは見当たらない。

かれこれ二時間ばかり見て回ったが、とくに収穫はなかった。

「こうしたもんは、家賃代わりに売り払っていいのかね」

大家の声に振り向くと、大家がアナログレコードのジャケットを手にしていた。

「これぐらいしか価値のありそうなものはないからね。それとこのステレオだね」

狭い部屋には、不自然に大きなオーディオセットが鎮座していた。寺島も前回の訪問からその存在には気づいていたが、音楽の趣味が事件と結び付くとは考えられず、無意識に調査対象から外していた。

「このオーディオセットは随分と立派ですね」

「音楽を聴くことだけが趣味だと言っていたからね」

オーディオセットにはレコードプレーヤーもあり、スピーカーの横には、数十枚のアナログレコードが立て掛けてある。

「何を聴いていたんですかね」と言いながら膝をつき、アナログレコードのジャケットを手に取ってみたが、どれも見たことのないものばかりだ。

「一度、外にいて聞こえてきたことがあるけど、なんかガチャガチャしたもんだったね」

「どうやらロックのようですね」

ジャケットの一枚にエレキギターを持ったバンドの写真があったので、その類の音楽だとすぐに分かった。だが、流行りのＪ－ＰＯＰぐらいしか関心のない寺島には、全く知らないものばかりだ。

「しかも英米のバンドじゃないようですね。これはイタリアかな」

ジャケット写真は風光明媚なところで撮られているものもあり、ヨーロッパの雰囲気を漂わせている。しかもジャケットの裏面に書かれている文字は、明らかに英語ではない。どうやら石山は、イタリアやドイツといったヨーロッパのバンドを好んで聴いていたようだ。

「こんなものの、何が面白いんだろうね」と言って、大家が背後からのぞき込む。

「私にも分かりませんよ」

「そうだろうね。あんたの年で聴くようなもんじゃない。多分、何十年も前のものだろう。でも、こうしたものを好む人は意外に多いらしくてね。石山さんによると、最近はリバイバルブームとかで、この手の連中が来日しているらしいよ。むろんこいつらも、皺《しわ》くちゃのじじいになっているはずだけどさ」

大家が、白面の貴公子然としたメンバーの写るジャケットを示しながら笑う。

「石山さんはライブにも出掛けていたんですか」

「そうそう。川崎駅前のクラブ〝何とか〟っていうホールに、こういう連中のなれの果てが、よく来ていると言っていたよ」

――川崎駅前だと。

何かが閃いた。

「それは『クラブパーチェ』のことですかね」

「さあ、名前なんて知らないよ」

――あそこは洋の東西を問わず、マイナーなバンドのライブをよくやっている。火災のあった簡宿から、徒歩で十分もかからない距離だ。

その時、レコードを包んでいたショップの袋が目に入った。黒一色の包装紙の中央に、朱字で「Disk Lord」と書かれたロゴが印刷されている。

――これは、どこかで見たことがあるな。

寺島が記憶を探る。

——簡宿の焼け跡だ。

突然、点と点がつながり始めた。

——あの日、クラブパーチェでライブはあったか。

スマホを取り出した寺島は、クラブパーチェで行われたイベントの履歴を検索した。

——あった。

五月十六日、つまり簡宿火災の前日に、あるロックバンドがライブを行っている。

そのバンドの名を検索すると、イタリアのバンドだと分かった。さらに「Disk Lord」という店を調べると、川崎市内に店舗はなく、その本部に問い合わせたところ、確かに同日、クラブパーチェでアナログレコードやCDを販売していたという。

「あんた、どうしたんだい」

大家が心配そうに寺島の顔をのぞき込む。

「いや、何でもありません」

「それならいいんだがね。血相変えてスマホ見たり、電話したりしているから、どうしたのかと思ってさ」

「今日のところは、これくらいで結構です」

「ああ、そうかい。それはいいんだけど、この部屋を片づけていいかい。石山さんは——」

大家の長広舌は続いていたが、寺島は室内やアナログレコードの写真を数枚撮ると、頭を下げてアパートを後にした。

その足で証拠品の倉庫に直行した寺島は、一千枚近い写真の中から目当てのものを探し出した。その写真は簡宿の隣の駐車場を撮影したもので、現場から火災風で飛ばされたとおぼしき「Disk Lord」の黒い袋が写っていた。しかも一部が焼け焦げたLPのジャケット写真まであった。袋ごと飛ばされたに違いない。

それはあの夜、クラブパーチェに出演していたバンドのものだった。

――落ち着け。短絡的になるな。

まず考えねばならないのは、簡宿の住人がクラブパーチェに行っていた可能性だ。しかし簡宿に住むような者が、レコードプレーヤーまで備えたオーディオセットを所有しているだろうか。

――やはり、石山は簡宿にいたんだ。クラブパーチェを出た後、誰かと出会い、簡宿へ行くことになったのではないか。

点と点が細胞のように結び付き、一本の線が浮かび上がってきた。

アナログレコードの写った写真を証拠品係から借り受けた寺島は翌朝、島田と野沢に経緯を話して写真を見せた。

二人は偶然の一致にしてはできすぎていると思ったのか、強い関心を示した。野沢は焼死体と石山のＤＮＡの照合をすると言って、関係部署への連絡を始めた。石山のＤＮＡはアパートの吸殻から採取できるはずだ。

その結果が出る前に、寺島は福岡行きの許可をもらった。

2

中洲の繁華街から少し外れた冷泉《れいせん》町の表通りに、玉井勝也の事務所はあった。さすがに地元の名士だけあり、事務所自体は質素を装いながらも場所は一等地だ。

玉井は欧米人のように両手を広げ、「ようこそ」と言いながら寺島を迎えてくれた。だが、その目には警戒心が漂い、「招かれざる客」が来たという感情があらわだった。

「東京からでしたね。ご苦労様です」

「厳密には川崎からです」

「ああ、そうそう。川崎ね」

そんな些細なことはどうでもよいと言わんばかりに、玉井は空返事をすると、傍らのソファに寺島を導いた。

六十も半ばを過ぎたとおぼしき玉井の頭は禿げ上がり、腹も出ているが、長きにわたって政治家をやってきたというだけあり、食えない男という第一印象を持った。

寺島は事件の概要と、ここまでの捜査状況を当たり障りのない範囲で伝えた。

「なるほどね。つまり石山は、その火災に巻き込まれた可能性があるというんだね」

「そうなんです。しかも放火なので、犯人が誰かを殺害するために、多くの人を巻き添えにしたとも考えられるのです」

「つまり、その誰かが石山というわけかい」

「いや、石山さんがそこにいたことは、まだ確実ではないんです。それと――」

寺島は思い切って言ってみた。

「石山さんは偶然そこにいただけで、石山さんと会っていた人物が狙われたのかもしれません」

「ということは、まだ不確定要素が多いというわけだね」

「そうなんです。まずは、石山さんが簡宿にいたという確証を得ることから始めます」

「その通りだ」と言うと、玉井は胸ポケットを探る仕草をした。

「煙草なら気にしませんので、吸って下さい」

「いや、少し前にやめた。こういうご時世だからね」

寺島はうなずくと、最初の質問をした。

「石山さんは象牙のライターを学生時代から使っていたようですが、覚えていますか」

「ああ、覚えているよ。親父さんから譲り受けたとか言っていたな」

「これがそうですか」

鑑識から借り出してきたライターをビニール袋ごと見せると、それをじっくりと見た玉井は、ぽつりと言った。

「懐かしいな。間違いない。石山のものだ」

玉井の顔に一瞬、悲しみが走る。

「石山は東京にのみ込まれたんだな」

「のみ込まれた――」

「ああ、東京には欲望が渦巻いている。その渦に巻き込まれたら、抜け出せない」

神奈川県生まれの寺島には分からないが、地方で生きる玉井のような年代の者には、そういう感覚があるのだろう。確かに石山は欲望に取りつかれ、大都市東京の狭間に落ちてしまったと言える。

「石山も、こちらに戻ってくればよかったんだ」

「結果的には、そうなりますね」

たとえ石山が生きていたとしても、その感想は大きくは変わらないはずだ。

「次の質問ですが、石山さんには簡宿に寝泊まりするようなご友人がいたか、お心当たりはありませんか」

「ちょっと思いつかないね」

「では、これを――」

寺島は雄志院大学から借りてきた二冊の卒業アルバムを見せた。石山と玉井は一年のずれがあるので、寺島は二冊持ってきていた。

「ああ、懐かしいな」

玉井は微笑むと、同期のアルバムからページをめくり始めた。

「こいつはラグビー部でね。商社マンになったんだが脳梗塞《こうそく》で亡くなった。最後の方は働き詰めでふらふらだったとさ。あんなに頑丈な男が若死にするとはね。人間一寸先は闇さ」

寺島は「そうですか」としか答えられない。

「こいつは老舗企業の経理部長をやっていたんだが、フィリピーナに入れ上げてね。使い込みをして御用さ。それで女房子供にも逃げられ、公判中に自殺した」

玉井は饒舌《じょうぜつ》だった。だが玉井の口からは、人生をうまく渡ってきた者の話は出てこない。

――成功者の話には、さほど興味がないのだ。

寺島の世代なら、友人から成功者が出ると自慢に思うものだが、人数が多くて競争も激しかった玉井の世代では、嫉妬ややっかみという感情があるのだろう。

「こちらは、衆議院議員になった方ですね」

「ああ、そうだよ」

同じ政治家でも国会議員となっている者に、玉井はそっけない。

続いて玉井は、石山の卒業年次のアルバムを手に取った。

同じように雑事を語りながら、一瞬玉井の手が止まった。

そこには、居並ぶ学生の中でも目を引くほどの女性がいた。

「この女性を、ご存じで」

「まあね」とあいまいに答えつつ、玉井がページをめくろうとする。

「この方は芸能人か何かですか」

「どうしてそんなことを――」

玉井の顔色が変わる。

「いや、きれいな方だからです。お名前は――」

寺島はアルバムを引き寄せ、玉井にページをめくらせないようにした。

「桜井紹子という名だ。しかし彼女は芸能人なんかじゃないよ」

「では、卒業後は何を――」

「白崎壮一郎の秘書になったと聞いたが、その後のことは知らないね」

「白崎壮一郎――」

「そうさ。知っているだろう。学生運動家だったが、運動が下火になってからは新興宗教の教祖となった男さ」

――あの胡散臭い奴か。

ハイジャック事件の後、白崎はマスコミに一切、姿を現していない。だが今は信者三十万人を擁する「神光教」の教祖として、その頂点に君臨している。

「ひょっとして、二人は夫婦か内縁関係にあったのですか」

「いや、在学中は誰にも知られていなかったが、二人は兄妹だ」

釣り糸がわずかに動く。

「それでは、桜井さんと石山さんは、どんな仲だったんですか」

あり得ないとは思いながらも、いちおう探りを入れてみた。

「二人が男女の仲だったとでも思っているのかい。とんでもない。石山はああいう男だし、桜井さんには――」

「別の男がいたと――」

「待って下さい。なんで彼女が関係してくるんですか」

突然、玉井の口調が変わる。

「申し訳ありません。私はゴシップを聞きたいわけではなく、

「石山さんの交友関係が知りたいだけなんです」

「そうですか」と言って、しばし考え込んだ後、玉井は言った。

「他言無用ですよ」

「もちろんです」

「実は、二人には共通の友人がいたんです」

「いた、ということは、もうお亡くなりになったんですか」

「おそらくね」

「死亡したかどうかも不明で、音信不通なんですね」

「そういうことになります」

「その方は、このアルバムの中におられますか」

「いや、私と同学年でしたが、卒業扱いにはなっていないので写っていないはずです」

「卒業していないのですか」

玉井が苛立ちをあらわにした。

「私にも立場があります。今回ははるばるお越しいただいたので、あなたの熱意に負けてお教えしますが、私から聞いたということは他言無用にして下さい」

「お約束します」

「実は――」

玉井の話に、寺島は引き付けられていった。

3

久しぶりに、川崎署の刑事課には緊張が漲《みなぎ》っていた。

寺島が福岡から戻った翌週、簡宿火災の最後の焼死体が石山直人だと特定されたからだ。

一室に集まっているのは、捜査本部の管理官、係長、島田、野沢、寺島に県警の捜査一課の刑事といった面々だ。

島田が疑問を口にする。

「つまり寺島君は、その中野健作という人物が本来の住人だと思うのか」

「あくまで可能性の話ですが」

野沢が鋭い眼光で問う。

「だが中野健作は、さど号で北朝鮮に渡り、七二年頃から行方不明になっているんだろう」

「そうなんです。帰国した記録もありません」

管理官が問う。

「その中野とやらは、何かやらかして不満分子とみなされ、北朝鮮政府によって処分されたんではなかったかな」

管理官の指摘に、寺島が首を振る。

「定かなことは分かりません」

「ほかのハイジャック犯は何と言っているんだ」

島田の問いに係長が答える。

「赤軍出身でフリーのジャーナリストになった奴が、北に行って田丸たちに取材したらしいんですが、中野は『労働者として働いたことのない人間が、労働者のための革命などできるわけがない』などと言い出し、一人の民として農村か工場で働きたいと申し入れ、それを認められたらしいんです。ところがその後、炭鉱に送り込まれ、落盤事故で命を失ったという話になっています」

「できすぎた話だ」

野沢が吐き捨てる。

「寺島君は、この中野という人物が密かに帰国していて、石山と会ったと言いたいんだな」

捜査一課の刑事が問う。

「はい。中野は白崎によって実行犯に選ばれたのです。しかし白崎にとって、過去を知る中野の存在は邪魔だったのでは」

白板に関係図を描きながら、寺島は説明を続けた。

「もしかしたら中野は、帰国後に白崎の教団の秘密か何かを摑んだのかもしれません。白崎は忠実な信者を使って、中野を消そうとした。その騒動に、石山とほかの被害者は巻き込まれたと考えられませんか」

「おいおい」と管理官がため息をつく。

「そもそも、さど号の実行犯が入国しているなんてあり得ない。誰か別の人間になりすまさなければ無理だ。こちらでは海外での行方不明者のパスポート番号はすべて把握しているし、今のシステムなら、偽造パスポートは簡単に見破れる」

「最近のことではないかもしれませんし、有力者の手引きがあったのかもしれません」

「いかに有力者だろうと、それは無理だ」

野沢が鋭い眼光で指摘する。

「中野が生きていて、仮に入国していたとして、なんで川崎の簡宿に潜んでいるんだ。しかも警察まで五分の距離だ。捕まえて下さいと言わんばかりじゃないか」

寺島は、その答えをすでに用意していた。

「身に危険が迫った時、最後の手段として、警察に駆け込もうとしていたのではないでしょうか」

野沢が反論する。

「警察に追われている人間が、なぜ警察に駆け込むんだ」

「白崎に殺されるよりはましでしょう」

「では、殺された場合、その秘密は藪の中か」

「そこでノートです」

そこにいる連中が驚いて目を見開く。

「寺島君、そのノートは証拠品じゃないだろう」

島田がとがめるように言う。

「あくまでも仮説です」と前置きし、寺島は話を続けた。

「自らの身に危機が迫った際、警察に飛び込めればよいのですが、万が一殺されても警察の現場検証が入るはずです。そこで、警察がコインロッカーの鍵を見つける。そしてノートを取りに行き、あの数字の羅列に出会う。あれは何かの証拠か、白崎にとって都合の悪いことが書かれているはずです。おそらく中野は乱数表とロッカーの鍵を一緒に隠していて、たとえ不慮の死を遂げても、警察が謎を解いてくれることを期待していたのではないでしょうか」

野沢が眼鏡を拭きながら言う。

「では、乱数表は焼けてしまったということか」

「おそらく――」

「それにしては、数字の羅列が少ないようだが」

「私もそれに気づきました。だとしたら、あの数字は何かの場所を示しているはずです」

「白崎にとって都合の悪いものを、さらに別の場所に隠しているというのか」

「そうです。中野が何らかの理由でコインロッカーに追加料金を払いに行けなければ、中身はコインロッカー会社に収容されます。誰かの目に触れたとしても数字の羅列なら無視される。だから二段階の秘匿方法が必要だったんです」

「待って下さい」と捜査一課の刑事が手を挙げる。

「仮説の上に仮説を積み上げても意味がありません。まずは中野健作の素性を探り、写真を入手し、あそこに泊まっていたのが彼だという証拠を探しましょう」

県警のキャリア組らしい慎重な意見だ。

石山と焼死体のＤＮＡ照合にあたっては、生麦のアパートから採取した残留物だけでなく、石山が通院していた病院に保管されていた血液サンプルを用いて、九九パーセント以上の確率で一致した。しかもその遺骸からは、相当量のアルコールが検出されていた。つまり、酔いつぶれて動けなかった可能性が高かったことになる。

続いて寺島は中野の写真を探したが、どうしても見つけられない。懇意にしている新聞記者に社内の資料室を当たってもらったが、そこにもないという。その新聞記者が、かつての担当記者に問い合わせたところ、ハイジャック・メンバーで唯一、中野健作だけは顔写真が一枚も見つけられなかったというのだ。

事件当時、記者は雄志院大学にも問い合わせたらしいが、学生証のために撮影されたはずの写真さえ見つからなかった。中野はハイジャックの中心人物ではないため、その時はそのままとなったが、担当記者は不可解な思いを抱いたという。

当時はカメラを持つ人も少なく、スナップ写真さえ残っていない人も多くいた。しかし、一枚の写真も出てこないというのは奇妙だった。

――当時の関係者に当たるしかないのか。

寺島は白崎壮一郎に会うことにした。

4

昭和四十七年（一九七二）が明けた。新年の行事が終わって早々、皆を集会所に集めたユーチョルが、あらたまった調子で言った。

「この二年間、皆さんは思想教育を十分に受けてきました。それにより朝鮮労働党は皆さんを革命戦士と認めました。偉大なる首領様にその報告をしたところ、首領様はたいへんお喜びになり、皆さんの望む軍事訓練をお許しになられました」

どよめきが起こり、皆の顔に笑みが浮かぶ。

——洗脳が終わった、ということか。

互いの肩を叩き、握手を交わしながらも、琢磨の一部は冷めていた。

「今後、皆さんに行う教育は、軍事訓練を主体としたカリキュラムに変更されます」

「どのような内容ですか」

弾んだ声で田丸が問う。

「銃の扱いから実戦的な戦闘法、さらに暗号作成と解読技術、モールス信号、乱数表、電波技術、盗聴、尾行術、そして語学などです。中でも最も大切なのは『領導芸術』というものです」

「その『領導芸術』とは何ですか」

「相手の心を読み、相手を思うままに扱う技術です」

「そんなことができるのですか」

「できます。これこそ首領様が編み出した奥義中の奥義です」

どうやら軍事訓練といっても、スパイ活動を主としたものらしい。だが、さど号ハイジャック・メンバーといえば、日本ではすでに顔が知られているはずで、日本でのスパイ活動などできるものではない。だが東欧や南米なら、そうした活動も不可能ではないだろう。

「ユーチョル同志」と田丸が手を挙げて問う。

「それらを学べば、われわれを日本に帰してくれるのですか」

ユーチョルは一瞬、驚いたような顔をすると逆に問うてきた。

「帰ってどうするのです」

「もちろん日本国内で革命を行います」

それを聞いたユーチョルは、失望したように首を左右に振った。

「まだ、それは早いです。革命を成功させるには準備が必要です」

「しかしわれわれは――」

「あなたたちには、首領様のご恩に報いる気持ちはないのですか」

――やはり、そういうことだったか。

北朝鮮政府が日本人の学生をこれほど厚遇する裏には、何かあるとにらんでいたが、やはり自主的な活動を許さず、北朝鮮の意のままに操るつもりなのだ。

「何事にも手順というものがあります。まずわれわれのやるべきことは、同志を増やすことではないですか」

「増やすといっても、どうやって――」

「このカリキュラムが終わった後、あなたたちはヨーロッパに渡り、そこで日本人の同胞を連れてくるのです」

――どういうことだ。

琢磨は愕然としたが、それは田丸も同じらしい。

「何のために、そんなことをするのですか」

「あなたたちは九人しかいません。これでは革命を起こせません。だから同志を増やして組織を拡大するのです」

「つまり、ヨーロッパを旅している日本人の若者を拉致してこいと――」

「そうです。それが首領様のご要望です。むろん暴力的に連れてくるわけではありません。誘拐《ゆうかい》でもありません。組織の要となり得る有為の材を見極め、領導芸術によって連れてくるのです」

「領導芸術によってということは、われわれの狙いを隠してということですね」

田丸の直截《ちょくせつ》な質問に、ユーチョルが眉をひそめながら答える。

「それは、その時の状況によります」

ユーチョルの額には汗が浮かんでいた。おそらく彼にとっても気の進まない話なのだ。

――日本の警察官として、そんなことができるか！

だが琢磨の口から、その思いとは別の言葉が飛び出した。

「やりましょう」

それに応じるように、皆からも声が上がる。

「そうだ。やろう！」

「多くの革命戦士を養成するんだ！」

その言葉を聞いたユーチョルは、ほっとしたような笑みを浮かべた。

「あなたたちは、首領様からKim's Eggs《キムズエッグス》と呼ばれています。日本では貴重な人材を『金の卵』と言うのでしょう。それに首領様の姓を掛けたのです」

思った。

——金の卵だと。冗談じゃない！　琢磨は一刻も早く日本に戻り、北朝鮮による拉致工作が始まることを伝えねばならないと思った。


翌日から軍事訓練が始まった。午前中はこれまで同様、机に向かって領導芸術などを学習するのだが、午後は実習となり、皆、水を得た魚のように張り切った。

琢磨も皆に先んじるようにやる気を見せた。琢磨は格闘の時間になると、自在に柔道技を繰り出し、教官を投げ飛ばしてしまうこともあった。

そんな時、休憩時間に中田が放った一言に、琢磨は衝撃を受ける。

「君は少年時代から柔道を習っていたというが、道場主は警察官だったんじゃないか」

「ああ、そんな話を聞いたことはあるけど、子供だったからな。確かなことは分からない」

「そうだろうな。警察官は関節技、絞め技、双手刈《もろてがり》が多い。実用性が高いからだろう。君も同じだ」

琢磨の背筋に冷や汗が走る。

「子供の頃の癖は、なかなか抜けんものさ」

中田の話はそこで終わった。だが琢磨は、前向きになりすぎることでも、ボロが出てしまうことを知った。

——やはり中田は侮れない。

それから琢磨は、さらに神経をすり減らすようにして暮らした。

季節は冬から春に向かい、北朝鮮にも穏やかな陽光が降り注ぐようになってきた。

北朝鮮で最も大きな行事は四月十五日の太陽節だ。太陽節は金日成の誕生日を祝う北朝鮮最大の行事で、その前の半月は、国中が準備で大わらわになる。

さど号メンバーたちも例外ではなく、皆で首領様への祝辞と現状報告の手紙を書き、招待所内での祝賀会の準備を始めた。

琢磨も、それらの作業を積極的に手伝った。

ある日、宿舎に帰ると、柴本が一緒に散歩したいという。夕食までの一時間は自由時間だが、こんなことはこれまでなかったので、琢磨は喜んで同意した。

二人は運動場に出ると、ジョギングしながら話し始めた。

「珍しいじゃないか。何の用だ」

「中野さんは、いったい何者なんですか」

背筋に衝撃が走る。

「俺は俺だよ」

「最初は、僕もそう思いました」

「どういうことだ。君は何を知っている」

「何でも知っていますよ。中野さんの桜井さんに対する想いとか――」

突然出てきた名前に、琢磨は動揺を隠しきれない。

琢磨は、桜井のことを自分から話題にしたことはない。誰もが白崎の恋人だと思い込んでいたので、そのままにしていたからだ。

「桜井さんは中野さんの彼女だったんですか」

琢磨は、どう答えてよいか分からない。

「『リルケの詩集』も、桜井さんからもらったんですね」

琢磨は飛行機に乗るつもりがなかったので、着替えなどの荷物をほとんど持ってきていない。しかしそれでは怪しまれるので、手近にあるものをナップザックに詰めてきていた。その中に、狩野静香から渡された『リルケの詩集』もあった。こちらに来てから、ほかに気晴らしになる本もなかったので、琢磨は寝る前にそれを読んでいた。

「美男美女のカップルですね。羨ましい」

「君には関係ないだろう」

その言葉にむっとしたのか、柴本が鋭利な言葉の刃を向けてきた。

「横山さんというのは警察の方ですね」

その名を聞いた時、心臓が飛び出すかと思うほどの衝撃を受けた。

思わず立ち止まりそうになったが、仲間の何人かが煙草を吸いながらこちらを見ているのに気づき、琢磨は走り続けた。

「どうやら中野さんは、横山さんに裏切られたのですね」

「――」

「つまり、中野さんも横山さんも公安というわけだ」

胸底から恐怖がせり上がってくる。

「中野さんは見事に潜入していた。こちらに来てから誰一人として、そんな疑念を持つ人はいなかった。だが、寝言だけはどうにもならない」

――迂闊《うかつ》だった。

細心の注意を払っているつもりでも、寝言を抑えることはできない。

――ということは、寝言も盗聴されていたのか。

目の前が真っ暗になる。

「中野さん、そうなのですね」

琢磨は何も答えなかったが、否定しなければ、それを事実と認めたことになる。

――これで俺も終わりだな。

警察官だと発覚すれば、ほかのメンバーから隔離され、政治犯収容所に送られるのは間違いない。しかも柴本は主体思想に忠実で、洗脳されていると言ってもいいほどだ。

突然、一人になりたくなり、琢磨は走るスピードを上げた。柴本との距離がみるみる離れていく。

――俺の残りの人生は、苦痛しか残っていない。

大同江に沈む夕日を見ながら、琢磨は桜井が手の届かない存在になったことを覚った。

「待って下さい」と言いながら、柴本が追い付いてきた。

「僕は、命の恩人を売るほど落ちぶれちゃいませんよ」

「命の恩人だと」

「そうです。中野さんは、あの辺りまで来てくれましたよね」

柴本が大同江を指差す。

あの時と違って、大同江は満々と水をたたえ、悠然と流れていた。

「このことは誰にも話していませんし、夜中に声が聞こえてくると、中野さんの布団を頭まで引き上げていたので、盗聴されている心配もありません。こちらの性能の悪い盗聴器では、布団の中の寝言までは拾えませんからね」

――そういうことか。

琢磨は、首の皮一枚でつながっているのを覚った。

「少なくとも今の中野さんは、仲間も北朝鮮政府も裏切るようなことをしていません。首領様のために心を入れ替えたと信じています」

琢磨は沈黙で答えた。柴本の情けにすがるような態度を示せば、これからも見下される恐れがあるからだ。

「でも、少しでも怪しい行動を見せれば、このことを皆にばらします」

柴本が釘を刺してきた。どちらが主導権を握っているのかを明らかにしたのだ。

――つまり、こいつに弱みを握られたということか。

最年少の上、情緒不安定な柴本だ。いつ何時、些細なことから機嫌を悪くし、琢磨の正体を皆に告げるかもしれない。

「週総括で僕が皆から責められた時は、弁護して下さいよ」

――これから、こいつの奴隷として一生を送るのか。

胸底から怒りが込み上げてくる。しかし、この場は堪えねばならない。

「分かった」

それを聞いた柴本は突然、走るのをやめて宿舎の方に歩き出した。

「君は——」

息を切らしながら追い付いた琢磨が問う。

「もう日本に帰りたくないのか」

一瞬、その場に立ち止まった柴本だったが、何も答えずに再び歩いていった。

——迷っているのか。

柴本の気持ちは明らかに揺れ動いていた。故郷に帰りたいという気持ちと、自ら進んで洗脳を受け、未練を断ち切りたいという二つの思いだ。

二人は笑顔で皆の方に向かった。夕日に照らされた皆の顔にも、若者らしい無邪気な笑みが浮かんでいる。それは、琢磨が雄志院大学のキャンパスで見てきた学生たちと何ら変わらない。

——だが、ここに自由はない。

今後、彼らは金日成の兵士として、いかに良心に反することでも、黙々と遂行せねばならなくなるのだ。

——俺は真っ平ごめんだ。

日本の警察官として、それだけはできない。

——すぐにでも、ここから脱出せねばなるまい。だが、どうやって。

琢磨には焦りが生じていた。

この年、日本では、二月に連合赤軍浅間山荘事件が起こり、学生運動は一気に下火になっていく。しかし一切の情報が遮断された彼らは、何も知らなかった。

5

太陽節が近づいたある日のことだ。食堂で談笑していると、厨房の中にいる雑役婦たちの会話が耳に入ってきた。

「太陽節の日は式典があるから、警備の人は少ないって」

琢磨は耳をそばだてた。

北朝鮮での生活も三年目に入り、琢磨たちにも朝鮮語の意味が分かるようになっていた。語学センスのある岡田などは、積極的に従業員に話し掛けて実践を積み、日常会話なら普通にできるほど腕を上げている。だが従業員たちは、ついそれを忘れてしまうことがある。

「警備艇はいるの」

「いると聞いたわ。でも三人だって。だから夜食は三つでいいわ」

――警備艇だと。

琢磨の頭脳が回り始めた。

――三人なら倒せないこともない。

だが、それには多くの危険を伴う。

――闇の中、背後から迫り、一人ずつ絞め技で落としていくとしても、すべてが思惑通りにいくとは限らない。

しかしこの機会を逃せば、次のチャンスがいつめぐってくるか分からない。

その時、隣に座る岡田が話し掛けてきたので、ぎくりとした。

「太陽節の日は、警備の人数が減るようですね」

「君にも聞こえたのか」

皆の会話に交じり、一緒に笑い声を上げていたにもかかわらず、岡田はしっかり厨房の会話を聞いていた。

――こいつは何を考えているんだ。

二年の月日を共にしても、琢磨は岡田という人物を理解できないでいた。岡田は底抜けに陽気な半面、その顔に暗い翳《かげ》が差すことがある。当初は、岡田だけが労働者階級の出身だからだと思っていたが、ここでの成績はトップクラスなので、学歴をコンプレックスにしているとは思えない。

「警備艇の人たちも、いつもの半分のようですね」

琢磨の顔色から、岡田は何かを読み取ったのかもしれない。

──俺に警告しているのか。貴様は何者なんだ。

岡田はもう皆の話題に戻り、独特の嗄れ声で笑っている。

──やはり思い過ごしだ。

岡田は皆の会話に入ってこない琢磨を気遣い、たまたま耳に入った太陽節の警備状況を口にしたにすぎないのだ。琢磨はそう思うことにした。


太陽節の日がやってきた。

この日は、国中が昼のうちから祝賀気分一色で、メンバーもバスに乗せられて平壌市内を見学させてもらえた。

午後、ユーチョルの案内で大競技場に入ると、しばらくして式典が始まった。観客席を使ったマスゲームなどが繰り広げられ、最後に金日成が演壇に上り、演説をして幕となった。

メンバーはあらためて金日成の偉大さに感嘆し、賞賛の言葉を惜しまなかった。

琢磨は誰にも負けないくらいの拍手をしながら、洗脳の恐ろしさを思い知った。

夕方には招待所に戻り、祝賀の宴が催された。それも夜の十時には終わり、メンバーはそれぞれの宿舎に戻っていった。

琢磨は寝床に入り、時が来るのを待った。

――果たして、うまくいくだろうか。

琢磨は、これからの行動手順を幾度となく反芻した。

やがて柴本が寝息を立て始めた。

琢磨はゆっくりと起き上がり、トレーニングジャージに着替え、最低限の荷物が入ったナップザックを摑んだ。その時、ベッド脇のスタンドの下に『リルケの詩集』が置いてあるのに気づいた。一瞬、置いていこうかと思ったが、ナップザックに押し込んだ。

――柴本、すまないが一人で行く。

柴本の寝顔に心中で語り掛けた琢磨が、部屋を出ようとした時だった。

「どこに行くんですか」

突然、冷めた声が聞こえた。

「学習室で少し勉強してくる」

盗聴の心配があるので、琢磨がごまかして言うと、柴本は部屋の外に出て話をしたいという仕草をした。

寝室の外には、盗聴器が仕掛けられていない。これまでメンバー個々が、注意深く探したが、廊下には仕掛ける場所がないという結論に達していた。

外に出ると、柴本が琢磨に煙草を勧めてきた。

それをもらって火をつけると、柴本が笑みを浮かべて言った。

「中野さんは度胸がある。失敗すれば、待っているのは拷問と死ですよ」

「そんなことは分かっている」

「どうやって逃げ出すんです」

その問いには答えず、逆に琢磨は質問した。

「君は通報するのか。それとも一緒に来るか」

柴本が弱々しく首を左右に振る。

「そのどちらもノーですね」

柴本は、覚えたての煙草をくわえると火をつけた。暗闇に、とても十代には見えない冷めた顔が浮かぶ。

「あなたは命の恩人だ。だから通報などしません。だけど一緒に行くこともできません。僕は田丸さんを裏切れない」

——裏切れないのは、田丸ではなく北朝鮮政府だろう。

その言葉を琢磨はのみ込んだ。

今は琢磨のことを命の恩人などと言っている柴本だが、日が経てば経つほど、洗脳は進むはずだ。

──そうなれば、俺は間違いなく告発される。

領導芸術という悪魔の洗脳技術は、人の精神を根底から変容させるほどの力がある。

「俺と一緒に来ないなら、これが最後になる。元気で暮らせよ」

それだけ言うと、琢磨は柴本の持つ灰皿で煙草をもみ消した。

「中野さん、うまくいくはずがありません。やめるなら今です」

「いや、やるなら今だ」

琢磨はその場を後にした。最後に一瞬、柴本の方を見たが、柴本は俯いて煙草をふかしていた。

──柴本は迷っているのだ。もしかしたら通報されるかもしれない。

そうなれば、たとえ警備艇を奪うことができても、大同江の真ん中で御用となる。

──それでもやるのか。

むろん答えは一つだった。学習室の電灯をつけた琢磨は、裏口からゆっくりと外に出た。

晩春とはいえ、北朝鮮の夜は冷える。琢磨は動きやすさを考え、黒いトレーニングジャージを着ているだけなので、寒さが身に染みる。

——この寒さとも今日でおさらばだ。

だが一つ間違えば、おさらばどころか、死が訪れる瞬間まで、寒さと苦痛の日が続く。

祝宴の片づけをしていた雑役婦たちも寝静まったようだ。琢磨は音を立てないように注意しながら、藪をかき分けて小丘の頂に出た。

小丘の上からは大同江が見える。船着場には警備艇が一艘《そう》停泊し、船首と船尾に小さな灯りがついていた。

慎重に警備艇に近づいていくと、話し声が聞こえてきた。川の中心に向けられた船尾のデッキで雑談をしているようだ。

声を聞き分けていると、会話をしているのが二人だと分かった。

——残る一人は、どこかで仮眠を取っているに違いない。

胸の鼓動が大きくなる。

——待つのだ。必ず一人ひとりになる。

しばらくして一人が栈橋に下りてきた。どうやら小用を足すらしい。

もう一人は定時連絡でもするのか、船室の灯りをつけた。

栈橋から河畔までやってきた兵士が、暗がりを探して小用を始めた。小銃は置いてきたようだ。

琢磨は抜き足差し足で、小用を足す男の背後に近づいた。

――どうする。

最後の最後で迷いが生じた。

――ここで死ぬことになるかもしれないが、それでも一生ここにいるよりはましだ！

小用が終わった次の瞬間、琢磨は背後から兵士に飛び掛かった。男は腕を振り払おうともがくが、琢磨は首に回した腕を緩めず、ほんの三十秒ほどで落とすことができた。

その時、誰かの名を呼ぶ声が聞こえてきた。船室の兵士が、小用を足しに行った兵士を呼んでいるに違いない。

琢磨が船の陰に隠れると、その兵士が近づいてきた。

次の瞬間、倒れている同僚に気づいたのか、名を呼びながら駆け寄ってきた。

兵士はしゃがみ込んで、同僚を揺り起こそうとしている。

その背後から琢磨が襲い掛かった。

「うぐっ、うう」

絞め技で二人目も気を失わせた。続いて琢磨が、ナップザックに入れているロープと猿轡《さるぐつわ》を取り出した時だった。

「手を上げろ！」

背後から朝鮮語で声を掛けられた。

――しまった！

ゆっくりと振り向くと、三メートルほど先に兵士が立っていた。銃口はまっすぐ琢磨に向けられている。傍らに落ちている包みは、おそらく三人分の夜食だろう。

琢磨は、自分の人生が終わったことを覚った。

懐かしい故郷の風景と桜井の顔が交互に浮かぶ。

ところが次の瞬間、信じられないことが起こった。兵士の顔色が変わると、小銃を手から落とし、首に手を掛けてもがいている。

――どういうことだ！

後方に倒された兵士は、足をばたつかせながら暗がりへと引きずられていく。

やがて、わずかに見えていた軍靴《ぐんか》の動きがやんだ。

われに返った琢磨が慌てて小銃を拾うと、闇の中から人影が現れた。

「撃たないで下さいよ」

独特の嗄れた笑い声が聞こえる。

暗がりから現れたのは岡田金太郎だった。岡田は、いつものように顔をくしゃくしゃにして笑っていた。

「まさか、君は——」

「これはいったい——、どういうことだ」

「話は後です。すぐに逃げましょう。警備艇のエンジンを掛けておいて下さい。その間に兵士たちを始末しておきます」

「殺すのか」

「殺さないと、すぐに見つかりますよ」

「殺すな。これで何とかしてくれ」

琢磨が用意してきたロープと猿轡を渡した。ロープを入手するのは極めて難しかったが、訓練用の備品を入れている倉庫から失敬してきたのだ。

「三橋さんは、本当に人がいいんだな」

——今、俺の本名を呼んだのか。

琢磨は驚きで言葉も出ない。

「とにかく話は後にしましょう」

岡田の言葉にうなずいた琢磨は、操舵室に入るとエンジンキーを回した。緊急の出動に備えてか、キーが差したままになっていたのが幸いした。

ブルルという音がしてエンジンが動き出した。

――燃料はどうだ。

燃料計はほぼ満タンになっている。

――これなら逃げられる。

琢磨が計器を点検していると、岡田が戻ってきた。

「片づけてきましたよ。念のため、こいつを持ってきました」

岡田が二着の軍服を示す。

「念の入ったことだ」

「それで、船は動かせそうですか」

「何とかなりそうだ。もやいを解いてきてくれ」

後尾に消えた岡田から、すぐに「ＯＫ」という声が返ってきた。

いまだ招待所は寝静まっており、警備艇のことを気に掛ける者はいない。

――今夜は特別な夜だから、緊急出動しても怪しまれないはずだ。

琢磨はギヤをＬｏｗに入れると操舵輪を操り、ゆっくりと桟橋を離れた。

――果たして、うまくいくか。

今になって恐怖が込み上げてきた。だが、もう後戻りはできない。

「大同江の地図、そして外洋の海図や磁石もありましたよ」

いつの間にか岡田は船内を探り、必要なものを見つけてきていた。

警備艇は控えめに川波を蹴立てつつ、あたかも定時巡回のように走り始めた。

「うまいじゃないですか」

岡田が茶化すように言う。

「四級免許を取っておいてよかった。あんたは――」

「四級ぐらいは持っていますよ。造船会社にいた時に取らせてもらいました」

琢磨が船首を西に向ける。

「向かうのは黄海ですね」

「そうだ。本来なら日本海に出たいが、黄海なら四分の一ほどの距離で行けるからな」

夜中ということもあり、大同江にほかの船舶の姿はない。だが両岸の灯りは普段より多く、時折、風に乗って祝宴の歓声が聞こえてくる。

琢磨は怪しまれないように、ライトをつけて二〇ノットほどの巡航速度で進んだ。

しばらくすると、岡田が吸っていた煙草を差し出した。

「このまま何事もなく黄海に出られれば、奴らは追ってこられないはずです」

「だが北朝鮮の領海から出るのは、容易ではないだろう」

岡田が大同江の地図に目を落としながら言う。

「黄海に出ても、公海に出ないことには意味がないですからね」

「それは駄洒落か」

岡田の哄笑《こうしょう》が北朝鮮の夜空に吸い込まれていく。

「いったい、あんたは何者なんだ。もう俺たちは後に引けないんだ。教えてくれてもいいだろう」

「分かったよ」

突然、岡田の口調が変わる。

「俺は公安さ」

「何だと――」

予想もしなかった一言に、琢磨は愕然とした。

「学生として奴らの中に潜り込んだ公安は、大半が見破られた。そこで上の命令により、俺は労働者として造船会社に入り、同時に共産党本部の使い走りをやって、田丸に取り入ったってわけさ」

――そこまでして、学生運動をつぶしたいのか。

琢磨は日本の警察の周到さを思い知った。

「学生だと横のつながりがあるんで、すぐにばれると分かったんだ。大学生だと出身校を聞かれた時、ある程度、名の通った高校名を出さねばならないだろう。そうすると、必ずどこかに同期の卒業生がいる。それで見つかるってわけさ。だけど労働者なら、そんな心配は要らないからな」

岡田が得意げに言う。

――つまり中卒ということにすれば、高校時代の知り合いがいないので、ごまかせるというわけか。

琢磨の場合、北海道のさほど名の通っていない高校の出身とされたが、その線から発覚しなかったのは単なる僥倖《ぎょうこう》にすぎなかったのかもしれない。

「それで、ハイジャックに参加することを希望したってわけか」

操舵輪を握りながら、琢磨が岡田に問う。

「ああ。もちろん途中で阻止するつもりでいたんだが、なぜか警察は動かなかった」

「俺もそう思った。どうしてだろう」

岡田が首をかしげる。

「おそらく、方針が変わったんだろう」

「方針だと」

「そうさ。方針が変わって、羽田で取り押さえるのをやめたのさ」

「連絡ミスや何かの手違いではないのか」

「よせやい。乗客の命が懸かっているんだ。警察はそんなミスをしない」

「では、どうして、あんなことになったんだ」

「何らかの圧力が上から掛かったのかもしれない」

琢磨には何のことだか分からない。

「圧力とは何だ」

「政治家の圧力だよ」

「待てよ。どういうことだ」

「ここに来てから時間があったんで、俺もいろいろと考えたんだがな――」

岡田が首をひねりながら言う。

「俺たちを北朝鮮に行かせることに、政治家の誰かが何らかのメリットを感じたのかもしれない」

「誰が、何のために。それは乗客の命を懸けるほどの値打ちがあるものなのか」

「問題はそこだ。下手をすると、乗客も北朝鮮に連れていかれる。少なくとも乗務員はそうなる。メリットがあっても、そんな危険を冒す価値があるのか」

「その通りだ。悪くすると撃墜されていたかもしれないんだからな」

「だが、たとえそうなっても、事実は闇から闇に葬られる。つまり、圧力を掛けた政治家は無傷というわけだ」

「どうしてだ」

「政治家が圧力を掛けるとしたらどこだ」

「公安か」

「そうさ。公安なら口が堅い。どのような結果になろうと、政治家に累が及ばないような構造になっているのさ」

岡田は琢磨の口から煙草を取り上げると、自分で吸い始めた。

「日本政府が密かに北朝鮮政府と接触し、安全を確保していたとも考えられる」

「まさか――」

韓国の空港から飛び立つ時、琢磨も一度は考えたが、国交断絶状態の北朝鮮政府との間に、交渉ルートがあるとは思えなかった。

岡田が煙草に火をつけながら問う。

「では日本政府にとって、俺たちを北朝鮮に送り込むメリットは何だ」

「そんなもんあるわけないだろう」

「いや、ある」と、岡田が自信を持って言う。

「政府は国民に危機意識を焚き付け、学生運動を鎮静化させられる。それだけではなく、共産主義国の恐怖を国民に植え付けることもできる」

岡田はうまそうに煙草を何回か吸うと、残りを琢磨の口にくわえさせた。

「そうなれば今の保守党政府は、国民の支持を集められるというわけか」

「そうだ。だが、それぱかりではない」

「ほかに何がある」

その時、岡田が後方を振り向くと言った。

「おい、何か聞こえないか」

二人の乗る警備艇のエンジン音は低くうめくように続いていたが、確かに、先ほどまでとは違う音も交じっている。

「つけられているぞ」

「何てことだ」

「交代でこれを着よう」と言うや、岡田が手早く兵士の制服に着替えた。

続いて岡田が操舵を替わると、琢磨も制服を身に着けた。

その時、背後から波を蹴立てる音が迫ってきた。

次の瞬間、強烈なサーチライトが照射された。続いて「チョンジ、チョンジヘラ！」という声が聞こえた。「止まれ。止まりなさい」という意味だ。

琢磨は恐怖を感じたが、岡田は落ち着いている。

「何食わぬ顔でいろ。奴らがライトを向けたら敬礼だ」

岡田が速度を落とすと、背後から近づいてきた警備艇が真横を並走する。

サーチライトが操舵室を照らす。琢磨は反射的に敬礼したが、向こうの様子は見えない。

相手は拡声器越しに何か言っている。

岡田がさらに速度を落とすと、手を左右に振る兵士の姿が見えた。

「いいから行け、と言っているぞ」

琢磨が言葉の意味を、ようやく聞き取った。

――軍服が功を奏したのだ。

「ラッキーだったな」

岡田は敬礼すると速度を上げた。警備艇は身を翻して闇の中に消えていった。

――助かったか。

琢磨は肝が縮む思いがした。

6

空気が澄んでいるからか、北朝鮮では日本よりも月が明るく見える。それに気づいて両岸を見ると、灯りが随分と少なくなったように感じられた。

――夜明けはまだだな。

腕時計を見ると、午前三時四十分を指している。

北朝鮮の人々の唯一の息抜きの日と言ってもいい太陽節では、国民は徹夜で騒ぐと聞いていたが、さすがにこの時間になると、大半は寝静まるのだろう。

「きれいだな」

琢磨がぽつりと言うと、岡田がうなずく。

「ああ。日本は豊かさを手に入れた。だが失ったものも多い」

「それが、この星空と澄んだ空気というわけか」

「そうだ。日本の空は工場の煤煙で覆われている。青空を見ることなどめったになかった」

琢磨はそこまでとは思わなかったが、造船会社に籍を置き、日本の現実を目の当たりにしてきた岡田の目には、そう映っているのだろう。

「そんな日本に、なぜ戻りたい」と、岡田が問う。

「人さ。日本に残してきた人がいる」

琢磨の脳裏に桜井の笑顔が浮かぶ。

「なるほどね。恋人ってわけか」

「まあ、そんなところだ」

「実はな、俺にも妻子がいる」

琢磨は耳を疑った。メンバーの中で二番目に若い岡田が、所帯持ちとは思わなかった。

「あんたはいくつなんだ」

「君より少し年上だ」

人は見た目だけで年を判断できないことを、琢磨は思い知った。

「家族には、もう会えないと思っていた。だが少しだけ光が見えてきた」

岡田には岡田の人生があった。

「だが、まだ油断はできない」

岡田が気を引き締めるように言う。

海が近づいてきたのか、川幅が次第に広くなってきた。最大で幅一キロメートル余という大同江には大小の島も多く、地図を注意深く見ていないと、本流から外れてしまうこともあり得る。

琢磨は地図と磁石を見比べ、正しいと思われる水路を指示し続けた。

兵士の服に着替えた時から、岡田が操舵を担当し、琢磨が地図を見ながら指示を出すという態勢になっていたが、岡田は琢磨以上に操舵に慣れていそうなので、そのまま任せることにした。


「三橋君、あれから何時間経った」

「船を出してから四時間ほどだ」

「日が出る前には海に出たいな」

岡田が独り言のように言ったが、それを無視して琢磨は尋ねた。

「いつから俺の正体を知っていたんだ」

「最初からだよ。あんたを監視するのも、俺の任務の一つだった」

「俺を監視する――、どういうことだ」

「あんたは転ぶかもしれないと聞いた。下手をすると糸の切れた凧になる。そのため、あんたが警察の内情を奴らに漏らさないよう、俺が派遣されたのさ」

「漏らしていたらどうなった」

「おい」と言って岡田が琢磨に視線を向ける。

「あんまり政府や公安を甘く見ない方がいいぜ。あんたの命を奪うことに、奴らは良心の呵責など全く感じないんだからな」

「それは君もか」

「まあ、判断は俺に任されていたってことさ」

琢磨は目の前にいる男が、自分以上に公安の中枢に近いことを知った。

「公安は人を消すことに躊躇はない。すべては国家のためだからな」

戦後日本には、内閣調査室という形ばかりの情報機関はあったものの、ＣＩＡやＫＧＢに匹敵するような機関は設置されなかった。ところがそれは建て前にすぎず、公安の中に政権と密着した組織があり、政府直属の情報機関として、様々な活動を行っていると聞いたことがある。

琢磨は国家権力のために動き回る走狗に対して、喩えようもない嫌悪を抱いた。

「国家権力を守るために、俺は闘ってきたわけじゃない」

「おいおい、あんたも俺も、奴らにとっては虫けら同然なんだぜ。虫けらが何を言ったって、誰も聞いちゃくれないよ」

「俺たちは政府にとって虫けらなのか」

「そうだよ。虫けらさ。でも日本政府だって、せいぜい犬ぐらいのもんだよ」

岡田が鼻で笑う。

「どういうことだ」

「何と言ってもわが国には、総理大臣の上がいるからな」

「天皇家か」

「よしてくれよ」と言って岡田が噴き出す。

「アメさんだよ。奴らは日本の生殺与奪権を握っている。戦争に負けた上に安保条約で守ってもらっているんで、日本政府はアメさんの命令に逆らえないのさ」

琢磨は岡田の経歴を思い出した。岡田の祖父は財閥並みの財産を残したが、両親は戦争によって全財産を失っていた。

「君のご両親も、戦争では苦労したというじゃないか」

岡田が鼻で笑う。

「俺が岡田金太郎だという証拠は、どこにもないんだぜ」

「何だと」

――つまりこの男は岡田金太郎になりすましていたというのか。

琢磨の頭は混乱した。

「どういうことだ。君は誰なんだ」

「誰でもいいじゃないか」

「いいだろう。君が誰であろうと構わない。だがなぜ、俺に正体を告げなかったんだ」

岡田があきれたように笑う。

「そんなことを知らせたら、あんたが奴らに転んだ時、俺はこれさ」

岡田が手刀で自分の首を左右に引いた。

琢磨は不満を抱いたが、岡田の言うことにも一理ある。

――確かに俺は学生運動に惹かれていた。奴らの情熱に煽られ、本気で日本を変えられるんじゃないかと思ったこともあった。

「いよいよ河口だぞ」

それまで両岸に見えていた灯りが、ある地点を境に全くなくなっていた。おそらく眼前には、海が広がっているのだろう。気づくと船のローリング（縦揺れ）も激しくなってきている。外洋から押し寄せる波の影響に違いない。

「あれが南浦《ナンポ》だ」

南浦とは、大同江の河口にある北朝鮮最大の工業都市のことだ。夜明けを迎えたばかりなのに、コンビナート一帯に無数の灯りが明滅している。

「これで北朝鮮ともおさらばだな」

「いや、まだ油断はできない。大同江河口と外海を堰き止めた西海閘門《ソヘこうもん》には軍事施設があり、検問も行われている」

琢磨は、そんなことを全く知らなかった。

「だが、すべての船舶というわけではない。外海から入ってくる船は厳重にチェックされるが、出ていくものは、さほど厳しくないと聞いている」

「いったい、そんな情報をどこで――」と問い掛けたところで、波を蹴立てて船が近づいてきた。

「来たぞ。さっきと同じように、とぼけてやりすごそう」

やがて小型のボートが横付けされた。琢磨たちの乗る警備艇よりも一回り小さい。

拡声器を手にした兵士が、「どこに行く」と問うてきた。

岡田は傲然と胸を反らし、「君らに告げる必要はない。警備艇番号を警備課に問い合わせろ！」と怒鳴り返した。

こうした場合、居丈高に出る方が効果的だ。

士官らしき者はいないのか、若い連中が額を寄せ合い相談している。

「早くしろ！」と岡田が怒鳴ると、ボートの乗員は、手を大きく振って閘門を通るように指示してきた。その時、警備艇が薄闇の中に浮かぶ物体を照らした。ところどころに巨大な浮きの付いた太いワイヤーロープのようだ。

「そうか。外海は目の前に広がっていても、両岸に渡したワイヤーで出入りができないようになっているんだな」

「そうさ。そんなことも知らなかったのか」

岡田は警備艇を徐行させながら、指示された方に向かった。

やがて島陰から、コンクリートの巨大な建築物が現れた。それは三本の太い橋脚の間に鉄の扉が二つ付けられた異形の建物で、その上に事務所らしきものが載っている。おそらくそこで、閘門の開け閉めを行っているに違いない。

灯りが煌々《こうこう》とついているので、事務所の内部は、こちらからもよく見える。

ボートから連絡を受けたのか、片方の閘門が少しずつ上がっていく。

その時、そこにいた一人が電話を取った。

その人物の視線が、琢磨たちの乗る船に吸い寄せられる。

琢磨は嫌な予感がした。

「岡田君――」

「分かっている」

岡田も事務所内の動きを見つめている。

受話器を持った男が、周囲に何事かを指示した。事務所内の人の動きが慌ただしくなる。

「ばれたかな」と言って、岡田が唇を嚙む。

――桟橋に残してきた兵士たちが発見されたか、柴本が迷った末に通報したか。

いずれにしても、こちらの素性が知られたのは明らかだった。

閘門の動きが止まった。

「岡田君、どうする！」

「突っ込むしかないだろう」

周囲から船のエンジン音が聞こえてきた。四方から警備艇が集まってきているのだ。

「よし、行くぞ！」と言うや、岡田が警備艇を加速し始めた。

その時、閘門が下がり始めた。それを見た岡田がエンジンをふかすと、弾丸のように船が加速した。転倒しそうになった琢磨が、慌てて手すりにしがみつく。

閘門が眼前に迫ってきた。だが空いている空間は、瞬く間に狭められていく。

「おい、ぶつかるぞ！」

「うおー！」

岡田が獣のような声を上げる。

首をすくめながら、琢磨も言葉にならない雄叫びを発した。

次の瞬間、二人の乗った警備艇は閘門の外に飛び出していた。振り向くと、操舵室の上にあった無線用アンテナが吹き飛ばされている。

——ぎりぎりだったんだ。

おそらく一メートルも余裕がなかったはずだ。

「やったな！」

「やったぞ！」

二人は手を取り合って喜んだ。

閘門が下がったおかげで、追いかけてくる警備艇はない。再び閘門を上げて警備艇が追ってくるはずだが、その間にかなりの距離を稼げるはずだ。

「閘門にいた警備艇は小型だ。われわれには追いつけないだろう」

琢磨が自分に言い聞かせるように言う。

「おそらく奴らは、海警局の海洋警備艇を呼び出すはずだ。でも突然のことなので、こちらに来るまで三十分はかかるだろう。その間に公海に出られる」

「どうやら帰れそうだな」

「そうだな」

岡田の表情も明るい。琢磨は岡田のことをもっと知りたくなった。

「さっきの話の続きだが、あんたの故郷はどこだ」

琢磨の問いに一瞬、躊躇した後、岡田が言った。

「もう教えてもいいだろう。あんたとは長い付き合いになりそうだからな。俺は瀬戸内海に面した小さな港町で生まれた」

その名を聞いても分からないので、琢磨は問わなかった。

「どうして公安になった」

「俺は中卒だ。最初は交番勤務さ」

「それで上層部に見込まれたということか」

「ああ、勤務実績もよかったし、見ての通りのベビーフェースだからな」

琢磨はそれ以上のことを聞くのをやめた。時間はたっぷりあるので、これからゆっくり聞けばよいと思ったからだ。

警備艇は全速力で南西に向かっていた。最短距離を行けば、三十分ほどで韓国の領海に入ることができるはずだ。だが国境付近には北朝鮮の軍事基地があるので、いったん沖に向かって走り、公海に出た方が無難だと岡田は言った。

琢磨は海図と磁石を交互に見ながら、「今の速度だと、あと一時間ほどで公海に入る」と岡田に伝えた。

「何とか逃げ切れそうだな」

岡田は笑みを浮かべたが、その時、「あれ」と言いながら減速した。

「なぜ速度を落とすんだ」

「俺が落としたんじゃない。エンジン音がおかしい。見てきてくれないか」

琢磨が船室に下りていくと、その理由が分かった。船室のハッチを開けたまま走っていたので、波しぶきが甲板を洗い、船室はくるぶしまで水に浸かっていたのだ。

――しまった！

エンジンルームも水浸しだった。

――排水方法があるはずだ。

船室に戻った琢磨は、朝鮮語で書かれたマニュアルをめくった。

――これだ！

もう一度、エンジンルームに潜り込んだ琢磨は、ペンライトでバルブを探り、排水を開始した。

――よかった。これで大丈夫だ。

操舵室に戻ると、岡田が「どうだった」と問うてきたので、琢磨は原因を説明した。

「そうか。故障でなくてよかった。だが貴重な時間を失ってしまった」

やがてエンジンが勢いを取り戻してきた。

その時、背後の水平線に光が見えた。

「追ってきたぞ！」

瞬く灯りは二つ、三つと増えていく。最後にその数は八つになった。

「どうだ。逃げきれそうか」

「この船より高性能だったら追い付かれる」

やがて夜が明けてきた。

曇天《どんてん》の下、追い掛けてくる船影がはっきりしてきた。そのかき分ける白波さえ見える。

「追ってきているのは、海洋向けの大型警備艇だ」

岡田が舌打ちする。

「かなり接近してきたぞ。これ以上、速く走れないのか」

「これで全速力だ」

口惜しそうに岡田が呟く。

琢磨は海図と磁石を確認しつつ、現在位置を割り出した。

「この速度を維持できれば、あと三十分ほどで公海に出られる」

「だがその前に追い付かれる。たとえ公海に出たとしても、韓国の警備艇か外国船がいない限り、俺たちは捕まる」

「つまり万事休すということか」

「そうだ。だがわれわれの船影は、韓国軍のレーダーも捉えているはずだ。つまり警備艇が出動する可能性がある。それに助けを求めれば、何とかなるかもしれない」

「無線で呼んだらどうだ」

「さっき吹っ飛ばされただろう」

「じゃ、どうする」

「救難信号弾を打て」

船室のコンポーネントで信号弾を見つけた琢磨は、空に向けて立て続けに打ち上げた。

その時、前方の水平線に何か光るものが見えた。

「おい、あれは何だ!」

「韓国船か」

「いや——、あれは大型船だ。アメリカ軍の巡視船だろう」

岡田の声が弾む。だが北朝鮮の警備艇は、すぐ背後まで迫ってきている。

「チョンジ、チョンジヘラ!」

警備艇は大型スピーカーを通して、「止まれ、止まれ」と連呼してくる。いつの間にか、その距離は百メートルほどに縮まっていた。

「アメリカの巡視船は、なぜ近づいてきてくれないんだ！」

琢磨が口惜しさから計器盤を叩いたが、岡田は冷静に答えた。

「米船は北朝鮮の領海に入れないんだ」

北朝鮮の警備艇は、琢磨たちの船よりも一回りは大きい。おそらく海上警備用なのだろう。

だが、それは二艇だけらしく、残る六艇は大きく遅れている。

二艇が左右に分かれて接近してきた。

次の瞬間、バリバリバリという音がした。

「伏せろ。機銃掃射だ！」

岡田の声で、琢磨が反射的に身を伏せる。

岡田は蛇行を繰り返すことで銃弾を避け、何とか追跡艇との距離を取ろうとしていた。だが、なかなか振り切ることはできない。

その時、琢磨は傍らに置いてあったカラシニコフに気づいた。

軍事訓練で習った通りに、琢磨はそれを構えると警備艇に向けて引き金を引いた。

銃撃音が響くと、銃弾が警備艇の胴を撃ち抜く。それで警戒したのか、右後方から迫ってきた一艇は少し速度を落とした。だが左後方の警備艇は、ひるむことなく銃弾を浴びせてくる。斉射音と同時に船室の窓が割れる。反射的に琢磨は伏せたが、隣から「あっ」という声が聞こえた。

「どうした！」

岡田の肩が真っ赤に染まっている。

「岡田君、撃たれたのか」

「どうやら、そのようだ」

「操舵を替わろう。手当てをしろ」

「そんな暇はない」

岡田は巧みな操船で警備艇を振り切り、米軍の巡視船に近づいていく。

「とにかく止血しよう」

琢磨は軍服のベルトを外すと、岡田の肩を固く縛った。

その時、再び機銃の掃射音が響いた。

「心配要らん。君は伏せていろ！」

岡田の声に気圧されて琢磨が身を伏せる。

――相手も必死なのだ。

このまま琢磨たちを逃がしてしまえば、北朝鮮の海警局にとっては大失態となる。

岡田は背後を振り返りつつ、巧みに操船している。だが相手は二艘なので、片方を気にしているうちに残る一方が接近してくる。

二艘から放たれる機銃の掃射音が耳をつんざく。もはや狙いを定める余裕さえなく、やみくもに撃ってきているのだ。

琢磨の頭上を銃弾がかすめていく。

――このままでは岡田がやられる。

「岡田君、もういいから伏せろ」

「馬鹿言うな。もう一息だ！」

米軍の巡視船は目前に迫っている。

琢磨は、祈るような気持ちで岡田の後ろ姿を見つめていた。

その時、片方の警備艇が覚悟を決めたかのように突進してきた。琢磨は慌てて小銃を構えるが、肝心の弾が出ない。

――弾切れか。

予備の銃弾を探す暇はない。

小銃の応戦がないと気づいた警備艇は、琢磨たちの艇に横付けするように近づくと、銃弾を雨のように降らせてきた。

琢磨は甲板を転がって逆舷に逃れた。だが次の瞬間、岡田の声が聞こえた。
「あっ、うぐっ」
岡田が片膝をつく。それでも岡田は、操舵輪にすがるようにして立ち上がった。
「岡田君、どうした！」
岡田の太ももの裏が見る間に朱に染まる。動脈を撃たれたに違いない。
「俺のことは心配するな。自分の身を守ることだけ考えろ！」
近づこうとする琢磨を岡田が叱責する。
遂に二艘が左右から琢磨たちの艇を挟み込んだ。
――もう駄目だ。
しぶきで濡れ鼠になりながら、琢磨は死を覚悟した。
その時、轟音が響きわたった。
――いったい何だ！
前方を見ると、米軍の巡視船の主砲から煙が上がっている。
――威嚇射撃だ。
北朝鮮の警備艇もそれに気づいたのか、慌てて舵を切る。
次の瞬間、再び凄まじい音が轟くと、至近距離に水柱《すいちゅう》が立った。

それでも岡田は米軍の巡視船に向かっていく。

米軍の威嚇射撃は、琢磨たちの艇にも向けられているに違いない。

――一か八かだ。

次の一弾が命中するかもしれない。だが、ほかに選択肢はないのだ。

振り向くと、追跡してきた二艘との間に距離ができていた。米軍の砲撃に腰が引けたに違いない。

米軍の巡視船が目前に迫ってきた。

一方、二艘の警備艇は追跡をあきらめたのか、左右に分かれて反転していく。

「岡田君、やったぞ！」

琢磨が歓喜の声を上げたが、岡田は操舵輪に突っ伏したままだ。

「岡田君！」

慌てて琢磨が操舵を替わると、岡田はその場にくずおれた。

すでに米軍の巡視船は、眼前に山のようにそびえている。

「俺たちはやったんだ。遂に逃げ切ったんだぞ！」

巡視船の手前まで来ると、琢磨は速度を落としてエンジンを切った。

巡視船から端艇《たんてい》が下ろされるのが見える。

「岡田君、しっかりしろ！」

琢磨が岡田の首を支える。

「中野君――、いや三橋君か」

「今、助けが来る。少しの辛抱だ」

「俺はもう駄目だ」

「何を言っているんだ！」

「妻と子の顔が目に浮かぶ」

岡田は琢磨の顔を見ているようで、別の何かを見ていた。

「こんなところに埋められるのは嫌だ。俺の骨を日本に持ち帰ってくれよ」

「あきらめるな。しっかりしろ！」

「いや、もう無理だ」

岡田がわずかに微笑む。

「君の本当の名は何というんだ。どこの生まれだ。それが分からないと、骨を故郷に持っていけないじゃないか！」

岡田は意識を失ったのか、首をがっくりと落とし、琢磨の腕から滑り落ちていった。

「死ぬな。死なないでくれ！」

琢磨が岡田の肩を揺さぶる。

「なあ、岡田君、一緒に日本に帰ろう」

その時、背後で声がした。

「Don't move!」

顔を上げると、銃を構えた白人の兵士が数人立っていた。琢磨たちが北朝鮮の軍服を着ているので警戒しているのだ。

米兵は、琢磨と岡田を亡命者と思っているらしい。一人が素早く小銃を遠くに蹴ると、二人の兵に両肩を摑まれ、琢磨は立たされた。

下士官らしき米兵が何かを言っているが、琢磨には分からない。

琢磨は両手を上げようとしたが、背後に回されて手錠をはめられた。

一方、一人の兵士が岡田の様子を見て、首を左右に振った。

――死んだのか。

琢磨が岡田の様子を見ようとすると、目の前に立ちはだかった下士官が問うてきた。

「Who are you?」

「I'm Japanese」

顔を見合わせた後、下士官がもう一度問うてきた。

「Who are you?」

「俺は日本人だ。俺は日本人なんだ！」

琢磨の絶叫が海に響き渡った。

第5章　アンフィニッシュト・ビジネス

1

白崎壮一郎に会うのは容易なことではなかった。白崎は信者三十万人を擁する「神光教」の教祖に収まっており、マスコミの取材や信者以外の面会を、すべて断っていたからだ。非公式の事情聴取を拒絶されたので、寺島は刑事訴訟法第二二三条の規定を持ち出し、参考人として出頭を求めた。だが白崎は足を悪くしているとのことで、軽井沢の教団本部まで来てくれるなら会うと言ってきた。

相手が妥協してきたので、警察側も折れるしかない。

平成二十七年（二〇一五）九月、寺島と野沢は軽井沢まで出向くことになった。

タクシーを降りるや、そのチューダー朝風の厳めしい門の前で野沢が毒づいた。

「学生運動をやっていた奴が、こんな広大な土地をどうして手に入れられたんだ」

「宮家の旧邸があった土地を、二束三文で手に入れたと聞きました」

「何やらきな臭いな」

立ち話をしていると、不愛想な職員が出てきて屋敷内に招き入れてくれた。

応接室で待たされていると、秘書に支えられて白崎が入ってきた。背広姿なので一見すると企業の重役のようにも見えるが、肩に略肩衣《りゃくかたぎぬ》を掛けているので、宗教関係者だと分かる。

「お待たせしました」

杖を秘書に渡すと、白崎はソファに腰を下ろした。背後で束ねたシルバーグレイの髪が、白崎の威厳を引き立たせている。

――これが白崎壮一郎か。

その落ち着いた素振りから、目の前の男が、かつての学生運動の雄だとはとても思えない。

さど号事件の後、一九七二年二月に連合赤軍浅間山荘事件が、同年五月にテルアビブ空港乱射事件が起こり、学生運動に対する世間の目は急速に厳しいものになっていった。各セクトへの加盟者はもとより、集会に参加する学生たちも激減し、運動は停滞期を迎える。追い込まれたがゆえに過激化し、自滅を招いたのだ。

さど号事件の後、白崎も逮捕されたが、赤軍派議長らが十年以上の服役刑に処されたのとは対照的に、彼は凶器準備集合罪の共謀共同正犯に問われただけで、懲役四年、執行猶予三年で娑婆に出てこられた。

しかし白崎は学生運動に復帰することなく、十五年ほどの潜伏期間を経て宗教家として再び世間の前に現れた。その間、インドやチベットをめぐって仏教の神髄に触れ、宗教家になったという触れ込みだった。

――つまり、ほとぼりを冷ました後、教祖様に収まったというわけか。

学生運動の否定的なイメージを払拭するためには、白崎にも十五年の歳月が必要だった。

二人が名乗って名刺を差し出すと、白崎は「神奈川県警ですか。公安の方ではないんですね。若い頃、公安の方にはお世話になりましてね」と言って皮肉な笑みを浮かべた。

「われわれは、川崎であった簡宿放火事件の犯人を追っています」

野沢が精いっぱいの愛想笑いを浮かべる。

「放火事件と仰せですか」

寺島が火災の概要を手短に説明する。だが石山の名や、中野が宿泊していた可能性などは伏せておいた。

「そういうことでしたか」

話を聞き終わった白崎がしんみりと言った。その達観したような顔つきには、かつて学生運動をリードした闘士の面影はない。

教団からは一時間という枠をもらっている。挨拶と経緯の説明だけで三十分を使ってしまった寺島は、少し焦っていた。

その機先を制するようにコーヒーが運ばれてきた。

「僕は昔からコーヒーが好きでね。どうぞお飲み下さい」

「いただきます」と言って形ばかりに口を付けた寺島が、勢い込んで問う。

「それでお尋ねしたいのは、中野健作さんのことです」

事前に何の件だか伝えてあるので、白崎に驚きはない。

「彼については、かわいそうなことをしたと思っています。私だって、あの時は半年やそこらで帰ってこられると思っていたんです。それが、あちらで行方不明になるなんて。彼を選び、送り出した者として責任を感じています」

白崎は過去を悔やむように、顔に苦渋の色を浮かべた。

「その中野さんの消息なんですが、白崎さんはご存じではありませんか」

寺島が本題に入る。

「全く知りません。私の方こそ知りたいですね」

「では、中野さんの写真をお持ちではないですか」

「持っていません」

「では、同じ大学の石山直人さんという方をご存じありませんか」

寺島が学生の頃の石山の写真を見せると、白崎は即座に首を左右に振った。

「覚えていませんね。少なくとも在学中、彼とは言葉を交わしたことはありません」

白崎と石山の接点は確認できなかったので、それは事実なのだろう。

「北朝鮮の中野さんから白崎さん宛に、手紙が送られてきたことはありませんでしたか」

「そうしたものは一切、受け取っていません。私も服役中でしたし、出てきてからはインドに行っていましたから」

「では、中野さんの生存の手掛かりも、密かに入国しているかもしれないという情報も、お持ちではないのですね」

「なぜ私が、そんなことを知っているのですか」

白崎が鼻白んだように言う。

「仰せの通りです。では質問を変えます」

寺島は一拍置くと、白崎の様子をちらりと見た。白崎は身構えるでもなく落ち着いてコーヒーカップを口に運んでいる。

「妹さんのことを、教えていただけませんか」

「ああ、妹ね」と言うと、白崎がため息をついた。

「妹がどこでどうしているかなど、私は全く知りません」

「唯一の肉親であるにもかかわらず、ですか」

「はい。すでにご存じのことだと思いますが、妹は北朝鮮へ渡航しようとして東欧まで行ったのですが、それ以後の消息は途絶えたままです」

――桜井は、さど号メンバーに拉致された一人なのか。もしくは自分から渡航したのか。桜井は白崎の出所後、彼の秘書のようなことをやっていたが、白崎がインドへ長期渡航することになり、そこで袂《たもと》を分かったという。白崎が帰国した時、日本に桜井の姿はなく、東欧で消息不明になったという噂を聞いたという。

「妹さんは、北朝鮮に渡航できたとお思いですか」

「おそらく無理でしょう。奴らの誘いに乗った者は連れていかれたらしいですが、自ら飛び込もうとする者にはスパイの疑いがあるので、入国は極めて難しかったと聞いています」

一九七〇年代半ば以降、東欧を旅行中の日本人の若者が次々と消息を絶った。警察からも捜査員が東欧に派遣され、各国政府の協力を得て追跡調査がなされた結果、彼らはさど号ハイジャック犯によって、言葉巧みに連れ去られたと分かってきた。彼らの足取りが北京かモスクワで途切れていることから、その二都市から便が出ている北朝鮮に拉致された可能性が高いというのだ。

質問が途切れたところで、白崎が逆に問うてきた。

「それで、あなたたちの目的は何ですか」

「私たちは放火事件の真相を知りたいのです」

「それが妹の消息と、どう関係してくるのですか」

言葉を慎重に選びつつ寺島が答える。

「つまり妹さんは、自ら北朝鮮に行こうと思うほど中野さんに――」

寺島が口ごもったので、野沢が助け舟を出した。

「ご執心だったのですか」

「ご執心とは古い言葉をお使いですね」

白崎が鼻で笑う。

「直截に言えば、惚れていたのかどうかということです」

「少なくとも、われわれの運動に誘った責任は感じていたようです」

野沢が言いにくそうに問う。

「では、恋愛関係にあったのですか」

「そう考えるのが自然でしょうね」

「どうして、そう思われるのですか」

「妹の心中までは分かりかねますが、中野君が北朝鮮に行ってから、妹は彼のことで悩み、精神的に不安定だった時期があります」

白崎が思い出すのも辛そうな顔をする。

「実は、私もそのことで責められるのに疲れ、インドに渡ったのです」

白崎と桜井の間で、激しいやりとりがあったと想像できる。

「次にお尋ねしたいのは思想的なことですが、中野さんは学生運動について、どういう考えを持っていたのですか」

「最初は妹に惹かれて始めました。しかし彼には一途なところがあった。思想的にも次第に先鋭化していきました」

「それで、ハイジャックのメンバーに推薦したのですね」

「そうです。ハイジャック計画は軍事訓練を受けることに主眼があったので、兵士として役に立ちそうな者を選んだのです。その点、中野君はベストでした」

「彼が消息不明になった件について、ハイジャック犯のリーダーの田丸氏は、『中野君は労働者として生きたいと言って招待所を出た』と言っていますが、どう思われますか」

「生真面目な彼なら、あり得ることかもしれません」

白崎がため息交じりに答える。

「岡田金太郎氏や吉本武氏も、同じようにフェイドアウトしていますね。田丸氏によると、岡田氏は病死ということになっていますが、多くの矛盾が指摘されています。また吉本氏についても、吉本氏が『もっと手応えのある仕事がしたい』と熱望するので、党本部で日本語の新聞の訳出などに当たっていると答えていました」

「岡田君や吉本君について、私は何も知りません。顔を合わせたことはありますが、セクトが違ったので、私には縁もゆかりもない人たちです」

「そうでしたね。では中野さんに話を戻しますが――」

寺島が問う前に、白崎が弁解がましく言った。

「私は、彼らが長期にわたって帰国できなくなるとは思わなかったんです。だから純粋で一本気な中野君が、田丸君たちと道を違えることになるなど考えてもいなかった。元々、赤軍派といっても、諸党派の寄せ集めなので、それぞれのセクト内でも、全員の思想が一致しているわけではありません。ベトナム戦争をやめさせられれば、それでよいという者もいれば、労働者のために、よりよい社会を作りたいという者もいた。田丸君のように、世界同時革命を本気で成し遂げようとしていた者もいましたが――」

「あなたはどうだったのですか」

「私の思想が、この事件にどうかかわるのですか」

「答えたくなければ結構です。それでは、中野さんは今も北朝鮮にいるとお考えですか」

「田丸君の言葉を信じる以外、今はどうしようもないでしょう」

だがその田丸も、平成七年（一九九五）に心臓発作で不帰の客となっていた。

田丸のほかに死亡者は二人いた。中田義郎はカンボジアで活動中に逮捕された後、日本に移送され、平成十九年（二〇〇七）に刑務所で病死していた。柴本泰之は偽のパスポートで日本に帰国したものの、すぐに逮捕され、釈放後の平成二十三年（二〇一一）に謎の死を遂げている。

現在、さど号メンバーで生存が確認されているのは、大西哲広、青木志郎、佐川公男、若山盛男の四人だけだ。

「最後にもう一つ質問させて下さい。あなたは今の世の中を見て、どうお思いですか。あなたの理想とは、かけ離れているのではないですか」

白崎は寺島の視線を真っ向から受け止め、一気にまくし立てた。

「政治闘争に敗れた私は、信仰によって人々を救済すべく、この道に入ったのです。われわれは会員に寄付も強制しないし、怪しげな勧誘活動もしていません。ただ苦しみに耐えて生きている方々の魂を少しでも安んじられれば、それでよいと思っています」

確かに白崎の教団は寄付も信者の自主性に任せ、反政府運動や派手な勧誘も行っていない。その点では、警察にとって警戒すべき宗教団体ではない。

秘書が咳払いしたので、白崎は「そろそろ、よろしいでしょうか」と問うてきた。

これ以上の収穫がないと思った寺島は、野沢がうなずくのを見て、「ありがとうございました」と言って頭を下げた。

2

寺島は何度も首をひねっていた。

中野健作の記録を当たってみたが、どういう経歴のいかなる人物なのか、はっきりしたことは何も分からない。だいいち戸籍がないのだ。随分と昔のことなので、役所が紛失したか処分してしまったとも考えられるが、そんなことはめったにない。

――あんたはいったい誰なんだ。

戸籍が見つからなければ、次に探すのは住所に該当する学校の在籍記録だが、出身地とされる北海道内の小中学校の記録をいくら探しても、中野健作という名の在籍者はいなかった。大学にも問い合わせたが、在籍した記録しかないという。それでも当時の状況を知る者がいないか、職員名簿を見せてほしいと申し出たところ了承してもらえた。

雄志院大学へ出向き、当時の職員名簿を閲覧した寺島は、学生課や経理課に所属していた六人の足跡を追った。すでに男性三人は他界しており、一人は認知症を患いホスピスにいるという。女性一人とは連絡が取れず、残る男性一人を当たったところ、ようやく話をしてもいいという返事をもらった。

早速、その人物に会ったところ、上司の指示で、中野健作の学費免除の処理をしていたと話してくれた。

当時の理事長は堀越泰造といい、この頃の政界を牛耳っていた元外務大臣の堀越利三郎の弟だった。二人ともすでに他界しているが、利三郎の息子は、現政権で外務副大臣を務める栄次郎だ。

堀越一族は政財界に深く根を下ろし、戦後日本の保守政治を推進してきた。利三郎は七十歳少し過ぎで死去したため総理大臣にはなれなかったものの、政界の黒幕として、長きにわたって隠然たる勢力を保っていた。

もし学費免除が理事長の取り計らいであれば、保守政治家の弟が学生運動家を援助していたことになる。

これを島田に報告したところ、堀越の名には興味をそそられたようだったが、ひとまず戸籍や記録類以外で中野健作の素性を確かめろということになった。

寺島は野沢と手分けして当時のさど号関係者を探し出して話を聞いた。しかし中野健作という人物の存在の痕跡が全く摑めないのだ。

寺島は、中野と同じく消息不明とされる岡田金太郎と吉本武についても調べてみた。二人とも戸籍上は確認されたものの、岡田金太郎の妹という人物に電話したところ、「あれは兄ではない」と言うのだ。

金太郎の両親はすでに他界していたので話は聞けなかったが、妹によると、五歳の時に兄と称する人物が現れ、両親から「実は、お前には、親戚の家に養子入りした兄がいた」と告げられたという。それまで食うや食わずになるほど零落していた岡田家は、それ以後、生活の心配がなくなり、父親の事業も軌道に乗り始めたという。

だが兄は勤め先の寄宿舎に戻ると言って、すぐに家を出てしまったらしい。その後、兄からは音沙汰なく、忘れかけていたところで、突然、さど号事件の犯人の一人として岡田金太郎の名が挙がったのだ。それで驚き、「兄ではないか」と両親に尋ねたが、両親は険しい顔をして、何も答えてくれなかったという。

――誰かが岡田金太郎になりすましていたのか。

川崎に戻った寺島は、「困った時は原点に立ち戻れ」という警察学校の教えに従い、当時の学生運動に関する警察記録を片っ端から当たってみた。

その中に、警察の公安課が学生たちの間に捜査官を潜入させていたという記述があった。

――これだ！

当時、潜入捜査官の出身地や出身校から、その素性が発覚することが多かった。そのため公安は岡田を中卒とした上、実家まで捏造《ねつぞう》していたのだ。

——まさか中野も潜入捜査官なのか。

もはやそれ以外に、中野健作という実体のない男を説明する術《すべ》はない。

目の前の雲は晴れ掛かっていた。だが、どうしても最後の一片が取り払えない。

吉本も含めた三人が消息不明になった経緯については、仲間たちの証言があるものの、それを全面的に信じることはできない。

——まさか脱出を図ったのではないか。

中野が日本国内にいるという可能性がある限り、それは否定できない。

——しかも脱出は成功した。だが、ほかの二人が帰国した痕跡はない。

その答は一つだった。

——ほかの二人は途中で捕まったか、殺されたんだ。

しかし、どうしても分からないのが中野の入国方法だ。捜査本部の管理官が言っていたように、違法な手段による入国が不可能なら、中野が日本にいるという仮説も成り立たない。

——偽造パスポートを使い、うまく入管をすり抜けたことも考えられるが、そんなリスクを冒すだろうか。

入管で見つかれば逮捕される。正体を明かしたら、政府や警察の策謀が白日の下に晒される。政府としては、それを防ぐべく超法規的な措置を取ったのか。だが、そこまでしておいて中野を自由の身にするとは思えない。やはり、政府や警察が関与しない方法で入国したとしか考えられない。

――パスポートなしで入国する方法が、ほかにあるだろうか。

そんなことができるのは、政府や警察以上の権力を握っている組織以外にない。

――米国政府か。

米軍関係者を装えば、軍用機か艦船で国内の基地に入ることはできる。

――だが米国政府が何のために、そんなことをする。

寺島は再び迷路に迷い込んでいた。

岡田金太郎や中野健作が潜入捜査官だったのではないかという仮説を、寺島が話すと、捜査本部は色めき立った。とくに中野の学費免除は注目された。そこに何らかの意思が働いていたとしか思えないからだ。

早速、堀越栄次郎に会って話を聞くことになった。

十人もの死者を出した大事件にさど号ハイジャック事件が絡んでくるとなれば、いかに慎重な警察の上層部でも、衆議院議員から話を聞くぐらいは許されると思ったに違いない。

　だが相手の立場を考慮し、寺島と野沢は外され、警察上層部の議員担当、捜査一課長そして島田が面会に行った。ところが戻ってきた島田によると、堀越は「全く知らない」の一点張りで何の収穫もなかったという。

　――何かを見つけても、すぐに行き止まりか。

　寺島は失望したが、それでも突破口を見つけねばならない。

　そんな時、ふとノートのことを思い出し、久しぶりに目を通してみた。だが、数字の羅列は動き出さない。

　――これが暗号だとしても、乱数表がなければ解くことはできない。その乱数表は焼けてしまった。だが待てよ――。もしも中野が、自分が死んだ後に何かの秘密を明るみに出したいと思ったら、警察が解けるものにするに違いない。

　寺島はノートを置いて立ち上がった。

　――乱数表が常に刷新されるというのは固定観念だ！

　北朝鮮に渡ったハイジャック犯たちは、日本に戻ると裁判に掛けられ、懲役刑に処される。そのため自ら北朝鮮に渡り、ハイジャック犯の妻になった女たちが、日本国内で様々な工作活動に従事していた。

　その中の一人が逮捕された際、いくつかの乱数表が押収されていた。

——過去に押収した乱数表だ！

寺島は島田の承認をもらい、過去の乱数表とノートの数字をコンピューターで解析してもらった。

それを見た寺島は、初めがっかりした。

意味不明の言葉が延々と続き、「やはりハズレか」とあきらめかけた時、突然、明確な言葉と番号が飛び出した。

「アオヤマ、ジョウガンジ、二、十六」

——これは寺の名前か。

ネットで寺の名前を検索すると、すぐに都内にある霊廟のウェブサイトが見つかった。

そこに掲載された写真には、ロッカー型の壇が立ち並ぶ現代的な納骨堂が写っていた。

青山のマンションが建ち並ぶ一角にあるその寺に駆けつけた寺島は、一面に並ぶ扉の一つを係員に開けてもらった。

——あった。

そこには「岡田金太郎」と書かれた小さな骨壺が置かれていた。

一瞬、息をのんだ寺島だったが、すぐに手を合わせた。

骨壺の横には、防水の小型アタッシェケースがあった。

その場で中身を確かめた寺島は、その内容に驚愕した。

係員にこの壇を借りた人間の名前と風体を訪ねたが、随分と前のことらしく要領を得ない。

おそらく登録名は偽名だろう。

寺島は骨壺をそのまま残し、アタッシェケースだけ持って署に戻った。

興奮を抑えきれず刑事課の部屋に入ると、野沢が机に座って茫然としていた。

「野沢さん、聞いて下さい」

意気込んで野沢に報告しようとすると、野沢が不貞腐れたように言った。

「捜査本部は解散となった。あれは放火ではなく失火だったとさ」

それを聞いた寺島は言葉もなかった。

「どういうことです」

「俺たちは虎の尾を踏んじまったのさ」

「つまり、どこからか圧力が――」

「俺にも分からん」と答えつつ、野沢は寺島が持つアタッシェケースに目を向けた。

「それは何だ」

「えっ、ああ、これは私物です」

野沢の刺すような視線を背に感じながら、寺島は警察署を後にした。

――ようやく帰ってきたんだな。

3

昭和四十八年（一九七三）二月、琢磨の乗った米軍の輸送船は、白波を蹴立てて横須賀軍港に近づいていった。

水兵の誰かがラジオをつけて甲板仕事をしているのか、どこからかドアーズの歌声が聞こえてくる。

Come on baby light my fire
Come on baby light my fire
Try to set the night on fire

――こっちに来て俺を燃やしてくれ。この夜を炎の中に置いてくれ。

かつては洋楽にさほど興味のなかった琢磨だが、韓国の米軍基地に長く勾留されたことで耳に入る機会も多くなり、いつしか好むようになっていた。

日本のやわな歌謡曲と違って、アメリカのロックには真情を吐露するようなものが多い。それが強い共感を生むのだ。とくに己の情念を叩き付けるような曲を書くドアーズは、琢磨の心の叫びを代弁しているかのようだ。

——俺を燃やしてくれ、か。桜井と学生運動は俺を燃やし、俺は燃え尽きた。

あまりに北朝鮮の日々が鮮烈だったので、横須賀が見えても、琢磨には日本に帰ってきたという実感がわかなかった。

脱出に成功し、米軍の巡視船に助けられた琢磨は、密入国者として米軍や韓国政府の厳しい取り調べを受けた。しかし、さど号ハイジャック犯の一人だと言っても信じてはもらえず、もどかしさの中で悶々とする日々が続いた。

だからといって、日本の公安とは口が裂けても言えない。そのため、あらゆる角度からスパイの可能性をチェックされた末に、ようやく解放された。

だが、それから日本へ帰国するまでにも、多くの難題が待ち受けていた。学生の間に公安を紛れ込ませていたことが公になれば、政府や警察は国民から激しく非難される。浅間山荘やテルアビブ空港での過激な行動により、世論は学生運動に対して厳しいものへと変わってきており、政府としては、その流れを変えることは何としても避けたい。

しかし琢磨をハイジャック実行犯の一人として扱うのなら、裁判を受けさせた上、少なくとも十年から十五年の懲役刑を科すことになる。琢磨は職務として潜入していたので、公に裁くことなどできない。

そこで日本政府は米国に頼み込み、琢磨を密入国させることにしたらしい。

おそらく警察は、琢磨に家族や友人にも連絡することを禁じ、監視の目を光らせるはずだ。

――笠原警視正に顚末《てんまつ》を話し、判断を委ねよう。

笠原は中野健作の生みの親でもある。頼れるとしたら笠原しかいない。

琢磨の乗った米軍の輸送船が、ゆっくりと横須賀軍港に入っていく。岡田金太郎の遺骨に日本の光景を見せるべく、琢磨は骨壺を胸に抱えた。

――帰ってきたぜ相棒。あんたが誰かは知らないが、ここが故国であることは間違いないだろう。

岡田の嗄れた笑い声が、耳の奥で聞こえた気がした。

やがて船が接岸され、米軍の係官から下船を指示された。

タラップを渡って桟橋に一歩をしるした時、足が震えた。それが故郷に戻った喜びからではないのを、琢磨はよく知っていた。

――これからこの国で、俺はどうやって生きていけばいいんだ。

突然、不安が波濤のように押し寄せてきた。

当面は別の人間として生きることになるだろう。数年も経てば、故郷の両親に会うことぐらいは許されるかもしれない。だが潜入捜査官としてかかわった過去とは、一切の関係を断たねばならないはずだ。

——もう桜井紹子と会うこともできない。

もしもその禁を破れば、どうなるか分からない。消される可能性すらある。

警察という組織は、国家のためと思えば何をするか分からない機関なのだ。琢磨はこの数年の経験によって、それを骨身に染みるほど知った。

ゲートを通り、基地の正門前に出ると、一台の車が停まっていた。

そのドアにもたれ掛かっているのは、近藤信也だった。

「あんたが、お出迎えとはな」

「出迎えがないよりましだろう」

近藤は二人の若い私服と一緒だった。琢磨が逃げ出すことを警戒してのことだろう。

琢磨は半ば強制的に車に押し込められた。

「これからどこへ行く」

「あんたが行きたいところさ」

近藤が皮肉な笑みを浮かべた。

──警視庁に連れていかれるのだな。

私服二人は琢磨との会話を禁じられているのか、「喉が渇いたか」「煙草を吸うか」といった質問をするだけで、それ以外のことは一切聞いてこない。近藤も無駄口を叩こうとしない。

車は国道十六号を北上し、横浜市内に入ると関内駅の近くで止まった。

「こんなところに、何の用がある」

「まずは懐かしい場所で、懐かしい人に会ってもらおうと思ってね」

近藤は私服に車で待つよう言いつけると、琢磨を促し、かつて公安の拠点があった横浜通商ビルに入っていった。

暗い階段を上って近藤がドアを開けると、公証役場の分室を装っていたその場所は、部屋の壁を取り払った広い空間に変わっていた。その中央にある回転椅子に座し、外を見ながら煙草をふかしていた男が椅子を回転させた。

「公証役場は移転しました」

男がおどけた調子で言う。

その顔を見た琢磨は、ため息をついた。

着替えの入った米軍のナップザックと岡田の遺骨箱を壁際の椅子の上に置くと、琢磨は横山と向かい合う位置にある椅子に腰掛けた。近藤は琢磨の背後の椅子に座る。

「どうやら、あまり変わっていないようだな」

「そう簡単には変わりませんよ。北朝鮮の洗脳教育は凄いものでしたが、生来の石頭が幸いし、昔通りの中野健作、おっと三橋琢磨です」

横山と近藤が声を上げて笑う。

「それにしても、こんなところに連れてこられるとは思ってもみませんでした」

「警視庁の入口で、花束と拍手で迎えられたかったのか」

「それぐらいのことは、やってもらってもいいでしょう」

「そもそも三橋琢磨は警視庁に存在しない人間だ。だからここで会うことにした。公安なら、それぐらいはわきまえておけ」

横山の言い方があまりに横柄なので、琢磨は不快になった。

「私の両親や兄弟はどうしていますか」

「心配ない。親戚も含めて皆さん、ご健在だ。警察から親父さんには、『息子さんは特命を帯びた仕事をしているので、数年は連絡が取れない』と言ってある。親父さんは一言、『分かりました』とだけ答えたそうだ」

――やはり親父は親父だ。

故郷の家族が元気に暮らしていると聞き、琢磨は安心した。

突然、横山が足元に何かを投げてよこした。拾ってみると預金通帳だった。

「毎月の給料に多少の色を付けておいた。つごう三千万円ばかりになる。これで当面は暮らしていけるだろう」

「ということは、警察はクビですか」

「馬鹿を言うな。ほとぼりが冷めるまで身を隠し、上層部から指示があり次第、ほかの職に復帰してもらう。離島の駐在さんとかな」

再び横山と近藤が笑う。

「それなら将来も安泰ですね」

琢磨の皮肉には反応を示さず、横山が真顔に戻って続ける。

「では早速、質問に答えてもらう」

「その前に、こちらから質問させて下さい」

「どうぞ」

「羽田で奴らを捕まえなかったのは、どういうわけですか」

横山は少し考え込むと答えた。

「俺の知ったことじゃない」

「では、岡田金太郎とは何者だったんですか」

「どうして俺がそれを知る」

「まあ、お答えいただけないとは思っていましたが、いいでしょう。まずは、お話をうかがいましょう」

横山は胸ポケットから煙草を取り出すと、琢磨に勧めた。

「いただきます」

紫煙を吐き出す琢磨を、横山が物珍しそうに見ている。

「やはり、お前は変わった」

そう言うと横山は組んでいた足を解いた。

「では質問する。まず、順序立ててハイジャックから、脱出までの経緯を教えてくれ」

背後でスイッチ音が聞こえた。近藤がテープレコーダーを回したようだ。

「そう来ると思っていましたよ」

琢磨は立ち上がると壁際まで歩き、ナップザックの中から報告書の束を取り出した。

「米軍基地で時間を持て余していたんでね。記憶が薄れないうちに書いておいたんです」

「さすがだな」と言いつつ、横山がその分厚い報告書に目を通している。

「こいつはコピーじゃないか」

「はい。米軍の事務所でコピーさせてもらいました」

「原本はどこにある」

「さてね」

「原本をどこかに送ったのか」

「はい。何年かしたら自伝でも書こうと思いましてね」

「冗談はやめろ」

横山は報告書の束を閉じると、近藤を呼び寄せ、それを手渡した。

「つまり、いざという時に備えているというわけか」

「そうです。私も無駄に年月を過ごしてきたわけじゃないですからね。米軍にも親しい友人ができました。原本はその友人の知己に送り、保管してもらっています。さすがに米兵には、日本の警察も手を出せないでしょう」

それはハッタリだった。というのも琢磨は行動を制限されており、米兵と会話する機会すらなかったからだ。だが韓国から偽名で原本を日本に送り、それを郵便局に保管しておいてもらうことはできる。偽名を知られなければ、警察とて郵便局からそれを押収することはできない。

「お前も知恵が付いたな」

「生き残るためですよ」

横山が呆れたように首を左右に振る。

「分かったよ。ここまではお前の勝ちだ。この報告書を読んでから、また質問することになるだろう。心得ていると思うが、しばらくの間、過去の人間関係を断ち切るべく、ある施設に入ってもらう」

「その心配はありません。私は逃げも隠れもしません」

「上からそう命じられているんだ。海の見える静かな場所で、温泉にでも浸かりながら一年ぐらいは、ゆっくりできるぞ」

「外には出られないんでしょう」

横山が紫煙を吐き出すと言った。

「そのくらい分かっているだろう」

「もう自由を束縛されるのは、たくさんだ！」

琢磨が椅子を蹴って立ち上がる。

「俺は勝手にやらせてもらう。だが公安としての心構えはできている」

琢磨が出ていこうとすると、近藤がドアの前に立ちはだかった。

「もういい。どいてやれ」

横山が命じる。

「せいぜい自由を満喫することだ」

「そうさせてもらいますよ」

「近藤、俺の電話番号を教えてやれ」

近藤は黙って手帳を取り出し、ペンを走らせると、そのページをちぎって押し付けてきた。

「すまないね」と言いながら、琢磨が近藤の肩を摑んで押しのける。すかさず近藤が琢磨の腕を摑み返すが、横山の「よせ」という言葉で手を放した。

琢磨は足早に外に出ると、雑踏に身を隠すべく伊勢佐木町の方に向かった。

4

銀行で当面の生活費を下ろした琢磨は、野毛の安ホテルに部屋を取った。

――これで、もう警察の尋問はないのか。

警視庁に連れていかれ、様々な人間が入れ代わり立ち代わり現れ、同じような質問を浴びせられるものと思っていたが、意外にも簡単に解放された。それが逆に不可解な気もするが、「公安とはそういうもの」とも考えられる。

潜入捜査官は、か細い線で本部とつながっているだけなのだ。

――いずれにせよ、奴らの計画を早く伝えなければ。

琢磨の心配は、北朝鮮政府がさど号メンバーを使ってヨーロッパで拉致工作を始めようとしていることだった。報告書には注意するよう警告しておいたので、笠原警視正が目を通せば政府の耳にも届くはずだ。

――笠原さんは報告書を読んでくれるだろうか。

気のせいかもしれないが、横山の背後に笠原の影が感じられない。羽田の件も岡田の件も、琢磨の問い掛けに横山は「俺」という一人称で答えた。

――警察官は組織の一員として生きている。だから言葉の端々に上司の影がちらつく。だが横山さんは、俺と同じように、か細い線だけで本部とつながっているような気がする。

だが行動の自由を許されたのだから、当面は指示に従っておくべきだろう。

琢磨は横山に指定された番号に電話し、自ら滞在するホテルの名を知らせた。

横山は「そこから居場所を変える時は連絡しろ」とだけ言って電話を切った。その呆気なさもまた不可解だった。

受話器を置くと何もすることがないのに気づいた。そうなると心に忍び込んでくるのは、桜井のことだけだ。

――今頃、どうしているのか。

このような状況なので、故郷の両親に連絡できないのは仕方がない。それでも桜井の動向だけは知りたい。桜井に会えるはずがないと知りながらも、琢磨は雄志院大学の近くまで行ってみることにした。

ホテルを出て、野毛の露店でサングラスを買い、しばらく周囲を歩き回って様子をうかがったが、尾行はついていないようだ。

――何を心配している。ここは北朝鮮ではない。日本だぞ。

琢磨は鋭敏になりすぎた自分の神経に苦笑した。

たった数年の間に、横浜の街は変貌していた。すでに市電は全廃され、以前とは比べものにならないほど車の量が増えている。

――時は流れ、時代は変わっていく。

今でも耳底には、新宿フォークゲリラの歌声が残っている。だが、人々を押し流すような経済成長の中で、あの熱狂は徐々に歴史の一ページとなっていくのだ。

石川町五丁目のバス停付近でタクシーを降りた琢磨は、徒歩で打越橋方面に向かった。

横浜駅根岸道路を隔てて見える交番に人気はない。どうやら閉鎖されているようだ。

その交番を舞台にして、琢磨は白崎に試されたことがあった。随分と昔のような気がするが、たかだか三年ほど前のことだ。

なだらかな坂を上っていくと打越橋が見えてきた。その途中で左に折れた琢磨は、斜面に張り付くように建つ住宅の間を縫っていった。

その安アパートは以前と変わらず、そこにあった。

裸の桜井を背後から抱き締め、一緒に外を見ていたあの台所の窓も以前と変わっていない。様々な思いが込み上げてくる。とくに桜井と過ごしたあの夜のことは、鮮烈な記憶として刻まれている。

――会いたい。

突き上げるような寂しさが琢磨を襲う。だが二度と桜井に会うことはできないのだ。

二階を見上げると、かつて琢磨が住んでいた部屋の前に自転車が置いてあった。その形状から、若者が住んでいると分かる。

いかなる経緯で琢磨の家財道具が処分され、新しい居住者が入ったのかは分からない。だが、そこには琢磨がいたという痕跡は微塵もなく、別の若者の人生が刻まれていた。

――さようなら。

琢磨は自らの過去に決別した。もう二度と来るつもりはなかった。

足は自然と大学の方に向いた。

大学の周辺は相変わらず人通りが多かったが、琢磨と同時期に学生だった者たちは皆、卒業しているはずなので、知り合いに出会うことはないはずだ。

かつてバリケード封鎖をしていた正門前も、今は楽しげに行き交う学生たちでいっぱいだった。

――あの日々は、いったい何だったんだ。

琢磨は、若者たちがやみくもな情熱に駆られて命を燃焼させていた日々に思いを馳せた。

だが今、それは跡形もなくなり、高度経済成長によって豊かな生活を満喫できるようになった若者たちが、さも楽しげにキャンパスを闊歩している。

――これで日本はよかったのか。これでお前らは幸せなのか！

経済成長は豊かさをもたらしたが、日本の若者たちは牙を抜かれた。そこにあるのは欧米に感化された利己主義だった。

煙草を一本ふかした琢磨は、思い出を断ち切るようにその場を後にした。

琢磨の足は自然、山元町にあったアジトに向いた。

山元町へは打越橋を通っていくことにした。

――昔、ここで危ない目に遭ったな。

かつて、橋の上で横山たちに追い詰められたことを思い出しながら、琢磨が橋を渡ろうとした時だった。背後からエンジン音が聞こえた。

――あの時と同じだな。

苦笑しながら道の端に寄ると、正面からも猛然と向かってくる車が目に飛び込んできた。

――まさか！

車は琢磨の歩く左側ぎりぎりを走ってくる。

琢磨は瞬時に体を転がして反対側によけたが、そこに逆方向から別の車が迫ってきていた。

――俺を轢《ひ》き殺そうというのか！

琢磨が再び反対側に転がる。タイヤの軋《きし》む音が耳元で聞こえたが、何とか身をかわすことができた。

二台の車は排気ガスをまき散らしながら、それぞれの方向に走り去った。

――タイミングが少しずれていたら、俺は轢き殺されていた。これはどういうことだ！

二台が引き返してくるかもしれないので、琢磨はすぐに立ち上がると、打越橋を走り抜けて脇道に入った。

それ以来、琢磨は出歩くことに慎重になり、ホテルを転々と変えることにした。むろん行き先は横山には告げなかった。そのため生活の中心は東京の雑踏へと移っていく。

誰が自分を狙ったのか、琢磨には見当もつかない。琢磨の帰国を知っているのは米軍と日本政府、そして警察だけだ。

――待てよ。もし横山さんが笠原警視正に俺のことを報告していなかったらどうなる。

琢磨の帰国を知っているのは、横山と近藤だけということも考えられる。横須賀に迎えに来た私服の二人には、琢磨が何者か知らせていないかもしれない。

――俺が帰国したという情報が笠原さんたち警察の上層部には伝わらず、横山さんだけが握っているとしたらどうなる。

だがそうだとしたら、給料がずっと振り込まれているはずがない。しかし笠原たちがかかわらずとも、警察の経理を動かせる者はいる。

――まさか横山さんと近藤は、警察以外の誰かの指示を受けて動いているのか。

笠原たち警察上層部を迂回し、何者かの指示が直接横山に伝えられていることも考えられる。

次々と疑念が生じる。

誰かに命を狙われているとしても、その理由を突き止めることは不可能に近い。だが一つだけ、か細い線が残っていることに気づいた。

神保町には古本屋がひしめいている。これだけの数の古本屋があり、ほとんどが繁盛しているのは不思議だが、それだけ日本人は、読書家だということなのだろう。

古本屋に負けじと並ぶのが飲食店で、小さな喫茶店では、買ったばかりの古本を貪るように読む若者が何人もいた。

――これだけ本好きがいれば、日本は安泰だ。

だが今日の琢磨の目当ては、古本屋ではなく新刊を扱う大手書店だ。

書店に入った琢磨は、手慣れた仕草で売れ線の本を積み上げている中年の女性店員に声を掛けた。

「すいません。随分前に、この本を買った方を探しているのですが」

ナップザックから、琢磨がぼろぼろになった一冊の本を取り出す。

女性店員は一瞬驚いた顔をしたが、タイトルを見て小さくうなずいた。

「『リルケの詩集』ですね。どうかなさったんですか」

「この本を借りたまま返せなくなっているんです。あまり親しい人じゃなかったので、連絡先を知らなくて。この本だけが頼りなんです」

「『リルケの詩集』だと常に置いてあるわけじゃないから、きっと注文したのね」

「はい、そう聞いています」

本の間に挟んであったレシートを店員に渡すと、すぐに台帳を調べてくれた。

「きっと、この方だわ」

店員の指し示す先には、「榎本咲江」という名があった。住所も記されている。それが警察の官舎ではないので、琢磨はほっとした。

礼を言って住所をメモに転記すると、琢磨はそこに向かった。

そこは高島平の公営アパートで、すでに榎本咲江は引っ越していた。管理人の中年女性に古い友人だと言って連絡先を問うと、すぐに教えてくれた。だが、「榎本さんは結婚するんで、仕事を辞めてここを引き払ったんだよ。だから、あんたも追っ掛けるのはやめなさい」と注意された。

琢磨は「そんなんじゃないんです」と笑って礼を言うと、メモした転居先に向かった。

榎本咲江は市川の公団住宅に住んでいた。

棟番号を確かめると、琢磨は団地内の公園で張り込むことにした。

夕方になり、遊んでいた子供の数も減り始めた頃、買い物籠を持った榎本咲江が階段から下りてきた。どこから見ても奥様然としているその姿からは、かつて公安の警察官だったことなど微塵も感じられない。

咲江はブランコに腰掛ける琢磨に気づかず、その前を通り過ぎようとした。

「狩野さん」

咲江の足が止まった。その後ろ姿には、明らかな動揺が見られる。

「久しぶりだね」

榎本咲江、すなわち狩野静香の頭がゆっくりと回り、琢磨を見据えた。

琢磨はサングラスを外すと、「本を返しに来た」と言って『リルケの詩集』を差し出した。


二人は駅前の純喫茶で向き合っていた。

「ご無事だったんですね」

「まあね。いろいろあったけどな」

「どうやって戻ってきたんですか」

「それも、いろいろあったさ。それよりも、ご結婚おめでとう」

「ありがとうございます」と答えつつ、咲江がコーヒーカップに視線を落とす。

「君のプライベートを聞くつもりはない。君はもう退官した身だ。迷惑は掛けたくない」

「じゃあ、なぜ会いに来たんですか」

「命を狙われているからさ」

その言葉に、咲江の顔色が変わる。

「どうやら君は、いろいろ知っているようだね」

「は、はい」

「すべて教えてもらおう」

「私もすべてを知っているわけじゃないんです。推測も交えてですけど——」と前置きしつつ、咲江はここに至るまでの経緯を語った。

「つまり、さど号事件の少し前から、横山さんの様子がおかしくなったというのか」

「ええ、何かに思い悩んでいる様子で、精神の均衡を保てないようでした。それからしばらくして、近藤君の態度も急によそよそしくなって」

「それで君は飛ばされたというんだな」

「はい。さど号事件の直後に転属になりました」

咲江がコーヒーカップを小さな口に運ぶ。

「つまり、組織の指揮系統が変わったということか」

「そうなんです。その少し前から、笠原警視正から横山さんへの電話が掛かってくることもなくなりました」

「いったい、どういうことだ」

「それは」と言って口ごもった咲江だったが、勇を鼓すように続けた。

「おそらく政府筋から、何らかの指示があったのではないかと」

「政府の要人がハイジャックを見逃すように、横山さんに指示したというのか」

「見逃すように指示したのではありません。やらせたのです」

「やらせた、だと――」

琢磨には、咲江の言っている意味が分からない。

「ハイジャックを発案したのが誰か覚えていますか」

「白崎か」

「そうです。その要人は統学連の白崎を操り、学生運動を過激化させていったのです」

琢磨の脳裏に、かつてアジトで白崎の通帳を盗み見た時の記憶がよみがえった。そこに記されていたのは、一千三百万円余という途方もない金額だった。

「でも、いったい何のために」

「分かりませんか」

「ああ、さっぱり分からん」

「私も最初はそうでした。でも横山さんの秘書のようなことをしていたので、薄々は気づいていました。でも、そんな素振りを見せるわけにはいかないので、無能な婦警を装っていましたけど」

「どういうことだ」

「日米の安保体制を堅固なものとし、国軍を創設するためです」

「何だって――。つまりハイジャックも、そのためにやらせたのか」

咲江がうなずく。

「なぜハイジャックが、国軍の創設に結び付くんだ」

「それは――」

咲江は息を吸い込むと、思い切るように言った。

「北朝鮮の脅威を国民に知らしめ、防衛庁の予算を増額する。そして悲願の国軍創設へと向かうためです。その中には核武装計画も――」

「それを企んでいたのは誰だ」

その時、咲江の視線が何かに吸い寄せられた。

琢磨が振り向くと、喫茶店の外に近藤らがいる。

「なんてこった。つけられていたのか！」

「いいえ。私が見張られていたんです。あなたが、いずれ私の居場所を探り当てると見越していたのかもしれません。若手が私を張っていて、ここに入ったことを近藤君に知らせたんです」

近藤と視線が合う。

「これ以上は話せないわ。ごめんなさい」

二人の部下を連れた近藤が、喫茶店に入ってくる。

それを見た琢磨が店の奥へ駆け出すと、近藤たちが血相を変えて追ってきた。

琢磨は厨房に入ると裏口を探した。

ウエイトレスの悲鳴と「お客さん、困ります！」というコックの声が交錯する。

それらを無視した琢磨は、裏口から外に飛び出した。

幸いにして裏通りは暗くて人影がない。琢磨は暗がりの中を疾走した。

5

――何かがおかしい。

寺島は不穏な空気を感じ取っていた。

これまで放火殺人事件として扱われていたものが、堀越栄次郎にたどり着いたとたん、失火とされて捜査本部が解散になるなど不可解極まりない。

――となれば、三橋さんの資料は闇から闇へと葬られる。

中野健作、つまり三橋琢磨は、さど号ハイジャック事件の真相解明の一歩手前まで迫っていたが、白崎を操って学生運動を激化させ、さらにハイジャックまで実行させた黒幕にまでは、たどり着けないでいた。

それでも最近になってある事実を摑み、堀越利三郎にたどり着いた。当時の雄志院大学の理事長が、利三郎の弟の堀越泰造だったというのが、鍵になっていたのかもしれない。

すでに二人とも故人だが、利三郎の息子の栄次郎によって、近年の日本の保守政治は堅固なものとなり、今や声高に中国や北朝鮮の脅威を唱えることで、国防予算の増額を達成している。

――彼らの目指すものは国軍の創設か。

それは現政権の方針とも一致しており、さほど遠くない未来、栄次郎に総理大臣の椅子が回ってくれば、父の代からの悲願を実現させようとするのは明らかだった。

――だが三橋さんの手記には、どうやって堀越にたどり着いたのかまでは記されていなかった。

それを知っているのは白崎しかいない。

三橋は白崎に接近し、その秘密を聞き出したのだろう。だが白崎は、どうしてそんな重大なことを話したのか。

――三橋さんは、警察とは別の機関から追われていたのだ。その機関とは、政府関係者や警察上層部ともつながっている。つまり警察に助けを求めても、握りつぶされる恐れがあった。だから身を隠すしかなかったんだ。

三橋琢磨は、それから四十年もの歳月を逃げ回っていたことになる。

――いや、決定的な証拠を摑むべく、必死に這い回っていたんだ。だがそれは、三橋さんの存在を堀越側に再び思い出させることになり、刺客が放たれた。刺客は簡宿に出入りしてもおかしくない姿形と年齢で、しかも防犯カメラの位置など警察の情報に通じている者だ。

推理は一点にたどり着いた。

――横山か。

横山なら現在七十歳を過ぎているので、簡宿周辺の風景に溶け込むことができる。もしかしたら近藤も手を貸していたかもしれない。

――もう一度、白崎に会うしかない。

寺島が個人として白崎に会いたいと電話で告げると、白崎はすんなり了承した。

寺島は偽名で保管庫を借りると、そこにアタッシェケースを預け、白崎の許に向かった。

刑事課長の島田には長期休暇を取ると電話で告げたが、寺島はこれを機に、警察を辞めても構わないと思っていた。

コーヒーカップを持った白崎が得意げに言う。

「どうだい。グアテマラ産の最高級豆だ」

「おいしいです」

前回来た時と異なり、今日は音楽が聞こえている。

「コルトレーンはいい。奴は音楽ですべての気持ちを吐露できる。これは何も隠すことのない野性の叫びだ」

寺島はジャズには詳しくない。だが苦しげにうめくようなサックスの音を聴いていると、白崎の言葉が分かるような気がする。

「あなたは、コルトレーンが羨ましいのですね」

「そうさ。奴は何も隠さず、己のすべてを楽器に託せる。麻薬とアルコールにまみれた悲惨な生活を送ろうと、偽りのない生涯を送ったんだ」

「でも、あなたは違う」

「ああ。俺は操り人形としての人生を歩まねばならなかった」

白崎は音楽に集中しているかのように、しばし瞑目してから言った。

「ここに再び来たということは、君はたどり着いたんだな」

「はい。少し手間取りましたが」

寺島が要点を語る。

「どうだ。壮大な陰謀だろう」

白崎が得意げな笑みを浮かべる。

「実のところ、驚かされました」

「俺たちは堀越利三郎に大恩があった。だから息子の栄次郎の意のままに動かねばならなかった。むろん栄次郎に、それまで利三郎氏の操り人形として動いていた証拠も握られていたからな。縁を切ることはできなかった」

白崎が「俺たち」と言ったのを、寺島は聞き逃さなかった。

「俺たちとは、あなたと妹さんですね」

「そうだ。われわれ二人は、堀越さんの命令で学生運動家を演じていた」

白崎によると、田丸たちが北朝鮮に渡り、赤軍派議長の塩路ら幹部たちも次々と逮捕された後、白崎は赤軍派を牛耳り、彼らをさらに過激化させて自滅に追い込んだという。

最終的にはリンチ殺人や武装蜂起にまで発展していった学生運動は、大衆や一般学生からも見放され、衰退の一途をたどった。

「学生運動などというものは、すでに用済みの存在だった。堀越は広げた風呂敷を畳むよう俺に命じてきた。だから俺は畳んだだけさ。奴らの残党が、山岳ベースでのリンチ殺人やテルアビブ空港での乱射事件まで起こすとは思わなかったがね」

白崎がため息をつく。

――つまり学生運動を焚き付けていたのは、左翼勢力ではなく保守政治家だったのだ。

寺島は暗澹たる気持ちになった。

「それであなたは、学生運動を衰退させた褒美として、巨額の褒賞金を得て宗教団体を立ち上げたわけですね」

「それは堀越と最初に約束したことだ。新興宗教の教祖なら税金もかからず、事業が左前になることもない。身を隠すのにもちょうどよい。しかし信者が三十万人にもなるとは思わなかった。日本人は他人に救いを求めすぎる。それを思えば、あの頃の学生たちは自らの手で政治体制を変えようとしていた。あの若者たちの情熱は、どこへ行っちまったんだろう」

白崎が遠い目をする。

「何が情熱ですか。あなたこそ、彼らの情熱を利用したんじゃないですか」

「そういうことになるな」

　白崎が自嘲的な笑みを浮かべる。

「四十年以上も道化を演じた末、どうして三橋さんにすべてを打ち明けたのですか」

「道化、か」と言って自嘲した後、白崎は続けた。

「俺の人生は俺のものではなかった。それを取り戻そうとしただけさ」

「それで贖罪《しよくざい》したつもりですか」

「分かったよ。本当のことを言おう」

　そう前置きすると、白崎の顔が真剣みを帯びた。

「堀越栄次郎というのは大馬鹿者だ。俺はガキの頃から知っているが、奴は北朝鮮を支配しているカリアゲ野郎と何ら変わらない。こんなご時世だから、自衛隊予算を増やすことまでは仕方ないとしても、国防軍を組織し、共謀罪を法制化して国民を監視し、さらに核武装まで視野に入れているとはな。俺だって、そこまでは付き合いきれない」

「まさか――」

「本当さ。もう走り出した機関車は止められない。奴に『俺をなめるな。お前ら親子が長年にわたって何を考え、何をしてきたか、その証拠を握っているんだぞ』と脅かしたら、怒り狂って『破滅させてやる』と息巻いたのさ。これからこの教団は、あることないことでっち上げられてつぶされる。俺も破防法とやらで起訴され、刑務所から一生出てこられまい。それで何らかの方法で一矢報いようと考えていた矢先に、たまたま中野、いや三橋が現れたのさ。まさか生きているとは思わなかったが、その時、初めて奴が公安だったと知った。もちろん驚いたさ。そこまで俺を騙し通せた奴はいないからな。それが災い転じて福となったわけだ」

白崎が愉快そうに笑う。

「それで俺は、奴にすべてを託したのさ」

話し終わると、白崎は天を仰いだ。

「これから、あなたはどうするのですか」

「始末をつけるさ」

「どういう意味です」

「もう偽りの人生を生きるのはたくさんだ。俺は俺の手で、この人生に始末をつける」

白崎の顔は、死を覚悟した人間とは思えないほど晴れ晴れとしていた。

「最後に一つだけ教えて下さい」

「なんだね」

「三橋さんは、どこに行ったんです」

「奴は俺にも行き先を告げなかった。だが堀越を告発するには、周到な準備が必要だ。何の支度もなしに新聞社や雑誌社に駆け込んでも、警察に通報されてジ・エンドだ」

白崎は、己の首に平手を当てて引くまねをした。

「ということは、どこかの有力な政治団体にでも逃げ込んだのですか」

「そうだよ。君は藤堂亜沙子という女性闘士を知っているかい」

「はい。連日、新聞やテレビを賑わせている方ですね」

「そう。今は辺野古で反対運動をしている」

「三橋さんは、そこにいるのですか」

「さあね。だが沖縄の新聞社が背後で支えるあの組織以外に、この国のどこにも奴の身の置き所はないはずだ」

確かに辺野古には反政府運動家が集結しており、姿を隠すには最適だ。

「むろん、その話は奴にもしたさ」

「だけど三橋さんは、あの組織にどんな人脈があるというのです」

「確かに飛び込みで行っても、政府のスパイだと疑われるのがオチだ」

白崎は疲れたように後頭部で手を組んだ。その姿は、とても三十万人の信者を抱える宗教団体のトップとは思えない。

「あなたが紹介状でも書いたのですか」

「そんな必要はない」

「どういうことです」

「行ってみれば分かるさ」

白崎の態度を見れば、おそらく無駄足にはならないだろう。

「分かりました。行ってみます」

「だが行ったところで、会わせてもらえるとは限らないぞ」

「それでも行きたいんです」

寺島の胸内から、再び情熱が込み上げてきた。

――あと少しで、たどり着けます。もう少しだけお待ち下さい。

寺島は心の奥底にいる、ある人物に語り掛けた。

「それにしてもあんたは、どうしてこの事件に、これほどの情熱を燃やすんだ。下手をすると仕事を失うだけでなく、生涯、警察から目を付けられることになるんだぞ」

「人は、それぞれ何かに囚われています。あなた方が堀越一族に囚われていたように、私も過去に囚われています」

白崎はにこりとすると言った。

「どうせ俺はもうすぐ冥土に行く身だ。あんたが何に囚われているのかは聞かないことにしておくよ」

「今日は、ありがとうございました」

「幸運を祈っている」

ソファから立ち上がった寺島は一礼すると、最後に問うた。

「やはり決意は変わらないのですね」

「それが俺の矜持だからな。静かに死なせてくれよ」

そう言うと、白崎は呵々大笑した。

6

数日後、寺島は羽田から沖縄行きの日航機に乗った。

白崎の自殺は機内で読んだ新聞で知った。

白崎は教団施設内の自室に石油をまいて火をつけた上、包丁で喉を突いて自殺した。これにより施設は全焼したが、白崎以外の死者はいなかった。

――道化の人生に終止符を打ったってわけか。

寺島は白崎に一片の同情も抱いていなかった。だが白崎もまた時代の波に翻弄され、自分の生きたかった人生を生きられなかった一人なのだ。

――簡宿で死んでいった人々や、石山さんと同様にな。

やがて日航機は、那覇空港に向けて高度を下げていった。


辺野古は、沖縄本島の中央部南岸にある海辺の町だ。この小さな町が日本国中を揺るがしているのは、普天間基地の移設問題が浮上したことに始まる。政府としては、住宅地の隣接する普天間基地から辺野古への移設を早急に進めたいが、県外移設を主張する反対派は頑として譲らず、辺野古では反対運動が日増しに激しくなっていた。

那覇空港国内線ターミナルから辺野古行きのバスに乗り、一時間半ほど揺られると辺野古に着く。

バス停で降りた寺島は、市街地を少しぶらついてみた。

――随分と寂《さび》れているな。

市街地にもかかわらず、歩いている人はほとんどいない。今は廃屋となった店舗に掲げられた英語の看板も色あせ、大半の店はシャッターを下ろしたままになっている。

かつてキャンプ・シュワブとして繁栄していた辺野古は、シュワブの縮小と軌を一にするように閑散としていき、移転問題が起こらなければ、静かに朽ちていくだけの町だった。

——兵《つわもの》どもが夢の跡、か。

かつて屈強な米兵たちが陽気に闊歩していたであろう街角を見ていると、同じように衰退の一途をたどった学生運動のことが思い出される。

——あの頃の学生たちの情熱は、いったいどこへ消えたんだ。

寺島はそのことばかり考えていた。確かに、彼らの思想や行動は正しいことばかりではなかった。それでも基本的な大義は間違っていなかった。彼らは超大国アメリカが東洋の小国ベトナムに戦争を仕掛け、その国民を殺戮《さつりく》しているという事実を前にして、それを止めようとして立ち上がったのだ。しかも日本は安保条約によってアメリカに加担し、ベトナム攻撃の補給基地になっていたのだから、彼らの怒りも当然だった。

寺島は、ある理由から学生運動に関心があった。それが高じて「日本のために尽くしたい」という気持ちを持つようになり、警察官を志望した。警察こそが正義の象徴で、最も信頼を託すに足る組織だと思っていたからだ。しかし上層部は政治家の圧力に屈し、簡宿放火事件の捜査本部の解散を命じてきた。

寺島の警察に対する信頼は、無残にも打ち砕かれた。

——あの火災で亡くなった人々には、それぞれの人生があった。彼らが冥府で望むことは唯一、事件の解決だ。それを踏みにじろうとする警察を俺は許せない。

だが寺島には、それとは別の情熱もあった。

――それを解き明かすことで、あなたが終わらせられなかった仕事を、私が終わらせます。

しばらく歩くと大浦湾に出た。そこから南東に進むと、テント村が見えてきた。

だが現役の警察官の寺島が、のこのこと行ったところで、藤堂亜沙子という著名な闘士が会ってくれるとは思えない。

海を見ながら、どうしようかと考え込んでいると、突然、背後から声を掛けられた。

「あんたも反対運動をやりに来たのかい」

その男は白髪交じりで、優に六十を超えている。

「はっ、はい」

「どう声を掛けていいか分からなかったんだろう。そういう人が多くてね。心配するな。辺野古の海を守ろうとする者は、みんな仲間だ」

「よろしくお願いします」

男は寺島を促し、テント村へと導いた。

寺島は東京のサラリーマンと偽り、テント村での運動を手伝うことになった。若者の数が少ないこともあってか、寺島は年配の参加者たちに歓迎された。隣村の宜野座《ぎのざ》にある安ホテルも紹介してくれたので、毎朝十五分ほどバスに乗って辺野古に通うことにした。残るは、いかに自然に藤堂亜沙子に接近するかだ。

しかし、チャンスは、すぐにやってきた。

数日後に埋め立て用資材の搬入があることを掴んだ反対派は、座り込みを行うべく、その準備に入っていた。時を同じくして、東京で反対運動を展開していた藤堂亜沙子も辺野古入りした。

藤堂の人気は凄まじく、姿を現しただけで拍手喝采の嵐となった。

藤堂は、こうした運動家のイメージとはかけ離れた白いワンピース姿で、ブランド物とおぼしきサングラスを掛け、白い手袋をしていた。

女王のように人垣で作られた道を通り抜けた藤堂は、演台に上がると、凜とした声で、「皆さん、ご苦労様です」とねぎらった。

――これが藤堂亜沙子か。

すでに六十歳を超えているはずの藤堂だが、その優雅な身のこなしと、その対極にあるような情熱の籠もった弁舌には、年齢を感じさせないものがある。

藤堂は一切の経歴を明かさないため、その過去は様々な憶測を生んでいた。そうしたミステリアスな一面も、藤堂亜沙子の人気に一役買っていた。

壇上の藤堂は辺野古を守り抜くことを強く主張し、「国家権力に立ち向かうことが、国民の役割でもあるのです」と締めくくった。内容に目新しいものはなかったが、その弁舌には聞く者を魅了する何かがあった。それは多くの演説の場に立ち会い、自分なりの方法論を身に付けた者だけにできることだった。

翌日のことだった。寺島がテント村に着くと、大きめの白い日よけ帽をかぶり、取り巻きを引き連れ、近くの浜辺を散歩する藤堂に出くわした。

挨拶をして通り過ぎようとした時だった。

「それは今朝の朝刊ね」

藤堂の視線は、寺島が脇に挟んだ新聞に向けられていた。ホテル近くのコンビニで買ってきたものだ。

「はい。そうです」

「朝刊をまだ読んでいないの。読ませてくれない」

寺島が朝刊を差し出すと、藤堂は砂浜に腰を下ろして読み始めた。

その時、テントの方から人手を求める声が掛かり、取り巻き連中は皆、そちらに向かった。寺島も行き掛けたが、藤堂と二人きりになれるチャンスだと気づき、その場にとどまった。

「藤堂さん――」

「私の過去は聞かないこと」

藤堂が機先を制してきた。同じような質問に飽き飽きしているのだろう。

「では、別の質問をしてもいいですか」

その言い回しに何か感じたのか、藤堂が新聞から目を上げる。

「何でしょう」

「最近のことですが、死んだと思っていた人が、ここに現れませんでしたか」

藤堂の顔色が変わる。

「あなた、何者——」

「やはり、そうでしたか」

「ちょっと待って。私は何も知らないわ」

「中野健作さん、すなわち三橋琢磨さんは、こちらにおられないのですか」

「あなたは警察ね」

「まだ警察には所属していますが、もう戻ることはないでしょう」

「歩きましょう」と言って立ち上がると、藤堂は裾の砂を払って歩き出した。

フレアスカートが風に舞い、片手で裾を押さえるその姿は、まるでヨーロッパの絵画から抜け出てきた貴婦人のようだ。

「それで、どこまで知っているの」

「おそらくあなたが、桜井紹子さんだというところまでです」

藤堂の視線が寺島を捉える。そこには驚きとあきらめの色が混じっていた。

「白崎に会ったのね」

「はい。会いました。あなたのことについては、ほのめかされただけですが」

「兄らしいわ。昔からほのめかすだけで真実は語らない。そうやって生きてきた人なの」

それが操られている者の宿命であることを、寺島は知っていた。

「お兄様のことは残念でした」

「そうね。でも、あの人にふさわしい最期だったわ。白崎は皆と一緒に北朝鮮に行くべきだった。それをせずに金をせびって、あんなものを始めたのは全くの蛇足だわ」

「白崎さんの四十年が蛇足だと――」

「そうよ。人は死に場所を失うと、ああなるの」

「しかし白崎さんは、しっかりと落とし前をつけました」

「それだけは、兄を誇りにしていいかもね」

桜井が白い歯を見せて笑う。

「それにしても、どうして誰も、あなたのことに気づかなかったのですか」

「ああ、そのことね」と言うと、桜井はバッグから煙草を出して火をつけた。

「北欧で整形手術を受けたからよ。白崎の命令でね。『金はいくらでも出してやるから、二度と帰ってくるな』とも言われたわ」

日よけ帽からはみ出た桜井の長い髪が、風になびく。

「だが、帰ってきた」

「ええ。日本のほかに私の居場所はなかったから」

――一度、社会運動に身を投じた者が、そこから抜けられなくなるというのは、本当なのだな。

彼らには、常に情熱を燃やす対象が必要なのだ。

「帰国してから、憲法改正や女性の貧困といった問題を知るようになり、運動に加わるようになったの」

「それで、辺野古の問題にもかかわるようになったんですね」

「そうよ。だけどもう、安保にも米軍にもうんざりよ」

桜井が、疲れたような笑みを浮かべる。

「もう一度お聞きしますが、三橋さんは、こちらにいらっしゃいますね」

「あなたは彼を殺しに来たの」

その直截な問い掛けに、今度は寺島が笑った。

「私は真実を知りたいだけです」

「知ってどうするの」

それには答えず、寺島は伝言を託した。

「三橋さんにお伝え下さい。アタッシェケースはお返しします。その一言で、すべては分かるはずです」

「分かったわ」

そう言うと桜井は新聞を返し、元来た道を引き返していった。

7

翌日、寺島はテント村から少し離れた場所にある桜井の宿舎に呼び出された。

寺島が指定された民家に着くと、桜井の隣に七十近い白髪の男性が座っていた。茶碗を手にしているが、横に泡盛の一升瓶を置いているので、中身が酒だと分かる。

「失礼します」と言って寺島が入室すると、男の目が寺島の持つアタッシェケースに吸い寄せられた。その眼光は鋭く、男が長い間、周囲を警戒して生きてきたことを物語っていた。

「寺島と申します。あなたが三橋さんですね」

男がうなずく。

「まずは、これをお返しします」

寺島がアタッシェケースを差し出すと、三橋がぽつりと言った。

「よくたどり着いたな」

「ロッカーの鍵は三橋さんのものだったんですね」

「そうだ」

「溶けていたんで手間取りました」

「そうか。あの火勢では無理ないな」

「『H・J』の意味もようやく分かりました」

「イニシャルだと思ったんだろう」

「そうですね。ハイジャックの略とは思いませんでした」

「それだけじゃない」

「別の意味もあるのですか」

「ああ、Hate Japanとのダブルミーニングだ」

――そうか。三橋さんは日本政府とその手先の警察に裏切られ続けたからな。

笑う三橋に、寺島が真顔で問うた。

「やはり、増田屋にいらしたのですね」

「ああ、あそこなら人の出入りが激しい上、警察にも近いから、いざとなれば逃げ込める」

寺島の推察通りの答えが返ってきた。

「ですが、逃げ込まなかった――」

「警察でさえ堀越一派の言いなりだと分かったからさ。身柄を確保されたら、もうまな板の上の鯉だ。石山には悪かったが――」

「身代わりになってもらったんですね」

「そうだ。身代わりにするつもりはなかったが、たまたま、あんなことになってしまった」

三橋の言葉に感情が籠もる。

「川崎駅前で偶然出会ったのが運の尽きだった。何度も人違いだと言ったのに、石山は間違いないと言って涙ぐむんだ」

「それで簡宿に連れ帰って、一緒に飲んだのですね」

「そうだよ。俺だって、もう酒ぐらいしか楽しみはないからな」

三橋が自嘲する。

「奴は、自分のことばかりを話していたな。誰かに話を聞いてほしかったのさ」

寺島は石山のことを写真でしか知らない。だがその人生を知れば、さもありなんと思った。

「奴にも人生があった。だが奴は負けた。奴は自分で負け犬だと言っていたが、それを否定する言葉を、俺は見つけてやれなかった」

「石山さんは、三橋さんのことを、あまり聞いてこなかったのですね」

「俺がきな臭いのは、奴も知っていたからね」

三橋が桜井に茶碗を差し出す。

「もう控えたらどうですか」

桜井が非難がましく言う。

「こればかりはやめられないよ」

「大事なお体ですよ」と言いながら、桜井が三橋の茶碗に泡盛を注ぐ。

二人の親密な様子は夫婦にしか見えない。

「なぜ三橋さんは、裏切られたはずの白崎さんの許に身を寄せたんですか。突き出されるリスクがあるのに」

「以前はそうだった。白崎は堀越の手先だったからな。でも少し前から、教団が堀越の考えと真っ向から対立するようなスローガンを掲げ始めたので、奴らの仲違いに気づいたのさ」

桜井が話を引き取る。

「それでこの人は、兄から私の居所を聞いて、ここにやってきたの」

三橋が泡盛を飲みながら言う。

「桜井さんが藤堂亜沙子なる女性になっていたとは、白崎から教えられるまで俺も気づかなかったよ」

二人が顔を見交わす。

「衝撃的な再会シーンだったな」

「ええ、また会えるとは思わなかったわ」

桜井が少女のように頬を染める。

「これで、すべてがつながりました」

引き時を覚った寺島が立ち上がる。

「これから君は、どうするつもりだ」

「堀越一族を告発します。力を貸して下さい」

三橋のアタッシェケースの中には、資金の出所を示す通帳や、白崎と堀越の会話テープといった証拠品が入っていた。それらは白崎から預かったものに違いない。

「それは歓迎するところだが、そんなことをすれば、君は警察に追われるぞ。それどころか――」

「命を狙われると仰せですね」

三橋がうなずく。

「覚悟の上です」

「なぜなんだ。君はどうして、それほどの情熱を注ぐのだ」

その時、窓ガラスの割れる音がした。

「三橋さん、逃げて！」

すぐに事態を察した桜井が三橋の顔を見る。

七十近い年齢とは思えない素早い身のこなしで立ち上がった三橋は、アタッシェケースを抱えると、窓を開けた。

だが、そこには男が立っており、銃口を向けている。

次の瞬間、部屋のドアが開き、サイレンサー付きの拳銃を構えた一人の老人が入ってきた。その背後には、六十代とおぼしき二人の男がいる。

——相手は四人か。

三橋が目を見張る。

「あんたらは——」

「四十年ぶりだな。中野健作さんよ」

ドアから入ってきた男が笑う。窓の外にいた男も玄関口を回って入ってきた。

「横山さんに近藤君か。それに俺を横須賀まで迎えに来た若者二人か。懐かしいメンバーが勢ぞろいだな」

三橋も相好を崩す。

「あなたたち、出ていきなさい！」

桜井が怒鳴るが、それにひるむ連中ではない。

「失礼ですが静かにしてもらえますか、マダム桜井」

横山がおどける。

「どうして、ここが分かったんだ」

「俺たちは長年、こんな仕事をやってきた。そこの坊やがどの飛行機に乗ったか分かれば、ここ以外に行き先はないだろう」

「三橋さん、すいません」

「もういい。こいつらは、いずれここを突き止めたはずだ」

近藤が話を替わる。

「あんたは、あの火事で死んだと思っていた」

「お前らが火をつけたんだな」

「当たり前だ。ところが、お前は酔っぱらいを身代わりに使って再び身を隠した」

「あれは偶然だ」

「どっちでもいいことだ。でもお前が生きているという知らせが堀越さんから入り、俺たちは驚いた」

放火事件にかかわった警察官の中に、堀越の息が掛かった者がいたのだ。

「それで、お前は警察の捜査記録を調べたのだな」

「そうだ。俺はもう退官しているので、こっちの二人のコネを使って調べてもらった。おかげでこうして未完成の仕事を終わらせられるわけだ」

――アンフィニッシュト・ビジネスか。それは三橋さんにとっても同じことだろう。そして、俺にとってもな。

三橋が言う。

「横山さん、俺もあんたも、片をつけられなかった仕事を残したまま、ここまで来てしまったんだな」

「ああ、そうだよ。だが、どちらかが終わらせられても、もう一方は終わらせられない。それがこのゲームの悲しいところさ。どうやら、終わらせられるのは俺の方だな」

桜井が感情をあらわにする。

「あんたたちはそれでいいの。その年になっても、政府の犬のままで恥ずかしくないの！」

近藤が代わりに答える。

「ああ、構わない。政府の命令に従うのが警察官の務めだからな」

「それだけではないだろう」

三橋が苦い笑みを浮かべると、横山も満面の笑みを浮かべた。

「その通りさ。俺も近藤も、そしてこいつら二人も、これが終われば多額の褒賞金を得られる。残りの人生は贅沢三昧さ」

横山が銃で合図すると、近藤が三橋からアタッシェケースを奪った。

「横山さん、どうして堀越なんかに加担したんだ」

三橋の問いに、「そのことか」と言いながら横山が答える。

「上層部からの特命だったからな」

「笠原警視正か」

――あの笠原警視正か。

寺島もその名は聞いたことがある。だが笠原は、退官してすぐに不審な死を遂げている。

「もっと上だよ。俺も最初は迷ったさ。だが、ほかに道は残されていなかった」

寺島も、警察内にあるという秘密機関の噂を聞いたことがある。普段は普通の警察官だが、特命が下った時だけＣＩＡのような動きをする者たちだ。

――横山たちは政府内部のスリーパーだったんだ。

スリーパーとは、普段は一般人と変わらぬ生活をしながら、どこかから密命が下ると、非合法な活動にも従事する者たちのことだ。

「それが嫌だったら、警察を辞めればよかったのよ」

桜井が非難したが、横山は苦笑いを浮かべた。

「誰にだって脛に一つぐらいの傷はある。そこを突かれて金をちらつかせられれば、人は弱いものさ」

横山と違って近藤は強弁した。

「俺たちは俺たちの正義を貫いた。日本の安全保障を陰で担ってきたのは、俺たちなんだ」

「それが、あんたらの正義ってわけね」

「ああ、一点の曇りもない正義さ」

「つまり俺を殺すことで、それが完結するってわけか」

三橋がため息をつく。

「そうだよ。長い戦いだったが、これで俺たちの仕事が終わる」

「横山さん、そろそろこいつらを連れていきましょう」

近藤が横山を促す。

横山らは、三橋を殺害する場所をすでに決めているらしい。

「よし、縛り上げろ」

近藤ら三人は背後に回ると、寺島らの腕を背に回し、手際よく縛り上げた。

寺島は隙を見て反撃の機会をうかがっていたが、横山の銃口が桜井に向けられているため、手が出せない。

「さて、行こうぜ」と横山が促す。

寺島は目の前に迫る命の危機よりも、四十数年にわたる事件の真相が闇に葬られる口惜しさで、胸が締め付けられる思いだった。

やがて七人は、懐中電灯を持った近藤の先導で、かつてダンスホールとして使われていたらしい廃屋に入った。そこは外からでもホール内が見渡せるようにするためか、通り沿いはガラス張りになっている。しかし今はカーテンが閉められているので、通行人から気づかれることはない。

「何か言い残すことはあるか」

三人を奥のカウンターの前に立たせると、近藤が懐中電灯で照らした。

「殺すのは俺だけでいいはずだ。証拠を持ち去れば、桜井もこの若者も無力ではないか」

三橋が冷静な口調で言う。

「駄目だな。こいつらはすべてを知っている」

横山が合図すると、近藤と二人の配下が銃の安全装置を外した。

「お前らは錘《おもり》を付けられて沖縄の海に沈む。後は魚に任せるだけだ」

横山の笑い声がダンスホールの天井に響く。

――遂に終わりか。

寺島は大きく息を吸い込むと言った。

「やるなら早くやれ！」

「随分と威勢がいいな。よし、お前からやってやる」

その時、四人の背後のガラスが、わずかに振動した。

「なんだ――」

異変に気づいた四人が振り向いた次の瞬間、耳をつんざくばかりのガラスの破砕音が響き、乗用車が突っ込んできた。

車は四人を跳ね飛ばして停車した。

寺島が反射的にカウンターの陰に逃げ込むと、三橋が桜井を庇うように倒れるのが見えた。

――いったい何が起きたんだ！

三人が啞然としていると、中から男が現れた。

「ふう、何とか間に合ったな」

車から姿を現したのは野沢だった。

「どうして、ここに――」

「話は後だ」と言いつつ、四人の銃を遠くに蹴った野沢は、寺島の縄を解いた。続いてその縄を使い、気を失っている横山の腕を背後に回して縄を掛けた。それを見た寺島も、うめいている三人を縛り上げる。

「誰か、携帯を持っていたら救急車を呼んでくれるかな」

そう言うと野沢は、胸ポケットから煙草を取り出して三橋に勧めた。その傍らでは、桜井がスマホで電話をしている。

「助かったよ。あんたは坊やを追ってきたらしいな」

煙草を受け取った三橋に、野沢が手をかざしてライターを近づける。暗闇に光が点滅すると、すぐに紫煙が漂った。

「まあ、そういうことになるな」

野沢も自分の煙草に火をつける。

「野沢さん、ありがとうございます」

「寺島君、俺をなめるなよ。あの様子を見れば、お前が何かを摑んだことぐらい分かる。それで島田さんと相談し、あえて泳がせて跡をつけたのさ」

「そういうことでしたか」

寺島は自分の迂闊さが、逆に功を奏したことを知った。

「だが、相手が四人だったので危なかった。こちらは俺一人だ。下手に踏み込めば、誰か一人は撃たれる。そうしないためには、慎重に対処するしかなかったんだ」

「これが慎重ですか」

「ああ、俺にしては慎重さ」

野沢が高笑いする。

遠くから救急車のサイレンが聞こえてきた。

三橋が笑みを浮かべて言う。

「当面、騒がしいことになりそうだ。辺野古の運動にかかわれないのは残念だが、どこかの島で少しほとぼりを冷ますさ」

「まさかお二人は――」

寺島が息をのむ。

「ああ、そこで結婚式を挙げるつもりだ」

三橋の腕に桜井が腕を絡ませた。

「人生を取り戻さなくっちゃね」

「それは――、おめでとうございます」

寺島は心の底から二人の幸せを祈った。

野沢が言う。

「さて、警察が来ると厄介だ。二人はここにいなかったことにする。さっさと身を隠しな」

「そうさせてもらうよ。ところで――」

三橋が寺島に目を向ける。

「君は、まださっきの質問に答えていなかったね」

「どうして私が、この事件にこれほどの情熱を注いだかですね」

寺島が笑みを浮かべて言う。

「私の母方の祖父は警察官で、さど号事件の捜査をしていたようなのです」

「何だって」

「私も直接聞かされたことではありませんが、ある日、祖父は祖母に『しばらく帰れなくなる』と言い残して姿を消し、二度と現れることはありませんでした」

「どういうことだ」

　野沢が苛立つように問う。

「祖母の死後、残された手回り品の中に、一枚の祖父の写真と、さど号事件に関する新聞の切り抜きが入っていたんです。その祖父の写真が記憶に残っていて、今回の件を追ううちに、それが実行犯の一人と同一人物だと気づき――」

　三橋が問う。

「まさか、その男というのは――」

「岡田金太郎と名乗っていた人物です」

　三橋が無念をにじませる。

「君が岡田君の孫とはな。彼と一緒に帰ってこられなかったことは、返す返すも残念だ」

「もう終わったことです。それよりも、あなたに会えて本当によかった」

「俺もだ。これで君も、背負ってきた荷を下ろせるというわけだな。いつか、彼の遺骨を故郷に改葬してくれよ」

「はい。もちろんです」

「俺の唯一の心残りは、ヨーロッパでの拉致事件を止められなかったことだ」

　三橋はそう言うと、煙草を足でもみ消した。

「われわれが、もうそんなことはやらせません」

寺島が胸を張る。

「頼んだぞ」

「任せて下さい」

「そろそろ消えた方がよさそうだ」

野沢が二人を促す。救急車のサイレンも近づいてきている。

「お二人とも、ありがとうございました」

桜井が頭を下げる。

「われわれは警察官です。当然のことをしたまでです」

野沢が照れくさそうに言う。

「警察は私たちの敵ではないわ。私たちの敵は――」

「もういいよ」と桜井を制した三橋が、寺島にアタッシェケースを渡した。

「それじゃ、頼んだぞ、相棒」

そう言い残すと、三橋は桜井と共に闇の中に消えた。

「相棒、か」

野沢が眼鏡を拭きながら言う。

「三橋さんにとって祖父は過去の相棒で、僕は今の相棒だったんでしょうね」

「そうだな、相棒」

野沢の高笑いがダンスホールにこだまする。

それを聞きながら、寺島はすべてが終わったことを覚った。

エピローグ

夜勤だったので、いつの間にか、うとうとしてしまったらしい。

夢の中で祖父に会った気がするが、どんな会話を交わしたかまでは覚えていない。

——じいさん、これでよかったのか。

寺島は死んだ祖父が寺島を動かし、あの秘密を暴露させ、なおかつ三橋を救おうとした気がしてならなかった。

——あなたは、死んでからも三橋さんを守ろうとしたのか。

顔を洗おうと洗面所に行き掛けたところで、野沢が外から帰ってきた。

「あれ、まだいたのか」

「もう帰ります」

「おい、聞いたか」

「何を、ですか」

「出がけにテレビのニュースで知ったんだが、昨夜、堀越栄次郎が自殺したとさ」

「ああ、そうですか」

寺島にとっては、もはやどうでもよいことだった。

「関心がなさそうだな」

「ええ、自分にとっては、もう終わったことですから」

「それもそうだ」

——おそらく自殺を強いられたんだろう。では、誰が強いたのか。

それが現政権の誰かと、その背後で日本を操る米国なのは明らかだった。

——しょせん堀越も犬でしかなかったんだ。

「首相がテレビで、『一連の陰謀は堀越個人がやったこと』と釈明していたぜ。どうやら堀越一族は北朝鮮に人脈があり、万景峰号《マンギョンボン》の貿易利権にも一枚嚙んでいたらしい」

野沢が眼鏡を拭きながら得意げに言う。

「藤堂もコメントしていたぜ」

野沢がにやりとする。

「何と言っていました」

「その思想は異なるものの、父上から引き継いだ仕事を終わらせられず、さぞ無念だったでしょう、とさ」

「きつい皮肉だな」

二人が笑っていると、誰かと電話で話していた島田が声を上げた。

「大師駅のホームで、ナイフを持った男が暴れている。至急、現場に向かってくれ」

「分かりました！」

「いかれてるので何をするか分からない。くれぐれも気をつけろよ」

「そういう奴の方が親しみを感じますよ」

野沢の言葉に島田が声を上げて笑う。

二人は背広を着ると、署を飛び出した。

外は快晴で日差しが眩しい。

――じいさん、三橋さん、これですべては終わった。だが俺の戦いは続く。

今回の件で、寺島は警察官を続けていく決意をした。

「おい、何をしている。早く乗れ！」

野沢がパトカーの中から手招きする。

寺島は次の戦いに挑むかのように、助手席に身を滑り込ませた。

※本作は実際の火災事件を題材にしています。お亡くなりになった方々のご冥福をお祈りします。

【参考文献】
『宿命 「よど号」亡命者たちの秘密工作』高沢皓司　新潮社
『謝罪します』八尾恵　文藝春秋
『「よど号」事件122時間の真実』久能靖　河出書房新社
『「よど号」事件　三十年目の真実』島田滋敏　草思社
『さらば「よど号」！――25年の軌跡』高沢皓司　批評社
『新装版　公安警察スパイ養成所』島袋修　宝島社
『69 sixty nine』村上龍　文藝春秋
『日本赤軍とのわが「七年戦争」』佐々淳行　文藝春秋
『下流老人　一億総老後崩壊の衝撃』藤田孝典　朝日新書
『続・下流老人　一億総疲弊社会の到来』藤田孝典　朝日新書
『ベトナム戦争　誤算と誤解の戦場』松岡完　中公新書
『1969新宿西口地下広場』大木晴子＋鈴木一誌／編著　新宿書房

『1968年に日本と世界で起こったこと』毎日新聞社
『日本占領史 1945-1952 東京・ワシントン・沖縄』福永文夫 中公新書
『総括せよ! さらば革命的世代—40年前、キャンパスで何があったか』産経新聞取材班 産経新聞出版
『TOKYO1969』立川直樹 日本経済新聞出版社
『ハイスクール1968』四方田犬彦 新潮社
『昭和三十年代の匂い』岡崎武志 筑摩書房
『昭和時代 三十年代』読売新聞昭和時代プロジェクト 中央公論新社
『1968〈上〉 若者たちの叛乱とその背景』小熊英二 新曜社
『1968〈下〉 叛乱の終焉とその遺産』小熊英二 新曜社
『新装版1968年グラフィティ』毎日新聞社
『FOR BEGINNERS シリーズ(日本オリジナル版)⑫全学連』菅孝行 現代書館
『増補改訂'70年版 全学連各派—学生運動事典—』社会問題研究会/編 双葉社
『昭和——二万日の全記録』第12巻~第15巻 講談社

この物語はフィクションです。実在する事件、人物、団体とは関係ありません。

解説

PANTA

面白かった。一気に読んでしまった。そして驚いた。伊東さん、何でそんなことまで知っているのかと。

この小説を読ませてもらい、これまでの伊東さんは歴史小説を得意とする流行作家という認識は見事に覆された。

知られているようで、あまり知られていないこの有名な事件の顚末。絡みこんだ人間関係、自分も知らない裏話の数々……。フィクションとは言え、この小説を描くにあたっては膨大な調査と事実関係の確認がなくては決して文字にはできないはずだ。

かつて自分が、映画『いぬむこいり』の撮影で鹿児島県指宿に滞在していた折、スタッフの車を借りて知人がレコーディングしている霧島を訪ねたり、開聞岳を横目に見たりしながら知覧へ向かう車中のラジオから番組のゲストで出演していた伊東さんが語る『武士の碑』の話を聞いていた。村田新八の目を通して西郷隆盛という人物が描き出された『武士の碑』の話に聴き入り、それ以来自分のなかの注目すべき人物となっていた伊東潤さん。音楽関係の繋がりで知り合い、幾度かの会食などを経て、彼のプログレ好き、果てはその貪欲なまでの愛好する音楽への執着にも舌を巻きそうになりながら、当時の新作『茶聖』も読ませてもらい、感服しまくった思い出も記憶に新しい。

ある日、友人の歌手であり、小さな教会の牧師でもある小坂忠に昼飯を誘われ蕎麦を食べながら、「PANTA、茶の世界はキリスト教なんだよ」と、茶室を例にあげ、「狭き門をくぐり、主の前ではみな平等ってことだ。あの織田信長の作った安土城も天主閣とされ、通常の天守閣とは主の字で違うんだよ」と熱く語る忠を前に、たまたま自分も細川ガラシャの物語がルイス・フロイスの手によりマカオに送られ、さらにその複写がハプスブルク家へ送られ、『気丈な貴婦人』というオペラが上演された話を思い出していた。嫁ぐ前のマリー・アントワネット、母のマリア・テレジアも政略に翻弄される自分の身に置き換えて涙して観ていたという。一六九八年に上演されたその譜面がウィーンで見つかったニュースに驚き、その丹後という言葉が踊りのタンゴとなって日本に帰ってくるという物語を妄想し、鳥肌が立つほど感動した。

明智光秀の娘、玉子が細川に嫁ぎ、侍女に感化されキリシタンとなり、堺で洗礼を受けられなくて苦難していた際に、実は千利休が裏で手引きし関わっていたのではないかと踏んでいた折でもあり、「伊東さん、その辺の事実関係はどうなんでしょ」と失礼ながらストレートに聞いてしまったことがあった。「あり得る話ですね」という返事を頂き、そんな戦国時代の話ばかりをしていたので、直後に読んだこの『ライトマイファイア』の描き方、言葉の選び方の思い切り昭和な感覚に驚かされてしまった。

タイトルはもちろんあのドアーズの有名な曲だ。「ハートに火をつけて」の邦題でも知られる「Light My Fire」。ビルボード誌では一九六七年度の年間ランキング二位とされている大ヒット作品。ホセ・フェリシアーノの唄うこの曲も群を抜いてすさまじく、これまた大ヒットした曲だ。「ハートに火をつけて」という邦題も秀逸だが、ためらう時期は過ぎた、オレのそばに来て、オレに火をつけてくれよ、ふたりで燃え盛る夜に飛び込もう♪のような内容をヴォーカルのジム・モーリソンは何かに取りつかれたように唄う。ドラッグの歌ともとれるし、男女の情愛の歌でもある。自分のいる頭脳警察という名前の由来はフランク・ザッパ率いるマザーズ・オブ・インヴェンションというグループのアルバム『フリークアウト』に収められている日本で彼らの初のシングルとなった「Who Are The Brain Police」

からそのまま直訳して「頭脳警察」と名付けたのだが、後にポリスのスティングと話していたときに、彼は「Thought Police～思想警察を書いた小説家がいて、ザッパはそれを意識したに違いない」と言っていた。いまとなれば、それは『１９８４』を書いたジョージ・オーウェルのことを彼は言いたかったのかもしれない。

話をドアーズに戻せば、イギリスの作家オルダス・ハクスリーの『The Doors of Perception～知覚の扉』が命名の由来とされているが、その知覚の扉は十八世紀の詩人ウィリアム・ブレークの詩の一節から引用されている。「If the doors of perception were cleansed, every thing would appear to man as it is, infinite～知覚の扉が清められたら、物事はありのままに無限に見える」

本書の著者、伊東潤さんがどういう意図を込めてこのタイトルを選択したのか、尋ねてもいないし、答えを聞いているわけでもないが、一線を越える、越えてしまう、国境線を越える、生と死、性と志、正と悪、過去と未来、その一線を越えるまでの葛藤、ためらい、決断、決行、すべてをこのタイトルのひと言に託したのではないかと思えてならない。そして本書の解説の話をもらい、改めて読み直してみて、時代背景とともにいろいろな映像が頭のなかに描かれ、早送りで飛ばされていった。

某大手プロダクションをやめてＧＳアイドルの道を閉ざしたところへ、「ＰＡＮＴＡ、一緒にバンドをやろうよ」と誘ってくれた千葉正健。彼はヴァン・ドックスというGSのキーボード奏者で、後に、新宿でリベット銃を使い、拳銃を奪おうと警官を撃ち、貫通したリベットで通行人も巻き添えにする事件を起こした。新聞でバンドマン千葉正健という字を見て驚いたが、その千葉さんは中央労働学院のブント（社会主義学生同盟）では有名な存在だったことも知らず、彼の命名したバンドの名前で、初めてスパルタクスブントという言葉を知った。スパルタカスはカーク・ダグラスの映画で知っていたが、ブントという言葉はいまとなれば、バンドの語源だと信じている。ブトン（つぼみ）がボタンの由来であるように、ブント（結束）という意味で解釈すれば、これはもうバンドの語源に他ならない。

そして一九六九年十二月に頭脳警察を結成。千葉さんの事件が起きたのは一九七二年二月十五日。図らずも頭脳警察が京都府立体育館と千駄ヶ谷の東京体育館でライブレコーディングを敢行し、その発売月となる一九七二年二月、その1stアルバムはまだプレス前なのに、発売中止勧告を受けた。急遽、スタジオ録音に切り替え、「世界革命戦争宣言」などを外し、五月に発売した2ndアルバムもまた発売一カ月にして販売中止。個別回収せよとの指令が下されることになった。その後、自分が見てもこれはひどいと思われる徹底的に書き直された歌詞をレコード倫理審査会に提出し、チェックされて返ってきたところへ原詩を提出し、やっと3rdアルバムとして世に送り出すことができた。

麻丘めぐみと一緒にレコード会社からヒット賞を受け取ることになる頭脳警察から話を戻して、いま〝時々自動〟なる劇団を主宰する演出家朝比奈尚行くんが、B・ブレヒトの「赤軍兵士の詩」を持ってきて、これに曲をつけてくれと言われ、曲をつけて日比谷野外音楽堂でやることになった。無知な自分はてっきり赤軍派の集会だと思って出かけて行ったのだが、日比谷は一万二千人の白ヘルメットで埋め尽くされていた。改装前の野音だったので、両側の階段に五十人ずつの突撃隊が待機し、拍手、野次、怒号、歓声で埋まるなか、唄いながら太めのパンツのなかで足が小刻みに震えていたのは生まれて初めての体験だった。当時の野音はどんな事件であっても通報などされずそのまま闇に葬られることが通常だったので、もしひとりでも飛び出して来ようものならと、車のエンジンはかけっぱなしでいつでも脱出できるようにするくらいは常識としての用意はあった。

その「赤軍兵士の詩」の披露とまた別の日のある日、横浜で在学中の学内で、所狭しと並べられ、スローガンの書きなぐられた立看を眺めていると、その後ろから小さな男が現れ、「キミ、今日の学生集会に来ないか」と声をかけられた。その集会に顔を出し、それからその男との付き合いが始まり、ずいぶんしてから、今度こんな本が出たんだ、貸すから読んでみてくれないかと言う。『世界革命戦争への飛翔』と書かれたその本に共産主義者同盟赤軍派とある。いや、自分で買うからいいよと、帰りにその手の本ばかり並べられている書店に寄り、帰宅。難しい単語ばかり並ぶ本編をパラパラとめくっていたのだが、巻末の「世界革命戦争宣言」という付録とも詩とも言えない一編に出会う。「ブルジョアジー諸君、キミたちにベトナムの民を好き勝手に殺す権利があるなら、我々にも君たちを好き勝手に殺す権利がある……世界革命戦争宣言をここに発する」という強烈な一節と出会い、翌日、日比谷野音でのパイオニア主宰のコンサートで、これを適当なリズムにのせ、囁《ささや》くようにウィスパーで呟こうと思って、壇上に上がったとたん、頭に血がのぼってしまい、気がついたら囁くどころか叫びとなって会場に響き渡っていた。あろうことかアジテーションとなって日本中を飛び回ってしまったのだ。その日、一回だけで終えようと思っていた「世界革命戦争宣言」だったのだが、ヒット曲を出してしまった歌手の宿命として、その後、北から南まで全国の大学祭などで唄いつづけなければならなくなってしまった。

かくして「世界革命戦争宣言」「赤軍兵士の詩」「銃を取れ」は革命三部作と呼ばれ、純粋なロックバンドであったにも拘《かかわ》らず、一挙に政治的ないわゆる過激派のアイドルとして祭り上げられていってしまったのである。確かにそういう側面はあるのだから嘘とは言わない。ただ自分たちも悩まなかったといえば嘘になる。こんな状況のなかで、歌など唄ってる場合か、武器を手に取らなくていいのか……大学内で自分に本を薦めた先輩と話していたときに、彼から出た言葉は「人には分がある」というひと言だった、この言葉に溜飲が下がる思いですべてが解決した。頭脳警察はどんなセクトよりも偉大で、どんな武器よりも自分たちのロックは強力な破壊力を持つと。いまから思えば幼くても褒めてあげたい高慢ちきな結論に達したのだった。それだけではなく音楽はもっと広い意味合いを持ち、戦争宣言はイデオロギーでなくヒューマニズムと受け取り、イデオロギーに自分を合わせるのではなく、自分のやりたいことをやり、イデオロギーは後からついてくればいいという揺るがない確信を持てたことはいまでも良かったと思っている。そして音楽は民族、国境、宗教をも飛び越え、人の心に届く世界最強の武器だと信じてやまない。

話はそれてしまったが、ずいぶん前に、NHKの報道出身の人物から、次のようなことを懇願されていた。「自分は連合赤軍をずっと追いかけていて、米子の赤軍派の事件に何で真岡市の銃砲店で京浜安保共闘が奪った銃が使われてるのかが気になっていたのだが、この赤軍派と京浜安保共闘が共闘するまでがミッシングリンクとなり知りたくて仕方ないんだ」と言うのだ。そんなことを自分に聞かれても困るのだが、彼は自分から答えを聞いて、エルベの友よと抱きつきたかったと言っていたが、エルベの友じゃ意味が違うだろと言いたいところだ。

話をH・Jに戻そう。大菩薩峠の軍事訓練もごっこの域を出ない戦術のなさをさらけ出したが、H・Jも飛行機に乗ったこともない者たちで構成され、一日目は四人の遅刻者のせいで作戦は延期というからもう漫画としか言いようがない。どこまでが真実でどこまでが作られた逸話なのかわからないが、本書では割とスムーズに金浦空港へ着陸できているようでひと安心。最近、ネットを経由して、共和国に在留するメンバーたちがこちらのイヴェントに電話出演したり、割と自由に交歓もできていたりするが、言論統制を敷かれているのか、感覚がズレまくっていて、会話にならない部分も多々見受けられるのが哀しくなる。

伊東さんの書かれた最後の脱出シーンなど007のアクションシーンを見ているのではないかというくらいハラハラしてくるものがあるが、いまの人たちに当時の東西冷戦のさなかの状況を実感してもらおうと思ってもどだい無理な話。自分はアメリカ軍に勤務する父の下で育った。ベトナム戦争作戦地域に戦車、武器、弾薬を送る仕事に精を出す父、相模原から横須賀へ向かう戦車輸送を止めようと火炎瓶を投げて機動隊とぶつかっていた息子だ。家に間借りした人間が数年ごとにいままで三人いて、その三人とも空自隊員で、入間基地、横田基地など三軍統合記念日などに必ず連れて行かれ、F‐104などのコックピットに乗せられ子供ながらに歓喜した思い出を持つ。

自衛隊、そして警察に本書ではスリーパーという言いかたをしているイリーガルやプラントを置かない諜報機関はあるまい。その辺に一番弱いこの島国だからこそ、自衛隊ならずとも専守防衛に勤しんで気をつけて楽しく生きていかねばならないのだろう。

命なんて何とも思わない組織の前で、戦争反対、差別、貧富の格差をなくせ、子供を救え、環境問題を考えろと言ったって何の意味も持たないのだから、それより懐のなかに入り込んで、中枢から変えていかねばならないだろう。とかくこの島国は海の外からの力でしか変われないのだから。そして小国でありながらヨーロッパとアジアの圧力を逸らし千年余りにわたって生き延びてきた東ローマ帝国のごとく、米中露の狭間でいかに立ち振る舞えるか、米国の傘下を否とするなら、それなりの覚悟で外交に死力を尽くさねばなるまい。組織というものの冷酷なまでの残忍さ、国家というものの概念、経済に振り回される世界、環境汚染、踏みにじられる理想・平和、プロパガンダに重用される正義の言語。その昔、日本に於ける価値観の変遷というのを聞いたことがある。戦前は勧善懲悪、戦争に負けて損か得かに変わり、自分たちが過ごした七十年代に入り、好きか嫌いかとなり、八十、九十年代に入ると楽か辛いかという価値観となっていったという私感も入る。遠くなった六十年七十年代を見つめながら、コロナの白マスクではなく、濡れタオルで口を覆いながら熱く未来、理想、そして政治談議を交わした日々、政治も変わり、学生も変わり、永田町に忖度する検察警察機構を横目に見ながら、ライトマイファイアと叫びたくなるこの本を閉じさせてもらった。

――ロックミュージシャン

この作品は二〇一八年六月毎日新聞出版より刊行されたものです。

幻冬舎文庫

●最新刊
血の雫
相場英雄

都内で連続殺人が発生。凶器は一致したが、殺されたタクシー運転手やお年寄りに接点はない。捜査一課のベテラン田伏は犯人を追うも、事件はインターネットを駆使した劇場型犯罪に発展する。

●最新刊
誰《た》そ彼《がれ》の殺人
小松亜由美

法医学教室の解剖技官・梨木は、今宮准教授とともに警察からの不審死体を日夜、解剖。彼らが直面するのは、どれも悲惨な最期だ。事故か、殺人か。二人は犯人さえ気づかぬ証拠にたどり着く。

●最新刊
仁義なき絆
新堂冬樹

児童養護施設で育った上條、花咲、中園。結束は家族以上に固かったが、花咲が政府や極道も一目置く宗教団体の会長の孫だった事実が明らかになり、組織の壮絶な権力闘争に巻き込まれていく。

●最新刊
ヘブン
新野剛志

東京の裏社会に君臨した「武蔵野連合」の真嶋貴士。ヤクザとの抗争後に姿を消した男は、数年後、タイの麻薬王のアジトにいた。腐り切った東京の悪に勝てるのは悪しかない。王者の復讐が今、始まる。

●最新刊
善人と天秤と殺人と
水生大海

努力家の珊瑚。だらしない翠。中学の修学旅行で人が死ぬ事故を起こした二人。終わったはずの過去が、珊瑚の結婚を前に突如動き出す。女二人の善意と苛立ちが暴走する傑作ミステリ。

ライトマイファイア

伊《い》東潤《とうじゅん》

令和3年10月10日　初版発行

発行人――石原正康
編集人――高部真人
発行所――株式会社幻冬舎
〒151-0051東京都渋谷区千駄ヶ谷4-9-7
電話　03(5411)6222(営業)
　　　03(5411)6211(編集)
振替00120-8-767643
印刷・製本―中央精版印刷株式会社
装丁者――高橋雅之

幻冬舎文庫

ISBN978-4-344-43130-0　C0193　　い-68-1